MOÏSE

DU MÊME AUTEUR

Un personnage sans couronne, Plon, 1955
Les Princes, Plon, 1957
Le Chien de Francfort, Plon, 1961
L'Alimentation-suicide, Fayard, 1973
La Fin de la vie privée, Calmann-Lévy, 1978
Les Grandes Découvertes de la science, Bordas, 1987
Les Grandes Inventions de l'humanité jusqu'en 1850, Bordas, 1988
Requiem pour Superman, Robert Laffont, 1988
L'Homme qui devint Dieu :
1. Le Récit, Robert Laffont, 1988
2. Les Sources, Robert Laffont, 1989
3. L'Incendiaire, Robert Laffont, 1991
4. Jésus de Srinagar, Robert Laffont, 1995
Les Grandes Inventions du monde moderne, Bordas, 1989
La Messe de saint Picasso, Robert Laffont, 1989
Mathias et le diable, Robert Laffont, 1990
Le Chant des poissons-lunes, Robert Laffont, 1992
Histoire générale du diable, Robert Laffont, 1993
Bouillon de culture, Robert Laffont, 1986
(En collaboration avec Bruno Lussato)
29 jours avant la fin du monde, Robert Laffont, 1995
Coup de gueule contre les gens qui se disent de droite et quelques autres qui se croient de gauche, Ramsay, 1995
Tycho l'Admirable, Julliard, 1996.
La fortune d'Alexandrie, J.C. Lattès, 1996
Histoire générale de Dieu, Robert Laffont, 1997.

Gerald Messadié

MOÏSE

I

Le Prince sans couronne

JC Lattès

Toute histoire est moderne.

Benedetto Croce

Avant-propos

Moïse est l'un des géants de l'Histoire. Le monothéisme qu'il a fondé voici trente-trois siècles a engendré les trois religions du Livre. Les destins de l'Occident et de l'Orient en ont été changés à jamais.

Les dimensions du personnage ont, comme toujours, donné naissance à une légende, tout entière contenue dans les cinq premiers livres de l'Ancien Testament, et celle-ci a revêtu une telle ampleur que certains historiens ont conclu que tout était mythe et qu'ils ont même mis en doute l'existence historique de Moïse. Certes, la légende a occulté l'homme, mais il y eut bien un homme sous ce nom en même temps qu'un génie : la meilleure preuve en est que, sans lui, le judaïsme n'existerait pas.

Les pages que voici sont une reconstitution romanesque de ce que put être cet homme dans sa vie quotidienne. Elles sont guidées par l'analyse conjecturale, méthode de critique historique qui peut se résumer ainsi : tel élément de la légende est certain, tel autre est plausible ou bien douteux et tel autre encore est impossible. La référence aux événements historiques vérifiés, chaque fois qu'elle est possible, en fait partie. On sait ainsi que la prise de Jéricho par Josué eut lieu vers 1250 avant notre ère, après la mort de Moïse. Il en découle que Moïse mourut, quelques années ou quelques décennies auparavant, cela reste à déterminer.

Cette méthode permet de définir en premier lieu l'époque à laquelle vécut Moïse, les circonstances de sa naissance et les premières décennies de sa vie, qui ont été particulièrement voilées par la légende. Elle permet aussi de discerner les moteurs de son action qui resteraient sans cela mystérieux ou simplement fantastiques.

« Pourquoi faire un roman? objecteront certains. La légende n'est-elle pas assez belle? Et le roman d'un seul homme, que vaut-il? Ne risque-t-il pas d'écorner la légende, l'une des plus belles de la mémoire? »

J'entends bien ces objections, mais je leur en oppose une autre; c'est que la légende se détruit elle-même. Telle est la raison pour laquelle, d'ailleurs, certains historiens ont cru pouvoir mettre en doute l'existence réelle de Moïse. Telle est au fond la motivation de l'Histoire : la recherche de la vérité charnelle et matérielle des hommes et des événements. Tel est encore l'objet des recherches prodigieuses poursuivies depuis un siècle par des phalanges d'exégètes, traducteurs, commentateurs, paléographes, archéologues, sur un autre géant, Jésus, sur les manuscrits de la mer Morte, qui contiendraient la semence de son enseignement, sur la part originelle des évangiles et sur celle de l'hagiographie postérieure, ainsi que sur bien d'autres points d'une histoire prodigieuse.

Les cultures changent, les sensibilités avec. Il nous est devenu difficile, trois mille cinq cents ans plus tard, de croire à la lettre du Pentateuque. Ainsi, ces deux colonnes, l'une de poussière et l'autre de feu, qui auraient guidé les Hébreux pendant quarante ans dans le désert, nous paraissent-elles ressortir beaucoup plus aux talents poétiques des auteurs du Pentateuque qu'à la réalité. Pareillement, tous ceux qui sont allés en Israël ou en Jordanie savent désormais que la manne ne tombe pas du ciel, mais que c'est une excroissance résineuse qu'on trouve sur les tamaris et qu'on la vend aux touristes comme friandise, dans de petites boîtes. Et la baguette magique que Moïse agite tout au long de son duel avec le pharaon contrarie notre vénération pour l'homme. Non, Moïse ne fut pas un magicien. Il fut bien plus que cela, un homme tenace, incandescent, porté par un destin immense.

Dans sa fragilité, dans sa modestie même, le roman — le

roman historique — me paraît être le moyen de restituer un tel héros dans sa réalité quotidienne, voire de le protéger contre l'incrédulité que les légendes finissent par susciter.

Les habitudes gravées chez le lecteur par la légende risquent d'être souvent bousculées dans ces pages. Ainsi, l'on présente traditionnellement Moïse comme un homme chargé d'ans. C'est oublier que la durée moyenne de la vie humaine était considérablement plus brève il y a trois mille trois cents ans que de nos jours ; la vie active d'un homme était donc beaucoup plus précoce. C'est oublier aussi que, plus encore à l'époque qu'aujourd'hui, la longévité passait pour un fait exceptionnel, presque miraculeux, et que, dans le langage de l'Ancien Testament, « quarante ans » ne désigne pas quatre décennies comme dans le langage contemporain, mais « un long temps ». Moïse est donc dans les deux tomes de cette reconstitution un homme jeune. Par ailleurs, l'historien ne sera pas surpris de constater que l'histoire touchante, mais hautement improbable, du berceau abandonné au Nil est absente de ces pages, alors que certains lecteurs pourraient s'en étonner.

La manière d'écrire certains noms a varié au cours des millénaires. Pour les besoins de la reconstitution, j'ai opté pour la forme ancienne. C'est ainsi que les Hébreux, alors appelés Hapirous ou Apirous, sont désignés sous ce dernier nom. C'est encore ainsi que la forme française « Moïse » cède le pas à la forme égyptienne « Mose ».

Certaines audaces apparentes de ces pages n'en sont pas. Par exemple, celle qui porte sur les origines égyptiennes de Moïse. Le consensus des historiens sur ce point n'a cessé de s'accuser tout au long de ce siècle. Il a commencé à se faire sur le nom même du héros, qui est un mot exclusivement égyptien, signifiant « fils ». Il a parfois conduit à des spéculations hasardeuses sur l'inspiration de Moïse (qui aurait été, avance-t-on sans prudence, la religion égyptienne). Là s'arrêtera ma reconstitution : Moïse fut certes à moitié égyptien, il fut élevé à la cour du pharaon et ce ne fut que plus tard qu'il se rapprocha des Hébreux opprimés, comme le dit le Livre de l'Exode, mais son œuvre profondément originale s'inscrit clairement dans l'héritage d'Abraham et dans celui-là seulement.

Ces pages sont donc un roman, certes, mais fondé, outre l'admiration évidente pour Moïse, sur l'un des impératifs de la méthode évoquée plus haut : savoir où il faut arrêter la spéculation. Sigmund Freud commença jadis un roman sur Moïse ; il ne put l'achever, comme on sait, et en reprit certains thèmes dans la série d'essais intitulée *Moïse et le monothéisme*. Mon hypothèse sur cet échec romanesque est que les idées y tenaient trop de place.

Je crois que la leçon a été comprise. Le lecteur en jugera.

I

UNE JEUNESSE ÉGYPTIENNE

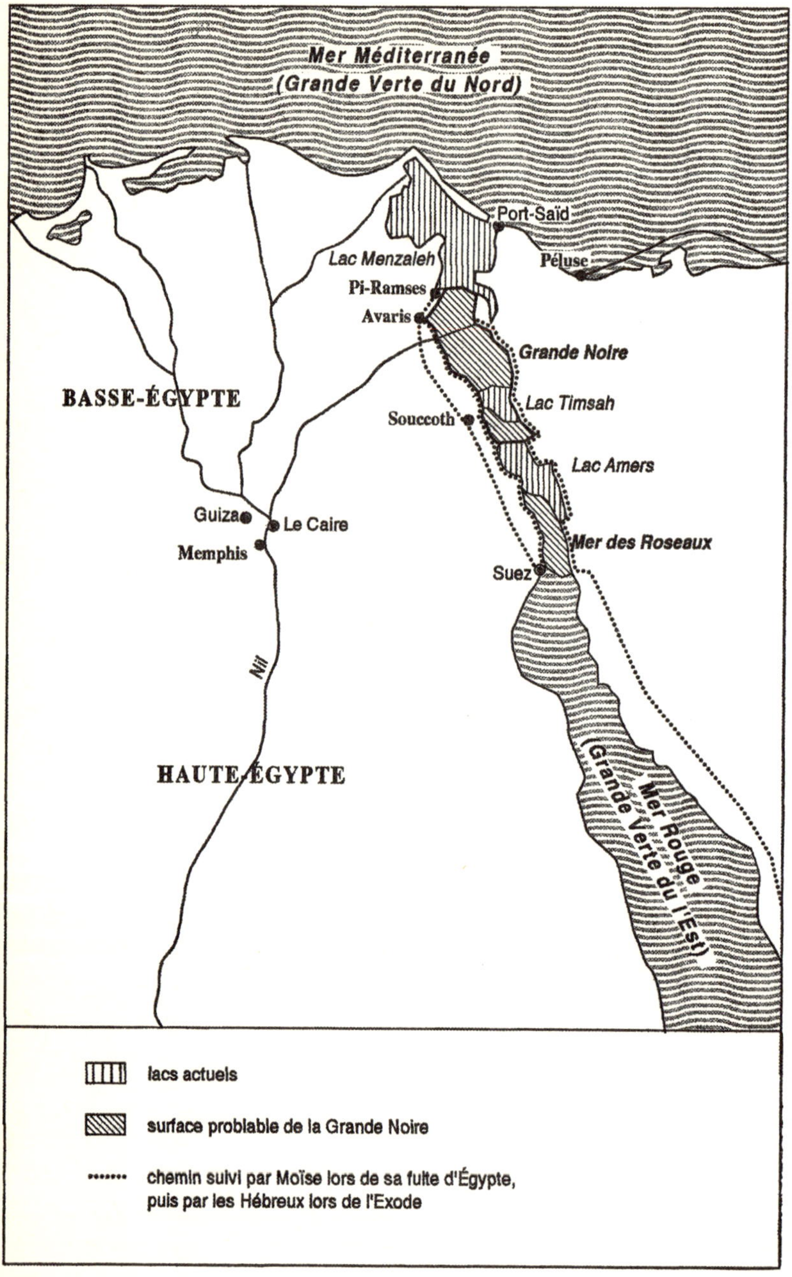
Mer Méditerranée
(Grande Verte du Nord)
Port-Saïd
Lac Menzaleh
Péluse
Pi-Ramses
Avaris
Grande Noire
BASSE-ÉGYPTE
Lac Timsah
Souccoth
Lac Amers
Guiza
Le Caire
Memphis
Mer des Roseaux
Suez
Nil
HAUTE-ÉGYPTE
Mer Rouge
(Grande Verte du l'Est)
lacs actuels
surface probable de la Grande Noire
chemin suivi par Moïse lors de sa fuite d'Égypte,
puis par les Hébreux lors de l'Exode

1

L'homme qui semblait de bronze

La brise du soir se leva, suscitant les chuchotements des palmiers-dattiers et des touffes chevelues de papyrus sur les berges du Nil. Le ciel, jusqu'alors d'argent, retrouva enfin son bleu tendre. Les buissons de réséda qui ornaient les terrasses exhalèrent leur parfum avec plus d'insistance. Comme issus de la terre même, des nuages de moustiques se matérialisèrent, pareils à des bandes d'esprits taquins, et les chasseuses de mouches s'activèrent devant les fenêtres du palais des princesses ; les unes agitèrent leurs grands éventails de palmes tressées pour tenir les piqueurs en respect. D'autres allèrent jeter dans des pots de braises du petit bois odorant du Pays de Pount, qui repoussait les pestes volantes.

Nezmet-Tefnoût[1], troisième des onze filles du roi d'Égypte Séti, le premier du nom auguste, s'éveilla de sa sieste avec le sentiment que son corps était chargé d'une plénitude particulière. Le sang semblait y circuler avec plus de vigueur que d'habitude. Son torse était baigné de sueur. Presque nue sur son sommier de jonc finement tressé dans un cadre de sycomore à pattes de vache, elle éprouva comme une indiscrétion les mouvements de l'amulette qui pendait entre ses seins luisants, une figurine d'or qui représentait la déesse Thouéris, protectrice des femmes. Ses tétons en dardaient. Elle avait déjà éprouvé ce sentiment au cours de l'année écoulée, la quinzième de son existence ; elle en ignorait la signification. Elle s'étira, pointant ses pieds rougis au henné au bout de ses jambes ambrées, bâilla, tendit la main vers un bol de dattes couleur de sang, les dattes de Nubie, et en croqua une, sans parvenir à fixer son esprit sur un objet quelconque. Le visage en cœur, un petit nez aux narines vibrantes, des yeux bien dessinés, mais qu'elle s'efforçait d'agrandir par un dessin noir à l'antimoine, tout cela n'était qu'un miroir de la vacuité. Elle soupira.

La supérieure des servantes, ayant perçu quelque bruit dans la chambre de sa maîtresse, y entra, le pied nu et prudent.

« Maîtresse, tes sœurs ont demandé qu'on avance ce soir l'heure du bain, à cause de la fête », annonça-t-elle.

Nezmet-Tefnoût — Nezmet tout court pour ses frères et sœurs — hocha la tête. « La fête. » La belle jambe! Des danseuses et des musiciens, la compagnie de ses sœurs et des servantes, un peu plus de caquetages que d'habitude, des confidences sur les règles. Des fonctionnaires et leurs fils autorisés par le pharaon à assister aux réjouissances, et pour la plupart assez moches. Nezmet n'y avait jamais remarqué un parti qui lui plût, ce qui expliquait qu'elle fût, à quinze printemps, d'un an en retard sur l'âge du mariage, mais comme elle était de sang royal, on ne pouvait lui en tenir rigueur trop ouvertement. Ses frères, les princes, venaient de temps à autre à ces divertissements, mais sans entrain excessif non plus. Le palais organisait tous les sept jours une sauterie de ce genre. Séti pensait que les princesses ne devaient pas s'ennuyer. Mais le seul véritable agrément de ces soirées résidait dans la présence de deux ou trois courtisanes de Memphis, qui racontaient des histoires assez drues.

« L'eau est filtrée, ce coup-ci? demanda la princesse d'un ton maussade.

— On a changé ce matin le sable de filtrage, répondit la servante. Elle est si pure que tu pourrais la boire.

— Il y avait de petits cailloux au fond du bassin, hier », marmonna Nezmet en mettant les pieds par terre. Elle secoua sa chevelure frisottée aux reflets roussâtres pour l'aérer, releva des mèches folles qui pendaient, puis se serra le torse et les cuisses dans un pagne de lin bis, plus pour se protéger des insectes que de l'air encore chaud. Et elle s'en fut, pieds nus, sur la terrasse. Là, elle s'empara d'un des pots cintrés d'argile poreuse dans lesquels on mettait de l'eau à rafraîchir sur la balustrade et elle but à la régalade. Son regard embrassa distraitement le paysage.

Devant elle, le fleuve roux se pailletait de reflets bleus. Le ciel plus clair à l'Occident prenait la couleur de l'abricot pâle. Au loin à gauche, si l'on se penchait, on distinguait, bien au-delà des derniers bâtiments de la cité du palais, des quartiers des domestiques, des greniers, des écuries, et des arsenaux, les faubourgs de Memphis, roses dans la lumière de l'après-midi.

L'attention de Nezmet fut attirée par des cris gutturaux et une activité particulière au pied des terrasses, une vingtaine de coudées[2] plus bas. Trois barques à fond plat étaient amarrées au petit ponton qui servait d'habitude à débarquer les victuailles venues des terres royales. Mais là, c'étaient des pierres qu'on déchargeait. De grosses pierres taillées, toutes neuves, de deux coudées de long et d'une coudée de large chacune. Deux douzaines d'hommes nouaient des cordes autour de chaque pierre, puis se mettaient à trois ou quatre pour les tirer vers la porte du palais. Labeur monotone autant qu'épuisant. Ils travaillaient sous les ordres d'un contremaître.

Nezmet se pencha pour observer l'homme. Il avait peut-être trente ans, peut-être moins. Torse nu, vigoureux, il ressemblait à une statue de bronze en mouvement. Les travaux au grand air avaient hâlé sa peau, qui luisait de transpiration ; il mettait, en effet, la main à l'ouvrage sans se faire prier. Mais c'était un bronze doré et non pas du brun terne des sujets du roi. Nezmet inclina davantage son torse, au point que ses seins jaillirent du pagne et qu'elle dut le renouer. Son regard s'attarda sur les épaules puissantes et les grandes boucles cuivrées des cheveux. Une folie s'empara d'elle. Elle regagna sa chambre, enfila des sandales, ceignit son front du bandeau d'or garni de turquoises qui affirmait son rang, et s'en fut vers les escaliers à la surprise de ses servantes.

« Je reviens tout de suite ! » cria-t-elle à la cantonade, pour signifier qu'elle ne voulait pas être suivie.

Ses sandales claquèrent prestement dans l'escalier. Elle

se retrouva dans la cour et se dirigea vers la porte par laquelle on apportait les pierres. Déjà celles-ci jonchaient le vaste espace qui séparait le quartier des princesses de celui des princes. Les travailleurs fourbus lui prêtèrent à peine attention. A la porte, elle avisa le contremaître. Penché pour vérifier le nœud des cordes de halage, il lui tournait le dos.

« Que fais-tu ? » demanda-t-elle d'un ton impérieux.

L'homme se redressa et se retourna. Ce n'était pas seulement son corps qui était beau, mais aussi son visage plein et ferme, garni d'une barbe couleur de cuivre pâle mal rasée qui encadrait une bouche charnue. La couleur de cette bouche ! Un rouge indécent, pareil à celui d'un sexe de femme.

« Nous apportons des pierres pour la construction d'un palais particulier pour Sethmès, le fils du roi, qui se marie bientôt.

— Qui es-tu ? » demanda-t-elle, hautaine.

Il répondit avec un retard imperceptible. Imperceptible aussi son sourire. Un insolent. Ces étrangers étaient des insolents.

« Je suis Amram, un contremaître du palais », répondit-il lentement, le regard s'attardant sur le bandeau en or et en appréciant la signification.

« Amram », répéta-t-elle.

Le retard dans la réponse fut cette fois plus marqué.

« Je suis un Apirou[3]. »

Elle l'avait déjà deviné ; presque tous les ouvriers du palais étaient des Apirous.

« Vous avez fini ? » demanda-t-elle, comme si la question était de son ressort.

— Non, nous apporterons encore plus de pierres demain. Nous aurons fini pour ce soir dès que nous aurons déchargé ces pierres-là, dit-il accompagnant sa réponse d'un geste du menton. Il faut des pierres pour toute une maison, ajouta-t-il d'un ton légèrement condescendant. Et puis après, il faut des briques de terre. »

Elle se trouva embarrassée par le regard insistant de l'homme et hocha la tête, puis tourna le dos et s'en fut vers ses quartiers, assez contrariée. Son impétuosité n'avait mené à rien. A quoi pouvait-elle mener, d'ailleurs ? Mais elle regagna son poste sur la terrasse pour observer encore l'Apirou. Sentit-il son regard? Elle brûla en tout cas sous celui de l'homme, car il leva la tête presque aussitôt. Elle ouvrit la bouche, mais ne dit rien. Il sourit et, pour cacher son émoi, elle quitta la balustrade.

L'abricot du ciel virait à l'or rouge.

Nezmet se trouva fort agitée au bain de ses sœurs, les princesses. Mais elle insista pour que sa servante lui lustrât les cheveux avec encore plus d'huile parfumée que d'habitude. Elle ne voulait pas de perruque : elle avait déjà chaud.

A la fête, les musiciennes étaient agiles de leurs doigts, les danseuses, de leurs pieds. Mais les conversations semblaient à Nezmet encore plus creuses que les fois précédentes.

Elle se contenta pour son souper d'une caille farcie au blé, d'un concombre, de quelques dattes et d'un gobelet de vin de palme. Elle répondit distraitement aux propos de ses sœurs et s'autorisa un ou deux sourires en réponse à des plaisanteries qui faisaient pourtant glousser les autres. Elle eut chaud, bien qu'elle ne portât aucun vêtement sous sa robe de lin plissé brodé de minuscules perles d'or et de verre bleu. Elle sortit donc sur la grande terrasse qui prolongeait la salle du festin. Les torches qui l'éclairaient s'échevelaient dans le vent du soir. Elle s'appuya à la balustrade et regarda le fleuve noir. Un cri lui fit baisser les yeux et elle en retint un autre. Il y avait un homme en bas. Il portait une tunique et dans la lumière variable des torches, elle distingua bien un sourire sur ses lèvres. Le cœur lui battit comme s'il voulait s'échapper. Elle se redressa et tenta, mais en vain, de reprendre son souffle.

Elle avait cherché cela, non? L'homme ne s'était pas trompé sur l'irruption de cette princesse dans son travail. Son visage l'avait dit d'emblée. Il était revenu. En voulait-elle ou pas? Elle s'humecta les lèvres et repensa aux épaules, à la peau de bronze pâle...

D'un pas lent, presque funèbre, elle descendit l'escalier extérieur qui menait aux jardins sur les berges. Elle resta immobile sur la dernière marche, dans les ténèbres inférieures, le mollet tendu, le regard creusé, le souffle retenu. Il attendit, soit par respect, soit par assurance. Une fois de plus, mais bien plus intensément encore que cet après-midi-là, elle éprouva l'existence impérieuse de son corps. C'était la présence de l'autre qui la chargeait de force et de folie. Elle n'avait pas connu d'hommes, elle les avait seulement regardés ; celui-là était le premier à exercer sur elle un tel pouvoir. Il releva à peine la tête, d'un geste impérieux, et elle descendit la dernière marche. Elle alla vers lui, prête à s'enfuir. Mais quand elle fut devant lui et sentit son haleine et l'odeur ambrée de sa peau fraîchement lavée, quand elle distingua clairement le sourire et les lèvres roses, elle fut paralysée.

Il posa la main sur l'épaule de Nezmet. Elle ouvrit la bouche. Il porta l'autre main au visage de la fille et elle soupira. Il lui mit l'index entre les lèvres, c'était le geste du souffle, de la vie. Elle ravala sa salive. La main qui était sur l'épaule descendit au sein. Elle en durcit le téton jusqu'à l'insupportable. D'un geste de la tête, il l'attira au pied de la terrasse, dans la pénombre absolue. En un tournemain, il plissa la robe de bas en haut et caressa le jeune corps figé, les seins, les aisselles, le ventre, les fesses. Une main descendit jusqu'au bas du ventre, un doigt caressa la fente. Elle trembla. Un doigt mima le geste sexuel. Elle arqua son corps. Il enleva la robe sans effort et, une main sous les reins de Nezmet, la coucha sur une des pierres fraîchement équarries, qu'il avait peut-être tirée là à dessein. La pierre fraîche parut à son dos plus exquise que son lit. Elle saisit le poignet de la main qui l'explorait. Il crut qu'elle voulait le repousser, mais c'était pour le garder. Il guida alors la main vers son propre corps, elle le flatta maladroitement, puis étreignit le membre. Elle comprenait, elle comprenait, il entrait déjà en elle. Elle poussa un cri de douleur, que la stupeur, puis l'ivresse du corps étouffèrent.

Le reste ne leur appartint pas, meurtre rituel, convulsions, spasmes, soies, elle s'accrocha aux épaules d'Amram comme une noyée. Elle se redressa d'un bras sur la pierre, toujours prise, et de l'autre attira la tête de l'homme vers la sienne, sa bouche sur les lèvres de l'homme. Il en fut surpris. Ce fut juste au moment où il se répandait en elle. Il l'avait conquise par les deux extrémités, par l'immatériel et le matériel, l'haleine par la bouche, la semence par le sexe.

Ils s'étaient séparés, mais elle lui tenait toujours le bras. La fête là-haut touchait à sa fin. Quelques rires un peu trop aigus, chauffés par le vin de palme, leur parvinrent. Elle regarda son ventre et vit qu'il était taché de sang. Il alla chercher de l'eau au puits le plus proche, dans la cour, avec l'écuelle qui se trouvait toujours sur la margelle. Il versa lentement l'eau sur le ventre. Elle poussa un cri qui se changea en rire étouffé.

Il en fut ainsi tous les soirs pendant des semaines. C'était en l'an 4 du règne du roi Séti le Premier[4]. Le disque argenté de la déesse Hathor parcourut trois fois son chemin en forme d'arc dans le ciel pur de l'Égypte pendant ces amours urgentes, presque muettes. Il nimba également les chapiteaux dans les temples colossaux que les rois avaient élevés aux dieux, du Delta du Nil jusqu'aux confins de la brûlante Nubie, tout comme il nimba les palmes des dattiers fertiles. Il essaima à l'infini des miettes d'argent sur le fleuve et sa poussière scintillante sur le pays millénaire. Nezmet-Tefnoût n'en avait cure. Comme les fleurs de lotus, les princesses de quinze ans ne demandent qu'à éclore. Elle ignorait que, dans sa fécondité immense, l'Égypte venait de concevoir un chef également immense, et que ce chef allait un jour déchirer le ciel pour faire apparaître un dieu encore plus grand que le plus grand de tous les dieux, Râ.

2

Le prince Ptahmose

Ce fut l'imprudence qui mit un terme à leur liaison.

La familiarité du vertige ayant libéré à la fin les sentiments de Nezmet, la princesse s'autorisa un soir des cris d'extase. Amram s'était, en effet, lancé dans une surenchère virile inédite. Ses cris alarmèrent sa première servante qui, somnolant sur la terrasse en mangeant des lupins, se ressaisit d'un coup, reconnut la voix de sa maîtresse et pensa que la cause en était la morsure d'un scorpion ou d'un serpent, ou même l'attaque d'un crocodile. Elle dévala l'escalier, une torche à la main. Bien que l'obscurité le brouillât, le spectacle de sa maîtresse furieusement besognée par un homme lui coupa net le goût des effets dramatiques. Elle poussa un long gémissement et leva la torche à la hauteur du visage de l'homme nu et encore vaillant.

« Un Apirou ! » s'écria-t-elle.

L'indignation dans sa voix était perceptible. Les deux femmes remontèrent tandis que l'homme se rhabillait.

« Le roi me tuera ! » gémissait la servante.

— C'est moi qui te tuerai si tu ne fermes ton clapet ! » dit Nezmet.

Des appels alarmés retentirent dans les autres chambres du quartier des princesses, alertées par l'esclandre.

« Que se passe-t-il donc ? » vint demander Mirrit-Anouket, une sœur de Nezmet d'un autre lit, comme d'ailleurs la plupart de ses frères et sœurs.

« La bière et la lune ont chauffé le cerveau de cette vieille! répondit la princesse. Pardonne-moi de t'avoir inquiétée ». Et elle adressa à sa sœur un sourire gracieux. « Va, rien d'important. »

Quand Mirrit-Anouket fut partie, la servante reprit :

« Voilà donc le secret de ces escapades nocturnes!

— Un mot de plus et je te fais mettre un aspic dans le sein!

— Un Apirou!

— Tu l'eusses voulu pour toi?

— Malédiction! Un enfant naîtra, c'est sûr. »

La prédiction saisit Nezmet au vif. Un enfant, c'était sûr, en effet. Elle n'avait pas eu ses règles depuis deux mois. L'idée ne la contrariait pas excessivement, mais la réaction éventuelle de son père, oui. On ne savait jamais quelle mouche pouvait le piquer. Quand une de ses sœurs cadettes avait eu, quelques mois plus tôt, un garçon d'un fils de chambellan marié à une autre femme, il en avait été ravi. Mais quand un de ses frères — et pourtant les princes forniquaient à qui mieux mieux — avait engrossé la fille d'un officier de l'arsenal, il en avait fait toute une histoire.

« Il faut te marier au plus vite, dit la servante, s'avisant que sa dernière réflexion avait porté. Ton père n'acceptera pas que tu aies été engrossée par un Apirou. »

Ça, c'était possible et même probable.

« Qu'est-ce qu'ils ont, les Apirous? maugréa Nezmet.

— Qu'est-ce qu'ils ont les Apirous! répéta la servante indignée. Tu fais l'ignorante? Ce sont des vagabonds! Les alliés de nos ennemis!

— Ils sont ici, à Memphis.

— Aujourd'hui ici, demain ailleurs, ça dépend de qui les paie. De toute façon, ce n'est pas la peine de discuter l'évidence. Ton père ne voudra pas d'un gendre apirou », reprit la servante en se levant pour mettre du bois de Pount dans le brasero afin de chasser les mouches. L'odeur âcre et camphrée de l'essence exotique monta dans une fumée bleue et les mouches, en effet, s'enfuirent par les fenêtres de la chambre. « Il fera tuer l'enfant. »

Ça aussi, c'était possible. Nezmet fronça les sourcils et replia les jambes.

« C'est mon enfant, marmonna-t-elle. Et qui épouserais-je ?

— Nakht, répondit d'emblée la servante.

— Le fils du prêtre lecteur ? s'écria Nezmet, indignée. Mais il a l'air d'une fille ! » Et elle repensa aux bras puissants de l'amant perdu.

« C'est bien le moment de faire la dégoûtée, rétorqua la servante. Il n'a d'yeux que pour toi. Et il est le seul qui acceptera une femme enceinte. D'ailleurs, il y a un an qu'on attend ton choix, princesse. On finit par te croire malade ou froide. »

Froide. C'était la pire injure pour une fille à marier, fût-elle princesse. L'évidence s'imposait. Ou du moins parut s'imposer pendant quelque temps.

Vite décidé, le mariage fut vite célébré. Nakht aspirait autant que son père à entrer dans le cercle royal. Toutes les princesses y vinrent ; il y en avait treize, un bouton de lotus sur leurs perruques noires lissées. Et tous les princes, un rien goguenards parce que la décision précipitée de Nezmet leur avait fait supposer qu'il y avait, comme ils disaient, un rat dans le grenier. Ramsès, capitaine de l'armée et, disait-on, futur régent du royaume, vint aussi, adolescent triomphal, encore plus beau qu'à l'ordinaire, l'œil fardé d'antimoine et la bouche de carmin, la poitrine et les bras chargés de bijoux, les épaules luisant de la force de sa jeunesse royale.

« Tu es comme un dieu, lui dit Nezmet. Tu es vraiment le fils de Râ. »

Elle parlait rarement à ses frères, il le savait. Il sourit de plaisir et lui donna l'accolade.

« Plus beau que ton amant apirou ? » demanda-t-il à mi-voix, la lèvre pendante, l'œil inquisiteur et moqueur tout à la fois.

« Ramsès ! » s'écria-t-elle. Tout se savait, c'était sûr, le palais était une vaste ragotière. Et Ramsès, en dépit du fait qu'à treize ans à peine il fût le cadet de Nezmet, se permettait cette insolence. Favori de son père, il surveillait son monde. « Il est... il était beau, oui. »

Il eut un bref ricanement, comme un hennissement étouffé, sans doute appris chez la soldatesque. « Tu as de la chance que Nakht soit accommodant. Enfin, l'enfant naîtra. »

Cela signifiait que Ramsès l'admettait dans la famille. Elle poussa un soupir de soulagement. Comme Nakht arrivait pour se joindre à la conversation, Ramsès reprit son masque habituel et présenta à Nezmet l'esclave nubien qu'il lui offrait en cadeau de noces, lequel offrit à son tour à la princesse une fleur de lotus en bois garni d'or.

Les autres princes relevèrent la prestance de Ramsès d'un œil jaloux et cessèrent leurs caquetages. Presque imberbe et, en effet, délicat comme une fille, mais avisé comme une musaraigne, le jeune Nakht feignit de ne rien remarquer. La robe cérémoniale blanche, bien empesée, de Nezmet voilait parfaitement le ventre qui pointait à peine. Le fils du prêtre lecteur épousait officiellement une vierge. Et s'il avait eu vent des incartades de sa fille, Séti, qui vint en grande pompe et double robe d'apparat lui offrir un collier d'or et d'électrum garni de grenats et de lapis-lazuli, trois esclaves asiatiques et deux perroquets, n'en laissa rien deviner. Après avoir, selon la coutume, tendu la main de sa fille au jeune Nakht, il fut le premier à entonner un péan aux mariés :

Célèbre un jour heureux, l'esprit satisfait
et le cœur plein de joie !

Le père de Nakht lui-même, deuxième prêtre lecteur du roi ou *khériheb*, remplit la coupe de vin à laquelle devaient boire les époux et leur fit réciter l'hymne de mariage. A voir les jeunes époux rayonnants d'or et de sueur dans la clarté des lampes, assis sur des sièges dorés et décorés de fleurs de lotus et d'oiseaux de couleur, personne ne se fût douté de rien. Et quand les serviteurs, garçons et filles torses nus, servirent les boissons et que le festin commença dans la musique des luths, des flûtes, des lyres à trois cordes, des tambourins et des castagnettes, on eût juré que c'était un mariage comme un autre.

Le soir même, les époux emménagèrent dans une des maisons individuelles réservées aux couples princiers, toute semblable à celle qui avait suscité la fructueuse rencontre de la princesse avec l'Apirou.

Six mois et demi plus tard, Nezmet poussa des gémissements. Les servantes envoyèrent sur-le-champ quérir l'une des trois sages-femmes du palais, et le mari, qui avait entretemps été nommé troisième officier de la Chambre des Provisions.

L'enfant et le père à peine putatif arrivèrent ensemble. Nakht entendit ses cris en gravissant l'escalier. Le cordon ombilical venait d'être coupé et noué.

« C'est un garçon », dit triomphalement la sage-femme, comme si elle y était pour quelque chose, tandis que les servantes et les esclaves célébraient l'occasion en chantant et battant des mains. Nakht se pencha sur la chose ridouillée et encore glaireuse qu'on lavait, et son regard se plissa. Les cheveux étaient blonds. La peau, plus claire que celle d'aucun enfant du limon. L'air énigmatique, il se rendit dans la chambre de son épouse.

« Te portes-tu bien ? » demanda-t-il d'un ton détaché.

— L'enfant... dit-elle, épuisée. C'est bien un garçon ?

— C'est un garçon, répondit-il du même ton égal.

— L'appellera-t-on Nakhtmose ? interrogea imprudemment la maîtresse des servantes[1].

— Ce n'est pas un nom pour un Apirou », dit Nakht d'une voix douce, sans se départir de son impassibilité. Et il quitta la pièce après s'être penché sur son épouse pour la féliciter et lui souhaiter prompt rétablissement.

« Je l'appellerai alors Nezmetmose, dit faiblement la mère.

C'est mon fils. Mon premier fils.

— Ptahmose, alors, peut-être, dit l'une des servantes.

— Ptahmose », répéta la mère, réfléchissant à la signification du nom. Fils de Ptah, Ptah, le dieu vénéré à Memphis justement. Le dieu qui avait créé le monde par le verbe.

« Ptahmose, oui », dit-elle.

Elle était trop faible pour l'allaiter, on le confia donc à une nourrice. Nakht semblait en éprouver un certain déplaisir, bien qu'il n'en parlât guère, par égard pour sa femme. Les vieilles femmes entre elles tricotent le destin du monde. Elles sont comme les Parques et parfois le destin leur donne, en effet, le pouvoir de trancher les fils d'une existence. Mais dans le cas de l'enfantelet, elles avaient le sentiment qu'il leur appartenait davantage qu'à sa mère. L'une des servantes alla chercher Amram, qui travaillait toujours au palais. Elle l'avait déjà remarqué qui rôdait autour du palais des princesses, le regard levé sur les terrasses, espérant sans doute apercevoir sa jeune maîtresse, avoir des nouvelles de l'enfant.

Quand la servante l'appela, il surveillait le déchargement des briques séchées destinées à la construction du quartier des domestiques du nouveau palais princier.

« Y a-t-il une femme dans ta famille qui soit en état d'allaiter ? » lui demanda-t-elle.

Le visage de l'homme s'anima soudain ; ses yeux s'agrandirent, son front se plissa, sa bouche s'ouvrit.

« Mon enfant est né ! » s'écria-t-il à mi-voix.

La servante lui adressa un regard glacial.

« La princesse Nezmet-Tefnoût a eu un enfant, en effet. Mais si tu le prends ainsi, je chercherai une autre nourrice. »

Les enfants appartenaient aux mères. Ce n'était pas comme chez les Apirous, où ils appartenaient aux pères. Le père, dans ce pays, n'avait aucune importance. La lignée venait de la femme, et c'était pour cela que le fils du roi, lorsqu'il montait sur le trône, devait d'abord épouser sa sœur pour être le roi légitime.

« Est-ce un garçon ? » demanda Amram.

— Cela ne fait aucune différence pour la nourrice », répondit sèchement la servante. Mais le regard de l'homme lui parut tellement malheureux, et après tout, c'était, le père de l'enfant, qu'elle se radoucit un peu. « Oui, c'est un garçon. »

Il hocha la tête.

« Ma femme est en train d'allaiter, dit-il.

— La princesse la paiera, rétorqua la servante.

— Ce n'est pas une question d'argent.

— Il faudra qu'elle vienne habiter au palais, dit la servante avec fermeté.

— Je lui demanderai.

— J'attends la réponse pour ce soir. »

Une femme vint, en effet, le soir même. Elle portait un enfant dans les bras. Elle gravit les marches du palais de Nezmet avec lenteur. On reconnaissait son origine apirou à son teint clair et à ces mêmes reflets cuivrés et parfois même dorés dans les cheveux qu'ils avaient tous. Elle affronta le barrage des serviteurs et des esclaves, le regard étonné. Elle n'avait sans doute pas imaginé qu'on pût avoir autant de monde à son service. Dix esclaves, presque autant de domestiques... Une servante l'avisa; c'était celle qui avait conclu le marché avec Amram.

« Je suis l'épouse d'Amram l'Apirou... commença-t-elle.

— Je sais, coupa la servante, l'examinant de la tête aux pieds pour voir si elle était saine. Comment t'appelles-tu? Qu'est-ce que c'est que cet enfant?

— Je m'appelle Yokébed. C'est ma fille, je ne peux pas la laisser à la maison. Je n'ai personne pour l'allaiter. »

La servante hocha la tête.

« As-tu une maladie?

— Non. Pourquoi ne puis-je pas prendre l'enfant à la maison, chez moi?

— Cet enfant est le fils de la princesse. Il ne doit pas quitter le palais. » Le ton était sans réplique et l'autre le comprit. Les deux femmes se firent face tandis que les autres servantes les observaient. L'épouse d'Amram baissa enfin les yeux.

« Où est l'enfant? » demanda-t-elle.

La servante s'en fut et revint portant un bébé qui se débattait avec ces mines rageuses de vieillards joufflus qu'ont parfois les nouveau-nés.

Yokébed le considéra un long moment avec émerveillement et ses yeux s'embuèrent.

« Il est beau, dit-elle.

— Il est très beau, dit la servante. C'est un prince.

— Un prince, répéta Yokébed sans comprendre vraiment le mot. Où est ma chambre?

La chambre était à l'étage.

« Une chambre pour moi seule? demanda-t-elle.

— Une chambre pour Ptahmose, dit la servante.

— Ptahmose?

— C'est le nom du prince. »

« J'ai fait un rêve, confia le lendemain Nezmet à la maîtresse des servantes.

— Veux-tu que je t'envoie le devin?

— Non, c'était un beau rêve. Moût[2] prenait une étoile de son sein et me la tendait, dit Nezmet en buvant du lait de bufflesse.

— C'est un très beau rêve, déclara la servante. Il est de très bon augure. »

Nezmet ouvrit la paume de sa main, presque surprise de n'y point voir l'étoile.

3

Conversation nocturne dans une cour de palais

L'enfant avait tout vu. Tout vu de ses yeux dorés.

L'érection du pilier Ded avait été périlleuse, ce jour-là, pour les prêtres du sanctuaire d'Osiris. Cette cérémonie, qui clôturait les grandes fêtes du triple dieu Ptah-Sokaris-Osiris, au mois de Choïak, consistait à relever à l'aide d'une corde une momie couchée par terre et dont la tête était ce pilier même, dépassant de la momie d'environ une coudée. La momie représentait le dieu Osiris, et l'érection de la momie et du pilier symbolisaient la résurrection du dieu, Souverain de l'éternité. Cela se passait au temple même d'Osiris, à Memphis.

La momie ne pesait pas lourd. En vérité, un enfant normalement constitué eût pu la lever à lui seul. Mais l'on feignait de croire qu'elle pesait d'un poids infini. C'était le roi, assisté de ses fils, à commencer par Ramsès, et d'un prêtre, qui procédait à l'érection. D'habitude, on le laissait faire quasiment seul. Or, ce matin-là, Schemès, l'ouèb ou Prêtre pur, chargé d'assister le roi dans la cérémonie de la résurrection sacrée, avait senti à un moment précis que Séti laissait filer la corde alors que la momie était déjà en train de se relever. Il avait prestement pris le contrôle de la corde et le prince Ramsès, presque instantanément avisé de la défaillance royale, l'avait aussitôt secondé. Personne parmi les assistants n'avait donc rien remarqué. La momie avait été normalement et cérémonieusement relevée. Personne n'avait rien vu, ou bien tout le monde avait feint de ne rien voir. Mais on avait frôlé la catastrophe. Si Schemès et Ramsès n'avaient été aussi vigilants et prompts, la momie serait retombée par terre, le pilier se serait peut-être brisé et c'eût été un scandale fulminant. Un très mauvais augure.

L'enfant avait six ans. Il avait bien perçu le cri étouffé de sa mère quand le roi avait perdu prise sur la corde. Il avait levé les yeux vers l'entourage et saisi également le regard perçant de Ramsès. C'était la première année qu'il était autorisé à assister à cette cérémonie et il en ignorait le rituel. Il avait regardé le roi et l'avait trouvé pâle, couleur de cendres, mais un étrange sourire sur le visage. Un sourire sarcastique que Ptahmose n'avait jamais vu à personne, le sourire de celui qui sait un secret immense. Le roi s'était ressaisi. Ptahmose le trouva soudain mortel.

Mais son attention avait été détournée par la cérémonie étrange qui avait suivi, où l'on avait vu quatre prêtres se lancer, le poing levé, vers quatre autres prêtres qui battaient en retraite. La scène eût été alarmante, n'était que tout le monde, toute la famille royale dans les rangs de laquelle il se trouvait, restait serein et semblait la trouver parfaitement normale. C'est un jeu, se dit-il donc. Les prêtres, pourtant, se battaient à coups de poing. Puis l'un d'eux s'écria : « Je suis Horus, celui qui saisit la vérité! »

C'était déjà assez étrange, mais bientôt la rixe dégénéra : c'étaient maintenant quinze personnes qui se battaient non seulement à coups de poing, mais à coups de bâton, trouvés on ne savait où. Ptahmose leva les yeux vers sa mère; là encore, elle semblait trouver de l'intérêt à la scène et elle souriait, de même que le mari de sa mère, cet homme un peu sirupeux qui s'appelait Nakht, et aussi Ramsès et tous les autres. En tout cas, les deux prêtres qui entouraient le roi ne semblaient nullement pressés d'interrompre la bagarre et le roi lui-même n'en paraissait pas ému; ils arboraient même des expressions assez satisfaites.

« Qu'est-ce que c'est que cette bataille? demanda-t-il à sa mère.

— Ce sont les gens de Pe et de Dep qui se battent. Ceux qui sont pour la résurrection d'Osiris et ceux qui sont contre, chuchota Nezmet.

— Qui va gagner ? »

La question fit sourire le jeune Ramsès, qui se pencha vers l'enfant et lui fit doctement partager son savoir. « Comme toujours, ce sont ceux qui sont partisans de la résurrection d'Osiris. »

Ptahmose se le tint pour dit. Il admirait Ramsès. Il se disait souvent : « Bientôt, je serai aussi magnifique que Ramsès. Je marcherai avec autant d'allure que lui. »

Enfin, la cérémonie se termina. Vers la troisième heure de l'après-midi, comme l'indiquait le cadran solaire, la momie dressée du dieu ayant été installée en grande pompe dans sa demeure céleste, on donna un festin dans la cour du palais. Cent coudées de tables — de simples planches sur des tréteaux — chargées à ployer sous les victuailles et les boissons. Le roi l'inaugura en portant à ses lèvres un gobelet de verre bleu en forme de lotus, décoré d'or, que son premier chambellan avait empli de la bière la plus légère du royaume. Des vivats retentirent, où l'on distinguait les souhaits de longue vie de tous les enfants et parents du roi, une foule de frères, de sœurs, de garçons, de filles et de petits-enfants, sans parler du personnel de la maison royale, des prêtres, des généraux, des gouverneurs de province...

Après avoir mordillé dans une poitrine de pigeon grillé et mâché laborieusement deux dattes confites, le roi avait levé le bras avec le même sourire énigmatique et s'était retiré dans ses appartements pour prendre du repos.

Ce fut Ramsès qui devint alors le centre du festin. C'était le premier des héritiers de Séti et, par la volonté de son père, capitaine de l'armée depuis neuf ans. Il accompagnait son père dans ses campagnes en Palestine et en Syrie. Cela se voyait à son air impérieux et à ses jambières de soldat. De plus, avec son visage plein, ses yeux fendus relevés d'antimoine, sa bouche pleine et charnue, bien ciselée, carminée pour la circonstance et animée d'un éternel sourire, à dix-neuf ans il captivait tous les regards. Et celui de Ptahmose aussi bien.

Pourquoi celui-là, son oncle, était-il destiné, comme tout l'indiquait, à devenir le prochain roi ? demanda Ptahmose à sa mère. Parce qu'il était le fils aîné du roi présent et que le roi en avait ainsi décidé. Il deviendrait alors le servant des dieux.

Les prêtres aussi manifestaient des égards marqués pour le prince Ramsès. Mesurés et circonspects, certes, car le roi son père était encore vivant, mais néanmoins marqués. L'ouèb leva son verre au prince et à son épouse, promptement imité en cela par le premier prêtre lecteur du roi, les serviteurs du dieu, les prêtres horaires et tous les autres.

« Buvons à la santé du grand roi Séti, dit l'ouèb, et de son illustre descendance. Buvons à la santé du capitaine Ramsès. » Cette libation fut suivie d'un appel de bénédictions d'innombrables divinités, dont chacun attendit la fin pour mettre la main aux plats.

Le festin s'acheva bien après le coucher du soleil dans son luxe d'or et de cuivres, pareils à une fanfare. L'ouèb se retrouva seul avec le premier lecteur et le troisième chambellan, tandis que les serviteurs débarrassaient, sous la surveillance du deuxième intendant des vivres, les tables et les reliefs du festin. Oies et canards parfois à peine entamés, poulets, pigeons, cailles, quartiers de chèvre et d'agneau, restes de poisson, salades, bols de dattes et de figues, tout cela fut prestement emporté car destiné aux quartiers des domestiques. Sur les boissons, l'intendant se montra moins accommodant. Les jarres pleines étaient retournées aux magasins royaux, ou bien expédiées chez les princes.

« Ils vont festoyer », commenta l'ouèb, d'un ton ironique.

Le chambellan avait l'air sombre.

« Inquiet ? » demanda l'ouèb.

Le chambellan hocha la tête.

« Personne n'a rien vu, dit le premier lecteur.

— Toute la famille a vu, corrigea le chambellan. Il est rentré et s'est couché tout de suite. Je crains que la grande barque fasse bientôt voile. »

La grande barque solaire sur laquelle voyagerait l'âme du roi, et qui était déjà construite. Par ordre royal, évidemment.

La mort d'un roi était un souci pour tous les prêtres du royaume, de la Haute à la Basse Égypte. On ne savait jamais si le successeur n'allait pas, une fois de plus, réformer la religion, donc le clergé, donc l'administration des temples, donc les dotations royales réservées à ces temples et jusqu'aux fonctions mêmes des temples. Séti avait ainsi décidé que les temples seraient, outre des sanctuaires, des centres de réception des vivres du royaume, ce qui accroissait considérablement le pouvoir des prêtres. Ramsès maintiendrait-il cette fonction ? Tout changeait à chaque décès royal et il fallait parfois tout rebâtir, pied à pied, à force de discours et d'intrigues, comme lorsqu'un roi décidait de fondre deux ou trois divinités en une seule. Les clergés de trois temples se trouvaient alors contraints de se joindre en un seul. Et beaucoup se tournaient alors vers le commerce. Pour ne pas parler de l'abomination qu'on avait vue moins d'un demi-siècle plus tôt, lorsque le roi fou, Aménophis IV, avait prétendu balayer tout le panthéon et ne plus vénérer que le disque solaire ! Un seul dieu !

« Mais le prince Ramsès semble fort sage », dit l'ouèb.

Le chambellan hocha la tête sans conviction : « Il a ses courtisans. Et l'on sait que chaque nouveau roi change le personnel de sa maison. » Il ne pouvait signifier plus clairement qu'il appréhendait la mort du roi parce qu'elle entraînerait la fin de sa charge. Les courtisans en question prendraient la place des anciens serviteurs du roi présent. Ces derniers ne seraient plus que d'anciens favoris, promis à la nostalgie de la puissance perdue.

Les domestiques royaux aboyèrent des ordres et les esclaves fichèrent des torches dans les anneaux de fer, là-haut, sur les terrasses des palais, celui du roi au centre, ceux des princes à droite, ceux des princesses à gauche. La cour dallée s'emplit d'une lumière rougeâtre, à laquelle les mouvements des flammes dans la brise prêtaient une vie indépendante. Les ombres des trois personnages, qui s'étaient arrêtés au pied du palais des princesses, s'animèrent comme des flammes noires. La nuit ayant apporté le silence dans le palais, les voix résonnaient sur le dallage.

« Cette faiblesse du roi est advenue si soudainement... observa le premier lecteur.

— Souhaitons donc longue vie au roi Séti, reprit l'ouèb

pour interrompre ces méditations moroses. A coup sur une indisposition passagère. Espérons qu'il se rétablisse promptement.

— Il reste tant de travail à faire... reprit le premier lecteur. Par exemple, tous ces Apirous... On a à peine le temps de se retourner qu'il y en a trois là où il y en avait un. Et ils se montrent de plus en plus rebelles. Il faudra prendre des mesures.

— Oui, approuva l'ouèb. Ces gens commencent à semer le trouble dans le pays ! Ils répandent des croyances étrangères. Ils ont recommencé à parler d'un dieu unique...

— Fâcheux souvenir, grommela le chambellan. Toutefois, je vois depuis quelque temps circuler des amulettes de cultes inconnus, censées favoriser la prospérité, la rigidité du membre masculin ou la fécondité des femmes...

— C'est incompréhensible, dit l'ouèb car ils n'ont ni prêtres ni religion dignes de ce nom. Mais le plus irritant est leur attitude. Ils vivent dans notre royaume depuis plus de trois siècles[1] et se considèrent comme des habitants légitimes. Néanmoins, ils refusent de s'assimiler à notre peuple, auquel ils semblent se considérer comme supérieurs. Ils n'épousent pas nos femmes, ni leurs femmes nos hommes.

— Ils ne nous aiment pas. Ils ont jadis fait cause commune avec les Hyksos quand ces derniers nous avaient envahis, releva le chambellan. C'est d'ailleurs à ces populations sauvages du sud et de Syrie qu'ils ont emprunté les dieux de leurs amulettes.

— Néanmoins, insinua le premier lecteur, ces amulettes semblent efficaces, puisque le charme d'un Apirou a pu conquérir une princesse...

— ... Et donner à la famille royale un prince d'ascendance apirou », ajouta l'ouèb d'un ton aigre. Il jeta un regard alentour. Les silhouettes des gardes, dorées par la lumière des torches, se profilaient sur les remparts. Il ajouta ton grave : « Le garçon a six ans. Il n'est que vingt-neuvième dans l'ordre de succession et quand son temps viendra, il ne sera sans doute que le centième. Je ne crois donc pas que nous aurons jamais un roi apirou. L'éducation qui lui est donnée par le troisième lecteur Amsetse le purifiera des mauvaises influences que le sang de son père aurait pu lui transmettre. » L'ouèb baissa la voix. « Il faudra cependant envisager de réduire leurs naissances par la force. »

Les deux autres interlocuteurs hochèrent la tête.

« De toute façon, reprit le chambellan en se frottant les bras nus pour se réchauffer, car la brise du soir avait apporté de la fraîcheur, il est peu probable que cela se reproduise. Le prince Ramsès a fait comprendre à ses sœurs que les Apirous ne sont pas des gens avec lesquels il est convenable de prolonger la lignée royale. »

Sur quoi, les trois dignitaires se souhaitèrent une bonne nuit et s'en furent vers leurs demeures.

Ils étaient loin de se douter que, juste au-dessus d'eux, l'enfant dont ils venaient de parler, tapi dans l'ombre, avait écouté leur conversation. Il avait écouté, mais sans tout comprendre. Il devinait bien que dans les propos du prêtre se trouvait l'explication de ses différences, de sa peau plus claire que celle des autres princes, et de l'attitude, certes déférente, mais un peu soupçonneuse de la maison royale et surtout de son père Nakht et de Ramsès à son égard. Qu'étaient donc les Apirous ?

Les émotions et les spectacles de la journée, le doigt de bière qu'on l'avait laissé boire, l'heure décidément tardive et la brise qui agitait les flammes des torches l'empêchèrent d'approfondir la question. Ses paupières étaient lourdes. Il rentra se coucher. Aux caquetages des nourrices et des servantes avaient succédé leurs ronflements. Ptahmose regagna le cubicule qu'il occupait au premier étage, enleva sa robe d'apparat et ses sandales, ne gardant comme vêtement pour la nuit que des braies amples. Puis il alla souffler la lampe de terre que des moucherons assiégeaient. Il s'était à peine allongé sur la natte tendue sur un simple cadre de bois surhaussé et tiré le drap qui le couvrait pour la nuit qu'il bascula dans un sommeil profond.

4

L'éducation de Ptahmose

Mais Séti ne mourut pas. Une cure sévère d'eau de fèves bouillies mélangée à de l'argile blanche le sauva. Le mal dont il avait souffert était une crise de dysenterie aiguë. Huit jours après la faiblesse néfaste qui l'avait frappé lors de la grande cérémonie d'Osiris, on le revit dans la grande salle du conseil, amaigri, mais le teint frais et l'œil vif.

La maisonnée royale cessa de chuchoter. Les seules rumeurs portèrent sur la plante dont le médecin du roi avait en plus prescrit un extrait à son maître. Chambellans et clergé retrouvèrent le sourire. On ne parla plus que du temple que le monarque entendait ériger au dieu éponyme, Seth, son père suprême qui l'avait sauvé. Où le bâtirait-on ? A Avaris, dans le Delta, décida le roi.

« Qui était Seth ? » demanda Ptahmose à son précepteur. C'était dans l'une des pièces au rez-de-chaussée du palais des princes, là où les enfants de la famille royale suivaient leur instruction seuls ou en groupe, selon les désirs des parents, et des garçons aussi. Les filles, en effet, ne se souciaient guère du savoir ; elles étaient rares dans les classes. Les fenêtres donnaient sur le Nil, et laissaient entrer le bruit des joncs que la brise agitait. On apprenait aux élèves à lire les hiéroglyphes, à les tracer sur des tablettes d'argile molle, posées sur une planchette soutenue par les genoux, et à les combiner selon ce qu'on voulait dire. On leur enseignait également les liens logiques entre les signes, ce qui donnait l'occasion de semer bien d'autres idées dans les jeunes têtes. Comme la nature de Seth.

« Seth est le dieu du désert, répondit le précepteur.

— Mais comment peut-il être un dieu ? N'est-il pas celui qui a tué Osiris ? »

Le précepteur hocha la tête. « C'était au temps jadis. C'est un dieu. Seul un dieu peut en tuer un autre.

— Donc les dieux se disputent entre eux ? demanda Ptahmose.

— Ils ne se disputent plus. L'équilibre a été rétabli. L'intelligence suprême qui les habite fait que chacun d'eux connaît son rôle dans l'harmonie universelle. Seth protège le monde contre le grand serpent Apophis, qui menace de ramener le chaos. »

Explications obscures pour l'enfant. Les adultes disaient *les dieux* comme si cela allait de soi. Mais qu'étaient donc ces personnages ? Enorme question ! Le précepteur qui avait été assigné au jeune Ptahmose, personnellement choisi par Nakht sur l'insistance de Nezmet, avait d'abord commencé à sourire, puis il avait pris l'air grave et avait répondu qu'ils étaient les maîtres invisibles, tout-puissants et éternels du monde.

« Ils n'ont pas de roi, eux ? avait encore demandé Ptahmose.

— Ah si ! ils ont un très grand dieu parmi eux, le plus grand, Amon-Râ. Mais les dieux sont l'émanation de sa puissance. C'est pourquoi les dieux ne peuvent se quereller. »

Emanation de sa puissance. Encore une notion difficile pour l'enfant. Il médita sur la réponse, mais s'abstint de poser des questions pour n'avoir pas l'air obtus. « Comment est-il, Amon-Râ ? demanda-t-il.

— Personne ne l'a jamais vu, mais son visage est étincelant, puisqu'il est aussi le soleil », avait dit gravement le précepteur.

L'enfant tenta évidemment de se représenter cet être fabuleux. Puis il regarda le précepteur.

C'était un homme bon que cet Amsetse, un prêtre de moindre rang. Petit, replet, chauve, le torse imberbe, mains grasses et pieds dodus, il était chargé de donner à l'enfant les rudiments de conscience civique et d'écriture. Nakht, qui commençait à s'attacher à Ptahmose, en dépit de ses premières réserves, avait même suggéré l'usage de la canne au cas où l'enfant se montrerait rétif.

« Les oreilles d'un enfant sont dans le dos ! déclara-t-il d'un ton sentencieux.

— Mon maître l'a dit avec justesse : les oreilles d'un enfant sont dans le dos », répéta Amsetse.

Mais la canne n'effleura jamais le dos de Ptahmose : il buvait le savoir comme le sable boit l'eau et Amsetse s'en félicitait auprès de Nakht et de Nezmet. « Une terre fertile comme notre limon ! Et sa calligraphie, avez-vous vu ? »

Et il produisait des spécimens de la belle écriture hiératique[1] de l'enfant et chacun s'en émerveillait.

Celui dont Amsetse était le plus satisfait était une dictée tirée des préceptes de sagesse du grand vizir Ptahhotep :

Sois actif le temps de ton existence,
en faisant plus qu'il n'est dit.
Ne fais pas de tort au temps,
lors de tes activités.
Car il mérite le blâme
Celui qui use mal de ses moments.

Texte que le jeune Ptahmose récitait par cœur et qu'il savait également commenter.

Nakht et Nezmet regardèrent l'enfant d'un œil neuf. Nakht avec regret et Nezmet avec fierté. Elle avait eu, depuis, deux autres enfants, mais Ptahmose était sa secrète satisfaction. Il démontrait qu'elle n'avait pas erré, comme le lui avait un jour dit en termes assez secs son frère Ramsès. La passion avait été clairvoyante. Folle, mais presciente. Car Ptahmose n'était pas seulement beau, il était intelligent.

« Amsetse, tu donneras désormais chaque jour une heure supplémentaire de leçons à mon fils », dit-elle.

Nakht hocha la tête avec conviction.

Cette éducation heureuse connut toutefois des ombres. Ptahmose surprit un jour une conversation à son sujet entre Nakht, Nezmet et Amsetse. Il fit alors quelque chose de honteux : il écouta en cachette.

« Il serait bon qu'un garçon aussi doué fît un séjour dans un temple, afin de le former », dit Nakht.

Amsetse observa un long silence. Nakht reprit : « Tu ne sembles pas de cet avis ?

— Au contraire, au contraire ! Je pense aussi qu'un garçon tel que Ptahmose gagnerait beaucoup à faire un séjour dans un temple. »

Mais le ton était sans conviction, hésitant même.

« Mais tu crains que les prêtres fassent des réserves sur son inscription, c'est cela ? intervint Nezmet.

— La sagacité de la princesse est admirable, répondit Amsetse.

— Très bien, conclut Nezmet. Il me suffira que mon fils soit lettré. Il entrera dans l'administration royale[2]. »

Ptahmose s'enfuit sur ces mots, en proie au désarroi. Il portait donc une tare qui lui interdisait d'être prêtre et, depuis la conversation qu'il avait surprise un soir dans la cour du palais, il savait désormais laquelle : il avait du sang apirou. Et les Apirous, même lui pouvait le constater, étaient considérés comme des inférieurs.

Le dépit qu'il en conçut lui assombrit l'humeur pendant quelques jours. Il ne joua plus avec ses frères ni ses sœurs, et ses rares sourires étaient contraints. Un désir de revanche l'envahit et l'effet de sa résolution fut qu'il brilla encore plus dans ses études.

Mais l'enfance oublie vite et l'humeur de Ptahmose redevint ce qu'elle avait été, sans toutefois que son désir secret de revanche s'atténuât.

Avec les années, la réputation de Ptahmose grandit au palais. Ramsès en reçut les échos le premier. Puis le roi même en eut vent. Il convoqua le jeune homme, qui avait alors quinze ans.

Grand, les épaules larges, altier, le visage également large, encadré de boucles sombres, le nez fort et les yeux bien fendus, il forçait l'attention. A quinze ans, Ptahmose avait presque atteint le développement physique d'un homme. La course et la chasse au taureau sauvage en compagnie de ses frères aînés avaient développé la musculature des jambes, sans altérer la finesse des attaches. Mais c'était surtout le visage, large et plein, qui attirait le regard. Sous un front droit et lisse, le mariage du nez à l'arête légèrement busquée, et des grands yeux, impérieux, pareils à du bronze luisant, exprimait l'autorité. Une promptitude à froncer les sourcils accentuait cette impression. La bouche, elle, tempérait la rudesse du haut : les lèvres colorées, renflées, comme taillées au ciseau, suggéraient une sensibilité changeante ; on en attendait aussi bien un sarcasme qu'un compliment. Le teint était de cuivre pâle. Et le menton, renflé, volontaire, complétait le portrait : le prince Ptahmose avait un caractère qu'il valait mieux flatter.

Ses sœurs les plus admiratives le comparaient volontiers à Ramsès, et l'on disait que l'oncle et le neveu étaient à coup sûr parmi les plus beaux hommes de Memphis. Torse nu, vêtu de son pagne cérémonial et coiffé d'un châle d'apparat rayé, pincé aux oreilles, comme il était vêtu ce matin-là, Ptahmose possédait, en effet, une figure digne des sculpteurs royaux.

Il fut accueilli par un chambellan solennel à l'entrée de l'allée de sphinx qui conduisait à la cour de la Grande Maison. Là, il fut pris cérémonieusement en charge par deux fonctionnaires du palais, qui le menèrent au cabinet royal, lui rappelèrent le protocole, vérifièrent sa tenue et rajustèrent son châle, déstabilisé par sa chevelure. Alors seulement ils l'accompagnèrent dans la Salle d'or, où Ptahmose n'avait pénétré qu'une fois, avec sa mère et son beau-père, à l'occasion de la célébration de la nouvelle année. Au fond de celle-ci s'élevait l'estrade sur laquelle se dressait le trône.

Le contraste était à chaque pas plus saisissant entre l'éclat du siège, étincelant de dorures, et le personnage qui s'y tenait assis, ou plutôt affalé. Le monarque n'était plus qu'une forme sèche, aux bras ridés, au torse squelettique. Le protocole eût exigé que Ptahmose baisât la terre, puis les pieds du roi. Un geste du roi arrêta le premier hommage. Ptahmose s'inclina donc sur les pieds qui ressemblaient déjà à ceux de la future momie que serait bientôt son grand-père. Un autre geste fit sortir la plus grande partie des fonctionnaires présents. Entrevue restreinte. Quatre chambellans seulement, au lieu de dix, et naturellement Ramsès, vingt-huit ans, régent du royaume et héritier désigné du trône. Sans compter le jeune homme debout à la droite du roi, une hache d'or à la ceinture, qui tenait le vaste éventail : c'était un demi-frère, plein d'importance, que Ptahmose avait parfois aperçu dans la cour du palais. Le monarque tendit au jeune homme une main ridée, faveur insigne, et Ptahmose s'empressa de la baiser.

« Assieds-toi, dit Séti, indiquant un tabouret à ses pieds. Tu as appris bien des choses, me dit-on, et même plus que les jeunes hommes de ton âge. Mais je veux savoir si tu es une bibliothèque ou un homme lucide et si tu as réfléchi à ce que tu as appris. Qu'est-ce que la justice ?

— C'est le ciment d'un royaume, » répondit Ptahmose.

Le roi hocha la tête.

« Et en quoi consiste-t-elle ?

— A donner à chacun son dû.

— Comment détermine-t-on le dû de chacun ?

— Selon ses mérites, répondit Ptahmose.

— Très bien, dit le roi. Selon toi, il est donc juste qu'un homme qui a bien travaillé mange son pain et que l'homme à côté de lui qui n'a fait que s'enivrer meure de faim ? »

Ptahmose fut troublé.

« Cela est juste, dit-il lentement, mais cela n'est pas souhaitable.

— Pourquoi ?

— Parce que cela engendre la dureté du cœur et que la dureté du cœur rend injuste.

— Si tu manges à ta faim parce que as bien travaillé et que ton voisin meure de faim parce qu'il était oisif, que feras-tu ?

— Je lui donnerai du pain et je lui dirai d'aller travailler, car le lendemain, je ne lui donnerais pas de pain.

— Et si le lendemain il n'allait pas travailler ?

— Je l'y forcerais ! » s'écria Ptahmose.

Il leva les yeux et perçut le regard de chalcédoine étincelante de Ramsès. Le régent hochait la tête avec amusement.

« Quel est le principe que tu appliques de la sorte et qui est donc plus grand que celui de la justice ? demanda le roi.

— Celui de l'autorité.

— C'est parfait ! C'est cela ! » s'écria le roi, satisfait.

Et se tournant vers l'un des chambellans, il demanda qu'on fît apporter une cruche de bière et deux verres.

« Tu es donc bien conscient qu'avant la justice vient le principe d'autorité, reprit-il en s'adressant à son petit-fils. Mais comment l'expliques-tu?

— Il ne peut y avoir de justice si on ne peut l'appliquer. La justice est une contrainte. »

Le roi se mit à rire en hochant la tête derechef. Il n'avait plus de dents et son sourire en prenait quelque chose d'inquiétant, mais il réchauffa quand même le cœur de Ptahmose. Un serviteur apporta la cruche et les deux verres. Le roi ordonna qu'on les posât par terre. « Sers-moi », dit-il à Ptahmose. Celui-ci s'exécuta et se leva pour tendre le verre au roi. Puis il se servit et goûta à la bière, qui était fine et pure, parce qu'elle était tamisée deux fois à travers un tissu de lin et remise à fermenter. Même au quartier des princes, on n'en servait pas souvent de pareille.

« Dis-moi, reprit le roi, tu penses que pour être juste, il faut être fort. Mais que feras-tu en présence de dix fainéants qui viendraient te demander ton pain, celui de ta femme et de tes enfants? »

Ptahmose réfléchit un moment.

« Il faudra que j'aie une autorité encore plus grande et des serviteurs à mon service.

— Et si c'étaient dix mille hommes?

— J'irais voir le roi pour lui demander d'intervenir. »

Les chambellans écoutaient attentivement et visiblement fascinés. Ramsès croisait les bras sur la poitrine et paraissait intéressé.

« Tu es donc bien d'avis que plus l'injustice est grande et plus le pouvoir doit être grand?

— Je le suis, répondit Ptahmose.

— A ton avis, encore, qui est l'homme du royaume qui est le gardien suprême de la justice?

— C'est toi, dit Ptahmose, parce que tu détiens l'autorité suprême.

— Et si j'étais injuste? » demanda le vieux roi en se penchant vers le jeune homme.

Ptahmose leva les yeux vers lui :

« Seth te punirait, dit-il lentement.

— Oui, dit gravement le roi. Seth me punirait. Il n'y a pas de justice qui ne vienne des dieux, parce qu'ils sont les plus forts. La justice, Ptahmose, c'est la Loi, et la Loi vient des dieux, ne l'oublie jamais. »

Il appela un chambellan et lui chuchota quelques mots à l'oreille ; le fonctionnaire s'éclipsa.

« Ptahmose, dit le roi, ta tête est bien faite. Je veux y ajouter de l'expérience. Je te nomme premier assistant du sous-directeur du scribe des documents royaux à Avaris[2]. »

C'était l'une des plus hautes fonctions du royaume. Ptahmose leva vers le roi un visage à la fois étonné et coloré par la confusion.

« Tu apprendras ce que tu ne sais pas que tu dois apprendre, poursuivit le roi, et tu sauras ensuite que rien de ce qu'on apprend n'est jamais inutile à une tête bien faite. »

Il parut méditer un instant et reprit :

« On me dit, Ptahmose, que tu as le sang chaud. »

Ptahmose rougit et faillit céder à la contrariété. Les ragots couraient donc toujours au palais ! Il était vrai que, peu de jours auparavant, il avait tancé sans ménagement trois de ses frères. Mais le roi lui paraissait bienveillant. Ptahmose répondit :

« Parfois, mon roi.

— Parfois, répéta le roi, d'un ton ironique. Plus le cheval est vigoureux, plus son cavalier doit être fort. Ton humeur est le cheval. Le cavalier, c'est ta tête. Souviens-t'en. »

Il vida son verre et le chambellan qui s'était absenté revint, suivi d'un scribe, et tendit au roi deux petits sachets. Le roi à son tour les tendit à Ptahmose. Il ouvrit le premier de ses mains tremblantes et en tira une statuette d'or.

« Ceci, lui dit-il, est le dieu Seth, qui nous protège tous contre le chaos que veut introduire dans le monde le serpent Apophis. Garde-la toujours, invoque-la dans les moments de trouble. Et ceci, continua le roi en défaisant maladroitement le second sachet, est un papyrus d'or pour ton précepteur Amsetse, qui t'a si bien instruit. Tu le lui remettras de ma part et avec mes félicitations. »

Puis, sous la dictée royale, le scribe enregistra l'acte de

nomination du prince Ptahmose auprès de la sous-direction des documents royaux[3]. Le jeune homme écoutait solennellement les paroles de Séti. Il goûtait enfin à ce pouvoir qui l'avait environné depuis son enfance. Le document royal signait l'avènement de sa maturité. Bien plus, il le désignait pour le pouvoir[4].

Une copie fut rédigée à l'intention de Ptahmose. Les deux exemplaires furent paraphés par le roi. Le jeune homme baisa la main que le vieillard lui tendit et un nouveau geste le dispensa de baiser les pieds et le sol. Il leva les yeux vers Ramsès. Le régent eut un geste inattendu : il se pencha et posa la main sur la joue de Ptahmose. Ce mouvement d'affection troubla le jeune homme ; il baisa la main de son oncle.

Deux chambellans le raccompagnèrent jusqu'au cabinet, deux autres à travers la cour et le long de l'allée des sphinx. En retrouvant le soleil, Ptahmose, qui serrait toujours le rouleau dans sa main, fut ébloui par la lumière. C'était celle de sa gloire naissante.

5

La réalité des apparences

Le sang chaud ne laisse guère de place au goût des convenances, et c'est sans doute la raison pour laquelle ceux qui l'ont fournissent le monde en maîtres ou en criminels, c'est-à-dire en hommes qui n'ont cure du paraître.

Ptahmose se rappela soudain qu'il n'avait pas de père à qui annoncer sa nomination. Ni, dans sa parentèle, un homme d'autorité auquel porter la bonne nouvelle et avec lequel il eût pu en partager la fierté. Il s'arrêta un instant dans la cour, immobilisé par un souvenir enfoui. Trois ans auparavant, il avait demandé à Nezmet :

« Qui est mon père ? »

La question avait saisi Nezmet tandis qu'elle tâtait un tissu dans lequel elle comptait faire tailler une robe. Elle avait levé un regard un peu terne, un peu contrarié. Puis elle avait laissé tomber avec une pointe d'humeur et de mélancolie :

« Un Apirou. »

Ptahmose n'ignorait pas les connotations désobligeantes du mot.

« Et je suis un Apirou ? avait-il demandé.

— Tu n'es pas un Apirou, puisque tu es mon fils, avait répondu Nezmet feignant d'examiner le tissu de près. Ton père n'a pas d'importance. Tu ne serais pas dans ce palais si tu n'étais pas mon fils. N'y pense plus. »

Mais il y avait pensé, et souvent, et avec une certaine honte, comme si Nezmet lui avait révélé qu'il avait une tare à cacher. Là, au milieu de la cour, sous le soleil, il soupira, perplexe. Toutefois, son trouble fut balayé par la fièvre de l'enthousiasme. Il devait prévenir sa mère. Il grimpa quatre à quatre l'escalier qui menait aux appartements de Nezmet.

Elle fut d'abord stupéfaite, puis alarmée de le voir quasiment forcer les portes de ses appartements, bousculant les domestiques pour accéder à sa chambre. Le visage de Ptahmose était à ce moment indéchiffrable : tellement grave avec sa bouche figée, tellement intense avec ses grands yeux presque fixes, qu'il eût pu lui annoncer le meilleur aussi bien que le pire.

« Mon fils ! cria-t-elle. Que se passe-t-il ?

— Le roi... » commença-t-il.

Puis se ressaisissant :

« Je suis nommé assistant du sous-directeur des documents royaux de Basse Égypte ! »

Elle comprit d'emblée : assistant d'un des maîtres du royaume. A quinze ans. De Basse Égypte, songea-t-elle : le roi faisait de Ptahmose un maître en second des Apirous. Elle se dit qu'elle aurait plus tard le temps de savourer l'ironie un peu amère de cette promotion extraordinaire. C'était bien dans les habitudes de Séti : ses compliments mêmes comportaient toujours des barbes. Elle ouvrit les bras. Ptahmose s'y jeta. Il tenait toujours le papyrus dans la main.

« Il faut fêter cela... dit-elle, encore plus troublée que son fils. Il faut prévenir ton... Il faut prévenir Nakht, il sera si content. Et tes sœurs... Sese aussi... »

Sese, c'était le surnom de Ramsès.

« Sese aussi, bien sûr. Et il faut inviter Amsetse, dit Ptahmose. Le roi m'a confié un présent à lui remettre... »

Incapable de poursuivre un discours ordonné, il s'élança sur la terrasse et son regard embrassa l'immensité du fleuve, une mer brune et lourde, sorte de vache liquide que le ciel recouvrait d'argent. Son cœur se gonfla de bonheur et le bonheur retomba à la fin sous son excès, comme le corps ivre de vin de palme.

La fête fut d'abord décidée pour le soir même, puis, à la réflexion, remise au lendemain. Il fallait du temps pour s'assurer que tous les invités seraient présents. La joie de

Nakht, au souper de famille, n'était pas feinte; juste teintée d'une mélancolie elle-même nuancée de jalousie. Il n'en finissait pas de se faire répéter la conversation entre le roi et Ptahmose. Il en savourait les moindres mots, hochant la tête, souriant lorsque Ptahmose reprenait les inflexions du roi.

Ptahmose dormit mal ce soir-là. Il se leva, regarda le ciel sans lune, écouta les crapauds et suivit le vol des chauves-souris. Il ne s'endormit que peu avant l'aube et pour peu de temps.

« Les tailleurs du palais attendent le prince », lui annonça un serviteur, alors qu'il gisait nu sur le sommier de paille tressée tendu dans le cadre d'un lit de cèdre. Les mouches s'énervaient déjà devant le volet natté qui masquait la fenêtre.

Les tailleurs du palais. Phrase énigmatique s'il en était.

« C'est Nakht qui les a convoqués pour toi, ajouta le serviteur.

— Apporte-moi de l'eau et du miel », dit Ptahmose, se drapant sommairement pour aller pisser dans la salle d'eau attenante. « Des dattes aussi ! » cria-t-il.

Les tailleurs, au nombre de trois, un quinquagénaire chenu, son assistant et son apprenti, entrèrent. Ils souriaient tous trois et s'inclinèrent à plusieurs reprises devant le jeune homme, puis commencèrent à réciter des louanges. Il les écouta avec une surprise retenue. Cela aussi faisait partie de son nouveau destin. Mais il finit par les interrompre, d'un geste. Le maître-tailleur hocha la tête et considéra son jeune client de la tête aux pieds.

L'examen du maître-tailleur, certes motivé par la curiosité des gens du palais à l'égard du nouveau favori du roi, n'avait duré que trois battements de cils; il fut interrompu par un geste du menton de Ptahmose.

« Six pagnes d'apparat, six pagnes de dessous », chanta alors le maître tailleur, armé d'une mesure en bois articulée de trois coudées de long. « Pour commencer. »

Il prit les mesures de Ptahmose, d'abord de la cheville à la taille. « Deux coudées et quart », annonça-t-il d'une voix glapissante et réjouie.

L'apprenti s'empressa de tremper sa plume de jonc dans un encrier portatif et d'inscrire la mesure.

« Si le prince veut bien se donner la peine de faire un pas et de rester immobile un instant... » Il mesura la distance entre les chevilles et cria : « Une coudée un tiers ! »

L'apprenti inscrivit.

« Je ne suis que l'assistant du sous-directeur... » commença Ptahmose.

Le maître tailleur leva un regard chargé d'expérience, assorti d'un sourire nuancé.

« Un sous-directeur peut rendre grâces au roi et aux dieux d'avoir un prince comme assistant », murmura-t-il. Et d'une voix plus officielle : « Les manteaux ! Les manteaux de cérémonie ! Le prince aura besoin de manteaux pour les occasions officielles. Les tailleurs de Basse Égypte ne sont guère accoutumés à nos fastes, mon prince. Crois-moi, les plus beaux manteaux du royaume viennent de Memphis. »

Le serviteur apporta une gargoulette d'eau et un bol de miel. « Dois-je les mélanger pour mon maître ? » demanda-t-il.

Ptahmose hocha la tête et demanda une datte, tout en réfléchissant aux propos du maître tailleur. C'était donc ainsi que le palais interprétait sa nomination. Dans la hiérarchie administrative, il n'était que l'assistant du sous-directeur des documents royaux, mais dans la réalité, on savait ce qu'il en était ; c'était à lui qu'en tant que prince l'autorité de fait était dévolue. Il croqua pensivement une datte. Le maître tailleur se releva et posa son pouce sur son dos, juste à la naissance de la nuque. Puis il se pencha et mesura le point virtuel où l'ourlet du manteau s'arrêterait. « Trois coudées et demie ! »

L'apprenti inscrivit encore.

« Le manteau, reprit le maître tailleur, est un vêtement subtil. Il doit coller au dos et être ample à l'avant. » Il considéra Ptahmose d'un œil malicieux. « Cintré derrière, mon maître, souple à l'avant. Large à l'épaule, étroit à la taille. Et la taille de mon maître est admirable. »

Ptahmose feignit de n'avoir pas entendu le compliment, but un gobelet d'eau adoucie au miel et hocha la tête. Le maître mesura la largeur des épaules.

« Deux coudées un cinquième ! »

Puis il entoura la taille de Ptahmose d'une cordelette qu'il rapporta à sa mesure et cria : « Deux coudées et quart ! »

L'apprenti grattait fiévreusement son papyrus.

Un serviteur entra muni d'une queue de cheval fixée à un bâton et l'agita furieusement à travers la pièce en faisant « Pshhh ! » pour inquiéter les mouches. Elles s'inquiétèrent, en effet, et après quelques volutes, s'en furent par le volet natté relevé à cette intention.

« Une ou deux écharpes, peut-être ? demanda le maître tailleur.

— Ne sont-elles pas réservées aux prêtres lecteurs ? » demanda Ptahmose, songeant à ces ornements que ces hauts fonctionnaires portaient autour du cou de façon lâche, désinvolte et, pour tout dire, un peu faraude[1].

« Elles sont réservées aux personnages de qualité suprême tels que mon maître, répondit le maître tailleur.

— Va pour deux écharpes, alors, dit Ptahmose.

— Deux écharpes ! »

L'apprenti trempa son jonc dans l'encrier.

« Les sandales, mon prince ?... demanda le maître tailleur. Dois-je dépêcher mon collègue corroyeur ? »

Ptahmose ne sut que répondre. Il avait déjà trois paires de sandales.

« Des sandales de cérémonie me paraîtraient utiles au prince, dit le maître tailleur. Mon collègue le sandalier en fait de fort souples, en peau de vache doublée d'agneau très fin, frottées à la poudre d'or et ornées d'un cabochon de turquoise. Le pied admirable de mon maître ne s'accommoderait pas de moins. »

Ptahmose sourit par courtoisie. Peut-être aussi pour cacher son hilarité : l'idée que son pied fût admirable était comique.

« Mander le corroyeur pour trois paires de sandales de cérémonie ornées de cabochons de turquoise ! » cria le maître tailleur.

L'apprenti inscrivait toujours.

« Mon maître désire-t-il autre chose ? »

Ptahmose n'avait aucune idée de ce qu'il pourrait désirer de plus. Il n'avait jusqu'alors prêté qu'une attention passagère à son apparence et à ses vêtements. Il portait le même pagne et les mêmes sandales jusqu'à l'usure, n'en changeant que par souci de propreté. Il réprimait mal l'idée que les considérations du maître tailleur et, partant, de Nakht étaient dérisoires. La valeur d'un homme, lui avait enseigné Amsetse, était dans sa bravoure, son endurance, son honnêteté, son respect des lois. Et Ptahmose était beaucoup plus fier de son adresse au lancer de la massue courbe[2] pour chasser les oiseaux et de la vigueur de ses bras dans la chasse au crocodile que des attifets de ses frères, les autres princes.

« Non, je n'aurai besoin de rien d'autre », répondit-il.

Le maître tailleur, son assistant et l'apprenti s'en furent après maintes courbettes.

Ptahmose appela son serviteur pour qu'il l'aidât aux ablutions ; ce fut sa mère, Nezmet, qui apparut.

« Le maître tailleur a-t-il satisfait tes désirs ? demanda-t-elle.

— Je crois plutôt que c'est moi ai satisfait les siens », répondit-il.

Ils se mirent tous deux à rire. Ptahmose observa sa mère et fut ému par la joliesse à peine fanée et la fragilité dont elle offrait l'image.

« Ai-je vraiment besoin de tant de vêtements et si luxueux ? »

Elle mit un moment à répondre.

« Tu représenteras le roi, dit-elle. Il faut que les autres le sentent. »

Il n'y avait pas songé ; il ne s'appartenait plus. Il réfléchirait plus tard à cette contrainte.

« Un chambellan vient de me prévenir que ton oncle Sese présidera le festin, ce soir, ajouta-t-elle. Il l'organise dans son palais. »

— Pourquoi chez Ramsès ? demanda-t-il avec une pointe d'humeur. Ne pouvions-nous le donner ici ? »

Elle parut déconcertée par sa réaction.

« Il est le régent, il est l'héritier, répondit-elle lentement. Et son palais est bien plus grand. »

C'était vrai : le roi avait offert à son héritier un palais prodigieux dans la cité royale, avec tout un personnel et des gardes. Et un quartier pour plusieurs femmes.

Ils restèrent un moment face à face, sans mot dire. A

l'évidence, l'avenir de Ptahmose dépendrait non seulement du roi, mais également de Ramsès[3].

« Il a aussi chargé son chambellan de dire à Nakht qu'il te porte une grande affection, reprit à la fin Nezmet. Et qu'il est heureux de l'honneur que le roi te fait. »

Ptahmose baissa la tête. C'était la première fois qu'il prenait réellement conscience de la gigantesque machinerie d'intérêts et de manœuvres du palais. Rivalités, intrigues, mensonges et sans doute aussi jalousies, trahisons.

« N'oublie pas de remercier Nakht, dit-elle en se retournant sur le seuil. Il est fier de toi. »

Ptahmose déchiffra mal le regard appuyé qu'elle lui lança.

« Tu es enceinte, observa-t-il.

— Quatre mois », dit-elle en riant.

Il avait déjà deux sœurs; dans un soudain accès de ferveur, il espéra pour elle que cette fois-ci, ce serait un garçon.

Puis le serviteur entra. Il portait un pagne de cérémonie.

« Encore des vêtements! s'écria Ptahmose.

— C'est le prince Ramsès qui te l'adresse pour le festin de ce soir, dit le serviteur. Il dit que, désormais, tu es l'un des représentants du roi. »

Le vêtement était de lin fin, plissé et brodé au bas d'un fil d'or. Ptahmose l'examina d'un air songeur et se dévêtit pour entrer dans la salle d'eau.

Le festin fut somptueux.

Et Ptahmose ressentit vite le désir de quitter Memphis.

La fête, en effet, semblait donnée pour la gloire de Ramsès, qui rayonnait, parlait d'une voix tonitruante, distribuait des sourires d'un air avantageux, recevait majestueusement ses frères, une bonne douzaine et demie de princes, flattait ses sœurs, deux douzaines bien comptées, les chambellans et conseillers royaux, le placide Amsetse... Puis il donnait des ordres sonores aux serviteurs, faisant servir tel vin, telle bière, tel hydromel. On eût dit parfois qu'il était le père de Ptahmose et déjà le maître du royaume.

Une profusion de chaises comme Ptahmose n'en avait jamais vue, accompagnée d'une profusion égale de tables, fut bientôt disposée par les serviteurs et les esclaves dans une grande salle du palais, aux quatre colonnes de granit rose terminées par des chapiteaux en forme de lotus. Le sol était du même granit, poli au point qu'il miroitait. Elles furent arrangées à peu près en un arc de cercle au centre duquel se tenait Ramsès, face aux grandes fenêtres qui donnaient sur la terrasse et le Nil. Ptahmose était assis à sa gauche et à sa droite se trouvait sa première épouse, Sitrê.

Deux singes de Pount, tenus à bonne distance, échangeaient des criailleries avec des perroquets, perchés sur des poings d'esclaves gantés. Deux guépards traînaient leurs regards maquillés et moroses parmi la centaine de convives. Une princesse s'amusait à faire boire du vin de palme à une guenon qui glapissait, et cela faisait rire l'assemblée.

Assis tout près, Nezmet et Nakht regardaient Ramsès avec émerveillement et, sembla-t-il même à Ptahmose, obséquiosité. L'héritier forçait, en effet, le regard. Avec son grand nez au-dessus d'une bouche voluptueuse pareille à une datte fendue et ouverte, l'œil effilé, le torse nu paré d'un pectoral d'or, de grenats, de lapis et de turquoises, la perruque laquée, il respirait la jeunesse, la puissance et la gloire. A sa droite, portant le pagne brodé d'or que lui avait offert Ramsès, buvant le vin et mangeant l'oie rôtie, le canard et les cailles de Ramsès, ses petits pains de blé, d'orge, de seigle, subissant — quel autre mot ? — les compliments de Ramsès, Ptahmose contenait du mieux qu'il pouvait un certain agacement, puis de la lassitude et enfin de la mélancolie. La guenon finit par lui paraître la seule invitée digne d'un effort de conversation.

Il rassembla toutefois assez de voix, de courtoisie et de forces pour rendre l'hommage attendu à Amsetse et lui présenter le roseau d'or transmis par le roi.

« Je suis heureux, dit-il, d'être l'objet de l'hommage que notre divin maître à tous rend au grand enseignant qu'est mon maître Amsetse. Dans sa prescience divine, le roi a choisi un roseau. Je suis fier d'avoir été le papyrus qui court sous ce roseau. »

Puis il tira le présent d'un étui qu'il avait apporté et se leva pour l'offrir à Amsetse. Force accolades suivirent.

Le regard de Ramsès pesait sur lui et, se tournant vers

son hôte, Ptahmose le trouva perçant. Le compliment avait été bien tourné. « Un hommage au régent », chuchota rapidement Amsetse, tandis que les compliments fusaient.

« Je suis également heureux, reprit Ptahmose, se tournant vers Ramsès, de l'hospitalité magnifique de notre régent. Heureux l'homme qui bénéficie de l'ombre de deux grands arbres. »

On applaudit et l'on cria des compliments. Les princesses, enivrées, rivalisaient de jacassements avec les perroquets. Ramsès lui tendit un verre, avec un sourire triomphateur. Ptahmose chercha le regard d'Amsetse, le trouva et fut récompensé d'un hochement appuyé de la tête.

« Me suis-je donc maîtrisé ! Ai-je donc été bon élève ! » songea-t-il en vidant son verre. Il n'avait jamais tant bu, Ramsès emplissant son verre sans cesse et lui levant quasiment le coude. Il eut plus tard le souvenir d'être sorti prendre l'air sur la terrasse, vers la fin du festin, quand les vacarmes des musiciens et les prouesses des acrobates furent terminés, puis d'avoir eu sommeil. Une porte de la terrasse donnait sur une chambrette. Celle-ci était garnie d'un vaste lit bas. Il s'y était étendu.

A une heure indéterminée, mais il faisait encore nuit, les crapauds chantaient, il avait été réveillé par un corps contre le sien. Une seule lampe brûlait, inondant la pièce de sa lumière rougeâtre et il vit que le corps était celui d'une fille, sans doute une des danseuses, car elle avait le visage peint. Elle était à peu près de son âge, peut-être un peu plus jeune, de corps en tout cas. Il était nu, le pagne défait, et les manœuvres de la fille avaient déclenché en lui une violente érection. Le reste fut d'une simplicité désarmante, mais pour lui inconnue. Il se trouva posant les mains sur les hanches douces, plus douces que le bronze poli, de la fille qui le chevauchait. Il arqua son corps et elle arqua aussi le sien. Les petits seins pointus dardaient. Elle partit dans un galop haletant et il fut vite rendu. Elle ne descendit de sa monture qu'un peu plus tard, après une série de petits cris qui évoquaient ceux de la guenon de la veille et un alanguissement qui lui coucha le torse sur celui de Ptahmose. Il lui caressa les seins, puis les fesses et enfin le visage.

A genoux sur le lit, une main sur le sexe, elle se mit à rire et fit un compliment précis. Enfin, elle tendit la main, s'empara d'un linge sur le lit, le trempa dans un bol d'eau tiède qu'elle avait sans doute apporté avec elle et lui lava le membre. Il s'était déjà rendormi quand elle se pencha vers lui pour lui murmurer, dans une effluve d'huiles de girofle et de santal : « Tu es beau. »

Il s'éveilla avant l'aube. Le palais de Ramsès était plongé dans l'ombre. Ptahmose se leva, la tête un peu lourde, renoua son pagne, chercha ses sandales et s'étonna de l'odeur de girofle qui lui collait au corps. Puis encore ensommeillé, il traversa les salles désertes pour gagner les escaliers. Attachée à sa chaîne, l'une des guenons le vit passer et poussa des cris en agitant ses bras décharnés. Il se mit à rire doucement et rentra chez lui.

Il était donc aussi le sujet du régent, se dit-il en se recouchant dans son propre lit. La danseuse aussi était sans doute une faveur du régent.

Mais lui, lui Ptahmose, qui était-il ?

6

La Puissance et la Loi

La veille du départ pour la Basse Égypte, Ramsès manda un émissaire pour convoquer Ptahmose. L'émissaire, un quadragénaire sec, au visage bruni, ridé, énergique, était un lieutenant de l'armée. Son ton et son regard étaient courtois autant qu'éloquents : c'était bien d'un mandement qu'il s'agissait, le premier du genre et sûrement pas le dernier. Le jeune homme était désormais au service du royaume. Et sous l'autorité du régent, son oncle.

L'émissaire l'escorta jusqu'à la cour du palais et lui servit de guide auprès des gardes et chambellans qui filtraient l'accès au vice-monarque. Le protocole était presque le même que celui du palais royal, à cette différence près que Ramsès, qui disposait de son propre trône, n'exigeait pas qu'on lui baisât les pieds : il n'était pas encore l'incarnation divine qu'il deviendrait à la mort de son père, lorsque l'âme du roi, sous la forme d'un ibis à tête humaine, serait partie se présenter devant le Juge des Morts, le dieu Osiris, soutenue dans cette épreuve par son *kâ*, immortelle, splendide et enfantine entité.

Ptahmose emprunta un large passage entre deux vastes salles, l'une à gauche, l'autre à droite, où une vingtaine de scribes dépouillaient des monceaux de papyrus entassés sur des tables. Dans la salle suivante, presque entièrement rouge, quatre personnages de haut rang débattaient d'une voix grave devant des tables qui ne comportaient, elles, que peu de papyrus. Ptahmose supposa que c'étaient des ministres et saisit quelques phrases au passage : « ... Il faut enseigner à nos forgerons à faire des chars en airain qui soient assez légers pour que deux chevaux puissent les emporter au galop, et pas des chariots de paysans en métal... »

L'instant d'après, il pénétrait dans la salle où siégeait Ramsès. Le régent, en conversation avec un petit groupe d'officiers, lui adressa un regard de reconnaissance et un petit signe de la tête, mais poursuivit sa discussion. A la différence des ministres, les gens de l'armée ne portaient aucun bijou et leurs sandales étaient prolongées par des jambières de cuir armé d'airain.

« Nous n'en finirons pas avec les Libyens tant qu'ils n'auront pas compris que notre puissance militaire est constante, expliquait un officier, agitant son chasse-mouches. Pour le moment, ils sont comme des mouches. On les repousse un moment et ils reviennent avec le vent.

— Le seul moyen de leur faire entendre raison, répondit Ramsès, est d'établir une garnison dans chacun des deux pays de l'Oasis. Mon objectif est d'en installer ensuite trois autres dans la Basse Égypte, de manière à décourager tous envahisseurs de l'ouest ou de l'est[1].

— Je pense, sire, intervint d'un ton pensif un autre officier, personnage lisse et luisant, que nous devrions engager les Libyens eux-mêmes dans notre armée. » Un silence suivit cette proposition. « Ils descendent vers les plaines fertiles comme des sauterelles : parce qu'ils n'ont rien ou pas grand-chose chez eux. Donnons-leur une solde régulière, deux repas par jour, de l'eau et je crois que nous en ferons des serviteurs du roi. De plus, ils connaissent bien les points faibles des envahisseurs. Ça les rendra plus efficaces[2]. »

Ramsès réfléchit un moment en souriant.

« L'idée est intéressante, Neferseti. Intéressante. Je te charge de la mettre à l'essai. Avec une centaine d'hommes pour commencer.

— Et la main-d'œuvre, sire ? demanda le premier officier. Avec quelle main-d'œuvre construirons-nous les places fortes des garnisons ?

— Il y a les Apirous », dit Ramsès[3].

Ptahmose tendit plus attentivement l'oreille.

« Ils sont déjà pris par les travaux d'Avaris. Et nous ne pouvons pas enlever nos paysans aux travaux des champs.

— Il y a près de trente mille Apirous dans le Delta, dit Ramsès. Je viens de recevoir le dernier recensement de leur population. Ce qui fait, en excluant les femmes, qui comptent pour la moitié, les enfants et les vieillards, qui comptent pour le tiers de l'autre moitié, sept mille travailleurs.

— Ce n'est pas trop pour les travaux d'Avaris.

— Ptahmose ! » appela Ramsès, et son neveu s'avança.

Les officiers se tournèrent vers lui et le jaugèrent du regard.

« Le prince Ptahmose a été nommé par le roi assistant du sous-directeur des documents royaux. »

Ptahmose affronta du regard non seulement des chefs de l'armée, mais la première vision d'un monde différent du palais, de tout ce qu'il avait connu jusque-là, terrasses fleuries et matinées studieuses avec Amsetse, courses d'enfants et chasses aux oiseaux, fêtes et promenades en barque. Il entrait brusquement dans un monde d'adultes qui avaient en charge la défense du royaume.

« Je charge ici Ptahmose, reprit Ramsès, de tirer deux mille hommes de la force de labeur consacrée à Avaris et d'en assigner deux mille autres à la construction des places fortes dans les deux pays de l'Oasis. Les plans de ces places fortes seront établis par les architectes de Memphis et expédiés à Avaris, aux soins du prince Ptahmose, qui les remettra au directeur des bâtiments du roi. »

Ptahmose fut saisi par le ton autoritaire de Ramsès. On était loin du ton amène du festin de la veille. Et il venait d'étendre la charge de Ptahmose, qui le comprit bien. Les Apirous d'Avaris se trouveraient donc quasiment sous l'autorité de Ptahmose.

La discussion avec les officiers fut ajournée et Ramsès se tourna vers Ptahmose, qui demeurait debout et en prit conscience. Les officiers aussi étaient restés debout, bien qu'il y eût plusieurs chaises alentour.

« Tu es au service du roi et du royaume, Ptahmose. Je pense que tu en es fier. Et tu as raison. Le royaume est grand.

Du nord au sud, il va de la mer au Pays de Pount, et de l'est à l'ouest, il va également de la mer aux déserts. Il est fertile, il est riche, il est puissant, et comme tel, il compte beaucoup d'ennemis. Des ennemis de l'extérieur, contre lesquels les armées le défendent. Mais aussi des ennemis de l'intérieur, qui sont moins visibles, parce qu'ils ne portent pas d'armes. Ce sont tous ceux qui refusent de se soumettre à la justice du roi, c'est-à-dire à la Loi des dieux, comme te l'a dit notre maître le roi. »

Ramsès parlait sans hâte, clairement, sans l'ombre d'une hésitation dans le choix des mots. On eût dit qu'il gravait ses mots dans la pierre. Ptahmose en était saisi.

« Comment reconnaître autrement ces ennemis de l'intérieur ? »

Ramsès sourit, pencha la tête, posa la main gauche sur sa cuisse et son regard sombre sur le jeune homme.

« Il y a essentiellement les seigneurs locaux, qui prétendent appliquer leur justice et non celle du roi. Leur ambition rentre parfois dans son trou sous les coups ou la crainte des coups, mais elle ne renonce jamais. Et il y a ceux qui vivent dans le royaume, mais qui ont d'autres dieux et se prétendent donc indépendants de la justice du roi. Ce sont surtout les Apirous.

— Quels sont les dieux des Apirous ?

— Je ne sais pas vraiment, répondit Ramsès, avec un regard imperceptiblement sarcastique. Certains des prêtres lecteurs le sauraient peut-être, car ils ont du temps pour l'étude. Des dieux de l'est, sans doute, de ces gens qui courent sans cesse dans les déserts. Une seule notion doit compter pour toi, Ptahmose : quiconque mange le pain du royaume doit respecter ses dieux. »

Ptahmose ravala sa salive. C'était presque un service militaire en civil qu'il devait assumer. Plus que cela, il découvrait d'un coup la formidable machinerie du royaume. Il n'avait encore vu qu'un fleuve, des maisons, des humains et des arbres, et une puissance invisible, organisée, aussi cohérente que les grands temples, se révélait à lui. Une puissance écrasante aussi.

« Il serait décent, reprit Ramsès sur un ton de conclusion, que tu arrives à Avaris avec une suite digne de ton rang et de ta charge et que tu ne recrutes pas ce personnel sur place. Je te donne donc deux lanciers, deux serviteurs et quatre esclaves comme personnel domestique pour t'accompagner. »

Il appela un chambellan :

« Faites venir la suite du prince Ptahmose. »

L'instant d'après, ils étaient là ; c'étaient tous des jeunes gens vigoureux dont aucun n'avait encore trente ans. Ramsès leur dit : « Le prince Ptahmose est votre maître dès ce moment. »

Ils hochèrent la tête et il les congédia du geste.

« Outre les chevaux des lanciers, je t'en assigne deux autres, deux mulets et quatre ânes, poursuivit Ramsès. Tu dois arriver à cheval, précédé par un lancier. Le sous-directeur t'assurera le gîte et les autres serviteurs. N'hésite pas à exiger de lui et des autres ce qu'il te faut. Tu représentes le roi. Je souhaite que tu reviennes une fois par mois. Les rapports écrits sont nécessaires. La parole est cependant plus souple que le roseau. Maintenant, approche-toi. »

Il lui donna l'accolade ; c'était le congé. Ptahmose s'inclina et le chambellan l'accompagna à la porte. Là, la voix de Ramsès le fit se retourner.

« Tu as quinze ans, mon neveu, lança le régent avec un léger sourire. Il faudra bientôt fonder une maison. »

Ptahmose hocha la tête. Cela signifiait prendre femme et avoir des enfants. Il y songeait parfois, puis n'y songeait plus. Le monde lui semblait plus grand qu'une maison, fût-elle la sienne.

« Avec une femme de ton rang. Plusieurs de tes sœurs et de tes cousines seraient heureuses d'être tes épouses », ajouta le régent.

Ramsès se mêlait donc aussi de cela. « Mais je m'en vais demain », dit Ptahmose. C'était une réponse dilatoire. Peut-être Ramsès n'entendit-il pas. Peut-être ne parlait-on pas à distance au régent. Peut-être n'avait-il cure des réponses.

Une fois de plus, Ptahmose dormit mal. Un rêve étrange l'agita. Il se trouvait dans un désert. Une lumière écrasante l'environnait. C'était tout. Il se réveilla en sueur.

L'aube le trouva sur pied. Il fit ses ablutions seul. Les serviteurs vinrent serrer ses possessions dans deux coffres de bois qu'ils chargèrent sur l'un des mulets. Nezmet apparut, encore ensommeillée, sur le seuil de sa chambre. Ils s'embrassèrent. Elle lui donna une petite jarre de miel.

« Pour que tu te souviennes de moi le matin », dit-elle.

Nakht arriva aussi, en proie à une confusion incompréhensible, qui lui empêtrait la langue. Les époux étaient suivis de leurs deux filles, qui observaient la scène avec la curiosité froide des enfants. Ptahmose les embrassa.

« Je reviens de toute façon dans un mois », dit-il pour couper court à ces effusions.

Les serviteurs attendaient dans la cour. Mieux valait, dit-il, partir de bonne heure pour éviter les chaleurs de la matinée. Il dévala l'escalier un peu plus vite que nécessaire, sans savoir pourquoi, sans doute pour fuir une situation qu'il ne maîtrisait pas. L'un de ses deux serviteurs l'attendait pour l'aider à monter en selle et Ptahmose eut la surprise de trouver en compagnie de son équipage une silhouette plutôt frêle drapée de la tête aux pieds dans un cache-poussière de voyage. Les orteils dépassaient et c'étaient ceux d'une fille. Ptahmose regarda le haut. Un sourire fendit le visage encapuchonné. C'était la danseuse de la veille. Il sourit à son tour du cadeau malicieux de Ramsès. Elle monterait, décida-t-il, derrière le premier serviteur. Il gravissait le petit escabeau disposé à la gauche du cheval qu'il avait choisi quand une altercation brève et étouffée derrière lui attira son attention. Il tourna la tête. Une fille se défendait contre l'autre serviteur, qui la repoussait avec rudesse.

« Que se passe-t-il ? » demanda Ptahmose.

Il regarda la fille, une jouvencelle dépenaillée, à la tignasse roussâtre, dont le visage lui parut vaguement familier. Elle s'adressa à lui d'un ton presque sauvage.

« Tu es Ptahmose ? »

— Oui. »

Elle eut une expression de défi larmoyant.

« Ton père est mort.

— Mon père ?

— Amram », dit-elle.

Et d'une voix agressive, éraillée par les cris et le chagrin, elle ajouta

« Amram l'Apirou. »

Le monde pivota trop vite, une toupie folle.

« Et toi, qui es-tu ? demanda Ptahmose.

— Je suis ta sœur, Miriam. »

Il ne pouvait l'envoyer à personne. Les lanciers et les serviteurs attendaient. La Basse Égypte l'attendait. La représentation du roi l'attendait. Il baissa la tête et enfourcha sa monture, la bouche soudain pleine de poussière. Elle le regardait d'en bas.

« Je reviens le mois prochain », dit-il confusément.

Elle le suivit du regard. Il sortit au galop de l'enceinte du palais.

7

Une heure pour la genèse d'un chef

Tout au long du trajet vers Avaris, Ptahmose rumina son trouble et sa colère. La colère d'abord : comment cette souillon avait-elle osé l'approcher de la sorte, lui, le prince Ptahmose? Et prétendre qu'elle était sa sœur? Et qu'est-ce qui prouvait que le nommé Amram avait été son père? Mais le trouble revenait empoisonner la colère. Ptahmose s'était quelques fois regardé dans l'un des miroirs de sa mère; il connaissait son visage. Et il l'avait reconnu dans celui de l'effrontée. Vaguement, certes, mais d'emblée. L'affaire serait à explorer quand il en aurait le loisir. Quand il reviendrait, il enverrait un serviteur lui porter quelque cadeau, un demi-*dében*[1] de lentilles ou de blé, peut-être de la volaille, en lui conseillant de tenir sa langue.

Il s'efforça de penser à autre chose et y parvint rapidement, car il n'avait jamais quitté Memphis, sinon pour des parties de chasse avec ses frères, dans les environs. La route longeait le Nil et, suivant pourtant le même fleuve qu'il voyait à Memphis et qui lui était devenu presque aussi familier que le ciel, il entra dans un autre pays. Il n'avait jamais imaginé le Delta aussi verdoyant. On n'était plus qu'à un mois de l'été et des mers de blé, le blé de printemps, le plus tendre, ondulaient sous la brise, échangeant lentement le vert contre l'or et affolant la convoitise des corbeaux. Plus loin, c'étaient des champs de lin qui semblaient refléter le ciel. Le long des canaux d'irrigation des fleurs piquaient la terre grasse et des touffes de papyrus jaillissaient partout sur les berges du fleuve. Les palmeraies se succédaient, denses, ombreuses, palpitantes d'oiseaux.

Les villages aussi se multipliaient, cela se voyait à la profusion d'enfants demi-nus qui couraient au-devant de la petite caravane dès qu'ils l'apercevaient, agitant des mains qui ressemblaient à des fleurs roses. La petite danseuse, qui s'appelait Bouto-mêt, répandait des rires enfantins en les apercevant. C'était une compagne de voyage turbulente et distrayante à la fois. Il fallut dix fois s'arrêter pour qu'elle satisfît ses besoins ou se dégourdît les jambes.

Ils arrivèrent toutefois à un village différent.

« Des Apirous », dit le lancier en tête.

Ptahmose en avait déjà aperçu à Memphis, mais en petits groupes. C'était le premier village apirou qu'il voyait. Il donna l'ordre de ralentir l'allure. Guère d'enfants qui venaient à leur rencontre et peu de maisons, ou bien alors constituées d'un mur et de tentes accrochées à des piquets. Pas un homme d'âge moyen, quelques vieillards assis devant leurs portes qui regardèrent les voyageurs d'un œil sourcilleux. Et surtout des femmes, qui vidaient de la volaille, pilaient du grain ou étendaient du linge.

« Ils sont tristes ! » cria Bouto-mêt.

Tout le long du chemin, jusqu'à Avaris, ils virent plusieurs de ces villages. On les reconnaissait vite au fait qu'il n'y avait pas le moindre sanctuaire reconnaissable à proximité. S'ils avaient des dieux, ces gens-là les tenaient secrets.

Ils arrivèrent enfin, passablement fourbus, dans les faubourgs d'une grande ville. Avaris avait été, en effet, la capitale des rois hyksos pendant quatre siècles ; Ptahmose l'avait appris d'Amsetse, mais incidemment, car on ne parlait pas volontiers des Hyksos dans l'Égypte de Séti. Quand ils demandèrent à un homme qui coupait à l'aide d'une hachette les branches basses d'un sycomore l'adresse du sous-directeur des documents royaux, cinq ou six hommes s'empressèrent de les y conduire, excités par l'équipage. C'était à l'évidence un personnage d'importance qui arrivait ; mieux valait le flatter, chacun avait sa requête à placer, un rogaton à gratter, un sac de fèves à quémander, un lopin de terre à soutirer.

Ils furent bientôt vingt à se joindre à l'escorte princière. Un homme qui semblait exercer une certaine autorité les informa que la sous-direction des documents royaux se trouvait à près d'un tiers d'heure de là[2]. Ils passèrent d'abord, et non sans peine, dans les ruelles des quartiers marchands, où se côtoyaient vendeurs de poisson, joailliers, céramistes, sculpteurs, marchands d'amulettes, puis longèrent de larges avenues bordées tantôt de monuments anciens tantôt de chantiers dégageant une poussière épaisse. Ils s'arrêtèrent enfin dans un quartier d'apparence opulente, devant une vaste demeure précédée d'un jardin d'amandiers. Plusieurs hommes coururent à la porte de la maison, assez fiévreux. Ptahmose les entendit clamer : « Seigneur, seigneur, le prince de Memphis demande à te voir ! »

« Le prince de Memphis ! » se dit Ptahmose. Ce n'était pas d'un défaut d'exagération qu'on leur eût fait reproche ! En réalité, prince et équipage, ils avaient tous faim et soif et mal au dos.

Un petit homme replet apparut bientôt à la porte et, plissant les yeux, s'avança, les bras levés, sur des pieds sans doute plats, avec une hâte qui lui ballottait le ventre de droite et de gauche. On lui voyait de loin un regard rusé.

« Seigneur, mon seigneur, Hape-nakht est ton très obéissant serviteur ! » Il s'inclina plusieurs fois de suite devant la jambe droite de Ptahmose. Cependant, des serviteurs arrivaient avec des escabeaux et se hâtaient de les planter, d'abord à gauche de Ptahmose, puis des lanciers, laissant aux serviteurs le soin de descendre de leurs mulets et de leurs ânes comme bon leur semblait. Décidément, ces gens avaient le sens du protocole. Saisi par la servilité de l'accueil, Ptahmose descendit donc de sa monture tandis que dix bras se tendaient vers lui pour l'y aider, saisissant qui sa hanche, qui son bras, qui son avant-bras. Hape-nakht, puisque tel était son nom, n'arrêtait pas ses courbettes.

Ayant mis pied à terre, Ptahmose lui dit aimablement :

« Je suis heureux de l'accueil que tu réserves à ton assistant, Hape-nakht. » Il dévisagea le sous-directeur et reconnut vite un madré. La comédie, toutefois, était plaisante.

« L'assistant venu du palais du roi est pareil au dieu qui

se voile de nuages! protesta Hape-nakht. Le représentant de notre maître ineffable dans ma demeure est le messager lui-même des puissances célestes! »

Ptahmose réprima un rire. Ces gens avaient aussi un sens aiguisé de la rhétorique. Le sous-directeur des documents royaux l'invita d'un geste ample à franchir les vingt ou trente coudées qui séparaient le mur du jardin de la porte de la maison.

« Avant d'aller plus loin, demanda Ptahmose, où donc penses-tu que j'aurai mes quartiers?

— Prince, j'ai été prévenu par courrier il y a trois jours de ta très noble visite. J'ai immédiatement donné l'ordre de faire construire une demeure pour ton auguste personne. Elle n'est pas achevée, mais devrait l'être avant dix jours. En attendant, je serais infiniment flatté si tu voulais bien accepter ma modeste maison comme relais d'étape. »

Ptahmose se retourna et fit décharger ses malles, tandis que lanciers et serviteurs, sans parler de Bouto-mêt, attendaient de pouvoir se rafraîchir.

« Moi-même et ma famille irons loger non loin de là, afin d'être le plus promptement possible à ta disposition, ajouta Hape-nakht. Mes serviteurs sont les tiens. Ordonne, et tu es exaucé. »

Il tenait toujours le bras tendu vers sa maison; Ptahmose le suivit.

Hape-nakht fit les honneurs des lieux. Le relais d'étape, comme il disait, méritait la halte. La maison était spacieuse et certes digne d'un sous-directeur des documents royaux pour la Basse Égypte. Elle consistait en gros en deux bâtiments de huit et cinq chambres chacun, séparés par un autre jardin planté de grenadiers et de rosiers. Les murs intérieurs du jardin étaient recouverts de jasmin. Le bâtiment frontal, le plus grand, comportait la salle à manger, la cuisine et des bureaux, celui du fond, des appartements privés. Des étagères sur les murs des bureaux étaient chargées de casiers contenant des masses de rouleaux qui semblaient rigoureusement rangés. Six scribes s'affairaient encore à des rangements et s'inclinèrent cérémonieusement devant Ptahmose. L'ombre d'un immense robinier s'étendait sur les appartements. Un puits à la margelle basse se trouvait à courte distance du second bâtiment. Les deux corps de la demeure sentaient fortement la solution de natron et la poudre de plante *bebet* et de charbon de bois, destinées à tenir en respect les mouches, moustiques, punaises, puces, cafards et autres parasites. Deux chats fauves somnolaient dans le jardin et adressèrent à Ptahmose des regards langoureux.

Ptahmose hocha la tête.

« Je n'entends pas interrompre ou ralentir le travail des scribes, dit-il. Qu'ils continuent à travailler, même pendant que je serai là. Le bâtiment du fond me suffit amplement. »

Hape-nakht s'inclina. Il offrit de la bière et une armée de serviteurs s'élança pour remplir des bols d'agate fine et rose posés sur une table de pierre, dans la salle à manger du premier bâtiment. Ptahmose, Hape-nakht et les deux lanciers dégustèrent une bière douce. La danseuse et les serviteurs savaient garder leur rang; ils se tenaient dehors.

« Mon seigneur éprouve sans doute le besoin de se reposer après ce voyage, dit Hape-nakht, reposant sa coupe. S'il le permet, je le convie à un repas, ce soir, en compagnie des personnes les plus dignes de se présenter devant le messager du roi. »

Ptahmose hocha la tête derechef, un peu perplexe. Il avait cru arriver en fonctionnaire de seconde classe et s'avisait qu'on lui attribuait un rang bien supérieur. Peut-être le repas du soir permettrait-il d'élucider ce mystère.

Les serviteurs apportèrent les malles dans la chambre choisie par Ptahmose. Les lanciers s'installèrent. La danseuse prit une chambre voisine de celle de son maître. Les serviteurs emmenèrent les montures aux écuries, à courte distance de la maison. Hape-nakht avait disparu. Ptahmose alla s'étendre sur son lit, sans doute celui du maître des lieux, et s'endormit.

Ce fut la fraîcheur du soir qui l'éveilla. Ce pays était plus frais que Memphis. Il sortit. Le ciel était indigo. Deux torches brûlaient sur un poteau au milieu du jardin, servant de bûchers à des légions d'insectes. Le jasmin embaumait. Ptahmose se sentit désemparé. En moins d'une semaine, il avait perdu son environnement familier et se retrouvait dans un monde inconnu, chargé d'une mission imprécise. Il appela un serviteur et demanda qu'on lui préparât ses ablutions. Comble de luxe, les serviteurs d'Hape-nakht étaient venus faire chauffer de l'eau, et ils y avaient ajouté une huile de santal. Des blanchisseurs vinrent s'emparer de son linge.

Ptahmose ajouta une tunique à manches longues à sa tenue et s'autorisa à porter un pectoral d'or, de corail et de turquoises, ce qu'il n'avait fait qu'une fois. On lui attribuait un rang extraordinaire, autant le tenir. Un serviteur d'Hape-nakht vint le prévenir que, dès qu'il en aurait le désir, on l'accompagnerait au lieu du festin.

Il partit dans la nuit brodée de coassements, suivis de lanciers et des serviteurs. Bouto-mêt resterait à la maison ; c'était un repas d'hommes.

Ce l'était, en effet. Il se tenait dans une maison plus vaste encore que celle d'Hape-nakht, éclairée dans la nuit par plusieurs torches qui affolaient les chauves-souris. Plusieurs chevaux étaient attachés aux arbres alentour, sous la surveillance d'écuyers. Des escabeaux se devinaient sous les arbres, à la lueur des torches.

Ptahmose pénétra dans la salle à manger. Douze hommes l'y attendaient, les uns assis, les autres debout, buvant du vin dans des coupes. Les plus jeunes avaient trente ans, les plus âgés près de cinquante. Ils le fixèrent du regard et il eut instantanément conscience de son jeune âge et de l'examen auquel il était soumis. Il n'avait que quelques moments pour s'imposer ou se déconsidérer sans appel. La bonhomie d'Hape-nakht avait été un piège astucieux. Il se rappela le comportement de Ramsès et décida de l'imiter : nuque droite, regard direct et bouche ferme, sourire esquissé, mais froid. Le premier qui s'avança vers lui était le plus âgé. Massif, un rien bedonnant, le mouvement empreint de solennité.

« Je suis Horw-amon, le nomarque d'Avaris et ton hôte, dit-il, dévisageant le jeune homme d'un œil ridé et reptilien. Je souhaite la bienvenue au messager du roi, dont je suis le très humble serviteur. »

Le nomarque d'Avaris ! L'un des personnages les plus puissants du royaume. Presque le vice-roi de Basse Égypte !

« Le messager Ptahmose est flatté de rencontrer le représentant de la justice de notre maître », répondit-il.

Le suivant fut un homme relativement jeune, chauve, faussement somnolent.

« Je suis le khériheb Schou-enschi, serviteur du temple de Séti dans la demeure d'Osiris à Abydos, dit d'une voix lente le prêtre lecteur. Je souhaite la bienvenue au scribe éclairé porteur de l'inspiration royale et divine auprès de l'éminent Hape-nakht, sous-directeur des documents royaux. »

Sa voix comportait-elle une nuance d'ironie? Ptahmose n'en saisit en tout cas pas l'objet. Il répéta avec la variante d'usage la réponse qu'il avait faite à l'accueil du nomarque. Il la répéta d'ailleurs avec tous les autres convives, le directeur des provisions au temple d'Osiris, le commandant de la garnison d'Avaris, le directeur de la main-d'œuvre des monuments du roi, plus deux ou trois personnages dont le titre principal semblait d'être de riches propriétaires de fermes. Leurs regards pesaient sans cesse sur Ptahmose.

Ce cercle de surveillance immatérielle ne se desserra guère durant le repas. Ptahmose eût pu s'en laisser distraire par le décor : la salle à manger, décorée de colonnes rouges et de fresques de lotus, était meublée de façon princière, sièges d'ébène incrustés d'ivoire et tables d'albâtre. Le raffinement et l'opulence du repas ne le cédaient en rien à ceux de Memphis, s'ils ne leur étaient supérieurs, avec les vins de Syrie et de Chypre, rares même au palais de Memphis, les verres de couleur, la présentation des plats dans des lits de fruits et de fleurs. Mais Ptahmose n'en avait cure. Il sentait bien que l'enjeu de cette soirée était considérable et que cet enjeu, c'était son prestige. Il leur paraissait trop jeune, c'était sûr; il leur montrerait donc qu'il méritait la faveur royale. Mais il y avait pour eux un autre enjeu, qu'il ne devinait pas.

« La bienveillance du roi et du régent à l'égard de la Basse Égypte réchauffe le cœur de leurs sujets », dit le nomarque, en attendant que Ptahmose mît le premier la main au plat qu'on lui présentait : des filets de poisson finement découpés et baignant dans un jus d'huile à la coriandre, posés sur de petits pains au sésame. « Notre maître divin le roi et son fils inspiré semblent, en effet, vouloir porter le Deuxième pays au rang que lui avaient destiné les dieux. »

Il regarda Ptahmose comme s'il attendait une réponse.

« La restauration des temples en témoigne », répondit celui-ci. Il ne le savait que par hasard, mais ce hasard avait bien fait les choses.

« Je pensais aussi à la construction des places fortes, dit le nomarque. Toutefois, cette construction semble lente au régent.

— L'est-elle ? demanda Ptahmose.

— Le régent saurait-il avoir tort ? demanda le nomarque avec un sourire voilé. Les faits sont simples. La masse des ouvriers dévolus aux travaux de construction est constituée d'étrangers. Certains sont des prisonniers de guerre des pays de l'est, mais la majorité des travailleurs est formée d'Apirous. Les prisonniers de guerre sont d'un rendement médiocre. Ils ne savent ni correctement tailler et équarrir les pierres, ni mouler la brique. Les Apirous travaillent mieux, mais ils sont rebelles.

— Pour quelle raison ? demanda Ptahmose.

— Ils prétendent qu'on leur en demande trop », dit le directeur de la main-d'œuvre des monuments du roi, posant sur son plat un pilon de canard et prenant la parole pour la première fois, les lèvres brillantes de graisse, l'œil brillant d'indignation.

« Ils sont trente mille, dit Ptahmose, reprenant les chiffres qu'il avait entendus de la bouche de Ramsès, dont la moitié est constituée de femmes. Si l'on exclut les vieillards et les enfants, il en reste dix mille. Cela fait une force de travail appréciable. A un rythme de travail ordinaire, il ne devrait pas y avoir de problèmes. »

La précision de la réponse parut les surprendre.

« J'admire la connaissance du sujet dont témoigne le prince Ptahmose, dit le directeur de la main-d'œuvre, se faisant resservir du vin. L'ennui est qu'ils se plaignent quand même de trop travailler. Et qu'ils se rebellent. Et que nous ne souhaitons pas de révoltes comme nous en avons eu ces dernières années. A Memphis comme ici, elles alarment les responsables de l'ordre et contrarient le roi et le régent. Et rien ne nous est plus douloureux que leur contrariété. »

Ptahmose ne dit rien. Il déchiqueta le pigeon gras qui se trouvait devant lui, tâta de la salade, s'essuya les doigts, but une gorgée de vin et, se tournant vers le sous-directeur des documents royaux, lui demanda de façon abrupte :

« Quel est censé être mon travail ici ? »

Le nomarque éclata de rire. Le prêtre lecteur sourit silencieusement, les yeux baissés.

« La promptitude d'esprit du prince est remarquable. »

Ptahmose hocha la tête.

« La sous-direction des documents royaux, dit Hapenakht, enregistre les actes dictés par l'auguste roi et l'illustre régent à l'intention de la Basse Égypte. Mais elle n'est pas qu'un bureau d'enregistrement. Elle est aussi chargée de veiller à l'application des décisions royales en accord avec le nomarque[3]. Le travail du prince Ptahmose est, avec son agrément, d'éclairer la mise en œuvre de ces décisions.

— Et comment dois-je les éclairer ? » demanda Ptahmose.

Hape-nakht prit l'air fin, ce qui ne lui donna que l'air finaud. Il leva son verre.

« Me reviendrait-il de définir le génie du prince ? »

Ptahmose comprit en un éclair pourquoi Séti l'avait envoyé là : c'était pour le mettre à l'épreuve autant que pour le former.

« Si je comprends bien, vous espérez que je trouverai un moyen d'améliorer le rendement des Apirous et, sinon, que je plaiderai la cause de votre gestion auprès du régent. Nous verrons à l'ouvrage sur le terrain », dit-il. Le ton était sans réplique. Ils échangèrent tous des hochements de tête approbateurs.

« Les propos du prince respirent la clarté et la finesse, dit le nomarque. Nous y mesurons tous une fois de plus la justesse du choix de notre divin protecteur. »

L'expression des regards avait changé. Mais Ptahmose était las du voyage comme de l'effort mental imposé par ce repas, las de tous ces inconnus. Il goûta à peine des figues sèches confites au vin, vida son verre et chercha du regard un serviteur. L'un d'eux accourut avec un bol de sable fin, un pichet d'eau de source dans un bol. Il versa lentement de l'eau parfumée sur les doigts du prince, qui les trempa ensuite dans le bol de sable pour les dégraisser et les tendit enfin pour les rincer. Puis un autre serviteur apporta une serviette. Ptahmose s'essuya les doigts. C'était une façon de signifier qu'il avait fini son repas. Le nomarque se leva et les autres suivirent son exemple.

« Ta présence est une lumière et un honneur, dit-il.

— L'honneur est pour moi », répondit Ptahmose.

Quand il rentra se coucher, Bouto dormait. Ptahmose demeura un instant dans le jardin intérieur, regardant le ciel, comme s'il en attendait une parole. Il était seul. Entièrement seul, dans ce qui lui apparaissait désormais comme un immense labyrinthe bureaucratique, sans autre voix à attendre que sa voix intérieure. Puis il alla s'allonger et s'endormit d'un coup.

Le lendemain, dès que sa toilette fut achevée, il manda un serviteur chez Hape-nakht pour lui dire qu'il souhaitait être accompagné le plus vite possible sur un chantier en présence d'un contremaître. Une demi-heure plus tard, ce fut Hape-nakht lui-même et deux hommes qui arrivèrent à dos de mulet.

« Le prince désire-t-il se rendre sur le chantier de la garnison ? » demanda-t-il.

Ptahmose hocha la tête. La nécessité d'achever au plus vite les places fortes était un des soucis principaux de Ramsès. Il enfourcha son cheval et, toujours précédé d'un lancier et suivi d'un autre, il se joignit aux hommes de Hape-nakht. Le chantier se trouvait à près d'une heure à l'ouest d'Avaris.

Un soleil écrasant inondait un terrain poussiéreux, qui devait bien mesurer un mille, soit cinq mille coudées de long, par un millier de coudées de profondeur. On construisait une muraille d'enceinte coupée de fortins. Près d'un millier d'hommes s'y affairaient, luisants de sueur, demi-nus ou parfois entièrement nus, silhouettes sombres dans la blancheur environnante. Le soleil avait tanné les Apirous ; on devinait à une barre claire sur les reins qu'ils avaient la peau presque blanche. Çà et là, une équipe équarrissait des pierres venues par bateau de Haute Égypte, une autre, non sans indolence, moulait de la terre dans des formes mises à sécher au soleil, une troisième apportait de l'eau pour les briques, une autre encore équarrissait du bois pour les charpentes des murs en briques... Quelques-uns semblaient ne rien faire d'autre que se tenir derrière ceux qui travaillaient. Des contremaîtres criaient, le fouet à la main.

Ptahmose considéra la scène et la trouva chaotique; il avait assez observé de travaux de construction dans l'enceinte des palais pour savoir qu'on ne convoquait pas tous les corps de métier ensemble. Il se rappela le précepte d'Amsetse : « *L'intelligence est pareille à l'épervier, la volonté, au bœuf.* » Il lui fallait donc embrasser la situation d'un coup afin d'y remédier en quelques phrases et d'imposer son autorité. Or, la clef de cette situation était le désordre. Restait à le définir dans le détail. Hape-nakht lui présenta les responsables du chantier, l'architecte en chef, le contremaître en chef, le chef des équarrisseurs, celui des briquetiers... Ils s'inclinèrent le plus bas qu'ils pouvaient, proférant en désordre des formules d'accueil, de servilité et de bénédiction.

« Depuis combien de temps ce chantier est-il en cours? demanda Ptahmose, pour couper court au verbiage.

— Trois mois, répondit le contremaître, nommé Pikharê.

— Et quand sera-t-il terminé? »

Le contremaître se lança dans un discours dont il ne ressortait rien, sinon, précisément, que Pikharê était très volubile et salivait abondamment. Ptahmose le dévisagea sans rien dire et le trouva plutôt congestionné, l'œil trop brillant et l'haleine bien trop parfumée de menthe; il avait bu et s'était hâté de masquer les relents de l'alcool en mâchant l'herbe aromatique. L'homme avait un visage massif fixé sur un cou de taureau.

« Quand, demande le prince? dit assez sèchement Hapenakht, voyant l'impatience de Ptahmose.

— Au mieux dans quatre mois, répondit le contremaître, penaud.

— Et quand devait-il être terminé? demanda Ptahmose.

— Pour le 1er Méchir », répondit Pikharê, qui commençait à suer d'anxiété. Le 1er Méchir était un jour faste, à trois semaines de là. A l'évidence, le mur d'enceinte ne serait jamais terminé à cette date-là.

« Je l'avais dit ! », s'écria l'architecte.

Ptahmose ne lui prêta aucune attention. Il exigea qu'on lui fît faire le tour du chantier. Hape-nakht et l'architecte en chef ne le quittaient pas d'une semelle. Au bout de moins d'une heure, ils étaient revenus au point de départ.

« Je vois, dit Ptahmose d'un ton sans réplique, que les briquetiers coulent des briques alors que les fondations de pierre ne sont même pas achevées et qu'à l'extrémité nord, les fondations elles-mêmes ne sont pas encore entièrement creusées.

— Les hommes travaillent à des rythmes différents... commença Pikharê.

— Il ne sert à rien de couler des briques vingt jours avant le creusement définitif et l'achèvement des fondations, coupa Ptahmose. J'entends que les briquetiers soient immédiatement affectés à seconder les terrassiers pour l'achèvement des fondations et qu'ensuite ceux d'entre eux qui savent équarrir la pierre soient affectés à cette tâche.

— Les briques mettent un certain temps à sécher, objecta le contremaître.

— Elles mettent quatre jours à sécher et quand on recommencera à les couler, il y en aura déjà une provision qui assurera une belle avance. Une fois les fondations achevées, les briquetiers seront affectés à une autre équipe sur un autre chantier.

Le contremaître en hoqueta de stupeur.

« Mais, prince, les briquetiers sont briquetiers... Qui coulera les briques quand il le faudra ?

— Un enfant saurait couler des briques. Rien n'est plus simple : on coule dans les moules de la terre liquide bien mélangée avec de la paille hachée fin et on laisse sécher. C'est un jeu. Même les équarrisseurs pourraient s'en charger. En tout état de cause, quand il faudra construire les murs supérieurs, on aura besoin de beaucoup moins de briquetiers. »

L'autre écarquillait des yeux exorbités. Hape-nakht clignait des yeux apparemment distraits. La bouche de l'architecte béait.

« Pour le moment, reprit Ptahmose, toute l'équipe des maçons se croise les bras parce que les tranchées des fondations ne sont pas achevées, alors que les pierres sont prêtes. Les briquetiers en prennent à leur aise et jouent aux osselets. Pendant ce temps, ils sont quand même payés. Sur les deniers du nomarque et du royaume. Cela n'est pas normal. Combien de briquetiers y a-t-il ?

— Trente-cinq, prince.

— Avec trente-cinq hommes en plus, les fondations devraient être achevées dans quatre jours. Pendant ces quatre jours, je veux également que les maçons aident les briquetiers à l'équarrissage des pierres.

— Prince ! s'écria Pikharê. L'équarrissage... l'équarrissage est un art ! Un métier ! Les maçons, les briquetiers... équarrir les pierres... Prince !

— Ils apprendront. Les équarrisseurs ont bien appris, les briquetiers et les maçons apprendront aussi », répondit Ptahmose.

Hape-nakht et l'architecte avaient déjà convoqué un jeune scribe ; ils l'assirent sur une pierre, il tira le flacon d'encre qu'il portait autour du cou, le déboucha, le posa sur une pierre voisine, et Hape-nakht lui dicta : « Sur l'ordre du prince Ptahmose, ce jour du 8 Athyr, les instructions suivantes sont données pour le chantier de la garnison d'Avaris, dans le pays de Basse Égypte... » Suivaient les recommandations de Ptahmose. Le contremaître écouta consterné, la tête basse, tandis que le jonc du scribe traçait rapidement les caractères en hiératique.

Cela fait, Ptahmose ajouta :

« Je veux ensuite qu'à l'avenir et pour toutes les constructions dans le nome d'Avaris, les équipes d'ouvriers n'interviennent qu'au fur et à mesure des besoins qu'on en a, selon un calendrier qui sera établi par l'architecte en chef et le contremaître, de telle sorte qu'il n'y ait pas sur le terrain d'équipes désœuvrées et qu'on ne perde pas un seul jour de travail. »

On lui apporta un broc de bière douce et un verre qu'on remplit devant lui ; il y trempa les lèvres.

« Combien d'hommes y a-t-il sur ce chantier ? demanda-t-il.

— Sept cent trente et un, prince, dit le contremaître.

— Combien de terrassiers, combien d'équarrisseurs et combien de maçons ?

— Cinquante terrassiers, trente équarrisseurs et trente-six maçons.

— Trente-six maçons ?

— Avec les apprentis, prince.

— C'est beaucoup trop d'hommes, dit Ptahmose. Il n'est pas nécessaire qu'il y ait sur un chantier plus qu'une centaine d'hommes à la fois. Combien d'Apirous ?

— Ce sont tous des Apirous.

— C'est très bien. Le roi et le régent ont besoin de main-d'œuvre et l'on nous rapporte à Memphis qu'il n'y en a pas assez. Je vois qu'il y en a plus qu'il ne faut.

Il s'apprêtait à quitter les lieux.

« Je reviendrai demain voir comment ces dispositions sont appliquées. »

Une heure avait donc suffi pour les persuader tous que le jeune homme de Memphis n'était pas un objet décoratif.

Hape-nakht et leurs escortes le suivirent en direction des montures. « Admirable ! s'écria le sous-directeur. Admirable clairvoyance ! Promptitude de l'épervier ! » Il joignit les mains et les leva au ciel. « Jour béni que celui de ton arrivée, ô messager du roi ! »

Ptahmose se retint de rire.

« Compliments périlleux, ô mon maître, dit-il. Comment se fait-il que personne n'ait vu cela avant moi ? »

Hape-nakht s'arrêta net.

« Mon prince ! Tout le monde l'a vu, mais personne ne pouvait le dire. Le contremaître est le fils du chef du village le plus riche des environs d'Avaris. Ce sont ses terres qui nous fournissent un cinquième des vivres d'Avaris. Qu'on le mécontente, et le dében de viande perdra un cinquième de sa valeur. Les gens de son village viendront voler les pierres, les briques et le bois sur le chantier, ainsi que les vivres dans le temple.

— Tu veux dire que Pikharê est un prévaricateur. Et maintenant, il est mécontent, dit Ptahmose, enfourchant son cheval. Il s'est enrichi en faisant traîner les travaux et il va essayer de les faire traîner encore plus. Le nomarque n'a-t-il pas d'autorité, lui? »

Hape-nakht, qui trottait sur son mulet, cria :

« Mon prince! Le contremaître sera visité cette nuit par les cauchemars que lui enverra Sekhmet, la déesse de la vengeance! Demain matin, il pissera du sang! »

Ptahmose se mit à rire. Mais il restait perplexe. On n'avait quand même pas attendu son arrivée pour régler ces problèmes?

« Demain matin à l'aurore, Pikharê sera sur le chantier en train d'appliquer tes ordres avec la diligence du rat! cria encore Hape-nakht, d'une voix qui passait à l'aigu.

— Et le nomarque, Hape-nakht? Et le nomarque? »

— Ah! prince, s'écria Hape-nakht sur un ton tellement pathétique que Ptahmose ralentit son allure, le nomarque est comme moi! S'il prétend faire valoir son autorité, on a vite fait de lui démontrer qu'il en a beaucoup moins qu'il croit.

— Il n'y a donc d'autorité que du roi », murmura Ptahmose, se souvenant de sa conversation avec Séti. Mais Hapenakht ne l'entendit pas.

Ils furent bientôt rendus à la maison qu'occupait Ptahmose.

« Jour béni! » s'écria encore Hape-nakht en descendant lourdement de son mulet.

Les serviteurs s'empressaient de poser un escabeau à la gauche du cheval de Ptahmose[4]. Il négligea la main qu'on lui tendait et descendit d'un bond. « Jour béni! » répétait Hapenakh, et il levait encore les bras au ciel.

8

Le cheval et le taureau

La stupeur de Ptahmose fut grande, au réveil, quand un serviteur vint lui dire que le nomarque en personne attendait dans le jardin que le prince se levât.

Ptahmose se serra les reins dans un pagne, enfila des sandales et ouvrit la porte qui donnait sur le jardin. Le nomarque, en effet, y faisait les cent pas, escorté d'un scribe.

« Je te souhaite le soleil, dit Horw-amon.

— Je te souhaite aussi le soleil, répondit Ptahmose, le regard interrogateur.

— J'ai surtout vu la lune, cette nuit, dit le nomarque. Le contremaître Pikharê est venu m'enténébrer la cervelle de lamentations et de reproches.

— Les lamentations sont indues, les reproches me paraîtraient insolents.

— Il me reproche de l'avoir abandonné aux griffes de l'épervier royal, reprit le nomarque. Il affirme que tes ordres désorganisent son travail et menace de quitter sa fonction. »

Ptahmose respira profondément.

« Je pense que mes ordres désorganisent surtout son entreprise de prévarication. Il est payé par toi sur les deniers du royaume et fait traîner les travaux à plaisir parce qu'il y prélève sa dîme. Il commande toutes les équipes à la fois sur le chantier pour que cela coûte plus cher. On rapporte au régent que les travaux de construction manquent de main-d'œuvre. S'il en est ainsi sur tous les chantiers du royaume, cela se comprend.

— Tu as raison, dit le nomarque, mais Pikharê appartient à une famille de notables de Basse Égypte. Ce sont des gens d'importance. Ils supporteront mal l'humiliation qu'il estime avoir subie hier. »

Les chats s'étirèrent dans les premiers rayons du soleil. La brise agita les jasmins, qui embaumèrent. Un corbeau croassa.

« Il y a pire que l'humiliation, dit Ptahmose en regardant le nomarque dans les yeux. Je peux déclencher une enquête fiscale sur Pikharê et sa famille. S'il quitte sa fonction, ce qui est un défi à ton autorité, je peux rentrer demain à Memphis et faire mon rapport au régent. »

Le nomarque avança la mâchoire inférieure et son regard s'assombrit.

« Que dirait ce rapport?

— Qu'un contremaître prévaricateur exerce à Avaris une autorité supérieure à celle du nomarque et qu'une gestion corrompue est cause du retard des travaux. »

Les conséquences étaient aisées à prévoir. Le nomarque serait démis. Quant à la famille de Pikharê, elle serait exposée à la vigilance d'une équipe du fisc mandée exprès de Memphis. Le nomarque se rembrunit.

« Ce serait la guerre, dit lentement Horw-amon.

— Elle serait perdue d'avance, répondit Ptahmose sèchement. Je vois donc la situation ce matin. Pikharê exerce un chantage. Il l'exerce sur un représentant du roi et du régent. Cela ne fait que prouver que l'alcool a embrumé sa cervelle d'âne. » Les chats vinrent se frotter à ses mollets. Il se pencha pour les caresser, puis se redressa. « Nomarque, je te charge de prévenir Pikharê que s'il n'est pas présent ce matin sur le chantier, il se souviendra de ce jour. »

Le nomarque hocha la tête et s'en fut.

La situation n'était donc pas vraiment celle qu'avait décrite Hape-nakht; non seulement le nomarque ne faisait pas prévaloir son autorité, mais encore il semblait protéger Pikharê ou, en tout cas, le *statu quo*. Sans doute bénéficiait-il, supposa Ptahmose, des largesses de la famille de ce dernier.

C'était donc bel et bien un réseau de corruption dans lequel Ptahmose avait tranché. Il dépêcha ses ablutions et, toujours accompagné des lanciers et de ses serviteurs, il se rendit sur le chantier, cette fois sans prévenir Hape-nakht.

Mais il le trouva déjà sur place, en conversation morose avec le nomarque et l'architecte en chef. Apercevant Ptahmose, Hape-nakht courut vers lui et se lança à nouveau dans ses salutations serviles ; l'appréhension avait sensiblement plombé ses sourires. Il parut à Ptahmose que l'échine du sous-directeur des documents royaux était plus basse que la veille. Le nomarque, lui, paraissait énigmatique.

Quand le contremaître Pikharê aperçut Ptahmose, il s'immobilisa et considéra un moment le jeune homme qui s'était si vite imposé comme son ennemi. Puis il vint lentement vers lui. Ptahmose parcourut le chantier du regard ; il n'y restait même pas le tiers des ouvriers qu'il avait vus la veille. La menace avait donc été entendue.

Le contremaître s'inclina avec raideur et souhaita la bienvenue à Ptahmose en le fixant d'un regard voilé, mais chargé d'envie de meurtre. Ptahmose lui rendit les paroles ordinaires de courtoisie, soutenant le regard sans ciller. Il demanda ensuite à visiter le chantier. Les terrassiers s'activaient à finir les fondations.

« Les hommes que tu vois ici déblayer la terre déplacée sont les briquetiers, comme tu l'as demandé, dit Pikharê.

— Quand penses-tu qu'ils auront fini ?

— Demain soir.

— Quelle est la proportion de pierres qu'il reste à équarrir ? demanda Ptahmose.

— Je dirais un tiers.

— Combien de temps faut-il pour cela ?

— Cela dépend du nombre d'hommes. Et du temps imparti.

— Pour achever d'équarrir le tiers en deux jours ?

— Vingt, et cinq apprentis.

— Dans deux jours, quand les fondations seront achevées, tu feras venir les équarrisseurs. Deux jours plus tard, tu feras venir les briquetiers et les maçons pour construire les murs supérieurs. De plus, quelle est la proportion de briques qui ont été coulées par rapport à la quantité finale nécessaire?

— A peu près la moitié. Il y a un certain nombre de briques imparfaites.

— Très bien, dit Ptahmose. Cela signifie qu'on n'aura donc besoin que de la moitié de l'équipe de briquetiers pour la suite des travaux.

— Tu veux donc être contremaître? » demanda Pikharê d'un ton rauque.

Ptahmose se tourna vers lui et lui répondit :

« S'il y avait eu un contremaître sur ce chantier, je ne serais pas contraint de te donner ces ordres. Ce chantier sera achevé dans dix jours.

— Si je veux.

— Je croyais que Horw-amon t'avait fait entendre raison. Si je veux, moi, une enquête fiscale sera déclenchée dès demain sur toi et ta famille. Si tu manifestes la moindre intention de ralentir ce chantier, je te fais saisir par la police et jeter dans la prison du temple en attendant le jugement. Je représente ici le roi et le régent. Le régent comptait que ce chantier serait prêt dans trois semaines. Tu es déjà en retard de cinq semaines et tu comptais l'être de seize de plus. »

Le visage de Pikharê devint violet.

« Il faudra que le nomarque donne son avis sur tout cela. C'est lui la plus grande autorité du pays. »

Ptahmose comprit alors que le nomarque n'avait rien dit à Pikharê. Sans doute avait-il eu peur d'un conflit; il avait laissé à Ptahmose toute la responsabilité de l'affaire. Sans doute aussi tous ces hommes s'étaient-ils dit que le jeune homme de Memphis n'irait pas au-delà d'une manifestation épidermique d'autorité. D'en avoir pris conscience galvanisa la volonté de Ptahmose.

« La plus grande autorité du pays, Pikharê, c'est le roi, dit-il. Vient ensuite celle du régent. L'alcool te rend sourd, Pikharê. Je t'ai déjà dit que je représentais ici le roi et le régent. »

Il avait haussé la voix; les ouvriers se retournèrent. Qui donc osait défier l'autorité de Pikharê?

« Et puis, j'ai dit. Va au travail. »

Le contremaître lui lança un regard noir. Puis il tourna les talons. Il s'en fut vers les fondations et, quelques instants plus tard, asséna un violent coup de fouet à l'un des terrassiers. Le coup arracha un cri atroce à l'Apirou. Ptahmose se précipita.

« Le fouet ne fera pas avancer le chantier, cria-t-il. Il le retardera plutôt. Je t'interdis d'en user sans raison grave. »

Pikharê poussa un cri de rage et jeta le fouet par terre. Il fit face de toute sa masse. Les ouvriers s'arrêtèrent de travailler et tous les regards convergèrent sur l'affrontement. C'était la première fois que le pouvoir royal semblait prendre leur défense. Un conflit inattendu se matérialisait devant eux; le jeune homme pareil à un jeune cheval contre le contremaître pareil à un buffle. Pikharê haletait. Il était évident qu'il brûlait d'envie de se jeter contre Ptahmose et que seule la crainte des conséquences l'en retenait. Horw-amon et Hapenakht avaient observé la scène de loin; ils accoururent.

« Au travail, contremaître! cria Ptahmose. Sans violence! Dans l'obéissance absolue aux volontés du roi et du régent! Sous la surveillance de mes yeux! »

Sa voix résonna sur tout le chantier. Tous les ouvriers l'entendirent. Un silence alarmant régna soudain sur le site.

Le nomarque essaya de s'interposer entre les deux hommes. Ptahmose le repoussa de la main, geste de mépris inconcevable la veille, et il se dirigea vers sa monture. Hapenakht le rejoignit. Horw-amon se tenait derrière, consterné.

« Mon prince! Mon prince! Patience, je t'en conjure à genoux! cria-t-il.

— Je comprends pourquoi tu m'as donné ta maison, Hape-nakht, dit Ptahmose. Tu pensais que je ne resterais pas ici plus longtemps que le mulot poursuivi par le renard. Maintenant, je veux que ma maison soit terminée exactement dans dix jours. »

Il tira sur la bride, fit demi-tour et s'élança, suivi par les lanciers et les serviteurs[2].

9

Propos vaseux des consuls azuréens

Il croyait l'affaire réglée ; il avait tort.

Quand il regagna la maison d'Hape-nakht, il trouva les scribes dans l'agitation ; à sa vue, ils parurent frappés de terreur. Les pleurs d'une fille retentissaient dans le jardin et comme il ne l'avait jamais entendue pleurer, il ne comprit que c'était Bouto que lorsqu'il fut passé dans le jardin. Ses domestiques se soignaient réciproquement de contusions variées.

Le récit qu'on lui fit était simple. Peu après son départ, six hommes étaient venus du côté des champs, ils avaient pénétré dans la maison par la porte arrière, avaient battu Bouto et lui avaient déchiré ses vêtements en l'insultant et quand les domestiques étaient venus à la rescousse, ils avaient dû en découdre avec les assaillants. Seule l'intervention des scribes alertés par les cris avait mis fin à l'agression, les attaquants se trouvant désormais en minorité. Un des assaillants avait été assommé par les domestiques de Ptahmose. Il gisait dehors sous le sycomore.

Ptahmose consola Bouto en quelques mots et alla voir l'assommé. Un cercle d'hommes s'était formé autour de la forme qui gisait par terre ; certains disaient qu'il agonisait, d'autres qu'il serait remis le lendemain. Un médecin mandé d'urgence s'affairait à confectionner un cataplasme à base d'on ne savait trop quoi, foie de chauve-souris, huile de sésame, carthame, cuivre en poudre... Il pérorait sur son art.

Ptahmose se pencha vers l'homme, qui portait, en effet, une large contusion au front. En tout cas, il n'était pas mort, ou pas encore; sa poitrine se soulevait plus ou moins régulièrement et les paupières semblaient remuer. Ptahmose se dit que s'il s'était trouvé dans la situation de cet homme, il eût fait le mort aussi longtemps que possible pour n'avoir pas à révéler le nom de son commanditaire.

« Va me chercher un baquet d'eau », murmura-t-il à l'adresse d'un de ses domestiques.

Quand on lui tendit le baquet, Ptahmose en jeta énergiquement le contenu sur la victime. L'homme ouvrit les yeux, la bouche, toussa d'un air ahuri, puis se releva et s'assit.

Les assistants crièrent évidemment que le prince Ptahmose avait ramené le mort à la vie. Et qu'il allait maintenant le punir.

« Médecin, administre-lui ta médecine », ordonna Ptahmose. Et se tournant vers ses serviteurs : « Liez-lui les mains et les pieds; ne le frappez pas, quelle que soit l'envie que vous ayez. »

Proférant des malédictions à l'adresse du malandrin et lui promettant qu'il serait bientôt expédié vers les profondeurs infernales où régnait le serpent géant Apophis, les serviteurs s'exécutèrent.

« Qui t'a envoyé? » demanda Ptahmose.

L'homme gardait la tête baissée.

« Très bien, dit Ptahmose à ses serviteurs. Levez-lui les pieds en l'air et donnez-lui un bon coup de canne sur les plantes. »

Ce ne fut pas plus vite dit qu'exécuté. L'homme poussa un hurlement de douleur.

« Ce n'est qu'un échantillon, avertit Ptahmose. Je te ferai battre jusqu'à ce que tu parles.

— Parle, canaille! cria un des serviteurs, celui qui portait les plus belles ecchymoses.

— Pitié! gémit l'homme.

— Aie plutôt pitié de toi. Qui t'a envoyé? »

L'homme gémit encore :

« Si je le dis, il me tuera.

— Sort enviable, dit Ptahmose. Si tu ne parles, je te ferai battre jusqu'à ce que tu avoues. »

L'homme haletait.

« Un autre coup de canne, dit Ptahmose.

— Non ! » hurla l'homme. Mais il le reçut quand même, les serviteurs n'allaient pas s'en priver, et il se mit à pleurer.

« Tu pleures maintenant, crapule, et tout à l'heure, tu nous asSénais des coups de gourdin ! cria un serviteur.

— Pikharê, murmura l'homme, comme s'il expirait.

— Vous avez entendu ? demanda Ptahmose à l'assistance. Qu'a-t-il dit ?

— Pikharê », répondirent plusieurs hommes.

Un murmure parcourait les assistants. Vilaine affaire, si Pikharê lançait des expéditions criminelles.

Alertés on ne savait comment, le nomarque et Hape-nakht étaient arrivés. Ils étaient déjà informés par la rumeur, car ils ne posèrent pas de questions.

« Scribe, dit Hape-nakht, couche le procès-verbal suivant. »

Le scribe courut à l'intérieur de la maison et rapporta un rouleau de papyrus et un pot d'encre. « En présence du prince Ptahmose et du sous-directeur des documents royaux de Basse Égypte, Hape-nakht, il est établi en ce jour... » Et il dicta le récit des événements. Au fur et à mesure, le scribe répétait chaque mot. Ptahmose écoutait attentivement ; le compte rendu paraissait fidèle. Les noms des témoins suivirent tous, et ce qui compliquait l'affaire était que cinq scribes déposèrent à la fois comme victimes et comme témoins, puisqu'ils avaient également reçu des coups de bâton. Il y avait eu agression de fonctionnaires royaux ; la punition pouvait aller jusqu'à la peine de mort.

« L'instigateur, déclara Hape-nakht, a été désigné par l'un des agresseurs comme étant le contremaître Pikharê. »

Ptahmose hocha la tête.

Horw-Amon tirait une mine d'enterrement.

« Pikharê est devenu fou, dit-il. Qu'on aille chercher la police. Cet homme sera enfermé à la prison du temple d'Osiris.

— Ensuite, il faudra juger l'instigateur de cet acte

d'imbécile », dit Ptahmose, regardant Horw-amon dans les yeux.

Le nomarque répéta sombrement :

« Il faudra, en effet, juger l'instigateur.

— Je demande, dit Ptahmose, que l'accusation de Pikharê soit différée de dix jours.

— Dix jours ? répéta le nomarque, sans comprendre.

— Le temps qu'il achève le chantier.

— Et après ? demanda le nomarque.

— Après, dit Ptahmose, j'aviserai selon l'état des travaux. »

Il s'arrogeait de la sorte le droit de décider du sort de Pikharê. Son pouvoir de fait était désormais incomparablement plus grand que celui d'un assistant du sous-directeur des documents royaux.

« Il faudra voir s'il acceptera d'achever les travaux sans savoir quel sera son sort, dit Horw-amon.

— Une chose est certaine, dit Ptahmose. Si les travaux ne sont pas terminés dans dix jours, ce sera sa ruine. Mais s'ils le sont, je l'ai dit, j'aviserai. »

Il tourna les talons et rentra dans la maison.

Une heure plus tard, tout était rentré dans l'ordre. Les scribes avaient regagné leurs bureaux et leurs écritoires. La police était venue, l'air avantageux, emmener le malandrin à la prison du temple. Bouto s'était calmé les nerfs avec une bière enrichie de graines de pavot, conseillée par l'épouse de l'un des domestiques, et elle tenait une compresse d'ail et d'avoine mélangés à de l'argile blanche sur la joue que les assaillants avaient giflée. Quant à son amour-propre, elle l'avait pansé en observant les coups de canne qu'on avait administrés à l'un de ses agresseurs. Les cuisiniers préparaient le repas de midi.

Ptahmose déjeuna et se retira pour une sieste. Hapenakht ou le nomarque lui-même reviendraient à coup sûr avant le soir pour lui donner le résultat de son ultimatum. Il se demanda quelle astuce ils pourraient bien trouver pour le mettre en échec et ne la trouva pas. Puis il médita sur sa solitude : un soldat sur le front immatériel de la corruption, au service de gens sans doute bienveillants, mais après tout étranger au milieu d'hypocrites corrompus et prévaricateurs. Personne à qui parler en confiance. Il songea alors à cette misérable fille qui était venue lui annoncer, au départ de Memphis, que son père était mort. Une sœur. Il en avait beaucoup ; c'étaient des oiseaux de paradis, ne connaissant que les séductions du monde, quasiment rien des conflits qui vieillissent les hommes.

Il s'endormit sur ces réflexions moroses et quand il se réveilla, trouva l'air frais et demanda qu'on lui fît chauffer de l'eau. Il caressait l'un des chats et l'un des serviteurs accrochait une torche dans une embrasse de fer, dans le jardin, pour chasser les moustiques, quand il vit arriver le khériheb Schou-enschi. Il n'avait pas pensé à celui-là.

Le prêtre lecteur était venu à cheval et s'avançait avec une démarche d'une indolence étudiée, suivi d'un seul scribe qui paraissait fort joli garçon. Ptahmose se demanda distraitement si le khériheb n'entretenait pas de relations sexuelles avec le scribe et lequel des deux faisait violence à l'autre. Le khériheb vit fort bien Ptahmose dans le jardin, à quinze pas de lui, mais il feignit d'interroger le portier pour demander si l'auguste prince Ptahmose serait disposé à le recevoir.

Les simagrées qui s'ensuivirent furent banales : le portier vint demander à Ptahmose s'il consentait à recevoir le khériheb et, Ptahmose ayant donné son assentiment, le khériheb feignit la joie d'être admis en présence de l'auguste.

Le chat, mécontent d'être jeté bas, émit un miaulement plaintif et allongea un coup de griffe sur le tibia de Ptahmose. Le prêtre lecteur se peignit le visage d'un sourire amène, cependant que le scribe derrière lui s'inclinait avec révérence. Dans la lueur dansante de la torche, on lui voyait des traits étonnamment purs. Si purs qu'on lui eût pardonné des fautes de grammaire.

« L'harmonie du soir, je l'eusse trouvée incomplète sans la présence radieuse du prince Ptahmose, dit Schou-enschi, luisant d'onction.

— L'harmonie du soir, je la crois engendrée par l'intercession du serviteur d'Osiris, répondit Ptahmose.

— Notre rôle, à nous, hommes du clergé, est de veiller, en effet, à l'harmonie du monde. »

Ptahmose retint un sourire; c'était donc ça. L'harmonie du monde, cela se réduisait à l'harmonie criminelle d'Avaris. Il proposa un rafraîchissement au prêtre lecteur et à son scribe, qui optèrent pour de la bière. Ptahmose commanda à l'un des serviteurs qui se tenaient à distance trois sièges, une table, un broc de bière et trois verres. Il tiendrait audience au jardin.

« L'harmonie du monde, reprit Schou-enschi en s'asseyant, est garantie par l'équilibre entre les puissances célestes et les puissances infernales. »

Il trempa ses lèvres dans la bière et la trouva suffisamment à son goût pour en boire deux gorgées d'affilée. Le scribe, modestement, n'en but qu'une.

« L'équilibre a été rétabli quand, le chaos ayant été déclenché par le serpent Apophis, avec la cohorte de malheurs qui s'en est suivie, Rê a délégué Seth pour réduire le serpent en servitude et le renvoyer dans ses profondeurs infernales. »

Une étincelle parut flamber dans les yeux de Schou-enschi, artistement fardés d'antimoine.

« Mais c'était le grand Seth, dit-il.

— Le dieu protecteur de Séti », répondit posément Ptahmose.

Le prêtre lecteur considéra Ptahmose d'un long regard.

« C'était après le chaos, dit-il enfin. Crois-tu que le chaos nous menace?

— La justice du divin Séti ne le permettrait pas, rétorqua Ptahmose d'un ton faussement offensé.

— Le combat entre Seth et Apophis a été fracassant », reprit le prêtre. Tout sourire avait quitté son visage. « Cela est contraire à l'harmonie.

— Je suis assuré que la justice du divin roi et de son régent, qui est inspirée par les dieux, veillera à l'équilibre.

— L'équilibre semble pourtant dangereusement compromis », dit Schou-enschi, en vidant son verre.

Et, tandis que le serviteur le remplissait à nouveau, il ajouta, d'un ton presque insultant d'indolence :

« Le clergé de Basse Égypte en serait désolé. »

Le message était clair : le clergé s'alarmait des initiatives de Ptahmose et le nomarque avait délégué le prêtre lecteur pour tenter de faire entendre raison au prince adolescent. Et ce clergé aussi trempait dans les prévarications, dont Pikharê ne représentait sans doute qu'un aspect.

« Je suis certain que notre clergé inspiré ne saurait que se féliciter de la défaite d'Apopis », répondit Ptahmose, en appuyant sur chaque mot.

Il ne se méprit pas sur le regard de Schou-enschi. Les formes que prit sa bouche, accordées à la menace de ses yeux, disaient : « S'il en est ainsi, ne t'en prends qu'à toi. » C'était plus clair que ses propos vaseux.

« Je ferai des prières pour l'harmonie », dit Schou-enschi en se levant.

Le scribe s'empressa de tirer cérémonieusement la chaise en arrière. Ptahmose se leva aussi. Les sourires fleurirent de nouveau sur les lèvres. Ptahmose raccompagna ses visiteurs à la porte.

Et quand celle-ci fut rabattue, il donna l'ordre au portier de la fermer à la barre et d'aller également fermer la porte à l'arrière. Puis il s'en fut faire ses ablutions.

Il releva pensivement que ni Hape-nakht, ni le nomarque n'étaient venus l'informer d'éventuels pourparlers avec Pikharê. Ils n'avaient donc pas d'informations à lui donner. Ou plutôt, ils ne jugeaient pas opportun de ce faire.

Il se retira tôt. Bouto vint proposer ses services. Il lui conseilla de filer se barricader dans sa chambre.

Elle poussa un petit cri d'alarme et obtempéra. Il entendit le loquet tomber bruyamment.

Il sortit une dernière fois dans le jardin et leva les yeux sur les murs, hocha la tête et rentra dans sa chambre. Mais il ne tira pas le loquet. Il portait sur lui une dague à manche d'or, que lui avait donnée son beau-père Nakht et une dague à manche de bronze que lui avait offerte un de ses frères. Il souffla la lampe et attendit.

Vers la deuxième heure après minuit, il allait s'endormir quand il vit ce qu'il attendait. Quatre pieds qui entrèrent dans la clarté des étoiles, après que la porte eut été précautionneusement ouverte. Quatre pieds qui se divisèrent prestement, de part et d'autre du lit. Puis des bras plongèrent violemment, et à plusieurs reprises, des poignards dans la forme ensevelie au-dessus de lui sous le drap, ensevelie désormais pour l'éternité, espéraient-ils.

Ptahmose ne perdit guère de temps. Il enfonça son poignard de bronze dans un pied, le clouant au plancher de bois, et un hurlement de douleur perça les ténèbres de la chambre et la nuit d'Avaris. Puis il roula sur lui-même et tira énergiquement les deux pieds qui se trouvaient de l'autre côté du lit, faisant lourdement chuter l'homme. Celui-ci émit des cris de surprise et de douleur, mais ce furent les derniers. Ptahmose le tira sous le lit et lui enfonça le poignard à manche d'or dans le cœur, de bas en haut. Un râle atroce s'échappa de la bouche de l'assassin. L'homme au pied cloué hurlait toujours, essayant d'arracher le poignard qui le tenait sur place. La maison fut parcourue d'un vaste remue-ménage. Cris, claquements de portes, les domestiques entrèrent en criant dans la chambre de Ptahmose, des lampes à la main.

« Déclouez cet assassin, leur ordonna Ptahmose en reprenant son souffle. Bandez-lui le pied et ligotez-le, les mains derrière le dos. Et rendez-moi le poignard. Tirez ce cadavre dehors et lavez le plancher. Vous deux, portez-moi de l'eau dans la salle de bains que je puisse me laver du sang de ce porc. »

Les malédictions et les cris jaillirent alors comme un vol de sauterelles. On eût dit une émeute. Réveillée par le vacarme, Bouto, dans sa chambre, criait comme une folle. Ptahmose alla lui commander de se calmer. Elle se mit à pleurer derrière la porte.

La nuit avait été courte.

A l'aube, Ptahmose s'entretint à voix basse avec l'un de ses serviteurs de Memphis. Celui-ci fit de grands gestes et hocha la tête, puis il sortit par la porte arrière. Il revint une bonne heure plus tard, alors que le soleil verdissait les champs. Il tendit à son maître un sac gigotant, fermé par une cordelette. Ptahmose s'empara précautionneusement de ce sac et alla voir le prisonnier qui gisait, ligoté, livide, dans la cuisine. Il se pencha vers lui et lui dit : « Dans ce sac il y a une vipère. » L'homme roula des yeux fiévreux. « Je vais te poser une seule fois une seule question et si tu n'y réponds pas, je t'attacherai cette vipère au corps. Et ce n'est pas l'envie qui m'en manque. Comprends-tu ? » L'homme se mit à geindre. « Écoute bien, donc : qui t'a envoyé ? » Il se tenait penché au-dessus du prisonnier, prêt à défaire la cordelette. L'assassin poussa un cri de terreur, presque animal.

« Le nomarque, le nomarque ! » dit-il. Et il perdit connaissance.

Ptahmose se redressa. Il jeta par terre le sac contenant le reptile. Gouvernement pourri, clergé pourri[1]. Joli cadeau que lui avait fait le roi ! Il sortit, respira profondément et leva les yeux vers le ciel. Celui-ci était d'un azur exquis, presque féminin. Les puissances célestes qui étaient censées l'habiter toléraient-elles vraiment des crapules telles que Horw-amon et Schou-enschi ? Il fut tenté de rentrer sur-le-champ à Memphis, mais il ne voulait regagner la capitale qu'une fois la place forte achevée.

La difficulté, se dit-il, ce serait de regagner ensuite Memphis. Un maigre équipage tel que le sien pourrait être aisément attaqué sur la route par une petite armée de paysans à la solde du nomarque ou de la famille de Pikharê.

Il était pour le moment prisonnier d'Avaris.

10

Un mot et un nom

On était à huit jours de la grande célébration d'Osiris.

Déjà, au-delà de l'allée bordée de sphinx du grand temple d'Avaris et des pylônes, énormes portes à flans inclinés, les grands mâts à l'intérieur du mur d'enceinte s'ornaient de banderoles de couleurs ; dans deux jours, il ne resterait plus une fleur dans les environs de la ville, elles auraient toutes été cueillies pour confectionner des guirlandes. Les mâts se changeraient en poteaux fleuris.

Le grand-prêtre, l'ouèb, le trésorier du dieu, le scribe de la maison du dieu, le prêtre lecteur, Schou-enschi, le seul du clergé local que connût Ptahmose, et le *meti en sa*[1], bref tout le collège des prêtres, étaient absorbés par les préparatifs.

Évidemment, toutes les personnalités d'Avaris et des environs seraient présentes. Le nomarque, Ptahmose lui-même, seul représentant de la maison royale, le sous-directeur des documents royaux, l'architecte des monuments royaux, les épouses et filles des notabilités, notamment celles du nomarque, qui se disaient héréditairement prêtresses d'Hathôr, majordomes, scribes, enfants d'âge réglementaire, tout ce monde-là défilerait dans l'ordre protocolaire le plus strict.

Suivraient trois jours de réjouissances, banquets et chants et danses.

Dans huit jours, si tout allait bien, la place forte devrait être achevée. Mais le serait-elle ? Il lui faudrait aller sur le chantier pour surveiller le cours des travaux. Peut-être Pikharê avait-il enfin entendu raison, mais ce n'était pas assuré. Ptahmose remit à plus tard la visite du chantier.

Il y songeait, assis au jardin, en buvant du lait de bufflesse cuit et passé au linge et en mâchant pensivement un pain au miel. Ses deux poignards, dûment lavés, se trouvaient devant lui. Un ibis vint se poser sur la table et regarda le pain au miel. Ptahmose sourit et posa devant l'oiseau un petit morceau du pain. L'ibis le saisit et s'envola. Ptahmose se dit qu'il devrait libérer la misérable couleuvre (car c'était une couleuvre, et non une vipère, qui s'agitait dans son sac), mais il était las. Il se passa la main sur le visage. A coup sûr, il n'avait plus quinze ans. Le corps, oui, l'intérieur, non. Il avait un autre âge. L'*autre* âge. Lequel, il n'eût su dire. Celui de la lassitude, une lassitude comme il n'en avait jamais éprouvé et n'avait jamais imaginé qu'il l'éprouverait. Il leva de nouveau les yeux vers le ciel et se demanda si Osiris veillait vraiment sur ce pays. Un dieu assassiné! Amon, alors? Mais Amon se mêlait-il des crapuleries humaines? S'en souciait-il seulement? De quoi se souciait donc Amon, si ce n'était d'être aimé, afin de ne pas mourir? Car les dieux mouraient quand on les oubliait.

Des voix lui firent tourner la tête. Hape-nakht se tenait à l'entrée du jardin, venant du bâtiment des scribes. Ptahmose l'observa de la manière la plus perçante possible : cet homme était-il ou non complice de la tentative d'assassinat?

Le sous-directeur leva les bras au ciel et prit l'air éploré.

« Mon prince! Mon prince! Qu'est-ce que j'apprends? » s'écria-t-il d'une voix blanche.

Ptahmose ne cessait de fouiller son visage du regard.

« Et les assassins? On me dit qu'ils sont morts! Tu as tué ces deux hommes? Mais Amon en personne te protège! Gloire à notre dieu!

— Sans doute », répondit laconiquement Ptahmose.

Il fit apporter un siège et offrit à Hape-nakht de partager son déjeuner. L'autre accepta et s'assit lourdement, l'air consterné. Qu'est-ce qui l'accablait? se demanda Ptahmose. La tentative d'assassinat, ou bien le fait que la victime présumée fût en bonne santé?

« Par où sont-ils passés? demanda Hape-nakht. Tes serviteurs m'ont dit que tu avais fait fermer les portes...

— Par les toits, évidemment. »

Hape-nakht leva les yeux vers le sommet des murs.

« Sais-tu si le nomarque viendra? demanda Ptahmose.

— Il était absorbé par les préparatifs de la fête d'Osiris, mais je l'ai fait prévenir, bien sûr répondit Hape-nakht. Comment pourrait-il ne pas venir? »

Ptahmose eut un rire bref. L'hypocrisie, en Basse Égypte, est tellement épaisse qu'elle peut se débiter au couteau, se dit-il.

D'autres voix lui firent de nouveau tourner la tête; c'étaient celles des scribes qui arrivaient pour reprendre leur travail. Les domestiques venaient de les informer des événements de la nuit.

Ptahmose héla un serviteur et lui donna l'ordre d'aller appeler le chef de la police.

« Dès que la police sera arrivée, nous procéderons à l'enregistrement du procès-verbal, dit Hape-nakht. Où sont les cadavres?

— Il n'y a qu'un cadavre, répondit Ptahmose.

— L'autre s'est enfui?

— Non, il est mon prisonnier », répondit Ptahmose.

La bouche d'Hape-nakht béa.

« Je lui ai fait avouer le nom de l'instigateur. »

Un cri échappa à Hape-nakht.

« Encore Pikharê? s'écria-t-il d'une voix tellement aiguë qu'on eût dit une femme.

— Non, le nomarque. »

Hape-nakht était sans doute bon comédien, mais il eût fallu un art consommé pour prendre l'apparence qui fut la sienne : il devint de couleur cendre et la sueur ruissela sur son visage, son torse, ses jambes. Il porta la main à son cœur, ouvrit la bouche, émit des sons de bébé, puis ferma les yeux. Il renversa la tête en arrière et Ptahmose se demanda s'il n'allait pas se trouver mal.

« Est-ce possible, par le dieu de mon père, est-ce possible! » murmura-t-il à la fin.

Il but une gorgée de lait et s'humecta les lèvres.

« Tout à fait possible, comme tu vois. Faisais-tu partie du complot? » demanda calmement Ptahmose en se penchant vers Hape-nakht, pareil à un médecin qui examine un malade.

Les yeux de l'autre s'emplirent de terreur. Il secoua frénétiquement la tête.

« Comment... comment peux-tu... non ! Comment peux-tu penser, au nom d'Amon, que...

— Mais tu n'es pas surpris, n'est-ce pas ? »

Hape-nakht, à l'agonie, secoua la tête.

« Tu as été trop loin, dit-il.

— Il fallait aller loin ou nulle part, rétorqua Ptahmose. Le chantier, ce n'est presque rien, eu égard au reste de la corruption. »

Hape-nakht avait décidément l'air hagard ; le don de la parole lui avait été retiré.

« Tout le monde y participe, n'est-ce pas ? Le clergé aussi ? »

Hape-nakht ferma longuement les yeux et les rouvrit.

« La corruption, c'est une chose, dit-il d'une voix lasse. Elle est inévitable. Tu es jeune et tu ne sais pas. Mais le meurtre, c'est autre chose. Non, seigneur, j'ignorais tout. Mais je m'attendais à encore plus de violence, oui, je l'avoue.

— Horw-amon avait voulu emporter le morceau rapidement, n'est-ce pas ? » demanda Ptahmose.

Hape-nakht haussa les épaules.

« Et Schou-enschi, il est évidemment du complot, lui aussi ? »

Le silence et la tête baissée d'Hape-nakht suffisaient comme réponse.

Dix policiers arrivèrent alors, accompagnés d'un scribe, et s'inclinèrent respectueusement devant Hape-nakht et Ptahmose. Leur chef s'avança ; un homme bien découplé, la tête coiffée du mouchoir réglementaire pincé derrière les oreilles, le visage apparemment honnête, mais pouvait-on encore juger les caractères sur le visage ! Il tenait une lance ; une longue dague pendait à son baudrier.

« Tu nous as fait mander, seigneur », dit-il.

Ptahmose fit le récit de la tentative d'assassinat et, dès les premières paroles, il vit bien les yeux du policier s'agrandir de stupeur, puis d'épouvante scandalisée. Le policier recula le torse. Ses subordonnés ne perdaient pas un mot du récit. La même répulsion se lisait sur leurs visages ; elle paraissait sincère. La police n'avait donc pas été mêlée au complot. Ptahmose se garda de parler trop vite de sa ruse et du fait qu'il avait attendu les assassins caché sous le lit.

« Et les assassins, seigneur ? demanda le chef des policiers.

— Le cadavre de l'un d'eux est sur le terrain à l'arrière de la maison.

— Qui l'a tué, seigneur ?

— Moi, répondit Ptahmose.

— Tu as vaincu deux assassins alors qu'ils t'avaient surpris endormi, seigneur ? En vérité, tu es béni d'Amon et d'Osiris ! Et l'autre ?

— L'autre est mon prisonnier », dit Ptahmose, tandis que les policiers répétaient à l'envi *béni d'Amon et d'Osiris*.

Le chef des policiers parut surpris.

« Il est donc en vie ?

— Il l'est. Je lui ai fait confesser le nom de son commanditaire. »

Le chef des policiers resta sans voix.

Ce fut alors qu'arriva le nomarque, avec six gardes. Il pénétra dans le jardin d'un pas résolu, suivi de son escorte ; c'était gravement discourtois. Ptahmose, jusqu'alors assis, se leva et jeta d'une voix haute et froide :

« Nomarque, ceci est une demeure privée habitée par le représentant du roi et du régent. Dis à tes gardes de t'attendre dehors. »

Horw-amon considéra l'assemblée, le chef des policiers et Hape-nakht, qui ne s'était pas levé à son entrée.

« Cet homme, dit-il en s'adressant au chef des policiers, est venu ici semer le désordre et...

— Dis à tes gardes de t'attendre dehors ! » tonna Ptahmose, le bras tendu.

Le nomarque en parut saisi.

« Je suis gouverneur de...

— Tes gardes dehors, j'ai dit »

Un long moment suivit, un duel entre deux regards.

« Soit », dit le nomarque. Et il donna l'ordre aux gardes de sortir du jardin et de l'attendre à l'extérieur.

« Chef de la police d'Avaris, au nom du roi, suis-moi », dit Ptahmose.

Évidemment incapables de travailler dans ce climat de violence contenue, les scribes étaient rangés comme des statues contre le mur du bâtiment où se trouvaient leurs bureaux. Hape-nakht restait assis et sirotait son lait désormais froid. Il avait croisé les jambes. Le nomarque lui adressa un regard stupéfait. Hape-nakht leva vers lui des yeux mi-clos et dédaigneux.

« Néfaste journée, nomarque, dit Hape-nakht. Très néfaste. »

Cependant, Ptahmose et le chef de la police se rendaient à la chambre de cuisine où l'assassin blessé gisait à terre, sous la surveillance de domestiques et des deux lanciers. A l'entrée des deux hommes, un cri d'épouvante jaillit de son visage couvert de morve.

« Assassin, lui ordonna Ptahmose, dis au chef de la police qui t'a payé pour plonger un poignard dans mon corps la nuit dernière. »

L'assassin se mit à pleurer.

« Parle ! ordonna le chef de la police. Ou bien mes hommes te feront parler.

— Le nomarque ! Horw-amon ! » hoqueta l'homme, le visage défiguré par la peur.

Rien qu'un mot et un nom. Nul d'autre que Ptahmose ne les avait encore entendus. Un mot et nom évoquant ces incantations magiques qui changent le sort du monde. Les lanciers et les domestiques poussèrent un cri. Le chef de la police se tourna stupéfait vers Ptahmose.

« Ce n'est pas possible ! » dit-il d'une voix blanche. Il ravala sa salive.

Le nomarque venait d'entrer dans la pièce. A sa vue, le prisonnier hurla de terreur, des hurlements saccadés, rauques. Le chef de la police se tourna vers Horw-amon. Il pointa le doigt vers lui et dit, d'un ton incrédule : « Toi ! Toi ? Toi ? »

Le nomarque s'immobilisa sur place. On ne distinguait que sa silhouette dans le contre-jour.

« Cet homme ment habilement... » commença-t-il.

Puis il parut saisi d'un malaise, ouvrit la bouche, porta la main à son cœur et ses jambes cédèrent sous son vaste corps.

Il tomba sur le côté. Il râla quelques moments. Le chef de la police alla se pencher sur lui, sourcils froncés. Quelques minutes plus tard, le nomarque était devenu inerte et silencieux. Le chef de la police lui tâta le cœur.

« Il est mort », dit-il en se relevant.

L'assassin poussait de petits cris.

Les serviteurs marmonnaient des formules magiques.

Le chef de la police appela deux de ses subordonnés pour sortir le corps du nomarque de la pièce et le confier aux gardes qui attendaient à l'extérieur.

Hape-nakht, toujours assis, les regarda. Il se pencha à peine pour regarder passer le cadavre du nomarque qu'on emportait.

« Jour funeste, je l'avais dit », répéta-t-il.

Figée d'épouvante, Bouto, drapée dans un manteau, était adossée au mur du jardin, comme si elle voulait s'y enfoncer.

Le chef des policiers considérait le jardin d'un air hagard. « Le nomarque, répétait-il. Le nomarque lui-même... » Puis il sortit, comme s'il pensait trouver une réponse à l'extérieur.

« Maintenant, dit Hape-nakht à Ptahmose, tu es prisonnier de ce pays.

— Maintenant, répondit Ptahmose, s'efforçant de masquer sous sa froideur le bouleversement que lui avaient valu les événements des dernières heures, je te prie de m'accompagner sur le chantier. »

Il sortit prévenir le chef des policiers :

« Si tu le veux bien, nous ferons l'enregistrement du procès-verbal dans deux heures. »

Dehors, les gardes du nomarque poussaient des cris et s'agitaient à la vue du cadavre de leur chef. Ils se lamentèrent aussi tandis qu'on chargeait le cadavre sur une litière entre deux mulets. C'en était toujours un qui ne présiderait pas la fête d'Osiris. Ptahmose passa lentement devant eux, à cheval, précédé et suivi de ses lanciers. A brève distance trottait Hape-nakht sur son mulet, suivi de ses serviteurs qui couraient dans la poussière.

Derrière eux courait une meute de chiens saisis de folie, qui aboyaient et éternuaient. On fait la guerre qu'on peut.

11

Le prince béni

Quand la petite escorte arriva sur le chantier, on en était à la quatrième heure depuis l'aube. Or, les ouvriers n'en fichaient pas une rame, à l'exception de deux ou trois équarrisseurs qui fignolaient des blocs.

Hape-nakht éclata d'un rire incongru. Ptahmose s'essuya le visage avec un linge qu'il avait emporté sans y prendre garde et chercha Pikharê du regard. Il descendit de cheval et s'avança sur le chantier. Il trouva le contremaître assis sur une pierre, une cruche de vin posée à l'ombre et mangeant des dattes ; il échangeait des plaisanteries avec deux hommes qui suivaient l'exemple de leur maître, dattes et vin. Ptahmose s'avança vers lui. L'autre l'aperçut, tendit le cou, se figea, une datte entre les dents, les yeux ronds, puis il pâlit et marmonna :

« Par les mânes de mes ancêtres ! Au nom d'Anubis !

— Tes ancêtres ni Anubis n'ont rien à faire dans cette histoire, Pikharê, dit posément Ptahmose. Tes ouvriers ne foutent rien. » Mais Pikharê avait sans doute perdu la voix. « Oui, c'est bien moi que tu vois, Pikharê. Tes assassins ne m'ont pas eu. L'un d'eux est aux enfers, l'autre en prison. Horw-amon est mort. Debout, et au travail. »

Ptahmose se demanda si Pikharê n'allait pas suivre le nomarque dans la mort. Il avait pris la couleur contre nature d'un porphyre poussiéreux. Les acolytes du contremaître n'en menaient pas beaucoup plus large.

« Horw-amon est mort ? demanda l'un d'eux.

— Lève-toi, manant, quand tu me parles ! lança Ptahmose. Oui, Horw-amon est mort depuis une heure. Nous cherchons des chacals qui veuillent bien manger sa carne, car la terre la rejette.

— Par Anubis ! » répéta Pikharê.

Ptahmose donna un coup de pied dans la cruche de vin qui bascula et se répandit.

« Lève-toi et mets-toi au travail, te dis-je. Choisis entre le travail et Anubis, en effet, qui te livrera à coup sûr au serpent Apopis. Debout ! »

L'autre se leva, tremblant.

« Debout, vous autres ! » cria-t-il aux deux acolytes, qui se levèrent d'un saut, faisant ainsi rouler par terre les dattes qu'ils tenaient dans leurs pagnes. « Le chantier sera prêt pour la fête d'Osiris, ou bien ce jour-là sera pour vous le plus néfaste de vos vies ! »

Pikharê se prit la tête dans les mains et se mit à sangloter.

« Un homme comme moi ! bredouilla-t-il.

— Justement, un homme aussi méprisable que toi. La fête est finie, Pikharê. Ce chantier doit être fini dans huit jours. Selon mes ordres. »

Les acolytes étaient déjà partis remettre les ouvriers au travail.

« Et sans fouet ! cria Ptahmose. Je vais observer de là-bas comment tu travailles ! »

Les Apirous le regardaient maintenant de plus en plus franchement. Et non plus avec crainte, mais comme s'ils attendaient de lui un signe. Il les regardait aussi du coin de l'œil, comme surpris de l'importance qu'ils avaient pris dans sa vie publique aussi bien que dans sa vie privée. Il regardait surtout les hommes mûrs, se demandant si son père avait ressemblé à l'un d'eux. Si l'un de ceux-là ne serait pas un oncle ou un frère. Il eût voulu avoir un miroir sur lui pour s'y regarder, détecter les ressemblances éventuelles entre eux et lui.

Puis il s'en alla vers le bouquet de palmiers à l'ombre duquel Hape-nakht observait la scène. Il s'arrêta à mi-chemin.

« Pikharê! » cria-t-il. L'autre se retourna. « Ne compte pas sur Schou-enschi non plus... »

Il surveilla le chantier un moment et finit par se rendre compte qu'il ne regardait plus que les Apirous. Mais les dernières pierres commençaient pendant ce temps à prendre leur place dans les tranchées. Les maçons plantaient les derniers piquets et tiraient les cordeaux. Le mortier débordait en bourrelets gras entre les pierres. Les fondations et les murs de pierre de l'enceinte et des casemates seraient prêts dès la première heure après midi.

Il en eut assez de faire le contremaître; il appela un Apirou d'une quarantaine d'années.

« Toi. Toi, là-bas... »

Surpris, l'homme, se redressa. Ptahmose dut réitérer son appel. L'homme vint. Un corps musclé, sans une once de graisse, bien sûr, où l'eût-il trouvée! Un visage aux méplats forts. Les yeux fiévreux sous des sourcils pareils à des moustaches.

« Comment t'appelles-tu?

— Issar.

— Sais-tu qui je suis? »

L'homme hocha lentement la tête.

« Tu es le prince béni, Ptahmose. »

Le prince béni. Ptahmose resta impassible.

« Issar, va dire à Pikharê que cet après-midi, dès l'achèvement du mur, je veux sur ce chantier tout le corps de maçons, les charpentiers et assez de briquetiers pour achever de couler ce qu'il reste à confectionner de briques. La construction des murs supérieurs doit commencer aujourd'hui même. As-tu compris? »

L'homme répéta les ordres. Il parlait comme un Égyptien, avec cet accent légèrement chantant de la Basse Égypte que Ptahmose commençait à identifier. Ptahmose hocha la tête.

« Je reviendrai en fin d'après-midi pour vérifier ce qui a été fait. »

L'homme le regarda et s'en fut. Ptahmose le suivit des yeux et l'observa en train de s'entretenir avec Pikharê. Celui-ci ne se retourna même pas. Il appela deux apprentis, sans doute pour les charger d'aller convoquer les trois corps de métier demandés.

« L'injure suprême, dit Hape-nakht. Lui faire communiquer tes ordres par un Apirou ! »

Il eut un petit rire. Ptahmose ne releva pas l'observation, mais se dit qu'Hape-nakht faisait un peu trop le dégagé ; il oubliait qu'il s'en était tiré à bon compte.

« Le chantier sera achevé à temps, mon prince, reprit Hape-nakht. Amon et Thoth te comblent de leurs bienfaits ! L'un t'a donné l'autorité et l'autre, la sagesse ! Grâces soient rendus aux dieux ! Grâces soient rendues à la perspicacité du roi ! Et du régent ! Tu es ici depuis deux jours, deux jours, et tu as accompli ce qu'un mortel commun n'eût pas fait en un an ! Pardonne-moi, mon prince, si je t'exprime ici ma profonde admiration ! »

Ptahmose écouta placidement ces compliments. Rien n'était gratuit avec Hape-nakht.

« Mais d'autres problèmes demeurent, reprit, en effet, celui-ci. Il faudra un successeur au nomarque. Celui-ci sera provisoirement le directeur des fonctionnaires du nome, mais la confirmation sera faite à Memphis. Dans plusieurs semaines, je pense.

— Et je suppose que le vice-nomarque appartient au même système que Horw-amon, dit Ptahmose.

— C'est bien cela, mon prince. Il sera plus prudent pendant un certain temps, car il se méfiera de toi, mais un guépard ne lave pas ses taches. Et puis il y a le clergé.

— Le clergé..., répéta Ptahmose, attendant encore des explications.

— Le clergé est très important dans ce pays, peut-être le sais-tu déjà, pardonne mon impertinence. Et le clergé du bas pays est encore plus indépendant que celui du haut pays, parce qu'il a longtemps échappé à l'ombre du pouvoir royal. Tu ne peux le traiter comme tu as traité Horw-amon. Garde en mémoire que Schou-enschi n'oubliera pas l'affront que tu lui as fait. Le grand-prêtre doit être fort contrarié, mais il ne le laissera pas voir. »

Le grand-prêtre. Ptahmose ne l'avait pas encore vu. Un

autre prévaricateur hypocrite. Peut-être même un complice de la tentative d'assassinat de la veille. Ptahmose songea, qu'il était seul. A la fin, le prince béni n'était qu'un Apirou de haut rang, en butte aux menées de tout le bas pays.

Finalement, ce porc visqueux de Hape-nakht n'était pas un sot.

12

Rumeurs et problèmes effleurés dans une brève visite d'Avaris

Il fallait rentrer en ville pour les procès-verbaux de l'attentat. La police attendait, en effet. Quand tout fut achevé, paraphé et classé en deux exemplaires, l'un pour la sous-direction des documents royaux, l'autre pour la police du nome, le chef des policiers informa Ptahmose qu'il avait décidé de sa propre autorité d'assigner six hommes à la surveillance de la maison, trois sur le devant et trois derrière.

Ptahmose accueillit la nouvelle avec un léger sourire.

« L'ennemi est invisible », lui dit-il.

Les yeux du policier indiquèrent que la phrase lui paraissait énigmatique.

« Seigneur, répondit-il, tu parles de l'invisible, mais l'assassin dont ton génie a détourné le poignard nous a fait une confession qui nous trouble. Il dit que lorsqu'il avait cru plonger son poignard dans ton corps, il ne l'avait plongé que dans un fantôme, ce qui l'emplit encore de terreur. »

Ptahmose sourit.

« Il n'y avait sur mon lit qu'une couverture roulée sous un drap, qui pouvait donner l'illusion d'un corps d'homme. »

Hape-nakht éclata de rire et se tapa sur les cuisses.

« Et où te trouvais-tu, toi, seigneur?

— Sous le lit. »

Hape-nakht rit de plus belle. L'un des scribes céda lui aussi à l'hilarité. Le policier exprima la perplexité.

« Pourquoi ? Tu t'attendais à la visite des assassins ? »

Souriant toujours, Ptahmose hocha la tête.

« Ne connais-tu pas ce pays ? N'es-tu pas informé de ce qui s'y trame, policier ?

— Je suis venu de Memphis, seigneur, et en fait, je suis originaire de Thèbes. J'ai été délégué ici il y a huit semaines sur ordre du régent. Non, je ne suis pas informé. »

Ptahmose hocha encore la tête.

« Et tes hommes, d'où sont-ils originaires ?

— D'ici.

— Alors, dispense-les de la garde de ma maison. Ils me paraissent plus dangereux qu'utiles. »

Le policier mit un moment à assimiler les paroles de Ptahmose. Son regard pesa sur le prince. Puis il fit une grimace et soupira : « Je suis, moi, à tes ordres, seigneur. »

L'unité des deux pays était loin d'être achevée, songea Ptahmose.

Comme le temps était léger et que Ptahmose n'avait eu jusque-là qu'un aperçu très bref d'Avaris, il demanda à Hape-nakht de l'accompagner pour un tour de la ville. Ils partirent par le sud. Ce chemin les mena devant la maison du nomarque. Une longue file de gens s'allongeait devant la porte, celle des notables et clients qui venaient présenter leurs condoléances et s'incliner devant la dépouille de celui qui avait été l'homme le plus puissant de Basse Égypte. L'importance des visiteurs disait l'influence de son clan et laissa Ptahmose pensif. Tous ces gens-là n'eussent pas donné cher de sa peau.

Plus loin sur le même chemin, Hape-nakht s'arrêta devant un petit chantier.

« Ceci sera la résidence qui t'est destinée », dit-il.

La maison qui s'élevait de terre, en retrait d'une sorte d'avenue, était située dans un décor verdoyant et ombragé, mûriers, grenadiers, figuiers. Elle s'annonçait vaste et plaisante. Mais elle posait à Ptahmose une question à laquelle il ne savait répondre. Allait-il rester en Basse Égypte ? Ces gens ne voulaient pas de lui. Mais la perspective de rentrer à Memphis ne lui souriait pas davantage. S'il y revenait avant la fin de la mission que lui avaient assignée le roi et Ramsès, on dirait qu'il avait failli. Et d'ailleurs, que ferait-il à Memphis ? Il donnerait des fêtes ? Bambocherait ? Le destin d'un prince était comparable à celui d'un officier : toujours en campagne. Il n'était pas facile d'avoir quinze ans, se dit-il...

Ils reprirent leur chemin et Ptahmose se demandait qui voulait de lui. Ses questions allaient même plus loin, et il se demandait ainsi pourquoi il était né. Y avait-il donc des gens qui vous expliquaient pourquoi l'on naissait ? Il n'en avait jamais rencontré. Amsetse n'en avait jamais soufflé mot. Les gens vivaient-ils donc comme des animaux, pour satisfaire leurs besoins et conquérir des territoires ?

A quelque distance de là, ils parvinrent devant un temple sur lequel on se livrait à un travail étrange : juchés sur des échafaudages, des sculpteurs martelaient des cartouches et des inscriptions de haut en bas des murs, des pylônes et des obélisques, et d'autres y installaient des statues neuves ; or, la pierre fraîchement taillée et polie de celles-ci contrastait avec celle de l'édifice, dont les pores semblaient avoir été bouchés et patinés par de nombreuses années. Trois architectes déambulaient dans ce temple et surveillaient les travaux, plans en main.

Ptahmose s'arrêta et tenta de déchiffrer ceux des cartouches qui n'avaient pas encore été martelés.

« Akhenaton... » parvint-il à lire, en clignant des yeux.

Hape-nakht le considérait d'un air légèrement goguenard.

« Qui était Akhenaton[1] ? » lui demanda Ptahmose. Amsetse, qui lui avait pourtant donné des rudiments de l'histoire de sa lignée, n'avait jamais cité ce nom.

« Un roi dont on ne parle pas, répondit le sous-directeur des documents royaux.

— Pourquoi cela ?

— Parce qu'il a contrarié le clergé, répondit l'autre avec un regard malicieux.

— Qu'a-t-il fait ?

— Il a supprimé tous les dieux de l'Égypte. »

Ptahmose en resta pantois.

« Tous les dieux ? »

L'entreprise lui paraissait extravagante, impensable autant que blasphématoire.

« Presque tous, à l'exception d'un seul, Aton.

— Pourquoi ? »

Hape-nakht haussa les épaules. « Certains disent que ce serait sous l'influence des Apirous. »

L'un des architectes reconnut Hape-nakht et sortit pour échanger avec lui des aménités. Hape-nakht lui déclina les qualités de Ptahmose et l'architecte s'inclina par trois fois devant ce dernier.

« Je suis honoré de l'intérêt que porte mon seigneur à la réfection de ce temple, dit l'architecte. Comme il peut le voir, le temple sera dédié au dieu patronymique de mon seigneur, et il sera prêt sous peu de jours. Avec un peu de chance, il pourrait même l'être pour la fête d'Osiris. »

Ptahmose hocha la tête, faisant mine d'être informé de l'entreprise, mais n'osant articuler le moindre commentaire de peur de trahir son ignorance.

« C'était l'un des rares temples de Basse Égypte à rénover », ajouta l'architecte.

Ptahmose s'efforça de prendre un air entendu. Quand ils eurent repris leur chemin, il demanda :

« Les Apirous ont donc un dieu unique ? »

Hape-nakht plissa les yeux et prit son temps pour répondre. « On ne t'a donc jamais informé de la religion des Apirous ? »

Ptahmose saisit l'allusion et se demanda comment Hape-nakht était informé du fait que lui, Ptahmose, avait eu un père apirou.

« Non, répondit-il sèchement. Au palais on n'en parlait pas. Mon précepteur n'avait pas non plus de raison de m'en parler. Pourquoi me poses-tu cette question ?

— Ceci est entre nous. Schou-enschi a envoyé un messager à Memphis pour s'informer sur toi. Le clergé de là-bas lui a dit que ton père aurait été un Apirou.

— Et je suppose que lui et ses collègues prétendent maintenant que c'est pour cette raison que je prends la défense des Apirous ?

— C'est de bonne guerre, sourit Hape-nakht. Mais pourquoi t'en soucierais-tu ? La lettre patente de notre divin roi te donne bien le titre de prince, aussi bien qu'elle confirme ta mission. » Ils atteignaient le quartier marchand. « J'ai soif, dit Hape-nakht. Me permets-tu de t'offrir un verre d'hydromel ou de jus de tamarin ? »

Ils descendirent de leurs montures et dans la ruelle couverte où ils entrèrent, précédés d'un lancier et suivis d'un autre, l'émotion se répandit aussitôt d'une boutique à l'autre. Des excellences étaient là ! Les curieux se pressèrent autour des visiteurs pour voir de près ces personnages mirifiques qu'ils n'apercevaient que de loin, dans les cérémonies. Des fenêtres de l'étage, des visages de femmes et de jeunes filles se penchèrent. Un gamin de quatre ou cinq ans s'accrocha au pagne de Ptahmose avec une familiarité déconcertante, en dépit des cris et des remontrances de sa mère. Ptahmose le prit dans ses bras et l'enfant, rayonnant, éclata de rire, passa son bras autour du cou de Ptahmose et salua la foule comme si la qualité princière lui avait été conférée. Boutiquiers, chalands, acheteurs, paysans regardaient cette scène avec stupéfaction. Hape-nakht aussi paraissait étonné de voir le prince s'avancer avec un enfant du peuple dans les bras.

« Les princes prennent donc les enfants du peuple dans les bras, à Memphis ? demanda-t-il quand Ptahmose eut reposé l'enfant à terre devant le marchand de boissons.

— Je ne me le rappelle pas, répondit Ptahmose. Mais pourquoi ne le feraient-ils pas ? »

Il ne pouvait le dire, ne savait le dire, et peut-être même se le dire à lui-même, mais le contact de l'enfant contre sa poitrine et la joie du gamin semblaient lui avoir transmis un supplément de vie. Les événements crapuleux des deux derniers jours en étaient presque effacés. Il avait eu quelques instants l'image d'un autre vie. Et l'on eût voulu qu'il s'en fût privé. Au nom de quoi ?

Ptahmose opta pour de la bière. Le reste du petit équipage, huit hommes au total, suivit courtoisement l'exemple. Hape-nakht se fit donner une jarre de bière et le marchand, confondu de l'honneur qui lui était fait, eut peine à trouver deux verres. Debout dans la rue de terre battue par les pas, les autres se passèrent la jarre et burent à la régalade. La bière était fraîche, un peu âpre et piquante, elle ne ressemblait guère à celle que l'on buvait au palais de Memphis, mais Ptahmose était content de goûter ce que buvait le peuple. C'était la première fois qu'il se trouvait parmi celui de Basse Égypte. Or, ce peuple était différent. Le parler était plus chantant, l'attitude moins austère qu'à Memphis, sinon carrément frondeuse, et pour finir, les physiques même étaient différents. Les gens d'Avaris avaient la peau plus claire, les yeux parfois bridés, révélant ainsi une ascendance hyksos, et les traits, surtout ceux des femmes, étaient plus fins.

« Il n'y a que trois vrais pouvoirs dans ce pays, dit tout à trac Hape-nakht, le roi, l'armée et le clergé. »

Sans doute ruminait-il cette déclaration depuis un moment et la halte pour boire n'avait été qu'un prétexte pour la dévider. Mais qu'était-ce donc qui la lui avait inspirée? se demanda Ptahmose. Il parut ne pas saisir ce que lui disait l'autre.

« Tu as mis en conflit le pouvoir royal et le clergé, poursuivit Hape-nakht. Et le clergé ne se tiendra pas pour battu. »

Maintenant, Ptahmose comprenait. Sa victoire en quarante-huit heures avait été trop facile. Elle ne durerait pas. Hape-nakht le madré avait résumé la situation en quelques observations qui avaient tout juste effleuré les faits. Un prince à demi apirou ne ferait pas le poids devant le clergé de Basse Égypte, tout au moins aux yeux de Hape-nakht.

Il hocha la tête. Il en avait assez vu et entendu. Il souhaita rentrer chez lui. Enfin, chez son hôte.

« J'ai appliqué la justice du roi, dit-il en posant son verre sur le rebord de la fenêtre détrempée du marchand de boissons. Ce n'est pas ma faute si le clergé s'est allié à des ennemis de cette justice. Tu as beaucoup d'expérience, Hape-nakht, et je te remercie de me la faire partager. Tu as aussi beaucoup de finesse et de ruse. Peut-être même es-tu trop riche de tout cela. »

Le marchand recommença à se confondre en compliments et protestations de servilité tricotés dans une rhétorique filandreuse. Ptahmose remonta en selle avec l'aide d'un de ses serviteurs et fit demi-tour avec maintes précautions pour ne pas renverser ici un étal, là une vieille qui portait une jarre de lait sur le crâne. Sur le retour, le même gamin lui courut après. Ptahmose s'arrêta et, le tirant par le bras, le fit monter en selle devant lui. L'enfant cria de joie. C'était tout de même de la félicité que de donner tant de joie à quelqu'un.

A la sortie du quartier des marchands, Ptahmose s'arrêta de nouveau et aida le gamin à mettre pied à terre. L'autre lui courut après, lui envoyant des baisers des deux mains. Ptahmose en sourit pendant une bonne partie du chemin. Jusqu'au moment où il songea qu'il n'avait pas eu de père auquel adresser pareils baisers, et cela le rembrunit d'un coup.

13

L'oie

Quand il fut rentré, ivre de poussière et de pensées inachevées, il demanda un bain chaud. Bouto s'était aventurée au jardin et parlait à mi-voix avec les épouses de deux serviteurs, assises à ses pieds ; elle tourna vers lui un regard interrogateur. Les scribes étaient partis au terme de leur journée de travail. Il n'y avait plus dans la maison de cadavre, ni d'assassin blessé. Les chats rôdaient autour de la cuisine. C'était à peu près l'image de la félicité domestique.

Alors que Ptahmose poussait la porte de la salle de bains, le plus âgé des serviteurs préposés aux cuisines, un homme au visage cuit par le feu, accourut.

« Seigneur, en ton absence on a apporté ceci », dit-il en présentant une oie rôtie. Il l'avait posée sur un plat de faïence bleue à décor de feuillages. Le bleu faisait ressortir la peau dorée et craquelée de la volaille, que la graisse fondue et refroidie recouvrait d'une glaçure pareille à celle du plat.

« Qui l'a apportée ?

— Un Apirou, seigneur.

— Comment était-il ?

— Un vieil homme.

— Comment sais-tu que c'était un Apirou ?

— Seigneur, se récria le serviteur, on les reconnaît ! »

Ptahmose considéra l'oie un moment de plus et dit :

« Très bien. Tu la réchaufferas et nous la serviras pour le souper. »

Pendant le bain, il tenta d'imaginer les consultations, les débats, les véhémences qui avaient précédé la décision d'offrir une oie rôtie à un prince de l'administration. Il avait bien fallu deux heures pour égorger l'oie, la plumer et la vider, puis pour la faire rôtir et l'apporter ici. L'entreprise avait donc dû commencer alors qu'il visitait Avaris en compagnie d'Hape-nakht.

L'oie fut consommée, avec une soupe de blé et une salade. Bouto, qui se rassérénait lentement, y découpa un morceau de poitrine qu'elle trouva, disait-elle, succulente, ajoutant que c'était son premier repas paisible depuis qu'elle était arrivée à Avaris.

« Crois-tu que nous dormirons tranquillement cette nuit ? » demanda-t-elle.

Il répondit avec un petit rire :

« Je crois que nous les avons découragés.

— Qui sont-ils ?

— Des gens que je dérange.

— Pourquoi les déranges-tu ?

— Parce que j'applique la justice du roi. »

Ces notions étaient peut-être un peu abstraites pour elle.

« Je veux rentrer à Memphis, dit-elle.

— Nous rentrerons bientôt. »

Il tenta de donner forme à un brouillard de pensées et d'intuitions confuses dans lesquelles prédominait une opinion mélancolique sur la nature humaine. Satisfaire ses besoins et, quand ils étaient satisfaits, en concevoir de plus grands et ainsi de suite. Les deux chats, qui déchiquetaient des restes de l'oie avec un bel entrain devant les cuisines, n'avaient, eux, besoin que d'un toit et d'un estomac plein. L'idée l'amusa : le désir de possession d'un troupeau de souris ne hantait pas le sommeil des chats.

Bouto décida qu'elle voulait dormir avec Ptahmose. Le projet ne séduisait pas plus Ptahmose qu'il ne le rebutait. On dormait avec une femme pour procréer, le reste ne prouvait qu'un esprit conquérant et donc insatisfait. Il répondit qu'il la rejoindrait plus tard et sortit se promener dans les champs qui commençaient au-delà du robinier, à l'arrière de la maison.

Des ibis perchaient pour la nuit dans les branches du robinier, petits fantômes blancs repliés dans la sécurité des branches, bien au-dessus des renards et des chats et à l'abri des éperviers. Plusieurs domestiques s'étaient groupés sous l'arbre et autour d'un feu, sur des nattes, devant le bâtiment isolé qui leur servait de quartiers. C'était un feu de bouse de vache et d'herbes mortes qui diffusait un parfum musqué et, de temps à autre, piquait une colère brusque, éparpillant alors des étincelles jusqu'aux branches basses. Ils grignotaient des dattes, des lupins, des abricots secs, des arachides ; ils buvaient aussi du vin de palme et, sans doute, échangeaient des ragots. Ptahmose avait, dans son enfance, entendu assez de ces palabres entre les domestiques et les nourrices du palais. Ces gens passaient des heures à rapporter, commenter, détailler et ressasser les moindres détails de la vie de leurs maîtres. C'était comme un second métier, ils en extrayaient une sagesse primitive et morne. Ils le virent passer, baissèrent leurs voix et tournèrent leurs regards vers lui. Il les salua d'un geste de la tête et poursuivit sa promenade.

Il s'avança jusqu'aux vergers d'amandiers et de manguiers à droite, qui appartenait sans doute à Hape-nakht. La nuit brasillait d'étoiles.

« L'oie était bonne ? »

La voix était chantante, un peu éraillée. La familiarité de la question autant que sa teneur figèrent Ptahmose sur place. Les yeux levés au ciel, il n'avait pas vu les hommes. Ils étaient deux assis par terre, sur une natte, un sac de dattes entre eux. Il se tourna vers eux, se félicitant d'avoir gardé au moins un poignard sur lui.

Mais les hommes ne paraissaient pas agressifs. Ils se levèrent lentement, et Ptahmose reconnut le premier. C'était Issar, l'Apirou du chantier.

« L'oie était très bonne. C'est toi qui me l'a fait porter ? »

Issar se tourna vers son compagnon, et Ptahmose distingua confusément un homme plus âgé. Une barbe blanche, le cheveu gris sans doute.

« Mon père, Loumi. »

Ils restèrent debout, silencieux, un moment.

« Je te remercie, dit Ptahmose.

— S'il y a des remerciements, c'est nous qui te les adressons, dit Loumi. Le chantier de la place forte ne représente pas tous les chantiers d'Égypte et les Apirous de Basse Égypte sont bien plus nombreux que ceux du chantier. Mais grâce à toi, c'est la première fois que des Apirous ne sont pas traités comme des chiens.

— Vous m'attendiez donc, ici ? demanda-t-il.

— Nous nous sommes dit... » commença Issar. Il cherchait ses mots. « Nous nous sommes dit qu'il y avait un dessein... Que, sans doute, tu viendrais chercher... »

Ptahmose ne comprenait pas.

« Nous avons entendu tous les récits, interrompit Loumi. La tentative d'assassinat, ta victoire miraculeuse, la mort de Horw-amon. Tout cela démontre que le Seigneur a posé son regard sur toi. Nous nous sommes dit que le Seigneur t'enverrait à notre recherche.

— Le Seigneur ? répéta Ptahmose, ne saisissant pas très bien à quoi se référait le terme.

— Le Seigneur, redit Loumi. Le Seigneur d'Abraham.

— Qui est Abraham ? demanda Ptahmose.

— Celui qui entendit le premier l'appel du Seigneur.

— Ce Seigneur, vous voulez dire que c'est votre dieu ?

— Oui, c'est notre Dieu, répondit Loumi. Le Dieu qui a posé son regard sur toi. Le Dieu dont tu es le fils.

— Dont je suis le fils ? s'écria Ptahmose, troublé.

— Nous sommes tous ses enfants, répondit Loumi. Toute chose sur terre est sa création.

— Il ne vous choie pas beaucoup en ce moment », observa Ptahmose, se ressaisissant.

Loumi baissa la tête.

« Non, il ne nous choie pas beaucoup en ce moment. Mais peut-être es-tu le premier signe de notre délivrance. Peut-être sa volonté est-elle qu'enfin notre longue épreuve prenne fin. Depuis Joseph, personne n'avait levé la main en notre faveur.

— J'ignore tout de votre histoire, dit Ptahmose, ravalant sa salive. Qui est Joseph ?

— Le premier d'entre nous qui vint dans ce pays, après Abraham.

— Qu'était-il venu faire?

— Il n'y est pas venu de son plein gré. Il était le favori de son père, Jacob. Ses frères en ont conçu de la jalousie. Ils l'ont vendu à des marchands du désert. Il est venu ici en esclave. C'était il y a longtemps, du temps de ces rois qui avaient conquis l'Égypte. »

Une mangouste s'élança entre leurs jambes à la poursuite d'un serpent. Elle l'atteignit au bout de quelques coudées et les gestes violents de sa tête montrèrent qu'elle avait eu sa proie et la déchiquetait à belles dents. C'était quelque chose de curieux que l'irrépressible aversion des mangoustes pour les reptiles.

« Et vous autres, pourquoi l'avez-vous rejoint, puisqu'il était en esclavage? » demanda Ptahmose.

Issar alla chercher le sac de dattes demeuré sur la natte et le tendit à Ptahmose. Celui-ci y plongea la main et en tira une datte, qu'il grignota en attendant la réponse de Loumi.

« Joseph était devenu très puissant à la cour de pharaon. Il savait déchiffrer les songes et le pharaon lui avait accordé sa confiance, mais aussi de grandes richesses. Joseph a fait venir sa famille. L'Égypte était alors accueillante.

— Il a fait venir cette même famille qui l'avait vendu comme esclave? demanda Ptahmose.

— Celle-là même. Ne t'a-t-on jamais appris ces choses?

— Non. Pourquoi me les aurait-on apprises? »

Les deux hommes regardèrent Ptahmose autant qu'ils pouvaient le voir dans la nuit. Ils paraissaient surpris. Il devina qu'ils lui savaient un père apirou. Il lança au loin le noyau de datte. Et il se dit qu'il eût décidément pu remplir tout un sac de pensées inachevées, ce jour et cette nuit-là. Des dattes aux noyaux introuvables.

« Veux-tu en savoir davantage? » demanda Loumi.

Ptahmose mit un temps à répondre.

« Pourquoi pas? décida-t-il enfin.

— Retrouvons-nous ici demain soir, à la même heure. »

Que voulaient donc ces gens? Mais, d'un autre côté, que perdait-il à apprendre des histoires?

Il hocha la tête. Ils s'en furent. Il les regarda un long moment, deux silhouettes noires sur la nuit étoilée. Il rentra se coucher. Il ne restait plus que deux serviteurs près du feu qui mourait.

Bouto se sentait visiblement offensée d'avoir été délaissée les nuits précédentes. A quoi servait-elle, demanda-t-elle, si ce n'était à donner du plaisir à son maître ? Il était jeune, il avait le sang chaud, bon, il se laissa donner du plaisir. C'était un plaisant objet qu'un corps de femme. Une sorte de chat humain, avec des parties qui changeaient de consistance au cours du commerce sexuel. Pourquoi les seins et le bouton du sexe durcissaient-ils ? Était-ce par l'afflux de sang, comme pour lui ? Et qu'avait-elle au fond de son ventre qu'il semblait nécessaire d'atteindre pour déclencher en eux deux cette crise de haut-mal qui se résolvait de part et d'autre dans un épanchement de liquides ?

Derrière la femme elle-même, qu'y avait-il ?

Il refit un rêve qu'il avait déjà eu, celui où il se retrouvait seul dans la lumière écrasante. Mais cette fois-ci, il était seul, la nuit, dans un champ, sous les étoiles. Et des gens s'amassaient autour de lui. Les étoiles scintillaient plus fort. Elles allaient, oui, se mettre à flamber...

14

Ce que dit le prêtre aveugle

Pour la première fois de sa vie, Ptahmose éprouva le sentiment que le soleil pouvait être oppressant. Il éclairait trop bien le monde, il en révélait trop bien l'opacité ; il n'indiquait pas les chemins de l'âme. La conversation dans l'obscurité de la nuit précédente lui paraissait lumineuse en comparaison avec le paysage désormais familier qui s'étendait à droite et à gauche du chemin menant au chantier de la place forte.

Le spectacle du chantier eût dû le réconforter. La construction des murs de briques avançait ; les échafaudages en témoignaient. Maçons et charpentiers, de concert, ajoutaient rangée sur rangée entre les étais de bois. Dans peu de jours, la garnison, qui campait dans des casemates disparates, ainsi que le lui avait appris Hape-nakht, pourrait venir s'installer ici. Il pourrait donc rentrer à Memphis, après la fête d'Osiris.

Il chercha Pikharê du regard et le trouva au loin, l'air vieilli d'un homme vaincu. Le contremaître l'avait vu ; il se contenta de détourner la tête. Cela ne valut à Ptahmose aucune satisfaction. La défaite des autres ne lui paraissait jamais que la préfiguration de la sienne. Il avait été ainsi depuis son enfance. Quand il avait jeté bas un de ses frères au cours d'une querelle, il s'élançait pour le relever et lui demandait s'il ne s'était pas fait mal. Certes, il n'allait toutefois pas en faire de même avec Pikharê ; la partie n'était pas achevée. Et il était douteux que la nature épaisse du contremaître appréciât cette compassion.

Les architectes le virent et leur chef vint s'incliner devant Ptahmose et l'assurer que les travaux se poursuivaient avec diligence, grâce à la suprême clairvoyance du messager royal. Ptahmose feignit de s'y intéresser et demanda quelle serait la hauteur finale des murs. Vingt et une coudées, répondit l'architecte. Le chemin de ronde se trouverait à cinq coudées au-dessous. Ptahmose n'avait qu'une idée très vague de ce qu'était un chemin de ronde et le sujet ne le retenait pas ; c'était sans doute le chemin que suivraient les guetteurs et les archers. Il hocha la tête. Sans doute l'architecte le croyait-il omniscient.

Perché sur un échafaudage, Issar aussi aperçut Ptahmose, à distance. Comment, d'ailleurs, aurait-on pu ne pas le voir, avec ses deux lanciers et ses quatre serviteurs ? Il s'immobilisa à peine un instant et fit un geste imperceptible de la tête.

Il ne restait plus qu'à s'en retourner. Ou bien à poursuivre plus loin, jusqu'à la mer. Ptahmose ne l'avait jamais vue. Il n'en connaissait que des descriptions, qui lui paraissaient toutes dictées par la fantaisie. Qu'elle n'avait qu'une rive. Qu'elle était couleur de lapis. Qu'elle blanchissait au sommet des vagues. Qu'elle était salée. Qu'à cent coudées au large elle était sans fond. Même la description qu'en avait faite Amsetse suivait ce modèle. Les gens exagéraient certainement. Où bien alors ils se fiaient aux récits des autres et les enjolivaient. Il avait bien vu une immense carte du royaume, dans la grande salle du palais de Ramsès. Il y avait bien repéré une étendue d'eau qui bordait le royaume au nord et à l'est. Mais elle était probablement très différente de ce qu'on lui avait dit. Il soupira ; une question en suspens de plus. Il irait certainement la voir avant de quitter Avaris ; il emmènerait sans doute Bouto avec lui. Mais ce ne serait pas aujourd'hui.

Il eût voulu que la nuit tombât plus vite, pour retrouver Issar et Loumi et entendre la suite de leurs récits. Il irait attendre à la maison.

Les événements en décidèrent autrement.

Ptahmose et son équipage étaient à peine sur le chemin depuis un tiers d'heure qu'ils durent s'arrêter. Un homme était tombé en travers du chemin. C'était un vieillard. Il gisait sur le dos, son bâton près de lui. Les serviteurs s'élancèrent pour le déplacer. Du haut de son cheval, Ptahmose vit que l'homme était vivant ; il avait bougé un bras, tourné la tête. Et quand les serviteurs se penchèrent pour le soulever, il mit l'autre bras autour du cou de l'un d'eux.

« Demandez-lui ce dont il souffre, cria Ptahmose aux serviteurs.

— Il dit qu'il n'a mangé ni bu depuis trois jours, répondirent-ils. Il a buté sur une pierre. Il est très faible.

— Remettez-le sur pied », ordonna Ptahmose.

Ils s'exécutèrent, mais les jambes du vieillard flageolaient ; les serviteurs durent le soutenir pour qu'il ne s'effondrât pas de nouveau. Quand on le soutenait et qu'il s'appuyait sur son bâton, il avait une singulière façon de tendre le bras gauche.

« Il est aveugle », dit un serviteur.

« On ne peut pas le laisser dans cet état, dit Ptahmose à mi-voix, plus pour lui-même que pour autres. Montez-le derrière moi, si vous y arrivez. »

Les serviteurs expliquèrent au vieillard qu'ils allaient le faire monter sur un cheval derrière leur maître.

« Votre maître soit béni ! » dit l'autre d'une voix aiguë.

L'opération fut malaisée. Le vieillard ne pesait pas lourd, mais il fallut trois hommes pour le hisser là-haut, et encore, avec l'aide de Ptahmose qui lui tira le bras, puis lui enlaça le torse pour le maintenir, se livrant de la sorte à des contorsions périlleuses à la fois pour le cavalier et pour son rescapé. De plus, le vieillard ne lâchait pas son bâton, donnant des coups maladroits çà et là. A la fin, les serviteurs en riaient.

« Prenez-lui le bâton », dit Ptahmose.

Ce ne fut pas facile non plus.

« Passe tes bras autour de ma ceinture et noue les doigts. Ne lâche pas jusqu'à ce que nous soyons arrivés.

— Sois béni », dit le vieillard en s'exécutant difficilement, car, perché en équilibre instable sur l'échine du cheval, il avait le geste incertain.

Ils se remirent en route, au pas. Ptahmose, baissant les yeux sur les mains du vieillard, s'étonna d'abord de trouver une bague en or sur l'index droit de son passager. Il n'avait pas le loisir de l'examiner en détail, mais c'était une grosse bague, portant une pierre gravée, évidemment indéchiffrable dans ces circonstances. Puis, les mains étaient fines. Certes pas des mains de paysan.

« Ton estomac est ferme et ta peau est douce, dit le vieillard, de façon un peu hachée. Tu n'as pas vingt ans.

— Quinze, dit Ptahmose, un peu surpris d'une perspicacité aussi vive.

— Quinze ans et tu es déjà cavalier. Tu es donc un personnage d'importance, reprit le vieillard.

— Je suis le prince Ptahmose.

— Tu viens donc d'arriver dans ce pays et tu viens de Memphis. »

Ptahmose retint un rire. Le vieillard était sans doute débilité par la faim et la soif, mais non par la sénilité. Le langage était élégant, l'articulation précise.

« Es-tu prêtre ? demanda l'aveugle.

— Non.

— Militaire ?

— D'une certaine manière, oui. Ne sommes-nous tous pas les soldats d'une armée ? dit Ptahmose.

— Et tu es mûr pour ton âge. Tu as donc été délégué dans l'administration.

— Les militaires ne sont donc pas intelligents ? demanda Ptahmose, amusé.

— L'intelligence n'est pas exigée des militaires, répondit le vieillard. Trop de finesse risque de les embarrasser. »

Ils étaient arrivés. Les serviteurs s'empressèrent d'aider le vieillard à descendre de cheval et il faillit à deux reprises leur tomber dans les bras. Puis étant parvenus à le stabiliser, tant bien que mal, ils aidèrent Ptahmose à descendre à son tour. Ptahmose ordonna à l'un des domestiques accourus pour le recevoir de faire venir de la cuisine du lait, du pain, de l'eau et des dattes et de disposer deux chaises et une table au jardin. Il retourna pour guider le vieillard vers le jardin et le siège qui se trouvait en face du sien. Le vieillard tâta le dossier du siège, le contourna et s'assit prudemment. Ptahmose fut frappé de l'attitude digne, quasiment hiératique de cet homme qu'il avait, une heure plus tôt, trouvé allongé sur le chemin. Les mains jointes sur le pagne désormais sans couleur, il dégageait une distinction très éloignée de sa condition présente.

Les chats vinrent le considérer d'une manière inhabituelle. Ils le flairèrent, puis levèrent la tête. Enfin ils allèrent se percher dans l'un des grenadiers, comme pour surveiller la scène.

Le domestique apporta le plateau et le posa sur la table. Ptahmose se pencha et guida la main du vieillard vers les différents plats. Il reconnut sur-le-champ l'agilité d'esprit qui se traduisait dans la dextérité manuelle. Pareille à un vol de doigts, la main du vieillard erra d'un objet à l'autre, repéra le carafon de lait et le verre proche, mesura la hauteur du verre, saisit le carafon de la main droite et le verre de la gauche, puis versa précautionneusement le lait. Et s'arrêta à temps. Non, ce n'était pas un paysan. Seul un homme habitué à l'exercice de l'esprit pouvait avoir conservé autant d'adresse manuelle.

Le vieillard prit le verre avec lenteur et le porta à ses lèvres. Il en tâta une gorgée et dit, en tournant vers Ptahmose ses yeux blanchis par la nuit : « C'est du lait bouilli et passé. Du lait pour un prince. » Un imperceptible sourire teintait sa bouche, réduite à une fente dans un masque tendu par le temps.

Tant d'aisance porta Ptahmose à se demander si l'incident de tout à l'heure n'avait pas été une feinte, un piège, peut-être. Ptahmose remplit de nouveau le verre.

« Le pain est là », dit-il.

L'homme tendit une main prudente au ras du plateau, repéra le pain, y enfonça l'index et hocha la tête.

« Il est tendre, observa-t-il. Cela ira. Tu as un excellent panetier. Il me reste peu de dents. Sur la fin, il ne faudrait pas mordre la main de Thoth quand il vient vous emmener dans l'au-delà, n'est-ce pas ? »

L'esprit amer de ces derniers mots surprit Ptahmose.

« Quelle est cette bague ? demanda-t-il.

— Celle d'un prêtre lecteur, Ptahmose. La cornaline qui l'orne porte gravée un seul signe, qui est le disque solaire. Je suis Nesaton, le dernier prêtre du temple d'Aton à Avaris. »

Il grignota parcimonieusement son pain, buvant de temps à autre une gorgée de lait, sans doute pour l'amollir.

« Comment t'es-tu retrouvé dans cette situation ? demanda Ptahmose.

— Comment ne m'y serais-je pas retrouvé, plutôt ? Le nom d'Aton est honni. Ce n'est certes pas le clergé actuel qui m'eût offert le pain et le sel. Aveugle, trop vieux et indésirable. La compassion de quelques anciens fidèles m'a permis de survivre pendant de nombreuses années. Même cette compassion était secrète. Puis les fidèles se sont éteints, l'un après l'autre ; le dernier il y a trois jours.

— Trois jours ?

— C'était le nomarque, mais il ne faut pas le dire. »

Ptahmose retint une exclamation.

« Le nomarque avait été de tes fidèles ?

— Pas lui. Son père. Par fidélité à la mémoire de son père, il me nourrissait. » Nesaton tendit la main vers le plat de dattes et en saisit une entre le pouce et l'index. « Il eût fait beau voir que le père n'eût pas été de mes fidèles. Akhenaton ne plaisantait pas avec la religion. » Un autre sourire mince étira la bouche du prêtre déchu, qui attaqua la datte par la pointe. « La religion, tu ne l'ignores pas, émane aussi de la volonté royale. Bref, quand je me suis présenté à la maison du nomarque, les embaumeurs étaient à l'ouvrage. On m'a donné mon dernier repas en me priant de ne pas revenir. Un domestique m'a expliqué qu'un jeune prince avait valu une contrariété fatale à son maître. » Nouveau sourire du prêtre. « Je suppose que c'est toi, le jeune prince. Ne m'explique pas pourquoi tu as contrarié Horw-amon, ton temps est trop précieux pour cela. »

Ptahmose se radossa, stupéfait. Nesaton semblait le fixer du regard, deux billes d'agate blanchie dans un masque promis à la mort prochaine.

« Je te sens troublé, dit Nesaton. Je ne te troublerai pas longtemps. Je ne dois pas m'attarder, car ce serait bien mal te remercier de ton hospitalité. Je reste honni. »

Les idées se bousculaient dans la tête de Ptahmose et comme c'était parfois le cas quand il était troublé, il bégaya[1]. « Je... Je vvvoudrais... » Il respira profondément. « Je veux dire que tant que je suis ici, le couvert t'est assuré, dit-il. Peu m'importe que tu sois honni. » Il réfléchit un moment. « J'ignore tout d'Akhenaton. J'ignore tout de la vindicte qu'on lui voue, à lui et à ses prêtres. Peux-tu m'éclairer ? »

L'après-midi déclinait. La quatrième heure après-midi s'inscrivit sur le cadran solaire fixé au mur du bâtiment des scribes.

Nesaton croisa les bras sur l'abdomen.

« Trop de dieux, trop de cultes, commença-t-il. Ce fut l'opinion d'Akhenaton. Il les réduisit donc, d'un coup, à un seul, le donneur de vie et d'énergie. Aton. Le disque solaire. Il changea lui-même de nom et se fit appeler Akhenaton. Il construisit, là-bas, dans le haut pays, un temple magnifique pour Aton et installa ses palais alentour. Les donations royales pour les cultes des autres dieux s'interrompirent. Le clergé se trouva contraint de se soumettre ou de se démettre. Il se soumit. Quand Akhenaton mourut, les prêtres restaurèrent presque tous leurs anciens dieux. Il ne resta plus que quelques temples d'Aton, dont celui d'Avaris. Nous autres, prêtres d'Aton, nous étions mal vus des autres, mais heureusement, éloignés du pouvoir. La Basse Égypte, c'était les basses terres, elle n'intéressait pas les rois. Il n'y a pas un fonctionnaire sur dix à Thèbes ou à Memphis qui ait jamais vu la mer. Seuls les militaires qui ont suivi Séti dans ses campagnes ont vu les Grandes Vertes[2]. L'Égypte commençait réellement à Memphis. » Le vieux prêtre soupira. « Un militaire prit le pouvoir, Horemheb. Le clergé fit son siège. Les prêtres le soutiendraient s'il maintenait les anciens dieux et mettait fin au culte d'Aton. Les derniers temples d'Aton furent donc fermés et je me retrouvai à la rue. J'étais trop marqué par l'ancien culte, déjà trop vieux, on ne voulait même pas de ma reconversion. Ai-je été clair ? »

Ptahmose avait écouté, saisi par une stupéfaction croissante. Connaissait-il ce pays ?

« Tu as été clair, mais si j'ai compris ton histoire à toi, je ne comprends rien à l'autre. Pourquoi un seul dieu ?

— Il n'y a qu'un dieu, répondit Nesaton. On s'en avisera tôt ou tard. Le monde n'est pas plus régi par une assemblée de dieux qu'un pays ne peut l'être par une assemblée de rois.

« Les Égyptiens ont passé leur temps à changer de dieux et ils révèrent aujourd'hui ce qu'ils détestaient hier. Prends Seth, par exemple, le fils de Noût et le frère d'Osiris. Hier, ils l'exécraient et racontaient que c'était un dieu méchant qui vivait de rapines. Ils avaient posté des dieux aux quatre points cardinaux, Isis, Osiris, Horus et Thoth, qui étaient chargés de le repousser. Ils le représentaient comme l'assassin d'Osiris. Les prêtres faisaient des incantations sur une figurine de ce dieu, et crachaient dessus, avant de la jeter au feu. Aujourd'hui, c'est un dieu révéré. On raconte que c'est à lui que Rê a fait appel pour sauver l'Égypte du serpent Apophis. Notre roi porte même son nom... »

Ptahmose écoutait, stupéfait par ces idées nouvelles et irrévérencieuses. Le vieux prêtre étendit ses bras devant lui pour s'étirer, noua et dénoua ses mains et soupira de nouveau.

« Chaque dieu a sa loi, reprit Nesaton, de cette voix claire, minérale, qu'ont parfois les vieillards, et tous ces dieux, cela fait trop de lois. Tu es jeune et tu es intelligent. Peut-être peux-tu me comprendre. La religion, c'est la loi et il ne peut y avoir qu'une loi. »

Ptahmose se rappela sa conversation avec le roi.

« Le peuple ne peut pas comprendre la loi. Cela ne se touche pas, ne se mange pas, n'a ni forme ni couleur. Il faut donc lui raconter des récits. L'assassinat d'Osiris par Seth, par exemple, et le chagrin d'Isis, qui part à la recherche des morceaux du cadavre démembré, c'est une histoire de querelle campagnarde. Tout le monde peut la comprendre. Le chagrin d'une femme émeut tout le monde. Chacun s'éprend donc de la pauvre Isis et se prend de pitié ou d'affection pour Osiris, même s'il n'a vu ni Osiris, ni Isis, ni Seth. »

Un rire extraordinaire fendit le visage du prêtre. Ptahmose en fut presque scandalisé.

« La religion, reprit le prêtre, consiste à raconter aux gens des histoires de héros merveilleux, vainqueurs ou malheureux. Cela porte d'abord les gens à s'y intéresser, ensuite à respecter le fondement de la loi. Il faut tenir compte de ce que les dieux veulent, sans quoi, cela tourne mal. Et qui sait ce que veulent les dieux? Les prêtres. Et que sont les prêtres? Des serviteurs du roi, sauf quand l'ambition leur monte à la tête. Les histoires des dieux, ce sont donc des instruments du pouvoir.

— Mais ce sont là des propos impies! s'écria Ptahmose.

— Le crois-tu dans ton cœur, jeune prince? J'entends ta voix et tu feins de t'indigner. En réalité, tu ne t'indignes que de ton manque d'indignation. Tu le sais bien, qu'il n'y a qu'un dieu. »

Ptahmose appela un domestique et demanda du vin de palme. Un doigt d'alcool l'aiderait peut-être à dissiper la poussière qui lui enténébrait l'esprit, une poussière impossible à balayer, celle-là.

« Mais Akhenaton a échoué, reprit Nesaton. C'est une idée trop difficile pour le peuple que l'existence d'un seul dieu. Un dieu solitaire, immuable, sans ennemis, ni femme, ni enfants. Cela ennuie. Akhenaton croyait le peuple et même les prêtres plus intelligents qu'ils ne le sont. Ou peut-être croyait-il posséder un pouvoir plus grand que celui dont il disposait. Et puis il y avait sa vie privée. Bref, Akhenaton avait été maladroit.

— Veux-tu goûter du vin de palme? demanda Ptahmose.

— Cela me fera dormir, dit Nesaton. Et je ne sais où dormir.

— Je te trouverai un endroit pour la nuit », dit Ptahmose.

En réalité, il eût souhaité garder le vieux prêtre quelque temps près de lui. Les notables jaseraient, mais au diable les notables!

« Alors je goûterai de ton vin de palme. » Nesaton y trempa les lèvres parcimonieusement. « Le même que celui de Horw-amon, déclara-t-il. Vigoureux. » Il se lécha les lèvres.

« Il existait donc un pouvoir plus grand que celui d'Akhenaton? demanda Ptahmose.

— L'inertie humaine, répondit Nesaton avec un sourire malicieux. Et l'envie. Les humains n'aiment pas le changement. Ils savent ce qu'ils quittent et pas ce qu'ils vont trouver. Je me rappelle que, dans ma jeunesse, on avait tenté d'introduire dans la Basse Égypte de petits oignons doux, qui venaient de Syrie. Les gens de Memphis et de Thèbes en ont raffolé un temps, mais ils sont retournés aux grands oignons âcres, parce qu'ils avaient pris l'habitude de les manger depuis qu'ils étaient enfants. Les dieux sont comme les oignons de l'enfance. Le peuple avait l'habitude de sa collection de dieux. Il n'a pas voulu s'en départir. »

Il eut un rire bref et reprit :

« Il se trouve aussi que l'ancien clergé était plus puissant que le roi ne l'avait cru. Et qu'il avait des alliés dans l'armée. »

L'homme était disert. Il semblait pressé et content de partager son expérience et ses idées avant de plonger dans les silences de la mort.

« L'armée aussi était frustrée. Akhenaton n'en avait cure. Il avait été un piètre militaire, il n'avait pas du tout le physique pour ça et les chevaux l'effrayaient. Il ne voyait aucune raison de donner de l'argent à des soldats pour qu'ils fabriquent des armes et qu'ils aillent conquérir de nouveaux territoires et tuer des gens. Les récits des généraux, pleins de violences et de cadavres, l'assommaient. Il préférait bavarder avec des prêtres et des intimes devant des sucreries et un bol de fleurs de lotus. C'est comme ça que le royaume a périclité. Pendant ce temps, deux grands groupes de mécontents, les prêtres et les militaires, préparaient leur revanche.

— Tu parlais de la vie privée d'Akhenaton, lui rappela Ptahmose.

— Tu vois, toi aussi tu aimes les histoires, dit Nesaton. Si Akhenaton avait eu des enfants mâles dignes de lui succéder, s'il avait laissé à sa mort un royaume puissant, peut-être le seul culte d'Aton serait-il toujours en vigueur. Mais il s'enfermait dans son palais, en tête à tête avec son favori, Semenkherê. On ne savait plus qui gouvernait, Semenkherê ou Akhenaton. La reine Nefertiti, excédée, avait quitté le palais. Le roi devenait étrange, apparaissant en public nu dans des tuniques transparentes, et l'on devinait trop bien certains aspects de... son caractère. L'armée et le clergé se sont scandalisés. » Il vida son verre et le reposa. « Je crois qu'ils l'ont empoisonné[3]. De toute façon, personne n'en parle plus. Son nom est honni, oublié... »

Ptahmose restait sans voix. Était-ce cela, la justice royale? La religion était-elle donc soumise aux caprices de l'armée et du clergé? Aux goûts du peuple?

« De toute façon, conclut Nesaton, cela ne change rien au fait qu'il n'y a qu'un seul dieu. »

Il s'exprimait avec une assurance désolée, comme s'il était navré d'être le seul à posséder la vérité et d'être impuissant à l'imposer.

« Quelle différence, à la fin, murmura Ptahmose, un seul dieu ou plusieurs? Les dieux ne s'intéressent pas à nos affaires. C'est nous qui nous intéressons aux leurs. »

Il songea furtivement aux Apirous qui avaient aussi un dieu unique, et cela n'avançait guère leurs affaires.

Nesaton leva vers lui ses yeux laiteux.

« Tu es bien sombre pour un homme aussi jeune, observa-t-il avec surprise. C'est vrai, les dieux ne s'intéressent pas à nos affaires. Ils n'interviennent que lorsqu'on transgresse leurs lois. D'ailleurs, ce serait dangereux, un dieu qui interviendrait dans les affaires de son peuple.

— Dangereux pour qui?

— Cela enivrerait davantage que le vin le plus puissant », répondit Nesaton.

Un silence passa, comme une vague de la mer.

« Comment cette idée d'un dieu unique est-elle venue à Akhenaton? demanda Ptahmose.

— Elle progressait déjà du temps de son père, qui avait sans doute été influencé par les religions d'au-delà du Tigre et de l'Euphrate, où le soleil est considéré comme le seul grand dieu. Mais c'est Akhenaton qui a vraiment imposé le soleil comme dieu unique. Il était fanatique. Il s'est nommé lui-même grand prêtre du temple de Râ-Horus-qui-est-sur-l'horizon, et il se qualifiait du Grand voyant[4]. »

Ptahmose poursuivait sa rêverie. *Cela enivrerait davantage que le vin le plus puissant.* Sans doute, oui. Lutter avec un dieu à ses côtés, cela devait être enivrant. Les Apirous n'avaient rien compris. Ils laissaient leur dieu somnoler. Son regard s'attarda sur le vieux prêtre: une vraie boîte de science! Cela donnait le vertige! Tant de choses qu'on ne lui avait jamais apprises!

« Pourquoi disais-tu qu'Akhenaton a été maladroit? demanda Ptahmose.

— Je t'ai déjà dit plusieurs de ses erreurs. La plus grande a sans doute été d'exposer et de nommer le dieu. »

Propos énigmatiques.

« Exposer et nommer? » répéta Ptahmose, intrigué.

Le vieux prêtre prit son temps pour répondre. A la fin, il ajouta :

« Le dieu doit demeurer innommé et secret. »

Il baissa la tête et croisa les mains sur ses cuisses. Était-il las? Ne voulait-il pas s'expliquer davantage? Toujours était-il qu'il paraissait résolu au silence.

La cinquième heure s'inscrivit au cadran solaire avec une ombre longue et faible. Les chats somnolaient dans leur grenadier. Le chef des scribes vint demander à Ptahmose de bien vouloir parapher des documents sur les contrats d'affermage de nouvelles terres de la couronne[5]. Ptahmose lui demanda où se trouvait Hape-nakht. Il avait été requis pour présider les discussions sur l'héritage de Horw-amon et les modalités de paiement des embaumeurs. Ptahmose appela ensuite le chef de ses serviteurs.

« Je veux que tu prépares un bain pour cet homme, que tu lui donnes un pagne neuf et propre, que tu veilles à sa nourriture et que tu l'accompagnes ce soir dans un lieu où il puisse dormir en paix. » Et se penchant vers Nesaton : « Je prends congé de toi, prêtre. »

Nesaton posa sur le bras de Ptahmose ses longs doigts osseux.

« La justice d'Aton te retrouvera, prince, pour te remercier de ta compassion. Elle sera infiniment plus généreuse que mes mots ne sauraient l'être. »

Ptahmose hocha la tête, s'en fut vers sa chambre et s'écroula sur son lit. Peu après, il dormait d'un sommeil dense et gras comme le limon du fleuve. Il rêva qu'il se trouvait dans des eaux tourmentées et que ses forces l'abandonnaient. Mais soudain des bras puissants le soutinrent et il nagea triomphalement dans la mer. C'était, il en avait la certitude dans son rêve, une force divine qui l'avait soutenu.

15

La pluie

Quand Ptahmose s'éveilla, le soir tombait, apportant des fraîcheurs insidieuses et parfumées. Un frémissement humide parcourait l'air, que les domestiques appelaient « l'esprit de la mer ». Encore la mer ! Il faudrait se décider à aller la voir.

Il ouvrit sa porte et trouva le jardin empli d'ombres que les torches agitaient selon le vent du soir. Il se souvint tout à coup de Nesaton et demanda à un domestique où se trouvait le vieillard.

« Nous l'avons baigné et vêtu de frais. Il se trouve dans notre quartier, à l'arrière. » Le domestique ajouta, interrogeant son maître du regard. « C'est un homme sage, seigneur. Il parle peu et bien. » Et avec un rire : « Il aime bien le vin de palme. »

Tandis que le chef des serviteurs, qui l'assistait comme de coutume dans ses ablutions, lui versait de l'eau chaude sur le corps et lui frictionnait le dos avec un crin végétal empli de feuilles de saponaire et de géranium, Ptahmose songea de nouveau au dieu unique d'Akhenaton et de Nesaton. Et dans la même foulée, au Seigneur mystérieux de Loumi et d'Issar et des Apirous. Un dieu unique, étrange notion. Mais Ptahmose ne pouvait s'empêcher de penser que jusqu'alors, l'idée n'avait pas porté chance à ses défenseurs. Les Apirous étaient esclaves. Akhenaton était honni et deux fois enterré dans l'oubli.

Il soupa chichement, de quartiers de poisson grillé et de salade de fèves à l'oignon. « Du poisson de la mer », précisa le serviteur. Toujours la mer, cela devenait une obsession ! Mais c'était un poisson qu'il n'avait jamais goûté et dont la chair ferme et blanche était considérablement plus fine que celle des poissons du Nil, souvent fangeuse, avec un fumet de sauvagin. Les chats avaient dû en prélever leurs portions ; ils s'étaient pelotonnés sur la balustrade de bois devant la cuisine et leurs yeux mi-clos réfléchissaient par intermittence les flammes des torches. Le chef des cuisines avait trouvé une jarre de vin de Syrie, au bouquet de cèdre, qui avait la cuisse fine.

Si l'on voulait bien se résigner à n'être que le sujet du roi, la vie pouvait être douce au royaume d'Égypte. Mais qu'était-ce que le roi ? Un vainqueur qui se réclamait d'un pouvoir immanent. Or, ce pouvoir-là commençait à paraître suspect à Ptahmose. *L'assassinat d'Osiris par Seth, par exemple, et le chagrin d'Isis, qui part à la recherche des morceaux du cadavre démembré, c'est une histoire de querelle campagnarde.* Ptahmose se surprit à rire en pensant à la mine scandalisée que ferait Amsetse devant de tels propos. Il rit un peu moins en se rappelant une autre phrase de Nesaton : *Les histoires des dieux, ce sont donc des instruments du pouvoir royal.*

Il n'avait jamais vraiment accordé une grande importance à la religion : pour lui, c'était des fêtes. Des rites. Il éprouva le besoin d'entendre encore Nesaton. Il lui demanderait : et alors ? Qu'y a-t-il d'autre ? Dis-moi, prêtre, qui commande notre destin ? Mais il entendait déjà la réponse de l'aveugle : *Il n'y a qu'un dieu. On s'en avisera tôt ou tard. Le monde n'est pas plus régi par une assemblée de dieux qu'un pays ne peut l'être par une assemblée de rois.*

Et quelle coïncidence entre les propos de Nesaton et ceux de Loumi ! Tout à coup, il se rappela qu'il avait donné rendez-vous à Loumi et son fils. Il se leva, vida son verre et emporta deux dattes sur le plateau du repas. Bouto s'était-elle couchée ? Il poussa la porte ; elle bavardait encore avec les deux mêmes femmes qu'hier. Il hocha la tête, sourit et referma la porte. Des caquetages.

Il partit dans les prés. Il foula l'herbe avec l'ardeur de l'amoureux qui part à la rencontre clandestine de sa maîtresse. Ils le virent arriver de loin et se levèrent. Mais ce soir, ils étaient trois. Le nouveau venu était un homme encore plus âgé que Loumi. C'était décidément la journée des vieillards.

« Mon père, dit Loumi. Il se nomme Abel. »

Le vieillard prit la main de Ptahmose, se pencha et la baisa, ce qui troubla Ptahmose. Et le lendemain, s'il venait là, verrait-il l'aïeul? Le même embarras que la veille prévalut pendant un moment. Au fond, que venait-il faire là? Il l'ignorait. Et eux?

« T'assoiras-tu avec nous? » demanda Loumi.

Il nota qu'ils avaient apporté deux nattes; il s'assit sur l'une d'elles, face aux trois hommes, Issar accroupi un peu en retrait.

« Tu l'ignores, commença Loumi, mais le Seigneur a posé son regard sur toi.

— Comment le sais-tu?

— Personne n'a levé le bras en notre faveur depuis la mort de Joseph, je te l'ai dit, intervint Abel. Tu l'as fait.

— Et si tu ignores pourquoi tu l'as fait, nous le savons, nous », reprit Loumi, avec une telle assurance que Ptahmose lui demanda comment.

« Prince Ptahmose, tu es des nôtres par ton père. »

Il ravala sa salive.

« Je suis pour les Égyptiens un prince d'Égypte, répondit-il.

— Ptahmose, dit Abel de sa voix chevrotante, ils n'ont pas fait de toi un prêtre. Ni un soldat. Ils ont fait de toi un fonctionnaire. Songes-y. Ils ne pouvaient te confier ni leur religion, ni leur sécurité. Juste une responsabilité dans l'administration des affaires d'une province qu'ils ne connaissent même pas. »

Ptahmose recula à peine la tête. C'était donc là le secret de la faveur royale! Et de sa nomination en Basse Égypte!

« On ne peut récuser un prêtre. Ni un officier. Mais on peut toujours récuser un fonctionnaire. »

Était-il donc sourd? C'était presque ce que lui avait laissé entendre Hape-nakht lors de la halte pour boire : *Il n'y a que trois vrais pouvoirs dans ce pays, le roi, l'armée et le clergé*. Or, il avait été désigné par le roi, mais il n'existait que par le pouvoir royal; il n'était, en effet, ni prêtre, ni officier. De toutes parts on avait tenté de l'avertir de la fragilité de sa situation. Dans son orgueil juvénile, il n'avait rien entendu, rien compris.

« Que voulez-vous donc? demanda-t-il. Que je me proclame l'un des vôtres? »

— Surtout pas! s'écria Loumi. Tu ne serais plus qu'un homme sans pouvoir! »

C'était juste, il ne serait qu'un faux Égyptien et un Apirou à part entière.

« Alors, quoi? Que je me proclame votre défenseur? demanda-t-il.

— A quoi cela servirait-il, mon fils? A rien. Nous ne sommes pas des Égyptiens. Nous ne le serons jamais. Ils ne nous acceptent pas parce que nous n'acceptons pas leurs dieux, dit Abel. Quand bien même serais-tu roi d'Égypte, maître du clergé et de l'armée, nous ne serions pas plus égyptiens que tu ne l'es, Ptahmose.

— Je ne suis pas un Égyptien? » demanda Ptahmose, surpris.

Abel lui saisit la main.

« Crois-tu, Ptahmose, à des dieux aux visages de chacal, de guenon, de crocodile, d'hippopotame, de lionne, d'ibis? Crois-tu que les puissances célestes prendraient des formes aussi inférieures pour se manifester aux humains? »

Non, évidemment. Tout était faux, alors! pensa-t-il dans un accès de désespoir. Tout! Et il se sentit encore plus solitaire que jamais. Un homme seul dans la nuit.

« Alors, que voulez-vous? fit-il d'une voix lasse.

— La parole du Seigneur ne peut germer dans un terrain stérile, dit Abel. Tant que tu croiras dans leurs dieux, elle ne germera pas en toi. »

La parole du Seigneur! Il était, lui, pour le moment, un terrain desséché.

« Nous voulons que la parole du Seigneur tombe dans un terrain fertile », reprit Abel.

Des mots!

« Et après ? dit-il.

— Le Seigneur y pourvoira. Il nous a élus. Il a posé son regard sur toi. Il y pourvoira.

— Quand ? cria Ptahmose. Voilà quatre siècles que vous êtes en servitude sur une terre étrangère ! Quand y pourvoira-t-il, votre Seigneur ?

— Le jour du Seigneur n'est pas celui de l'homme, répondit Abel en montrant le ciel. Mais la promesse qu'a faite le Seigneur à notre peuple s'accomplira. »

Et Ptahmose se mit à pleurer. Il se sentait, lui aussi, réduit en servitude. Il pleurait sur son propre sort. Il ne croyait pas à leurs mots. Il ne savait que son impuissance.

La pluie arrêtait le conquérant. Le prince d'Égypte n'était plus qu'un jeune homme désemparé, assis sur une natte au cœur de la nuit, en face d'esclaves.

« Et nos larmes à nous, y penses-tu ? » demanda Loumi.

Il était las. Les paroles de Nesaton, qui semblaient surgies d'outre-tombe, et celles d'Abel l'avaient désemparé, troublé, épuisé. Il se leva, resta debout un long moment devant eux et leur souhaita bonne nuit. Puis il rentra.

16

Faux présages

Le lendemain de la rencontre de Ptahmose avec Nesaton, vers la deuxième heure après midi, les cadrans solaires n'indiquèrent plus rien. Une armée de nuages noirs venus du nord déferla sur le pays. Ils commencèrent par décocher une violente pluie de flèches qui força les paysans, les ouvriers et tous ceux qui travaillaient dehors à chercher refuge là où ils le pouvaient. Elle reverdit le paysage, détrempa le sol, prêta aux monuments une couleur dorée toute fraîche et crêpa les surfaces du Nil et de ses huit bras.

Sur le chantier de la place forte, après s'être enfuis sous la palmeraie proche, les ouvriers ruisselants se félicitèrent d'avoir plâtré la veille les murs de briques crues. Ils avaient parlé trop tôt : sitôt la première offensive passée, les mêmes nuages descendirent plus bas et criblèrent le bas pays de cailloux. Les feuilles et les murs crépitèrent sous l'assaut. Les vaches dans les champs et les buffles au charroi s'affolèrent et coururent dans tous les sens. Un chariot se renversa ici, un autre courut là contre un mur. Les chevaux, ânes, mulets, chèvres et moutons en firent autant. Une bande de chiens qui déambulait dans les rues d'Avaris fut saisie de panique et détala en aboyant avec une telle fougue qu'elle renversa plusieurs piétons.

Quand l'offensive fut passée, incompréhensible et sotte comme toutes les entreprises du ciel, un grand arc-en-ciel déploya insolemment ses sept couleurs au nord-ouest. On vit partout cette arche qui paraissait enjamber le monde, de Mendès à Saïs et d'Avaris à Busiris. Sans doute le ciel croyait-il avoir gagné la bataille et déployait-il triomphalement sa bannière.

Il ne restait plus qu'à inventorier les dégâts. Champs saccagés, vergers abîmés, potagers flétris.

Le lendemain, alors que les délégations de propriétaires étaient déjà en train de discuter avec le sous-nomarque des réductions d'impôts rendues indispensable par la catastrophe, à quelques coudées à peine de la salle où les embaumeurs continuaient de désentripailler savamment la dépouille de Horw-amon, le petit vent malin qui soufflait depuis la fin de la matinée s'emballa. Le ciel s'obscurcit brutalement et vira au jaune soufre, puis au rouge. Un rouge intense, presque celui du sang.

Dans la maison de Ptahmose, les serviteurs pâlirent et commencèrent à psalmodier des formules incompréhensibles. Les femmes fondirent en larmes, criant au présage affreux. Au grand temple d'Osiris, les prêtres n'en menaient pas beaucoup plus large. Ils s'empressèrent de préparer un sacrifice au dieu, pour conjurer ce qu'ils pensaient être un signe de son courroux, mais ils n'en avaient pas plutôt réuni les ingrédients — du lait, du vin, et de la volaille — que le ciel rosit, pâlit et reprit sa couleur ordinaire, à ceci près qu'une fine poussière flottait dans l'air, faisant crisser les dents et argentant le soleil.

Ptahmose avait déjà vu ce phénomène dans son enfance, à Memphis. Il n'en fut pas autrement alarmé. Les domestiques du palais avaient, eux aussi, crié au présage; mais aucun malheur notable n'avait suivi. Bien au contraire, la récolte de blé avait été excellente cette année-là. Il n'avait même pas quitté le jardin où il s'entretenait avec Hape-nakht et deux scribes de l'application d'un rescrit du régent portant sur le dénombrement des têtes de bétail à lait. Hape-nakht et les scribes avaient revêtu une couleur singulière sur le fond du ciel rouge : les reflets du ciel prêtaient à leurs visages une teinte orangée, comparable à celle du fard des danseuses. Et ils s'étaient réfugiés en tremblant dans les bureaux des scribes, le pressant vainement de les suivre.

Ptahmose savait ce qui viendrait après le rouge. Il regarda

autour de lui : le jardin avait pris une teinte rosâtre. Une poussière rouge s'était déposée sur le sol et les feuilles des arbres, jusqu'au dessus de la table où se trouvaient les papyrus quelques moments plus tôt. Il passa la main dessus et la regarda : un fard subtil poudrait sa paume et le bout de ses doigts. Il considérait encore cette poussière quand Hape-nakht le rejoignit haletant et décomposé. Il regarda Ptahmose avec épouvante, comme si c'était lui qui avait manigancé le spectacle.

« Tu es intrépide, dit le sous-directeur des documents.

— Ce n'est pas de la poussière qui m'effraiera, répondit Ptahmose.

— De la poussière ! »

Les deux scribes étaient revenus, apeurés. « C'était une tempête de poussière, dit Ptahmose. Le vent soufflait de l'ouest. C'est la tempête du désert.

— Et le ciel devient ainsi rouge, seigneur ? » demanda l'un des scribes.

Ptahmose indiqua du geste les feuillages du jardin. « Allez vérifier par vous-mêmes. »

Ils y allèrent. L'un d'eux sortit même pour examiner le jardin qui s'étendait devant la façade et revint rapporter qu'en effet, ce jardin-là aussi était recouvert de poussière rouge. Le sol de l'avenue était rose.

Hape-nakht s'assit, respirant lourdement.

« Un signe du ciel quand même, seigneur », murmura-t-il.

Ptahmose se demanda pour qui. Le mauvais présage de l'un est bon pour l'autre. Guère d'humeur à philosopher, il ne releva pas l'épouvante de celui qui était, après tout, son chef. Il avait son idée. Il savait que ce genre de phénomène se produisait le plus souvent au printemps, mais il était inutile de partager son savoir avec d'autres.

On était à deux jours de la fête d'Osiris. Ptahmose se rendit au chantier et trouva les ouvriers soucieux. Pikharê, assis sur une pierre, s'épongeait le visage et, quand il vit Ptahmose, il lui lança un regard vitreux. Issar vint dire au visiteur que, pour les siens aussi, le voile rouge était un signe du ciel. Ptahmose lui indiqua les murs blancs qui avaient absorbé des particules rouges et qui en avaient rosi, puis le sol, le bois, les gravats tout autour, également couverts d'une fine poussière rouge. De la poussière du désert, expliqua-t-il calmement.

« Un signe du ciel », insista Issar.

Pour ces gens-là, le ciel passait donc son temps à faire des signes, songea Ptahmose. Que ne faisait-il un geste décisif!

La place forte était presque achevée. Maçons et menuisiers installaient les étais et chambranles des portes. On plâtrait les entablements du chemin de ronde. On commençait même à balayer les gravats, qui formaient un monticule à l'extérieur des murs. Des militaires inspectaient déjà les lieux avec les architectes.

Le lendemain, à la même heure, décidément fatidique, un certain émoi parcourut Avaris. Quatre hérauts montés sur deux chars attelés de chevaux gris et menés chacun par un cocher parcoururent l'avenue principale, celle qui allait du sud au nord de la ville, en sonnant de la trompette. Les gens sortirent dans la rue. Que pouvait-il se passer? Qui étaient ces crieurs de gloire? Quatre autres trompettistes également montés sur des chars succédèrent aux premiers, dévalèrent l'avenue dans un fracas d'airain, égaillant les oiseaux sur leur parcours. Les gens se préparèrent à un prodige de plus.

Alors arriva une fanfare de vingt musiciens — trompettistes, joueurs de cymbales, de cistres et de tambours — produisant un bruit fortement rythmé, à peine de la musique, plutôt un tintamarre organisé. Les chariots qui cahotaient péniblement le long de l'avenue s'empressèrent de se ranger dans les rues adjacentes, chassés par les fouets, horions et jurons d'une dizaine de gardes à pied. Les badauds s'amassèrent de part et d'autre de l'avenue. Avaris n'avait jamais rien vu de tel. Cinquante lanciers arrivèrent à cheval, en tenue d'apparat, les clous de bronze étincelant sur leurs jambières, les poitrines luisant au soleil et garnies de pectoraux de bronze et de pierres bleues. Puis vint une autre fanfare. En un quart d'heure, il ne resta plus un homme ou une femme valides qui fussent encore chez eux. L'air retentissait du vacarme rythmé des musiciens.

De la terrasse la plus élevée du temple, au nord de l'avenue, quelques prêtres mineurs observaient la scène d'un air impassible. Eux seuls pouvaient voir que le cortège suivant les premiers détachements et qui rutilait au sud dans la brume argentée soulevée par les sabots des chevaux était encore plus important que celui qui était déjà en ville et qui, maintenant, se massait en ordre sur l'esplanade au bout de l'avenue.

Cinquante archers sur des chevaux noirs arrivèrent au trot, rigides comme des statues, le poing gauche serré sur leurs arcs, le droit en garde sur le carquois, ne tenant que par la force des cuisses dorées et luisantes sur les robes sombres de leurs montures. La puissance et la terreur incarnées. A leur suite, un autre corps de fanfare emplit les oreilles de ses appels cuivrés.

Puis un nouveau fracas infernal : six chars d'airain montés chacun par trois officiers et tirés par deux chevaux de robes appariées s'avancèrent dans le rutilement des roues étincelantes.

Suivit un char monté par un seul homme, un homme jeune, torse nu, au pagne court, le front ceint du bandeau d'or du chef de l'armée, souriant comme les statues des dieux dans les temples.

L'émotion se déchaîna, les applaudissements éclatèrent, les vivats fusèrent, quelque peu de travers, il est vrai, car plusieurs des gens d'Avaris croyaient que c'était le roi, alors que c'était le prince régent, Ramsès.

Cinquante cavaliers fermaient le cortège qui avait mis près d'une heure à défiler.

Deux heures auparavant, des émissaires spéciaux venus de Memphis étaient allés alerter tous les hauts fonctionnaires et toutes les notabilités d'Avaris : du grand-prêtre au Grand des gendarmes, du sous-nomarque à l'intendant des domaines, du commandant de la garnison au directeur de la trésorerie de la ville; et bien entendu, le seul membre de la famille royale en poste à Avaris, Ptahmose. Tous ces gens étaient rangés sur l'esplanade, à l'ombre d'immenses baobabs, selon un protocole fixé par le chef des cérémoniaux de la cour à Memphis et appliqué avec vigilance par un délégué spécial.

La première rangée des excellences désignées pour accueillir le régent était constituée par le grand-prêtre, le sous-nomarque, un homme que Ptahmose n'avait jamais vu et qui était le juge en chef du nome d'Avaris, le sous-directeur des documents royaux, Hape-nakht, Ptahmose et le commandant de la garnison.

A son grand dépit, le prêtre lecteur Schou-enschi se trouvait donc au deuxième rang, derrière Ptahmose. Tandis que les membres du cortège militaire se rangeaient de part et d'autre de l'esplanade dans un ordre rigoureux, ceux du comité d'accueil échangeaient entre eux quelques commentaires prudents sur l'objet de la visite surprise du régent. Le grand-prêtre s'inclina un peu pour apercevoir Ptahmose et lui adressa un demi-sourire figé.

« Voilà donc le grand jour, dit-il d'un air entendu.

— Un jour faste, en vérité, répondit Ptahmose.

— Cela reste à voir, dit le grand-prêtre. Les présages ont parlé.

— Je n'ai rien entendu », marmonna Ptahmose.

Le sous-nomarque prit un air coincé et méprisant.

« C'est tout vu, dit le commandant de la garnison. Grâce à la diligence du prince, la place forte est prête, ce que nous n'osions même pas rêver. »

Les camps étaient ainsi définis. Hape-nakht lui, observait, un silence prudent. Rien n'était joué et ce qui le serait entraînerait des conséquences de longue portée.

Ramsès arriva enfin. Deux officiers immobilisèrent ses chevaux. Deux autres l'aidèrent à descendre du char, qu'ils conduisirent un peu en retrait. Sa garde personnelle de dix hommes se mit en rang et le suivit jusqu'au comité d'accueil. Il considéra son monde un instant, puis s'avança vers le grand-prêtre, qui récita un compliment d'accueil. Le sous-nomarque se lança dans un long discours sur le décès malheureux de son chef et l'honneur inespéré qui lui était fait d'accueillir le régent. Ramsès hocha la tête. Comme il se devait, le juge en chef accueillit en la personne du régent la justice immanente du roi. A la surprise de Ptahmose, Hape-nakht se montra discret.

Ptahmose n'avait rien à dire. Il regarda simplement Ramsès et celui-ci le prit dans ses bras et lui donna l'accolade. Ce fut la seule qu'il donna.

Le commandant de la garnison fut simple. « Mon seigneur, mon capitaine, ma joie est grande. L'honneur de ta venue coïncide avec l'achèvement de la place forte. » Il tourna la tête vers Ptahmose et se préparait à reprendre la parole quand un geste de la main l'arrêta.

« Je sais », dit brièvement Ramsès. Et il chargea le sous-nomarque de lui présenter les autres notables.

Ptahmose tourna la tête et vit le grand-prêtre et le sous-nomarque consternés. Il réfléchit rapidement au bref « Je sais » de Ramsès. Le régent était informé des événements. Il avait donc ses espions. Ptahmose regarda instinctivement Hapenakht ; celui-ci leva les yeux au ciel. Quel monde ! Ptahmose retint un sourire.

De sa voix de gorge, sonore, Ramsès déclara que sa visite était motivée par la sollicitude du roi divin à l'égard de la Basse Égypte[1]. Le roi divin avait donc décidé que son fils et régent présiderait la fête d'Osiris au grand temple d'Avaris. C'était là un symbole, car, dans son infinie sagesse, le roi avait décidé d'accorder à ce pays encore plus de bienfaits que ceux qu'il lui avait déjà dispensés. Lui, régent du royaume, était donc venu à Avaris pour exposer les projets du gouvernement royal aux principaux responsables.

Un banquet suivrait à la septième heure après midi, annonça le délégué du protocole, énumérant ceux qui y étaient conviés. Le régent donnerait des audiences le lendemain après la célébration de la fête d'Osiris. Jusque-là, le régent du roi divin prendrait du repos dans sa résidence.

« Quelle résidence, mon seigneur ? lui demanda Ptahmose en aparté.

— La tienne, Ptahmose, dit Ramsès en souriant. La maison qui t'est destinée est achevée, ne le sais-tu pas ? Si tu le veux bien, je l'occuperai deux jours. »

Il y avait donc, parfois, quelque félicité dans ce monde. Ou du moins, quelque distraction.

Les notables s'égaillèrent, chacun vers sa monture, le sous-nomarque, le grand-prêtre et son prêtre lecteur Schouenschi apparemment maussades. Remontant sur son cheval, Ptahmose se rappela sans raison la phrase de Loumi : *Le Seigneur a posé son regard sur toi.*

17

La mer

Ramsès frappa un mur du plat de la main et se tourna vers l'architecte en chef.

« Je veux que la place soit fermée, dit-il. Elle est ouverte à l'arrière. Une première offensive peut laisser filer des ennemis vers l'arrière. »

L'architecte hocha la tête, un peu perplexe. On ne répondait pas au régent.

« Ce n'est pas un reproche, architecte. Il faut que la place puisse résister, même si elle est encerclée.

— J'ai suivi les plans approuvés par Son Auguste Excellence, dit l'architecte.

— Je sais, je sais. Mais j'ai changé d'avis. Je veux une place fermée. »

C'était sans réplique. Ptahmose, qui suivait le petit cortège de militaires inaugurant la place forte, s'émerveilla de l'autorité de son oncle. Dès la fin de la fête d'Osiris, ils s'étaient tous transportés sur le chantier.

« La garnison pourra-t-elle quand même s'installer ici pendant les travaux ? demanda le commandant.

— Certes, dit Ramsès. Architecte, je veux au centre de la place un bâtiment plus élevé que les murs. Ce doit être un bâtiment habitable, avec une tour de guet au sommet. L'escalier doit être intérieur. Et je veux naturellement un puits et des magasins de provisions dans l'enceinte. Et une étable.

Cette place doit servir de modèle à toutes celles que j'entends faire construire en Basse Égypte.

— C'est un grand travail, seigneur régent, dit l'architecte. Double de celui qui a déjà été fait.

— C'est un travail nécessaire », répondit Ramsès en descendant l'escalier du mur d'enceinte.

Il adressa un regard à Ptahmose. Tout était dit. Le retour à Memphis ne serait pas nécessaire. Ptahmose eut le sentiment que Ramsès l'écartait des cercles du pouvoir. C'était un exil magnifique, triomphal même, mais un exil. Il n'avait rien à y dire, il s'était acquitté de sa mission, il avait été récompensé par les honneurs du protocole, l'accolade publique, la réfutation implicite de ses adversaires, une résidence princière, une liste civile proportionnelle à son rang; mais il était courtoisement exilé. Il soupira.

« Le prince Ptahmose, dit Ramsès considérant le portail neuf, a veillé à l'achèvement de ces travaux avec la diligence et la promptitude que lui inspirait la mission royale. La date et le bâtiment en témoignent. Je le charge de veiller à la complétion des nouveaux travaux. »

Il remonta sur son cheval et partit suivi de son escorte dans un glorieux nuage de poussière.

Ptahmose obtint une audience dans l'après-midi. Elle eut lieu dans la maison qui lui était destinée et que le chef de chantier, instruit par les mésaventures de Pikharê, avait achevée avec une louable célérité. Ptahmose n'eut pas le loisir de longs discours.

« Je sais tout, dit Ramsès. L'administration fiscale instruit dès ce matin le cas de la famille de Pikharê. Tu as eu raison d'être ferme avec lui. C'est un vaurien corrompu, de mèche avec Horw-amon. La famille de celui-ci est venue me demander l'autorisation d'instituer un culte en son souvenir[1]. Je l'ai refusé. De surcroît, tous ses membres sont exclus de l'administration pour dix ans. Le nouveau nomarque est assuré que tu as mon soutien. »

Ramsès s'interrompit un instant et son regard se perdit un instant par la porte qui donnait sur les jardins.

« Les gens de Basse Égypte ont perdu, semble-t-il, le souvenir du contrôle central, j'entends le leur rappeler. Nous allons développer ce pays. Non pas avec leur assentiment, mais avec leur obéissance! »

Ptahmose se demanda ce qui avait bien pu irriter le régent. Peut-être d'autres rapports sur la corruption de Horw-amon?

Le regard de Ramsès revint sur Ptahmose, le ton se fit plus mesuré.

« Le grand-prêtre et son prêtre lecteur sont venus m'assommer de leurs récriminations à ton sujet, alléguant que ta venue et tes façons de faire avaient semé le désordre le plus grave dans la ville. Je leur ai répondu qu'ils devaient s'estimer heureux que ton autorité n'ait pas été plus étendue. Je ne peux les destituer. Ils sont corrompus, je le sais. Mais ils se tiendront tranquilles et prudents à ton égard, cela devrait suffire. L'architecte en chef et ses deux assistants ne tarissent pas d'éloges sur toi. Aussi Hape-nakht a-t-il enregistré un rescrit qui te sera communiqué ce jour même et qui te nomme immédiatement intendant général des bâtiments du roi en Basse Égypte. Ta liste civile est doublée : je la porte à mille debens et le nombre de tes serviteurs à la charge du nome sera de douze. »

Il s'interrompit et considéra une fois de plus Ptahmose, comme s'il attendait quelque chose. Ptahmose n'avait pu placer un seul mot. A quoi bon? Il s'avança et baisa la main de Ramsès.

« Sese, comment va ma mère? demanda-t-il.

— Très bien, répondit Ramsès. Très bien. Peut-être reviendras-tu la voir à Memphis, le mois prochain. »

Le vague étudié de ces mots! Ptahmose s'inclina. Le chambellan fit un pas en avant pour le reconduire à la porte.

« Ptahmose! dit Ramsès, l'air amusé. Qu'est-ce que c'est que cette histoire d'assassinat manqué? »

Ptahmose raconta comment, pris de soupçons après la visite de Schou-enschi, il avait fait mine de se coucher, avait disposé une couverture enveloppée d'un drap à sa place et s'était caché sous le lit. Ramsès fut alors saisi d'une crise de fou rire qui finit par gagner le chambellan.

« Il faut que je raconte ça au roi! » s'écria-t-il.

Mais la suite l'étonna davantage.

« Tu lui as enfoncé la dague d'un coup ? Tu voulais vraiment le tuer ?

— Il fallait en tuer un des deux, répondit Ptahmose. Et lui, ne voulait-il pas me tuer ? »

Ramsès hocha la tête.

« Horw-amon a bien fait de mourir de lui-même, dit-il. Je l'aurais fait décapiter ! Essayer d'assassiner un envoyé du roi ! »

C'était tout.

Ptahmose se retrouva dehors, dans la brise parfumée par les fleurs barbues des robiniers. « L'exil... », murmura-t-il. On l'avait, au fond, exilé chez les Apirous. Vigie solitaire du pouvoir royal contre un ennemi omniprésent, la nature humaine elle-même ! Mais après tout, son sort était quand même plus enviable que celui des Apirous.

Il remonta sur son cheval, ne sachant où aller. Ce fut alors que la mer lui revint à l'esprit. Il renvoya les serviteurs à la maison et dit aux deux lanciers : « Au nord ! »

Ils partirent au petit trot. Quand la chaussée s'y prêtait, Ptahmose piquait un galop, devançant les lanciers, ravis de pouvoir enfin rompre l'allure réglementaire. Ptahmose était bon cavalier : au bout d'une heure, il aperçut enfin, au-delà des derniers champs et des dernières palmeraies, l'incroyable. Une ligne bleue qui s'étendait de gauche à droite à l'infini. Et plus il approchait, plus l'incroyable s'avérait. Elle était, en effet, couleur de lapis, un lapis clair. Il était vrai qu'elle était couronnée de mousse blanche, au sommet des vagues. Il essaya dérisoirement de lui trouver une limite, mais sut qu'il n'y en avait pas. Pareils à des insectes aventureux, très loin là-bas, trois ou quatre bateaux de pêche semblaient des papillons égarés.

Il éclata de rire. Les lanciers aussi paraissaient stupéfaits. Ils venaient de Memphis et n'avaient jamais vu la mer, eux non plus ; ils s'emplissaient les yeux de l'inconnu. Ptahmose se défit de son pagne et de sa dague, puis il s'avança nu dans cet élément inconnu. Une vague le fit basculer et rire. Cela lui emplit la bouche d'eau et elle était bien salée, comme le rapportaient les récits. Il ne savait pas nager, il tâtonna sur le fond sableux, plongea la tête sous l'eau en retenant sa respiration et vit qu'en effet la profondeur augmentait à vingt ou trente coudées du rivage. La légende était vraie. Incapable de se tenir debout dans cette chose vivante, il se laissait pénétrer par le sentiment étrange qu'il devenait neuf et propre. Et sans âge.

Il sortit de l'eau, s'essora les cheveux et s'assit pour se sécher au soleil tandis que les lanciers suivaient son exemple et se jetaient eux aussi à l'eau. Ils poussaient des cris d'enfants. Et quel est le dieu de la mer ? se demanda-t-il. Aussi loin qu'il cherchât dans sa mémoire et les listes de dieux et déesses qu'énumérait jadis Amsetse, il n'en trouvait pas[2].

Au nord l'infini, au sud le pouvoir. Un prisonnier de luxe. Il se rhabilla pensivement. Sa jeunesse était finie.

II

LA COLÈRE

1

Miriam

Les voix des scribes psalmodiaient, au fur et à mesure que les joncs couraient sur les rouleaux de papyrus.

« Deux cents bottes de légumes... »

Des esclaves entassaient salades, poireaux, oignons contre le mur du secrétariat ; d'autres déchargeaient les ânes à l'extérieur. Un scribe comptait les bottes.

« Douze sacs de grain... »

Le grain était emballé dans des sacs de chanvre qui dégageaient une poussière étouffante. Un nuage flottait dans la grande salle du secrétariat. Les six scribes du secrétariat de la direction des bâtiments royaux protestèrent. « Faites la pesée dehors ! Nous allons mourir ! » Chaque fois, en effet, que les deux esclaves préposés à cette tâche prenaient un sac pour le placer sur une énorme balance, avant de le poser le long du mur, près des légumes, un nouveau nuage de poussière s'élevait.

« Poids réglementaire ! » criait le scribe à la pesée, les cheveux déjà blancs de poussière.

« Cinq pièces de bœuf... »

« Cent dix oiseaux d'oiseleurs... »

La nourriture destinée au personnel des chantiers devait être enregistrée à la direction des bâtiments royaux, avant d'être expédiée dans les entrepôts adjacents. Une charge de plus pour l'administration des bâtiments.

« Très bien, dit le sous-chef des scribes. Pendant que les

ânes sont là, chargez-les du grain pour l'expédier chez le panetier. La viande et les légumes doivent aller par convois d'ânes directement au chantier du nord.

— Les ânes sont arrivés, dit un des esclaves du seuil de la porte.

— Que de mouches! » s'écria Ptahmose en pénétrant dans le secrétariat.

Ils se tournèrent tous vers lui, suspendant leurs gestes un instant.

Un peu épaissi. La barbe nettement plus épaisse et cuivrée. Le regard, plus sombre. Il avait vingt-trois ans.

Des nuées de mouches avaient, en effet, envahi le secrétariat, attirées par l'odeur de la viande. Il appela l'un des esclaves nubiens, un négrillon filiforme et vif qu'il avait racheté à son maître pour le soustraire à ses mauvais traitements. Le gamin s'élança vers lui, le visage empreint d'adoration. « D'abord, tu chasses les mouches avec le grand éventail dans le coin. Ensuite, tu fais brûler dans le grand pot là-bas du bois de Pount et des feuilles d'eucalyptus. » Le petit esclave s'activa sur-le-champ, agitant adroitement l'éventail de palmes tressées en faisant « shhh » comme son maître vénéré le lui avait appris. En quelques minutes, les mouches se trouvèrent évacuées des six pièces adjacentes du secrétariat. Puis une fumée odorante se répandit dans les pièces, cheminant de l'une à l'autre comme un long serpent bleu pâle.

« Je veux que les pièces de bœuf soient couvertes d'un tissu et qu'elles restent couvertes pendant tout le transport. Les mouches y pondent des œufs, dit Ptahmose au chef des scribes. Un tissu de chanvre, qui laisse quand même passer l'air.

— C'est de la viande pour les ouvriers, répondit ce dernier.

— Raison de plus. Des ouvriers malades nous feraient prendre du retard. Pour la prochaine livraison, je veux que le grain soit livré une semaine à l'avance. Le panetier aura ainsi le temps de le moudre et de le cuire. Quand le grain est livré avec les vivres périssables, nous sommes contraints d'organiser deux convois de suite pour le même chantier. Ce n'est pas économique. »

Ptahmose retourna au jardin, considéra les grenadiers chargés de fruits qui se découpaient comme des incrustations sur les murs fraîchement chaulés. Les deux chats qu'il avait pris à Hape-nakht quand il avait emménagé dans sa nouvelle demeure avaient fondé famille; ils étaient huit, à présent. Ptahmose prit l'un des plus jeunes, un chaton jaune aux yeux d'or. Puis, tenant toujours le chaton dans ses mains, il traversa le parterre planté d'asphodèles[2], contourna la pièce d'eau où les lotus dardaient leurs seins de jeune fille et entra dans les cuisines du second corps de bâtiment. Là, il parcourut le sol du regard et le cuisinier l'interrogea du regard. « Je cherche un grand panier, dit Ptahmose. Je veux six grands pains d'épeautre, une oie plumée, un sac de fèves et une botte d'oignons. » Le cuisinier s'exécuta et remplit le panier des vivres demandés; Ptahmose plaça le chat pardessus et gagna les écuries. Là, il alla à son cheval, retenant du geste les garçons d'écurie qui proposaient d'alerter les lanciers pour l'escorter.

« Non, je ne serai pas long », dit-il.

Ils lui soutinrent le pied pour qu'il pût monter[3] et il y parvint sans trop affoler le chaton.

Il partit au petit trot vers le sud et arriva bientôt à un village apirou. Le chaton regardait de droite et de gauche d'un air stupéfait, tandis que Ptahmose lui flattait le dos pour le rassurer. Il s'arrêta devant une maison un peu à l'écart des autres. Du linge pendait sur des cordes. Deux enfants vinrent l'accueillir avec des rires et des cris familiers. Une femme sortit et il lui tendit le panier avant de sauter par terre.

La femme était un peu plus âgée que lui. La vue du chaton lui arracha un sourire.

« Comme cela, dit Ptahmose, tu n'auras plus de souris. S'il n'en trouve pas, donne-lui quand même à manger, afin qu'il revienne. Les miens tuent les souris, mais ne les mangent pas. Sans doute ont-elles mauvais goût. Ferme la porte afin que l'épervier ni la belette ne s'emparent de lui.

— Une oie, dit-elle. Ce sera la fête. »

Elle tendit la joue; il l'embrassa. Les enfants, qui n'apercevaient pas le contenu du panier à cause de leur taille, se mirent à crier en hébreu : « Une oie! Une oie! » Puis ils se jetèrent sur le chat et le couvrirent de cris et de caresses.

La femme entra mettre l'oie, les fèves, les pains et les oignons en sécurité. Puis elle reparut sur le seuil :

« Veux-tu entrer ? J'ai du vin de palme.

— Non, c'était juste une visite pour te voir. Ton mari va bien ?

— Grâces soient rendues au Seigneur, dit-elle. Il est de bonne souche. Il a eu mal aux yeux à cause de la poussière, il y a quelques jours, mais l'eau de camomille l'a guéri. »

Ptahmose hocha la tête.

« Si seulement Aaron était ici, soupira-t-elle.

— Il est mieux à Memphis. Là-bas, il est contremaître. Ici, les contremaîtres sont des Égyptiens.

— Cela ne change rien au fait qu'il me manque.

— Je sais, Miriam. C'est déjà beaucoup que tu sois ici. Je t'ai fait construire cette maison. Je ne suis pas le roi d'Égypte.

— Un prince n'a-t-il pas le droit de construire une maison pour son frère aussi ?

— Mieux vaut ne pas trop en faire d'un coup.

— Mais tu le feras venir, n'est-ce pas ?

— Je le ferai venir. Je l'ai dit.

— Tu ne parles même pas la langue de ton père ».

Ptahmose parut soudain agacé. « Je l'apprends. Et je n'en ai pas besoin. Si j'avais été des vôtres, je n'aurais rien pu faire pour vous. Cela n'aurait avancé personne.

— Qu'y a-t-il donc à faire ?

— Je ne le sais pas. Il y a des choses à faire.

— Rien ne changera jamais, gémit-elle.

— Tout change toujours, Miriam. Surtout quand on ne s'y attend pas.

— Il y a sept ans que tu es ici. Tu ne m'as fait venir qu'il y a trois mois. Le temps passe. Le Seigneur nous a oubliés. »

Des nuages pesaient sur sa voix, qui menaçaient de se résoudre en larmes, et il n'aimait pas les larmes. Il n'était venu lui rendre visite, avec ces quelques cadeaux, qu'à cause des liens du sang, en souvenir de ce moment pénible où la sauvageonne qu'elle avait été lui avait annoncé la mort de son père, dans la cour du palais. Mais elle n'était certes pas la sœur qu'il avait jadis rêvée, la confidente, la complice... Bref, ce succédané d'épouse que doit être une vraie sœur. Il se dirigea vers son cheval et songea qu'il servait trop souvent d'exutoire aux lamentations de sa sœur. Elle alla quérir un escabeau pour l'aider à monter. Quand il fut en selle, elle lui adressa un regard chargé de reproches.

« Et tu es avec cette femme, dit-elle.

— C'est une concubine.

— Elle t'a donné des enfants[4].

— Les femmes donnent des enfants, répondit-il en prenant les rênes en main.

— Et je ne peux pas aller te voir... Cette femme... »

Il fit demi-tour devant la maison, suivi par les enfants qui tenaient toujours le chat et l'embrassaient comme si c'était un jeune frère.

« Pense à Aaron ! » cria-t-elle tandis qu'il s'en allait. Il hocha la tête et prit le trot. Une bouffée de colère l'envahit. Les femmes n'avaient-elles donc jamais pour les hommes que des reproches ? Qu'aurait-elle voulu ? Qu'il abandonnât ses fonctions pour s'engager comme ouvrier ? Qu'il épousât une Apirou et devînt ainsi le beau-frère ou le beau-fils d'un de ses propres ouvriers ? N'avait-elle donc pas de tête ? Qu'est-ce que cela serait donc quand Aaron serait lui aussi à Avaris pour prendre son parti !

2

Encore la mer

Où allait donc le prince quand il disparaissait ?

Telle était la question qui agitait parfois la maisonnée et le secrétariat. Car Ptahmose disparaissait de temps à autre, au cours de la matinée, quand les affaires de l'administration lui en laissaient le temps. Il allait loin, puisqu'il prenait son cheval, et il revenait l'air à la fois serein et absent, le masque pareil à celui d'une statue qui feint de regarder, mais dont le regard est intérieur.

Hape-nakht, qui le vit un après-midi au retour de l'une de ces éclipses, en fut alarmé. Le prince avait-il abusé du kât ? Tout le monde en consommait, à Avaris comme ailleurs, pour tromper l'ennui. Il chercha donc à distinguer les pupilles du directeur royal, mais ne les trouva pas particulièrement contractées, comme c'était le cas après une consommation récente de la feuille de Nubie. Était-il malade ? Non plus. Le teint était frais, le geste vif.

Hape-nakht était venu lui exposer un problème relatif à la construction des places fortes des oasis[1]. Ptahmose n'avait pas dit un mot. Un silence déroutant avait suivi.

« Que dois-je faire, selon toi ? demanda Hape-nakht, déconcerté.

— Le régent a raison, répondit à la fin Ptahmose, sans détourner le visage, les mains à plat sur les cuisses. Il est absurde d'expédier des vivres dans les oasis. Il faut que les soldats des garnisons soient autonomes. Il convient donc de faire construire là-bas des fours de panetiers et des abattoirs aussi bien que des briqueteries. »

La voix était posée, calme, claire, mais étrangement sépulcrale. Un instant plus tard, Ptahmose avait ajouté : « Il faut développer les potagers, la culture céréalière et l'élevage, qui ne sont encore pratiqués dans ces oasis que de façon primitive. »

Mal à l'aise, Hape-nakht s'était levé pour prendre congé.

« Le soleil soit avec toi », avait dit Ptahmose en l'accompagnant.

Il était vrai que la spontanéité, voire l'impétuosité dont Ptahmose avait témoigné à son arrivée à Avaris n'étaient plus qu'un souvenir. Dans ses moments les plus familiers, il était grave ; dans les autres, absent. Il était même souvent absent physiquement. Bouto ne le voyait guère après dîner. Il disparaissait. Elle couchait les enfants et s'entretenait avec la nourrice et les femmes des domestiques. Elle aussi ragotait. Ou bien elle échangeait avec ces femmes des recettes de magie, pour avoir les seins plus fermes, par exemple. C'était fou ce que les Égyptiens faisaient comme magie ! Quand Ptahmose rentrait, elle était souvent endormie. Il ne la réveillait pas, il avait sa chambre et quand elle ouvrait le premier œil, le matin, il était déjà levé et finissait de prendre son premier repas au jardin. Il mettait son fils de trois ans sur les genoux et lui pelait une figue.

Où donc pouvait-il aller ? Les rumeurs atteignirent l'oreille d'Hape-nakht. Le sous-directeur des documents royaux se piquait d'en savoir plus long que quiconque sur la vie privée des notabilités d'Avaris, et il en faisait bénéficier le régent par courriers secrets. Les disparitions du prince méritaient une investigation. Hape-nakht colla donc un espion aux pas de Ptahmose.

L'homme feignait de jardiner avec les maraîchers qui entretenaient le potager créé par le prince pour son usage personnel, à une cinquantaine de coudées de la maison. Un matin que Ptahmose quittait le secrétariat pour aller chercher son cheval, l'espion se déguisa en courant d'air et courut à son mulet. Il suivit Ptahmose pendant plus d'une heure à l'aller et pendant tout le retour.

Il arriva chez Hape-nakht à la deuxième heure après le crépuscule. Le sous-directeur le fit entrer sans attendre dans l'un des bureaux déserts de son secrétariat.

L'espion avait l'air penaud.

« Alors? dit Hape-nakht. Sais-tu où il va?

— Oui, dit l'espion. Il va à la mer.

— A la mer?

— A la mer. Il mène son cheval jusqu'au rivage et il reste là.

— Il reste là? Comment cela, il reste là? Debout? Assis? Avec des gens? Que fait-il?

— Il ne fait rien. Il reste assis. Il regarde la mer. »

Hape-nakht se massa le menton et plissa les yeux d'un air finaud.

« Et après? demanda-t-il.

— Après, rien. Il est remonté sur son cheval et il est revenu ici. Il est rentré chez lui. Il est en train de souper.

— A qui a-t-il parlé?

— A personne.

— Personne? Combien de temps est-il resté face à la mer?

— Je dirais bien deux douzièmes de cadran solaire.

— Il est resté deux heures assis face à la mer, sans parler, et il est revenu ici?

— C'est cela.

— Tu me prends pour un imbécile? demanda Hape-nakht.

— Coupe-moi le nez et les oreilles si ce que je dis n'est pas l'absolue vérité.

— Alors il t'a vu.

— Il n'a pas pu me voir. Je le suivais à plus de cinq cents coudées.

— Il ne s'est même pas arrêté pour boire?

— Il avait une gourde sur sa selle. Il a bu à sa gourde. »

Hape-nakht se radossa à sa chaise. C'était vraiment une histoire extraordinaire.

« Tu passeras demain comme convenu au secrétariat pour obtenir dix debens de marchandise.

— Je veux de la toile.

— Tu auras de la toile », dit Hape-nakht en poussant l'homme dehors.

Hape-nakht recommença à se masser le menton. Ce récit ne tenait pas debout. Ptahmose avait dû acheter l'espion. Le lendemain, il en recruta un autre.

Deux jours plus tard, le deuxième espion faisait un rapport à peu près identique.

Hape-nakht en perdit le sommeil. Qu'est-ce que le prince Ptahmose, directeur des bâtiments royaux, pouvait bien faire à contempler la mer pendant deux heures, seul et sans mot dire à quiconque ? S'il adressait un rapport en ce sens à Memphis, ce serait sa propre cervelle que le régent mettrait en question. Au bout de trois jours, pour en avoir le cœur net, Hape-nakht se résolut à espionner lui-même Ptahmose.

Il posta un troisième espion devant la maison de Ptahmose et le chargea de venir l'informer au plus vite dès qu'il verrait celui-ci partir seul à cheval sur la route du nord. Après tout, il n'y avait qu'une seule route d'Avaris à la mer, et même si Hape-nakht partait en retard, il finirait bien par rattraper son gibier.

Quatre jours plus tard, l'espion vint le chercher en haletant : le prince était parti. Toutes affaires cessantes, Hape-nakht courut à son mulet et se lança sur les traces de Ptahmose. Il trotta jusqu'à ce qu'il reconnût, peu après la sortie d'Avaris, un cheval et la silhouette de Ptahmose. Hape-nakht se laissa devancer d'une centaine de coudées et suivit le cavalier. En effet, Ptahmose semblait aller à la mer ; jusqu'ici, les espions n'avaient donc pas menti. Quand ils arrivèrent près de la mer, là où il n'y avait plus de villages ou de plantations, mais des petits bois alternant avec des marais saumâtres, Hape-nakht attacha son mulet à un arbre et alla précautionneusement à pied jusqu'au bosquet de casoarinas qui longeait le rivage. Il avança à pas de loup et vit Ptahmose prendre appui sur une branche d'arbre pour descendre de cheval, attacher sa monture et marcher lentement vers la mer. Et il attendit.

Il attendit, comme l'avaient dit les espions, près de deux heures. Tous ses sens aux aguets, il observa ce personnage décidément énigmatique. Tout ce qu'il vit était que Ptahmose, assis face à la mer, semblait respirer de manière ample, plus ample que la normale. Autrement, il ne faisait rien, absolument rien. Ptahmose rejoignit enfin sa monture, Hape-nakht, lui, toujours en proie à la stupéfaction, la lèvre pendante, ne reprit la route que bien plus tard, totalement incapable de trouver la moindre explication à un tel comportement.

Bien pis : il n'y avait pas là de quoi justifier le moindre rapport à Memphis. Le prince allait respirer l'air de la mer, et alors ? Il était, lui, Hape-nakht, libre de penser que Ptahmose était devenu fou, mais rien dans la conduite de la direction des bâtiments royaux ne l'indiquait, bien au contraire. Cette administration brillait par sa rigueur et sa célérité.

Ce qu'Hape-nakht ne pouvait savoir était que ce comportement avait été dicté par le prêtre déchu Nesaton, accueilli par Ptahmose.

Plusieurs semaines après que Ptahmose l'eut relevé du chemin où l'épuisement et la faim l'avaient fait choir, Nesaton était allé voir Ptahmose.

« Ma fin est proche », lui avait-il dit après que Ptahmose l'eut fait asseoir dans le jardin et eut fait porter un carafon de vin de palme et des figues. Le visage du vieillard était presque souriant, ou bien était-ce déjà le rictus de la mort qui se dessinait sur son visage ? Peu importait, le ton même était souriant.

« Tu m'as sauvé par magnanimité et je n'ai rien à te donner en échange de ton hospitalité, de ton pagne, de tes pigeons grillés, de ton pain, de ton lait et de ton vin de palme. Rien qu'une bribe de savoir. » Le souffle de Nesaton devenait court. « Apprends une chose, car je sens que tu l'ignores : aucun homme ne vit sans le sentiment de la divinité. Tout homme qui le prétend finit par être un animal inférieur. »

Le vieillard laissa ces mots pénétrer l'esprit de Ptahmose et poursuivit après une pause.

« Ton sang va trop vite parce que tu es jeune. Il crée des mascarets dans ton cerveau, il agite tes désirs et tes regrets. Désirs et regrets t'éloignent de ce qui est essentiel, qui est ce sentiment de la divinité que je te disais. Il ne te viendra pas si ton esprit est comme les confluents du fleuve et de la mer, s'il est constamment troublé par ceci et cela, ceci et le contraire de ceci, cela et le contraire de cela. » Le vieillard but une longue gorgée de vin de palme. « Tant que tu ne sauras pas accueillir en toi la divinité, Ptahmose, tu ne seras que le jouet des événements et, pis encore, le jouet de tes désirs. Seule la divinité peut t'ancrer dans la réalité invisible, qui n'est ni la vie, ni la mort, mais l'immanence.

— Quelle divinité ? avait demandé Ptahmose.

— Peu importe son nom, avait répondu Nesaton. Les noms sont des créations de notre langage ; la divinité est une et immanente, innommée et innommable. Elle est antérieure aux mots. Notre langage la matérialise pour nous, mais elle existe au-delà du langage. Me comprends-tu ?

— Parle et je te comprendrai.

— Si tu veux recevoir la divinité en toi, il faut d'abord évacuer en toi tout ce qui n'est pas elle, c'est-à-dire tes sentiments et le souci de tes entreprises. Il faut t'efforcer de ne penser à rien. C'est le secret qui avait été donné à Akhenaton, et dont il n'a pas fait le meilleur usage. Il a encore donné un nom à la divinité qu'il avait ressentie, et je te l'ai dit, qu'importent les noms ? Aton ou Rê, Osiris ou Seth, ce qui est divin ne doit être nommé que pour les esprits inférieurs. Mets ton esprit au repos et oublie ce qu'a été ta journée, ce qu'a été ta vie, ce que tu désires et ce que tu hais. »

Le vieillard étendit son bras maigre vers le plat de figues, ses doigts voltigèrent au-dessus des fruits, les caressèrent comme un papillon qui cherche un endroit où se poser, et en saisirent une. Il la mangea lentement, consciencieusement, et poursuivit :

« Pour cela, il faut que ton corps soit au repos. Assis ou couché, mais au repos, entièrement au repos, sans désir d'être autrement. Je préfère qu'on soit assis, mais on peut aussi être couché, et certains de mes collègues savaient même pratiquer cet exercice debout. Un corps posé sur dix orteils, une peau qui ne ressent que l'air. Cela peut prendre un certain temps, il faut laisser le cerveau se vider de ses impuretés. Et alors... »

Nesaton parut chercher son souffle et le retrouva.

« ... Et alors il faut respirer. Profondément, de manière à

aspirer tout l'air possible autour de soi, en emplir sa poitrine comme si c'était la dernière goulée d'air qu'elle absorbera. Puis l'expirer entièrement, sans en laisser une trace en soi, et recommencer. Mais cette fois, il faut que l'air voyage à l'intérieur. Il faut respirer de l'intérieur, par l'estomac, comprends-tu ? »

Le vieillard prêcha d'exemple et Ptahmose vit l'estomac du prêtre s'animer, comme si les poumons y étaient descendus.

« Au bout d'un temps, une grande paix s'installe en soi. Au bout d'un temps encore, cette paix se change en félicité. Au bout d'un temps de plus, la félicité même disparaît et l'on entrevoit — non, on n'entrevoit rien, car ce n'est plus la vue qui est en jeu —, on approche d'un sentiment de vie beaucoup plus intense, beaucoup plus profonde, beaucoup plus lumineuse... On approche de la divinité. La discipline que je t'enseigne est celle de l'alliance avec la divinité. »

L'alliance ! Un léger frémissement parcourut le visage de Ptahmose. C'était le terme même qu'utilisaient les Apirous. Ils disaient que leur Seigneur avait jadis conclu une alliance avec leur premier chef, Abraham. Nesaton tendit la main vers le verre de vin de palme.

« Quand on pratique régulièrement cet exercice, reprit-il, quand on le pratique avec finesse, sans chercher un but, mais comme si c'était une manière ordinaire de vivre, on approche parfois de la divinité. Rien ne vous atteint plus alors, même la peur de la mort. Tu tireras spécialement profit de cet exercice, Ptahmose.

— Pourquoi ? demanda Ptahmose, fasciné.

— Parce que le feu qui est en toi te rend turbulent, comme il fait bouillonner l'eau.

— Qu'y a-t-il de mal à être turbulent ?

— On s'épuise. On dépense inutilement son énergie intérieure. L'âme dépérit. Elle devient mélancolique. Quand la colère ou une autre émotion profonde s'empare de toi, mâche quelques feuilles de kât. Ou bien bois un peu de vin de pavot. »

Ptahmose fit une grimace. Le vin de pavot était amer.

« Faut-il alors vivre sans feu? demanda-t-il.

— Non, mais il faut que le feu vienne du haut. Il faut que ce soit le feu de la divinité qui t'habite, et non pas celui de la terre », dit Nesaton, s'emparant d'une autre figue.

Ptahmose réfléchit un long moment. « Est-ce là ce que font les prêtres ? » interrogea-t-il.

Nesaton prit aussi son temps pour répondre. « Certains, dit-il. Pas en Basse Égypte. J'ai été initié à Abydos, au sud. Quelques prêtres y entretiennent la tradition, mais c'est dans le sud.[2]

— Comment dois-je faire? Pathmose.

— Tu as entendu ce que j'ai dit. Recueille-toi. Pratique régulièrement le contrôle de ta respiration. »

Le vieux prêtre prit son bâton et se leva avec l'aide de Ptahmose. Il posa la main sur l'épaule de celui-ci et dit-il doucement : « Ils n'ont pas voulu t'initier, n'est-ce pas? Parce que ton père est un Apirou. Non, ne proteste pas, je le sais, tout se sait. Ils n'ont pas voulu que tu sois prêtre pour ne pas révéler leurs mystères à des étrangers. Mais tu n'es pas n'importe quel étranger, Ptahmose, je le sens. Tu fais peur. Tu as dû leur faire peur, là-bas, à Memphis, alors ils t'ont expédié ici. Je le sens, tu seras néanmoins un chef. De qui, je l'ignore. Des Égyptiens, ce n'est pas sûr. Des Apirous, alors. C'est pourquoi je t'enseigne ce que je t'ai dit.

— Mais est-ce... est-ce aussi simple? » s'écria Ptahmose.

Nesaton sourit.

« Ce n'est peut-être pas aussi simple que je l'ai résumé, mais je t'ai dit l'essentiel. Quand on fait bouillir le lait, les substances essentielles affleurent à la surface, sous forme de crème. Je t'ai donné la crème. Avec le temps et la pratique, tu comprendras le reste. Accompagne-moi. »

Ptahmose lui soutint le coude jusqu'à la porte qui donnait sur les champs, à l'arrière. Là, les serviteurs avaient réservé une chambre au prêtre déchu. Ils l'avaient fait d'emblée, dès le premier soir, sans même que Ptahmose le leur eût ordonné. Ce n'était pas seulement l'âge de Nesaton qui le commandait, ni même la sollicitude de leur maître, mais l'autorité naturelle qui se dégageait du vieillard. Une autorité douce et irrésistible. A la porte, un vieux serviteur vint prendre le relais de Ptahmose.

« L'Alliance... » songea Ptahmose en s'allongeant sur son lit.

Mais Hape-nakht ne pouvait rien savoir de ces choses.

3

Un consul

Le nouveau nomarque, Setepentoth, était un homme jeune, maigre et pédant, appartenant à une famille de notables locaux dont certains murmuraient qu'elle descendait des Hyksos. Mais enfin, cela faisait si longtemps que le ragot était inefficace, surtout quand on savait que la famille en question possédait deux cent mille coudées carrées des meilleures terres du Delta et produisait les meilleurs fruits d'Égypte.

Choisi par Ramsès lui-même, Setepentoth avait bien entendu l'admonestation indirecte concernant le comportement de son prédécesseur à l'égard de Ptahmose. Celui-ci était désigné par le roi et quiconque lui mettrait des bâtons dans ses roues, comme l'avait tenté le défunt Horw-amon, en répondrait devant le régent et le roi. Setepentoth se l'était tenu pour dit et témoignait à Ptahmose une courtoisie sans défaillance, quoique glacée. Il lui adressait aux grandes fêtes les vœux réglementaires accompagnés de fruits, grenades, dattes, figues, mangues, raisins, selon l'occasion, plus une jarre de vin du Delta, le moins cher; il lui assignait la place réglementaire lors des cérémonies qui dépendaient de son autorité, mais s'abstenait strictement de tout rapport personnel. Hape-nakht était en comparaison un ami d'enfance.

Un problème éclata sur un chantier. C'était un vaste projet établi par le secrétariat du nomarque en accord avec celui de la direction des bâtiments royaux. Il consistait à développer Avaris vers le nord-ouest, ce qui entraînait l'expropriation d'un quartier jusqu'alors éloigné de la ville et occupé par des Apirous, qui exploitaient là des potagers plus ou moins déclarés et en tiraient des revenus eux-mêmes déclarés de façon aléatoire.

Le projet du nomarque était justifié : ce quartier, dédaigneusement appelé le « Dépotoir des Apirous », ne correspondait nullement à la ville d'Avaris telle qu'elle s'était développée depuis l'arrivée de Ptahmose. Ce territoire franc, où la police répugnait à se rendre, était déjà d'un morne aspect. Rebutant pendant le jour, il se révélait la nuit : outre les habitations misérables, un combinat de lupanars et de tripots épars dans les terrains vagues où pullulaient mulots des champs et rats des villes, renards et belettes. On assurait même y avoir entendu hurler des chacals. L'hygiène y était déplorable et ce quartier n'avait de raison d'être que pour les Apirous, qui ne payaient aucune redevance sur les sols, construisaient des masures là où bon leur semblait, cultivaient leurs concombres et leurs oignons et élevaient leurs oies et leurs poules sans rien payer au fisc. L'indignation des Égyptiens n'était d'ailleurs pas étrangère à la décision du nomarque de raser le quartier : ceux-ci commençaient à avoir assez du passe-droit que s'étaient arrogé les Apirous. Ils menaçaient d'en référer à Memphis.

Or, les ouvriers apirous refusaient de toucher aux maisons, masures et terrains de leurs coreligionnaires. Ils avaient pour cela une excellente raison : beaucoup d'entre eux y avaient leurs lopins et leurs baraques. Ni les objurgations ni les menaces des contremaîtres n'y faisaient rien. Le secrétaire du nomarque alla un matin soumettre le problème à Ptahmose.

Il était épineux : le chantier projeté par Setepentoth n'entrait pas dans le cadre des entreprises commandées par les bâtiments royaux, mais il avait néanmoins reçu l'assentiment de leur chef. C'était donc, d'une certaine manière, l'autorité même de Ptahmose qui se trouvait mise en cause. Il répondit au secrétaire du nomarque qu'il se rendrait sur les lieux et trouverait une solution.

Il y alla l'après-midi même. Les ouvriers campaient à la

périphérie du « Dépotoir » en mangeant de petits pains fourrés de fèves et d'oignons, une cruche de vin de raisin ou de palme à leurs pieds. De contremaîtres, point. Bien évidemment, ils virent arriver Ptahmose avec sa garde, mais ils feignirent de l'ignorer ou lui adressèrent quelques regards sans bienveillance. Ils le connaissaient pour l'avoir vu visiter d'autres chantiers.

Ptahmose mit pied à terre et entra dans le petit terrain en bordure de l'avenue projetée.

« Avez-vous un chef? demanda-t-il à un groupe.

— Les contremaîtres sont partis, répondit un ouvrier sans s'arrêter de mâcher.

— Je ne parle pas des contremaîtres, je parle de votre chef à vous. »

Il eût souhaité que Loumi ou Issar fussent sur ce chantier-là; mais ils travaillaient sur un autre, placé sous son autorité personnelle.

Un ouvrier d'une quarantaine d'années se leva. Visage contracté, yeux injectés de sang; visiblement, l'homme ne tenait pas l'alcool.

« De quel chef parles-tu? demanda-t-il d'un ton rogue. Aucun chef ne nous décidera à détruire les maisons de nos frères.

— Vous occupez illégalement les terres de la couronne, dit calmement Ptahmose. Les maisons bâties sur ces terres ont été construites illégalement. Vous avez développé des cultures qui ne sont pas déclarées et sur lesquelles, à la différence des autres gens de ce pays, vous ne payez rien.

— C'est pas ce mirliflore qui va nous chanter des chansons! lança un ouvrier dans la langue apirou.

— Je ne suis pas un mirliflore et je ne chante pas de chansons, rétorqua Ptahmose en apirou. Je suis venu vous expliquer que vous vous trouvez dans une situation intenable. »

Un silence stupéfait succéda à ces paroles. C'était la première fois qu'ils l'entendaient parler leur langue, et il la parlait correctement. Très peu d'Égyptiens en possédaient même les rudiments.

« Qui est-ce qui parle en toi? demanda l'interlocuteur de Ptahmose. L'Apirou ou le délégué du roi? »

L'insolence de la question laissa Ptahmose de marbre.

« Si vous vous trouviez dans un royaume apirou, répondit-il, vos maisons seraient détruites dans la journée même par la police et l'armée du pays. Parce qu'il n'y a pas de royaume sans justice. Vous êtes dans le royaume d'Égypte et vous êtes soumis à sa justice. »

Le silence était si parfait qu'ils l'entendirent tous.

« Et si nous refusons ? fit l'autre.

— Je ferai détruire ces maisons par des ouvriers libyens sous la surveillance de la police.

— Ce sera la guerre ! cria l'homme.

— Voilà pourquoi il vaut mieux que ce soit vous qui vous en chargiez », dit Ptahmose d'un ton égal.

Quelques femmes sortirent des masures et observèrent le face-à-face à distance. L'une d'elles tenait encore à la main la volaille qu'elle plumait. Il pensa à Miriam. Étaient-ce les femmes qui poussaient les hommes à la révolte ?

« Mais où irons-nous ? s'écria l'homme et agitant le bras avec véhémence sous le nez de Ptahmose. Où irons-nous ? Tu veux nous faire dormir à la belle étoile ? N'as-tu pas assez mesuré notre misère ? »

La voix avait grimpé à l'aigu.

« La question que tu viens de poser est la seule intéressante de tout ce que tu viens de dire, répondit Ptahmose. Je peux vous allouer un terrain près d'ici sur lequel vous construirez des maisons. Des maisons plus convenables, dans lesquelles vos enfants ne risqueront pas de se faire mordre la nuit par des mulots et des renards et où vous pourrez dormir sans être réveillés par les cris sortis des lupanars.

— Où ? crièrent plusieurs voix.

— A la Maison de Sobk, sur la route de Schedet », répondit Ptahmose.

C'était un faubourg à l'est d'Avaris, proche de deux villages apirous plus au sud. Ils le savaient, d'ailleurs : l'un des villages était occupé par des gens de la tribu d'Ephraïm, l'autre par des gens de la tribu de Siméon[1].

« Vous êtes tous ici de la tribu de Juda, n'est-ce pas ? » demanda Ptahmose.

Ils le regardèrent étonnés. Il connaissait donc les tribus, cet espèce de faux Égyptien ?

« Presque tous, répondit le meneur. Il y en a quelques-uns de la tribu de Benjamin. »

L'homme expédia un jet de salive verte et Ptahmose comprit qu'il avait mâché du kât.

« Et où dormirons-nous ce soir? fit l'homme avec mauvaise grâce[2].

— Je vous donne dix jours pour aller construire votre nouveau village. Vous commencerez ensuite à déblayer ces terrains. » Il parcourut l'assemblée du regard, il voyait bien qu'ils étaient ébranlés. « Mais je veux que ce déblaiement soit fait d'ici une semaine.

— Et qui nous donnera les matériaux? demanda l'homme.

— Je vous allouerai l'équipe de briquetiers et la paille. »

Les silences entre leurs ripostes allaient croissant. Au fond, ils n'étaient pas très soucieux de se mesurer à la police et à l'armée.

« Mais je ne veux pas de lupanars, ni de tripots à la Maison de Sobk, ajouta Ptahmose. Il y a là-bas des villages apirous. Je ne veux pas que vous emportiez avec vous la corruption de ce dépotoir. »

Même l'interlocuteur de Ptahmose restait silencieux.

« Je ne suis pas venu ici pour rien, dit Ptahmose. Je veux une réponse maintenant. »

L'homme s'éloigna et convoqua quelques compères. Ils débattirent un moment, tantôt avec des éclats de voix et tantôt dans l'accablement. Puis l'homme revint vers Ptahmose.

« Nous acceptons ton offre, dit-il en apirou.

— Vous faites bien, répondit-il. Elle est dans votre intérêt. Demain matin, vous trouverez les briquetiers et la provision de paille à la Maison de Sobk. »

Il remonta à cheval sous leurs regards perplexes. Puis il adressa son premier scribe à Setepentoth pour lui exposer l'arrangement conclu avec les Apirous. Quand il revint, dans la soirée, l'émissaire lui rapporta que le nomarque n'avait pas caché son émerveillement; il avait craint une émeute. De reconnaissance, il s'offrait à fournir lui-même la paille des nouvelles maisons des Apirous.

Ptahmose dîna pensivement, écoutant une musique de flûtes et de *oud* qui se dandinait dans l'air parfumé. Ses serviteurs célébraient un mariage dans les terrains de l'arrière. Il leur avait offert pour la circonstance un agneau, six oies, cinquante pains, un sac de fèves et une jarre de vin du Delta. La musique, féminine et dansante, s'insinuait dans les reins et paralysait le cerveau. Après quoi, les serviteurs se livreraient à des opérations magiques pour conjurer les esprits mauvais. Faute d'alliance, ils se résignaient à des expulsions d'êtres imaginaires. Et la nuit, l'alcool leur ayant échauffé le sang, ils forniqueraient à qui mieux mieux.

Ptahmose soupira. Peut-être ces gens avaient-ils raison, après tout. A quoi le menaient donc ses illuminations ? Il n'existait que par ses mérites. Il était seul. En sept ans, il n'était retourné à Memphis que quatre fois. La dernière, pour présenter à sa mère son premier-né et sa sœur en ramener Miriam et sa famille. Il avait trouvé une mère distraite, occupée des maux d'estomac de son époux Nakht et de l'éducation de ses enfants. Ramsès l'avait accueilli avec un feint étonnement. Mais que faisait-il donc là ? Façon de dire que sa place n'était pas à Memphis. On l'avait bel et bien exilé et maintenant on le considérait comme le chef tacite des Apirous. Une sorte de consul, habilité à traiter avec eux parce qu'il portait en lui du sang apirou. Mais il n'était pas leur vrai chef. Le serait-il jamais ? Pourraient-ils jamais avoir un chef ? Ils avaient pris depuis des siècles l'habitude de n'en faire qu'à leur guise.

Et que lui importait, après tout ? N'avait-il pas trouvé la lumière ? Comment la leur ferait-il connaître, à ces têtes de buses ?

4

La Grande Noire

« Ici, l'Égypte semble inachevée », cria Ptahmose, du haut de son cheval, à l'architecte en chef, piètre cavalier qui vacillait à ses côtés sur la selle du sien.

Ils se trouvaient à l'est d'Héliopolis, sur la route des déserts qui séparaient l'Égypte de l'Asie. Ptahmose indiqua du geste des étendues tantôt montueuses et tantôt vallonnées, parsemées de lagunes, de fondrières, de lits d'oueds desséchés, interrompues par des failles abruptes du haut desquelles un vent démoniaque soufflait sable et poussière.

Ce vaste débarras d'un créateur négligent ou pressé était piqué au hasard de bouquets d'arbres dont la taille, les branches tordues et la maigreur témoignaient de la rudesse des étés brûlants, des printemps fous et parfois des nuits glacées qu'ils subissaient. Térébinthes, acacias, chênes et oliviers nains survivaient là où une caillasse hargneuse le leur permettait. Çà et là, défiant l'âpreté du paysage, des rétames agitaient leurs fleurs rosâtres dans le vent, des anabases étendaient leurs branches maigrichonnes et vénéneuses sur des tiges cendrées, des épineux se hérissaient contre les prédateurs. Dans le ciel planait un couple de vautours blancs, en quête d'une problématique carcasse.

Aux pieds des voyageurs, la nature ne semblait guère plus accueillante : un gigantesque cobra noir serpentait à quelques coudées d'eux et la suite des deux hommes, qui l'avait repéré, poussa des cris d'alarme. Les lanciers d'escorte serrèrent la main sur leur armes, mais le cobra n'avait cure des humains : il courait après un grand lézard épineux, lui aussi.

Ptahmose déboucha sa gourde et but une longue goulée de vin largement coupé d'eau. Une heure plus tard, l'escorte de dix hommes arriva en vue d'un village épars sur la rive d'un gigantesque lac ou plutôt d'une mer, aux miroitements noirs comme l'obsidienne. C'était la Grande Noire[1]. Ils approchèrent. Des débardeurs déchargeaient des barques sous l'œil de trois contremaîtres. Ils posaient sur un quai rudimentaire des ballots, des fagots et des cages.

Ce furent les cages qui retinrent d'abord l'attention de la petite équipe. Dans la plus grande d'entre elles feulait un couple de guépards. Dans deux autres, des singes poussaient des cris effarouchés. D'autres, plus petites, enfermaient des oiseaux aux couleurs vives.

Un fagot était constitué de défenses d'éléphant. Des parfums puissants se dégageaient de quelques ballots, sans doute de l'encens, de la girofle, du santal d'Asie, du bois de Pount, des essences. Un des débardeurs dévisagea les arrivants avec effronterie. Une de ces têtes dont on eût fait ce qu'on voulait, un prophète ou un criminel, un amant ou un esclave. A peine un être humain, plutôt l'incarnation d'un élément inconnu, grossier, fou, sensuel, enfantin et plus malin, plus insidieux que le vent, râpeux comme le sable pris de rage, subtil et dissolvant comme l'eau. Un homme cru.

« Dernier arrivage avant une semaine! déclara-t-il. Le temps est à l'orage. »

Personne ne comprit vraiment ce qu'il voulait dire, et de plus il avait un accent étranger, rocailleux. Ptahmose laissa dérouler la petite échelle de corde enroulée et attachée à sa selle et descendit prestement de sa monture. Les autres suivirent son exemple, quoique l'architecte fût nettement moins agile. Ptahmose embrassa la Grande Noire du regard. Une vraie mer, il n'y avait pas à dire. Il tâta l'appontement ou ce qui en faisait office, et s'approcha du débardeur.

Celui-ci se pencha vers un sac éventré et en tira une poignée de feuilles vertes, déjà fanées, larges comme la main.

« Tiens, dit-il, en tendant deux ou trois feuilles à Ptahmose.

— Qu'est-ce que c'est? » demanda l'architecte.

Ptahmose flairait les feuilles inconnues. L'odeur était amère, la plante probablement vénéneuse.

« C'est bon pour l'âme, dit le débardeur. Ça rend invincible. »

Ptahmose éclata de rire. L'homme rit aussi. Un rire d'enfant criminel. Il roula une feuille et descendit dans le bateau. Quand il remonta, il avait allumé le bout du rouleau formé par la feuille. Il en aspirait la fumée et l'exhalait, avec délectation. Il tendit le rouleau à Ptahmose, qui tira une bouffée de cette feuille. Une fumée aromatique, amère, qui éveillait des parties inertes de son cerveau. Une sorte de kât, mais en plus subtil.

« Qu'est-ce que c'est? demanda-t-il.

— Une plante de Pount. De la fumée de vin! » répondit l'autre dans un éclat de rire[2].

Il tira de la poche de son tablier une poignée de feuilles, mais différentes, des noix, des débris noirâtres et tendit le tout à Ptahmose, avec la générosité goguenarde des voleurs.

« C'est toi le chef, alors c'est à toi que je donne, dit-il.

— Comment sais-tu que je suis le chef?

— Ça se voit, dit l'autre. Comment tu regardes.

— D'où viens-tu?

— De Madian. »

Le pays au-delà de la Grande Verte.

« Que fais-tu? demanda Ptahmose.

— Ce pour quoi on me paie. Marin, débardeur, soldat. »

Il ne parlait même pas correctement. Ptahmose prit le mélange offert et le flaira. Il y reconnut un ou deux ingrédients dont les médecins se servaient pour leurs concoctions mystérieuses, de la rue, du datura, mais le reste lui était inconnu.

« Ces feuilles se fument comme celles-ci. Ces graines, il faut les piler et en mettre un peu dans le vin. Le vin, pas la bière. Cette écorce, tu la fais bouillir et tu en bois un peu quand tu es contraire à toi-même. »

Contraire à toi-même! se dit Ptahmose, toujours amusé.

Assurément, certains jours, on était contraire à soi-même, comme disait ce débardeur dans son curieux sabir. Il garda le rouleau fumant en bouche, aspirant lentement la fumée âcre, et il fourra le reste dans son sac. Le débardeur étant allé rejoindre son collègue à l'autre bout de l'appontement, il reprit son inventaire des lieux.

« Regardez, dit-il à l'architecte. Du bois, et pas très solide. »

L'appontement semblait, en effet, branlant. Ptahmose se pencha pour mesurer la profondeur de l'eau : six à sept coudées. Ce qui expliquait que seules des barques à fond plat pussent accoster. Mais Ptahmose s'aperçut aussi que les piliers à demi immergés étaient de guingois. Qu'est-ce donc qui avait pu les déplacer ? Les chocs des bateaux ?

Un détail aussi l'intrigua. Les planches de l'appontement étaient verdies par une sorte de sable dur, de couleur franchement verte, comme il n'en avait jamais vu. Le débardeur qui revenait remarqua sa perplexité.

« Du cuivre, dit-il. Du minerai de cuivre, tu sais ? »

Ptahmose ni l'architecte à ses côtés ne semblaient avoir compris.

« Du minerai de cuivre. Il vient du sud de la Grande Verte. L'Arabie, tu sais ? »

Ptahmose comprit soudain : c'était par petits bateaux qu'arrivait le minerai de cuivre, essentiel aux armureries royales, et notamment à la fabrication des chars de bronze. Ramsès voulait accélérer le débit des arrivages et il lui fallait pour cela un grand port. « Cela, expliqua-t-il à l'architecte, permettrait aux gros bateaux qui viennent de la Grande Verte de l'est de remonter directement jusqu'ici au lieu de procéder à des transbordements au sud, sur les côtes de Pount, et de ne nous envoyer que de petits bateaux.

— Tu te rends compte du travail ! s'écria l'architecte. Il faudrait d'abord désensabler le fond de la Grande Noire et sans doute même creuser un chenal depuis la Grande Verte jusqu'ici, en passant par la mer des Roseaux[3].

— Ce que veut le régent... » dit Ptahmose, sans achever sa phrase. Chacun savait que ce que voulait le régent équivalait à un ordre du ciel.

« Reste à savoir comment nous ferons venir jusqu'ici les masses d'ouvriers nécessaires, reprit l'architecte. Les travaux désirés par le régent exigeront plusieurs années. Il faudra donc construire un village pour abriter ces ouvriers.

— Néanmoins, cela doit être fait, dit Ptahmose. Le régent entend, dans un avenir rapproché, créer un canal qui unisse la Grande Noire au canal du Delta[4]. »

L'architecte eut un air accablé.

« Le ciel vienne en aide à notre providentiel régent! gémit-il. Et à nous! »

Ils descendirent vers le sud et, la nuit étant tombée, ils campèrent pour la nuit. Le lendemain après-midi, ils atteignaient la mer des Roseaux. « Mer » était un terme excessif : c'était plutôt un chenal de largeur et de profondeur variables qui faisait communiquer la Grande Noire avec la Grande Verte. Deux gués, plus au sud, permettaient de traverser la Grande Verte à cheval, l'eau ne montant pas plus haut qu'une coudée et demie.

Parvenus sur l'autre rive, ils furent fouettés par le vent du désert d'Asie. Ce vent devint vite malveillant et les cribla de sable. La Grande Noire se rida, un orage approchait et le mieux à faire était de s'abriter dans une grotte dont ils apercevaient l'ouverture dans la falaise, à gauche. Ils s'étaient à peine mis à l'abri que des trombes d'eau se déversèrent furieusement sur le paysage. Le sable d'or pâle tourna au bronze foncé, des mares se formèrent qui devinrent des étangs en quelques instants, puis les étangs débordèrent de leurs lits et jaillirent sous la forme d'oueds imprévus et furieux qui partaient dans tous les sens, comme des serpents en folie.

Quand l'orage prit fin, le paysage avait changé. Des buissons desséchés avaient explosé en fleurs. Un bruissement indéfinissable emplissait l'air, celui des insectes qui avaient repris confiance dans le destin de leur petit monde.

Du haut de la falaise, Ptahmose aperçut un spectacle qui le laissa rêveur et il comprit alors ce qu'avait dit le débardeur. La mer des Roseaux, qu'ils avaient franchie sans encombres une demi-heure plus tôt, déferlait avec fureur du nord au sud, gonflée par la pluie et battue par le vent. Elle se jetait avec frénésie dans la Grande Verte et donnait naissance à des tourbillons où se seraient noyés hommes et bêtes. Elle débordait rapidement au-delà des haies de roseaux, poussant une frange d'écume. Le chemin par lequel le petit groupe était arrivé jusque-là était devenu impraticable. Même les sentiers par lesquels ils avaient gagné la grotte étaient devenus dangereux et Ptahmose ordonna d'effectuer un grand détour par l'est afin de continuer à suivre les rives de la Grande Noire.

« Tu te rends compte ! répétait l'architecte, qui avait également observé les changements. Le niveau de l'eau est monté de deux coudées et demie en moins d'une heure ! Il faudrait élargir et endiguer toute la mer des Roseaux pour réaliser une voie de navigation sûre ! Et encore ! N'importe quelle barque se serait renversée dans ces tourbillons ! Tout ce monde est trop changeant. C'est l'antichambre d'Apopis ! »

Ptahmose hocha la tête. Il comprenait aussi pourquoi l'appontement de la Grande Noire était endommagé : les tempêtes qui devaient souffler dans la Grande Verte provoquaient des raz de marées plus au nord. Le projet du régent était certes justifié théoriquement, mais il revêtait une ampleur qu'on ne soupçonnait certainement pas à Memphis. « Il faudra rédiger un rapport détaillé », observa-t-il.

Soit par suite du reflux, soit parce que les pluies l'avaient grossie, la Grande Noire avait également débordé sur plusieurs coudées de profondeur. La deuxième nuit arrivant, les voyageurs trouvèrent une autre grotte, allumèrent un feu avec du petit bois de chêne et attendirent le lendemain en mangeant du pain et des figues sèches.

Quand ils reprirent leur exploration le lendemain matin, ce fut pour longer la rive orientale de la Grande Noire. L'eau reculait sous le soleil, abandonnant au passage des mollusques, de petits poissons et des bavures de vase visqueuse. Les sables s'asséchaient et pâlissaient et les arbres, lavés de leur poussière, reverdissaient. La Grande Noire reprenait peu à peu ses dimensions habituelles. Ptahmose tourna la tête à droite. Rien. Un vide rocailleux qui s'étendait à l'infini et d'où pouvaient surgir à n'importe quel moment des hordes furieuses venues d'Asie, pareilles à des sauterelles humaines descendant vers la Vallée fertile.

« Et pourtant le régent a raison, dit-il. On ne peut pas laisser le royaume inachevé de la sorte... »

Les mots le surprirent alors même qu'ils sortaient de sa bouche. Le régent se fichait de lui comme de sa première sandale. Et lui-même, à la vérité, se fichait du royaume comme d'un osselet. Le vide à droite ne l'effrayait pas du tout, bien au contraire; il l'attirait! Il l'aspirait! Un instant, il rêva de piquer un galop et de foncer vers cet inconnu-là, de devenir enfin ce qu'il devait être, il ne savait quoi — lui, lui-même, Ptahmose! Loin des administrations, nomarques, sous-nomarques, directeurs et sous-directeurs, grands-prêtres, prêtres lecteurs, contremaîtres des scribes et des cliquetis d'abaques à longueur de journée! Loin d'une sœur qui ne cessait de récriminer et d'une épouse entichée de magie! Loin de ces Apirous qui tantôt le revendiquaient comme un des leurs et tantôt le rejetaient comme un faux frère. Loin des recommandations, rescrits, circulaires et arrêtés de Son Altesse le régent. Le régent! Un bellâtre fou de pouvoir et de royauté!

Tous ces gens le volaient à lui-même. Ils l'emprisonnaient. Le royaume n'était pas son pays. Il n'avait pas de pays. Même pas de tribu...

Ton sang va trop vite. L'écho de la remarque de Nesaton lui revint alors que le vent sifflait à ses oreilles. Il respira profondément pendant un long moment et l'orage passa en lui comme il avait passé sur la région. On ne l'avait pas dépossédé de son corps.

Il tourna son regard vers la Grande Noire. Elle était redevenue pareille à un miroir. Pareille à ce qu'il était quand il allait s'asseoir au bord de la mer. A ce qu'il ne devait jamais cesser d'être.

Deux jours plus tard, ils étaient de retour à Avaris, fourbus, le cheveu poussiéreux et passablement affamés.

Un riche propriétaire donnait ce soir-là une fête pour le mariage de l'un de ses fils. Il avait évidemment invité Ptahmose, comme tous ceux qui exerçaient quelque influence dans la ville. On ne pouvait pas négliger ces gens-là. C'eût été les vexer et déclencher des remous pour un simple accès de paresse.

Ce n'était certes pas une fête comme celles du nomarque, plutôt une célébration de noces paysannes, prétexte à mangeailles, beuverie et propos indécents. La demeure où se tenait la fête croulait sous les fleurs, les champs au-delà étaient transformés en une vaste rôtisserie où toute une phalange de tournebroches dorait des aloyaux de bœuf, des agneaux, des oies, des canards, des poules... Ailleurs, on grillait sur des pierres chauffées des poissons de la mer et des chaudrons de ragoûts fumaient sur des feux à cuire un âne. Les vins — du vin du Delta, bien sûr, et du vin de palme — ainsi que la bière coulaient à flot.

Le maître des lieux vint accueillir Ptahmose, la bouche grasse et fleurie. Son abdomen rebondi lui faisait sans cesse glisser le pagne au-dessous du nombril et sa perruque laquée glissait sur le côté d'un air canaille. Il évoqua l'or de la présence princière.

« A propos d'or, dit Ptahmose se tournant vers le secrétaire qui l'accompagnait, permets-moi d'offrir ceci à ton fils. » Il avait sorti d'une bourse de cuir un pectoral d'or et de grenats qu'il avait pris au hasard dans sa cassette.

On héla le futur marié et l'amena devant Ptahmose. C'était un jeune homme encore svelte et rayonnant de vin et de sueur, souriant de tous ses pores. « Menna! Le prince te fait l'honneur d'un cadeau fabuleux! » cria le père, pour être entendu de tous.

Ptahmose attacha le pectoral au cou du jeune homme et lui donna l'accolade. Ivre, et pas seulement de gratitude, Menna saisit Ptahmose dans ses bras et le serra comme si ç'avait été un amant. Puis il lui baisa les mains. Comment pouvait-on ne pas souhaiter le bonheur à ce garçon? se demanda Ptahmose. Qu'était-ce donc que la bienveillance? N'était-ce que l'effet du vin?

Il renonça à dénombrer le nombre de convives. Deux cents, trois cents? Il n'avait jamais vu pareille fête. Riche pays. Le morne Setepentoth lui-même en avait perdu sa gourme et le grand-prêtre riait aux éclats.

On finissait à peine de bâfrer, quand, vers la troisième heure après le crépuscule, de la musique monta de toutes parts. Les cistres tintèrent, puis les tambourins. Enfin les flûtes marquèrent les temps. Leur rythme était presque militaire, avec une syncopation en fin de chaque mesure. Les convives s'écartèrent. Deux jeunes hommes feignaient de se battre avec de longs bâtons au-dessus de leurs têtes. Ils tournaient l'un autour de l'autre, marquant le rythme du choc de leurs cannes. *Tak-tatak-tak. Tak-tatak-tak.* Ils bondissaient, virevoltaient, faisaient tournoyer leurs cannes, sans jamais rater un coup et terminèrent sur une salve de chocs étourdissante. Les applaudissements éclatèrent.

Suivit un essaim de danseuses. A peine nubiles, nues sous une tunique plissée tissée avec de l'air, les seins menus, les mains et les pieds rougis au henné, les doigts si fins qu'une figue les eût emplis.

« De vraies dattes fraîches ! » s'écria Setepentoth, décidément pris de boisson.

Elles s'inclinaient, se tournaient à droite, puis à gauche, virevoltaient sur un pied, s'inclinaient à nouveau comme pour toucher le sol, levaient les bras et formaient une ronde qui tournait un instant avant de se défaire et de serpenter sur les vastes nattes disposées pour leurs petits pieds.

A quelles amours étaient-elles destinées, sinon à celles des papillons ? Une main d'homme les eût écrasées, un sexe d'homme les eût éventrées. Ptahmose se demanda si on lui en offrirait une, et surtout s'il l'accepterait. Mais il commençait à avoir l'esprit ailleurs.

Cette soirée avait été comme un orage qui avait fripé son âme. Mais à l'instar de la Grande Noire après l'orage le plus violent, il redevenait pareil à lui-même et lisse.

Quand il remonta sur son cheval, il avait repris le masque impassible qui intriguait Hape-nakht.

5

Fuir

« Salut.

— Salut Mose », répondirent plusieurs voix.

Autrement dit, *salut fils*. Ils l'appelaient « Mose » depuis quelque temps, parce que le nom de Ptah ne leur sortait décidément pas de la bouche et parce que « prince » eût été ridicule étant donné le caractère informel de leurs réunions. On n'allait pas appeler « prince » le fils d'un homme de la tribu de Lévi. De surcroît, il était jeune et beau et fort, un fils idéal. Cela pouvait paraître condescendant, mais, il le devinait bien, c'était surtout affectueux.

Les hommes se levèrent pour accueillir leur visiteur, puis tout le monde se rassit sur de vastes nattes. On passa des verres grossiers et l'on versa du vin de palme. Des sacs de dattes, de figues ou d'abricots secs étaient disposés sur les nattes.

Deux lampes de terre attiraient des moucherons. La mèche grossière tantôt réduisait la flamme à un lumignon mourant et tantôt la déployait comme une fleur, lui prêtant de la sorte une vie imprévisible. C'était Ptahmose qui avait demandé les lampes ; il avait, en effet, rejeté le caractère clandestin, ténébreux et suspect des premières réunions. Tout le monde savait qu'il voyait des Apirous le soir, et que c'était pour le travail.

Une insolation avait emporté Abel quelques mois plus tôt ; deux autres vieillards, également de la tribu de Lévi,

Enoch et Arphaxad, avaient pris sa succession dans les entrevues nocturnes de Ptahmose avec les Apirous. C'était au cours de ces entrevues que, par curiosité autant que par une obscure piété à l'égard du père qu'il n'avait jamais connu, il avait appris cette langue que Miriam et les autres lui disaient être celle de ses ancêtres.

Au fil des années, ces entrevues étaient devenues des échanges d'informations. Ptahmose y apprenait les variations d'humeur de tel ou tel groupe de tribus — ils disaient eux « nations » — qui lui étaient utiles dans ses fonctions. Après tout, et il s'en était fait une raison, il était bien le consul officieux d'une trentaine ou d'une quarantaine de milliers de gens qui travaillaient sous ses ordres. Il n'avait jamais pu obtenir d'eux un recensement ; c'était contraire à la tradition, alléguaient-ils obstinément. Il se promettait, d'ailleurs, d'en débattre un jour prochain avec le nomarque, pour des raisons tout à fait pratiques : il était indispensable de savoir de quelle force de travail il pouvait disposer à tel ou tel moment et pour telle et telle tâche. On déléguerait prochainement une escouade de scribes et de gens de la police pour connaître le nombre exact des Apirous, hommes, femmes, enfants et vieillards, et tant pis pour la tradition.

Ses interlocuteurs, eux, y étaient informés des projets de chantier, car avec Ramsès, il semblait qu'il dût y avoir des chantiers pour l'éternité. Ils lui disaient : « Oui, nous pouvons te donner tant de briquetiers, tant de maçons, tant d'équarrisseurs de pierre, de charpentiers pour tel chantier et tant pour tel autre. » Ils exigeaient toujours qu'il y eût des apprentis, d'abord pour faciliter le travail des ouvriers, ensuite pour qu'ils apprissent le métier. Ils en débattaient ensuite entre les sortes de conseils de tribus qu'ils avaient, afin que le travail fût réparti avec équité. Ptahmose ne connaissait pas tous les chefs d'équipe des Apirous, encore moins ceux qui travaillaient au nord et ceux qui étaient souvent affectés à Memphis même. Les réunions nocturnes lui permettaient d'obtenir d'eux une collaboration honorable.

Ces échanges constituaient la clef du pouvoir de Ptahmose non seulement à Avaris, mais sur toute la Basse Égypte, et même à Memphis. Depuis qu'il dirigeait les chantiers, et on le savait à Memphis, on n'avait plus jamais eu de ces émeutes qui avaient tant alarmé la capitale. La manière dont il avait réglé le conflit de la grève, peu après l'arrivée du nouveau nomarque, demeurait dans toutes les mémoires.

Parfois, ces réunions n'avaient pas d'objet précis.

« Nous voudrions aller sacrifier à notre Seigneur, lâcha ce soir-là Arphaxad. Peut-être alors nous exaucera-t-il. Peut-être nous a-t-il oubliés parce que nous ne lui faisons plus de sacrifice. »

Ptahmose avait déjà entendu ce souhait.

« Quel Seigneur? Et qui entends-tu par "nous"? » demanda-t-il.

Les deux questions les laissèrent sans voix.

« Je ne comprends pas, murmura Arphaxad. Notre Seigneur. Ne sais-tu pas qui est notre Seigneur?

— Non. Comment s'appelle-t-il? »

Il devinait le choc que cette réponse leur causerait, mais il y était déterminé depuis quelque temps. A la fin, les Apirous semblaient croire que, parce qu'il les défendait contre les contremaîtres et les administrations, il avait pris par principe fait et cause pour eux, qu'il savait tout d'eux et de leurs convictions. Mais en fait, il ne connaissait d'eux que ce qu'il avait lui-même constaté, et quant à leur religion, elle lui était obscure.

Il y eut un long silence. Mose était-il donc mal luné? Leur était-il devenu hostile?

« Notre Seigneur est un grand Dieu, dit enfin Enoch. Le plus grand. Le seul.

— Comment s'appelle-t-il, dis-je.

— Tu ne le sais pas? Nous ne pouvons pas prononcer son nom.

— Et comment le saurais-je? Vous voulez faire un sacrifice à un dieu dont vous ne pouvez pas prononcer le nom? Comment saura-t-il alors que c'est à lui que le sacrifice s'adresse? »

Ils paraissaient de plus en plus interloqués. Mais ils finirent par s'aviser qu'en effet, ni son père ni sa mère ne pouvaient lui avoir transmis de notions sur leur religion.

« Notre sacrifice ne peut s'adresser à aucun autre dieu,

puisque c'est nous qui le faisons, répondit enfin Arphaxad. C'est le dieu de notre ancêtre Abraham. »

Ptahmose se versa du vin de palme et le sirota pensivement en considérant ses interlocuteurs.

« Les temples de Basse Égypte fourmillent d'Apirous, dit-il d'un ton froid, presque agressif. Sur les chantiers, presque tous les hommes sont torse nu et je vois bien les amulettes qui pendent à leur cou. Elles représentent des dieux égyptiens, Apis, Osiris, Horus, d'autres encore. »

Arphaxad et les autres levèrent vers lui des visages tourmentés.

« C'est vrai, Mose, une grande partie de notre peuple a adopté les dieux égyptiens. Ce ne sont pas nos dieux. Nous n'avons qu'un Dieu. Mais nous entretenons quand même le culte de notre Dieu.

— Un dieu dont vous ne pouvez pas dire le nom.

— Si nous n'étions pas en servitude comme nous le sommes... » dit Arphaxad.

Enoch, qui s'agitait depuis un moment, hacha l'air de ses mains et coupa la parole à Arphaxad.

« Si nous n'étions pas en servitude, notre Dieu triompherait à la face du monde, Mose! Notre Dieu! Ton Dieu! » cria-t-il.

Une chouette ulula tout près. Ptahmose aimait le visage intelligent et pensif des chouettes, ces chats volants qui faisaient la guerre aux mulots et aux rats.

« Peut-être. Mais au nom de qui parlez-vous? demanda-t-il. Je me suis laissé abuser par cette idée de nations que vous auriez entre vous. Vous n'avez que des clans, d'ailleurs mal délimités. Il n'y a aucune autre unité dans votre peuple que celle de l'esclavage. Vous tirez tous à hue et à dia dès qu'il s'agit de prendre une décision collective, ne l'ai-je pas vu? Vous vous querellez même entre vous pour les attributions de chantiers. Que ceux d'entre vous qui le veulent aillent donc faire leurs sacrifices au bord de la mer, conclut Ptahmose avec agacement.

— Ferons-nous des sacrifices à notre Seigneur en cachette? demanda Arphaxad.

— Prétendrez-vous construire un temple pour votre Seigneur sur les terres du roi? rétorqua Ptahmose. Vous pouvez imaginer les conséquences.

— Vivrons-nous comme un peuple sans dieu? demanda Issar. Ou bien allons-nous adorer des animaux?

— Il faudrait que vous soyez un peuple libre, dit Ptahmose. Vous n'avez pas d'armée et vous vous trouvez dans un territoire étranger parce que vous y êtes venus il y a quatre siècles pour faire fortune. Vous n'êtes donc pas libres.

— Tes paroles sont dures, dit Issar. On croirait que tu n'es pas des nôtres!

— Tu as du sang égyptien, renchérit Enoch. Notre destin t'est indifférent.

— C'est vous, vous qui adorez les idoles égyptiennes, qui venez me dire cela! tonna Ptahmose. Mais alors, qu'est-ce que vous croyez que je fais ici, à l'heure des chouettes? »

Ils furent stupéfaits par sa colère.

« Je vois les choses telles qu'elles sont, reprit-il au bout d'un temps. Vous savez bien que vous alarmez déjà les Égyptiens par votre nombre. Si vous prétendez célébrer ici votre religion, vous savez bien quelle sera la réaction du clergé, puis celle du régent et enfin celle du roi. L'armée détruira votre temple et, si vous résistez, elle vous massacrera. Je ne souhaite pas un tel massacre. Je ne souhaite pas non plus un tel échec. Il serait encore plus douloureux que la situation actuelle. »

Il se versa encore du vin de palme et fit un effort pour retrouver sa sérénité. Ils baissèrent la tête. Un gros scarabée se précipita sur l'une des lampes et grésilla bruyamment.

« Nous aurions tort de faire des reproches à Mose, dit Arphaxad d'une voix posée. Les propos qu'il vient de nous tenir sont certainement désagréables, mais ils sont inspirés par son attachement pour nous et non par l'hostilité ou l'indifférence. Pour ma part, je les comprends. Nous ne pouvons pas pratiquer notre religion librement en Égypte. Notre religion et notre liberté sont liées comme la main l'est au poignet.

— Alors quittons ce pays », dit Enoch.

Ptahmose ne releva pas le propos. Ça devenait assommant, cette idée extravagante de quitter l'Égypte. Pour aller où, d'ailleurs? Et pourtant, il était vrai que la suffocation finissait par le gagner. Lui aussi était l'esclave de Séti et de Ramsès et de leur folie bâtisseuse. Un esclave privilégié, certes, mais un esclave néanmoins.

« Quittons ce pays, reprit Enoch. Ils ne vont quand même pas nous garder ici prisonniers et corvéables à merci jusqu'à la fin des temps! Ils ne vont pas non plus nous empêcher de nous en aller, puisqu'ils nous détestent.

— Qu'en penses-tu, Mose? demanda Issar.

— Si vous partez, les Égyptiens se retrouveront du jour au lendemain sans force de travail. Ils vous barreront la route.

— Nous savons déjà que nous sommes prisonniers, observa Issar avec véhémence. Nous ne te demandons pas de nous le rappeler. Nous te demandons de nous dire comment nous pouvons sortir d'Égypte. Quand nous serons hors d'Égypte, notre nation prendra forme. Si nous étions une nation constituée, nous n'aurions pas besoin de toi.

— Comment saurais-je le chemin qui vous mènera hors d'Égypte? dit Ptahmose, sans relever l'insolence d'Issar. Je vois bien comment un homme seul peut s'enfuir, mais je ne vois pas comment trente ou quarante mille personnes, avec des femmes, des enfants et des vieillards pourraient s'enfuir et franchir des millions de coudées sans que cela se remarque ni suscite une réaction violente des Égyptiens.

— Tu es des leurs. Tu portes un titre royal. Tu les connais. Tu dois bien avoir une idée, insista Issar.

— Non. Il faudrait un événement extraordinaire pour que Séti vous laisse sortir.

— Il faudrait donc que le Seigneur nous vienne en aide. C'est pourquoi nous voudrions lui offrir un sacrifice, dit Arphaxad.

— On tourne en rond, observa Ptahmose.

— Et si tu nous dirigeais, sortirions-nous? » demanda Arphaxad.

L'idée saisit Ptahmose. Elle le saisit parce qu'elle était folle. Son miroir intérieur se troubla.

« Que ferais-je de plus? répondit-il d'une voix mal assurée. Je vous l'ai dit : il faudrait un événement extraordinaire pour que nous sortions d'ici. »

C'était la première fois qu'il disait *nous*. Ils le relevèrent.

« Issar a raison, dit Arphaxad. Tu es l'homme le plus instruit et le plus puissant d'entre nous. Tu dois bien avoir une idée.

— Le temps que vous arriviez à l'unité nécessaire pour partir tous ensemble, je serai un vieillard ou je serai mort, répondit-il. Et où iriez-vous ?

— En Canaan, répondit Arphaxad.

— Ce n'est pas plus votre pays que celui-ci, répondit Ptahmose. Il y a aussi des gens là-bas qui occupent leurs terres.

— Il y a les nôtres, ceux qui sont restés.

— Et comment vous accueilleront-ils après tous ces siècles ?

— Nous sommes tous les enfants du Seigneur. Ils finiront par nous accueillir », dit Arphaxad.

Il y eut un long silence.

« Si tu disais un mot, un seul, reprit Issar avec véhémence, nous parviendrions à constituer cette unité.

— Je ne peux pas vous envoyer au massacre, répondit-il. Il faudrait un événement extraordinaire. Je ne vois pas lequel pour le moment. »

Il se leva, toujours mal assuré. Il disait vrai quand il objectait qu'il ne voyait pas ce que pourrait être cet événement. Mais il savait aussi qu'il pouvait essayer de l'imaginer.

En regagnant sa maison, il tenta de rétablir son miroir intérieur. Il n'y parvint pas. Sa Grande Noire était agitée.

6

Les vases canopes

L'aiguille du cadran solaire indiquait la quatrième heure après midi. On était au troisième mois de la saison *shemou* — l'été — et la chaleur devenait pesante. Ptahmose, assis au jardin, apprenait à May, son plus jeune fils, âgé de trois ans, à jouer aux osselets. Sur le sol du jardin gisait un petit chariot de bois que l'enfant avait traîné tout l'après-midi et dont il se désintéressait désormais, arguant qu'il lui fallait un cheval, un petit cheval.

Le cliquetis des abaques parvenait dans le jardin à travers les fenêtres ouvertes du secrétariat. La voix de Bouto retentissait derrière la maison. Ptahmose devina, d'après les cris, que c'était à propos d'une affaire de blanchisserie.

Neferhotpê, l'aîné, six ans, revint de l'école, l'air penaud. Son oreille droite était plus rouge que l'autre. Ptahmose le considéra d'un air à peine moqueur.

« Mauvaise journée, apparemment, dit-il. Un maître en colère. A quel propos ?

— Ma manière de tenir le jonc. Je gratte le papyrus.

— Le jonc doit courir souplement et légèrement sur le papyrus, dit Ptahmose. Il ne doit pas en accrocher les fibres. »

Neferhotpê se tenait, tête baissée, mâchoire pendante.

« Un peu de concentration te permettra de maîtriser ta main. Qu'est-ce qui te distrayait ?

— Des gens qui se battaient dans la rue. »

Le maître des serviteurs s'approcha d'un pas craintif, le visage crispé.

« Maître... » commença-t-il.

Ptahmose fronça les sourcils. Ce serviteur était un homme d'humeur égale et majestueuse. Ptahmose ne lui avait jamais vu cette expression.

« Maître, mon seigneur, il y a un messager... reprit le serviteur. Un messager de Memphis...

— Avec de mauvaises nouvelles », constata Ptahmose.

L'autre hocha la tête.

« Je n'ose...

— Ose.

— La mère de mon seigneur... »

Ptahmose ferma les yeux. Puis il soupira.

« Pardonne-moi, mon seigneur », dit le serviteur.

Ptahmose hocha la tête. Il fit un effort pour se maîtriser. Bouto arriva, la bouche ouverte, prête à faire partager sa mauvaise humeur à son époux; elle vit le serviteur consterné et l'étrange expression de Ptahmose. Elle ferma la bouche et attendit. Ptahmose la regarda et lui tendit la main. Elle approcha et posa la main sur son épaule. Les deux enfants regardaient sans comprendre, les yeux écarquillés.

« Ptahmose... » murmura-t-elle.

Il lui pardonna tout, ses sottises et ses séances de magie pour ce geste.

« Ma mère... », dit-il.

Bouto fondit en larmes. Elle n'avait fait qu'apercevoir Nezmet-moût, jadis, mais c'était elle qui mourait un peu avec Nezmet.

« Donne à manger et à boire au messager, ordonna Ptahmose au serviteur. Fais préparer mon cheval. Préviens les lanciers. Dis au messager qu'il peut nous accompagner à Memphis s'il veut repartir tout à l'heure. » Et à Bouto : « J'emmène Neferhotpê. Prépare-moi un pagne et des sandales.

— Quand reviendras-tu?

— Demain soir. »

Il n'allait certes pas attendre à Memphis pendant les quarante jours de l'embaumement.

Neferhotpê n'avait jamais vu Memphis. Il fut ébloui. Tant

de gens ! Et ces avenues immenses et dégagées, ces maisons, ces temples gigantesques ! Et le palais, les gardes, les fonctionnaires, les militaires, tout ce monde qui allait et venait... Un chariot long de trente coudées, tiré par douze bœufs, transportait dans des grincements effrayants une statue grande comme dix fois un homme...

L'escalier du pavillon de Nakht était encombré de visiteurs. Quand il se fut frayé un passage, Ptahmose reconnut le jeune homme fluet qu'avait jadis été son beau-père dans le personnage déjà obèse et flapi assis dans la salle d'entrée, entouré de gens venus partager son chagrin. Les pleureuses venaient de s'interrompre pour se restaurer. Nakht leva les yeux et, à la vue de Ptahmose, ils s'emplirent de larmes. Il se leva et prit Ptahmose dans ses bras.

« D'un coup, dit-il en sanglotant. Elle est morte d'un coup, il y a deux jours, dans l'après-midi.

— Elle n'aura donc pas souffert », dit Ptahmose.

L'assistance regarda plus attentivement ce visiteur auquel Nakht témoignait tant d'égards.

« C'est Ptahmose », murmurait-on.

Des jeunes hommes, des jeunes filles, anciens compagnons de jeux et de fête désormais épaissis par l'âge et l'intempérance, lui serrèrent les bras et quand il se fut dégagé de Nakht, il embrassa aussi ces inconnus : frères, sœurs, cousins, il ne distinguait plus les enfants de Nezmet de ceux de ses frères et sœurs.

« Khâemouaset, le fils de Sese... » dit Nakht, indiquant un grand jeune homme, portrait craché de son père et déjà aussi solennel que lui. Khâemouaset vint aussi serrer Ptahmose dans ses bras, longuement, récitant avec componction les formules de deuil. Ramsès, lui, était en campagne, du côté de l'est.

Puis Nakht conduisit Ptahmose à la chambre funéraire. L'odeur douceâtre des fleurs de lotus se mélangeait à celle des encens. Nezmet reposait sur son lit, les bras croisés, le bas du corps déjà serré dans un tissu brodé d'or, dans la position où il serait pour l'éternité. Le visage était fardé. Une jeune fille. Ptahmose se pencha sur elle et déposa un baiser sur son front. Puis il la regarda longuement, comme si les traits masqués par les couleurs de la toilette préliminaire des morts pouvaient lui révéler quelque chose des mouvements qui les avaient animés. Savait-elle maintenant qu'elle affrontait le Mangeur de sang, le Mangeur d'ombres, le Visage retourné, l'Œil de flamme, le Briseur d'os, la Jambe de feu et les autres génies gardiens de l'éternité bienheureuse, pour plaider devant eux son innocence, son respect des dieux et du roi — savait-elle quel destin écrasant elle lui avait forgé vingt-huit ans plus tôt ? Pourquoi elle avait aimé Amram ?

Absorbée par son mariage, ses enfants, sa famille, son rang, elle s'était progressivement détachée de lui au cours des années. Et lui, d'elle. Mais les larmes mouillèrent quand même les yeux de Ptahmose, non pour ce qu'il perdait, mais pour ce qu'il n'avait jamais eu.

Il se maîtrisa, se redressa et prit la main de Neferhotpê, terrifié. « C'était ma mère », lui dit-il.

Puis ils quittèrent la chambre. On leur offrit du vin blanc et des pains au miel.

« Elle est toujours aussi belle, n'est-ce pas ? » dit Nakht.

Ptahmose hocha la tête. Pauvre homme qui perdait sa félicité conjugale ! Heureux homme, qui ne voyait pas au-delà de la félicité perdue...

« Après l'embaumement, on la transportera dans les hypogées du roi, en Haute Égypte, dit Nakht. Je t'adresserai un messager. »

Ptahmose hocha la tête.

Quand il redescendit les marches, il vit les embaumeurs qui déchargeaient les vases canopes dans une salle du rez-de-chaussée. Les entrailles qui lui avaient donné vie seraient une à une prélevées et mises dans ces vases à têtes humaines ou animales.

Ptahmose décida de rentrer tout de suite à Avaris. Tout ce qui le rattachait à son passé finirait donc dans une hypogée en Haute Égypte. Un palais obscur aux chambres étouffantes remplies de mobilier qui ne servirait jamais plus à personne, avec des tables chargées de volaille et de fruits en plâtre... n'attendant que les voleurs !

Ils revinrent à Avaris à l'heure dorée où le soleil se dévaluait, changeant l'or en cuivre puis en bronze avant de disparaître. A peine arrivé, Neferhotpê s'élança dans la maison et se jeta dans les bras de Bouto en pleurant.

« Je ne veux pas que tu meures ! » cria-t-il.

Ce qui fit pleurer Bouto à son tour, et le jeune May du même coup. Les sanglots gagnèrent tout le personnel. Mais Ptahmose avait depuis longtemps compris qu'on ne pleure que sur soi-même. Il attendit patiemment la fin de l'orage.

Le lendemain, Nesaton fut trouvé sans vie sur son lit Celui-là n'aurait pas longtemps à plaider son innocence auprès des gardiens infernaux. Le chagrin de Ptahmose fut au-delà des larmes. La hauteur d'esprit du prêtre déchu avait été la plus grande qu'il eût connue. A force de fréquenter l'invisible, Nesaton y avait acquis une clarté qui continuait de rayonner bien après que ses yeux se fussent fermés. Ptahmose demanda au grand-prêtre un embaumement, sans d'ailleurs très bien savoir pourquoi. Pouvait-on jamais rendre le temps à ceux dont le cœur inerte gisait dans un vase canope et dont la cervelle avait été remplacée par un mélange d'aromates ? Le grand-prêtre répondit qu'il était touché par la sollicitude de Ptahmose à l'égard d'un défunt, mais que le nom de Nesaton ne figurait pas sur la liste des prêtres du temple.

Il fallait, dans ce pays-là, présenter un état civil pour mourir. Sans doute y avait-il un nomarque dans l'autre monde. Ptahmose paya les embaumeurs sur sa cassette privée et fit, sur ses propres terres, construire un caveau spécial pour le prêtre d'Aton.

A la fin, il était las.

7

L'écriture des dieux

La rivière fait une courbe là où la terre est le plus friable, avait dit un soir Nesaton. *Et l'écriture des dieux se lit là où notre nature est le plus faible.*

L'année suivante, à la première semaine du premier mois de l'*Akhet*, l'inondation, Ptahmose se rendit à l'improviste sur un chantier destiné à élever un remblai circulaire pour protéger un nouveau quartier de l'ouest, riverain d'une lagune qui se formait régulièrement lors de l'inondation et qui était menacé par les eaux. On ne savait par quel phénomène le terrain du quartier s'était affaissé ; sans doute était-il construit sur une couche argileuse qui s'était aplatie sous le poids des bâtiments. Il s'agissait de bâtiments destinés aux administrations royales, que Ramsès avait demandé de centraliser ; ils étaient assez lourds.

Cet effondrement avait rappelé à Ptahmose les paroles du vieux prêtre. Sur la demande du nomarque, une équipe avait été réunie d'urgence pour les travaux de terrassement.

On devinait la présence du chantier bien avant d'y arriver, à la poussière qui s'élevait dans l'air et aux cris qui en émanaient. Quand il y fut, Ptahmose aperçut d'abord un contremaître qu'il ne connaissait pas et qui s'agitait considérablement, le fouet à la main.

Depuis plusieurs années, à sa demande, les contremaîtres ne se servaient plus du fouet. Ptahmose attacha son cheval à distance et alla vers le contremaître. C'était un petit homme rageur aux mâchoires serrées. Il l'aborda au moment où le contremaître s'était éloigné du groupe des terrassiers pour aller boire à une jarre qu'il avait posée à côté d'un sac, contre un mur. De ce côté-là, le remblai était achevé ; il mesurait plus de trois coudées de hauteur. La terre n'en était pas encore tassée. Elle le serait plus tard, à coups de pelle.

« Je ne te connais pas, dit Ptahmose.

— Je ne te connais non plus, répondit le contremaître avec arrogance.

— Je suis le chef des bâtiments royaux, répondit Ptahmose.

— Je suis aux ordres du nomarque, je n'ai pas à te connaître.

— Cette équipe a été convoquée par moi et tu as à me connaître, dit Ptahmose.

— Qu'est-ce que tu veux? demanda l'homme.

— Je veux que tu ne te serves pas du fouet.

— Je viens de Memphis, et les contremaîtres de Memphis se servent du fouet. Si le fouet est assez bon pour les ouvriers de Memphis, il l'est pour ceux d'Avaris.

— Ici, tu es à mes ordres, dit Ptahmose.

— Je t'ai dit que je ne te connaissais pas, répliqua le contremaître. Ces travaux sont pressés et je n'ai pas de temps pour des conversations savantes avec des gens de Basse Égypte. »

Ptahmose chercha du regard les autres ouvriers ; ils étaient loin de là, à l'autre extrémité du chantier, derrière des maisons, sans quoi Ptahmose eût vite fait de maîtriser le contremaître. C'était là-bas qu'on achevait de compléter le remblai. Et là-dessus, le contremaître asséna un formidable coup de fouet à un travailleur qui transportait sur sa tête un panier chargé de briques.

« Je vais chercher la police pour te faire arrêter, dit Ptahmose.

— Va chercher Apophis si tu veux! », lança l'autre.

Ptahmose s'éloignait pour regagner son cheval quand il entendit des cris. Il se retourna. Le contremaître s'acharnait sur l'ouvrier qui était tombé, renversant son panier de briques. L'homme faisait preuve d'une sauvagerie extraordinaire. Ptahmose fit demi-tour et retourna vers le contremaître d'un pas rapide. Il lui mit sans ménagement la main sur l'épaule et le força à se redresser. Le terrassier gisait par terre, le torse ensanglanté, les yeux fermés. Le contremaître avait un regard de chien fou.

« Tu ne sembles pas comprendre ce que j'ai dit, observa Ptahmose, faisant un effort pour conserver son calme.

— Tu protèges les Apirous ? » s'écria l'homme, levant le fouet.

Ptahmose lui saisit le bras avec une telle énergie que l'homme perdit à la fois l'équilibre et sa prise sur le fouet. Il se jeta sur Ptahmose, qui lui lacéra le visage des six lanières du fouet. Le sang gicla sur les joues du contremaître. L'homme serra les dents et se jeta une nouvelle fois sur Ptahmose qui lui asséna de toute la force de son bras un coup du manche du fouet sur le crâne. C'était un manche épais et long.

Les yeux de l'homme se révulsèrent. Il chancela et tomba à côté de sa victime. Ptahmose se pencha sur lui. Une mousse rouge s'échappait de ses lèvres. Il râla un bref instant et s'immobilisa. Ptahmose lui toucha le cœur ; le chien fou était mort.

Il l'avait donc tué. Il en fut saisi. C'était le deuxième homme qu'il tuait dans sa vie. La première fois, ç'avait été en légitime défense. Ce n'était pas le cas aujourd'hui. L'animal humain est fragile, songea-t-il froidement.

Le terrassier par terre s'était-il avisé du meurtre ? Il haletait et geignait, les yeux fermés.

Ptahmose saisit une pelle et creusa un long trou dans la terre encore meuble du remblai. Un quart d'heure y suffit. Il y poussa le cadavre du contremaître, bien au fond, et reconstitua le remblai. Il regarda autour de lui. Personne.

Sans doute aurait-il fallu ranimer le terrassier. Mais pas le témoin. Ptahmose escalada le remblai et regagna son cheval. S'accrochant à la branche la plus basse de l'acacia, il se remit en selle et contourna la ville en direction du sud.

Il revint chez lui encore stupéfait. Ses défenses avaient cédé. Pour la défense d'un Apirou. Qui naviguait à ce moment-là entre la vie et la mort.

L'écriture des dieux se lit là où notre nature est le plus faible.

Il était trop tard pour aller à la mer, mais Ptahmose en éprouvait intensément le besoin.

8

Le chef

Il ne ressentait aucune culpabilité. N'avait-il pas été l'instrument de la justice? Pas celle du royaume; l'autre.

L'idée d'une justice différente de celle des hommes, quand il y repensa, le soir avant de s'endormir, l'emplit de stupeur. Depuis quand se référait-il à une autre justice que celle des hommes? Qui avait semé cette idée dans son esprit? Nesaton? Il eut de la peine à s'endormir.

Un contremaître avait donc disparu. Le lendemain, à la réunion nocturne avec les Apirous, il guetta la moindre allusion à l'incident. Il demanda des nouvelles du chantier du nouveau quartier.

« Il est terminé, répondit Issar. Depuis hier. De manière bizarre. Il y avait un contremaître et il a disparu. C'est un homme de la tribu de Siméon qui l'a remplacé, parce qu'il fallait bien un contremaître.

— Comment cela, il a disparu? demanda Ptahmose.

— Il était présent au début du chantier et pas à la fin. Il n'a même pas repris sa jarre de vin ni son sac de figues. Mais on a retrouvé un terrassier grièvement blessé, qui gisait à terre. Quand il est revenu à lui, il a dit que le contremaître s'était acharné sur lui comme une bête. Et les hommes pensent que le contremaître s'est enfui parce qu'il avait blessé ce terrassier et qu'il avait cru l'avoir tué. De toute façon, bon débarras; c'était un homme de Memphis et une brute.

— J'avais interdit qu'on se serve de fouets, dit seulement Ptahmose.

— Les contremaîtres d'Avaris ne s'en servent pas. Mais celui-ci venait de Memphis, dit Loumi. Les gens de Siméon disent qu'il avait l'air d'un fou. »

Ptahmose respira. Personne ne l'avait vu. Les hommes changèrent de conservation.

« Ton beau-frère... commença Arphaxad, en regardant Ptahmose. Ton beau-frère se demande pourquoi tu ne veux pas faire venir ici ton frère, Aaron. »

Les indiscrétions de Miriam commençaient donc à se répandre. Ç'avait été une piètre idée que de la faire venir à Avaris.

« Aaron est contremaître à Memphis, répondit-il. Ici, il ne serait qu'ouvrier. Je ne vois pas l'avantage pour lui.

— C'est ton frère, Mose, insista Arphaxad. Tu pourrais lui obtenir le même rang de contremaître qu'à Memphis.

— Je ne vois pas l'intérêt que cela présenterait pour vous, répondit Ptahmose au bout d'un temps. Et je ne vois pas non plus l'intérêt que cela présenterait pour moi, ni pour Aaron. Je vous ai déjà dit qu'il n'était pas dans mon intérêt, ni dans le vôtre, de me présenter entièrement comme l'un des vôtres. Quel serait le statut d'Aaron ? Celui du frère germain d'un prince égyptien. Contremaître de son état, dans le meilleur des cas. Y songez-vous ? Tout le monde y perdrait. L'autorité dont je dispose ici, je l'ai largement mise à votre service. Depuis plus de huit ans, nous n'avons plus de problèmes sur les chantiers. Vous êtes moins maltraités, moins fatigués. Voulez-vous remettre cela en cause en faisant de moi un Apirou ?

— Mais c'est ton frère ! s'écria Arphaxad. Ne ressens-tu pas le besoin de voir ton frère ? Le fils d'Amram ?

— Je n'ai pas connu Amram. Je n'ai pas partagé mon enfance avec Aaron, pas plus qu'avec Miriam, dit Ptahmose avec une certaine impatience. La parenté, c'est le partage du temps. Je n'ai rien partagé avec eux, ils n'ont rien partagé avec moi. »

Ils paraissaient songeurs.

« Ce que vous souhaitez, reprit-il, je le vois bien. Vous

voulez réunir ici Aaron et Miriam pour pouvoir accroître votre pression sur moi. Mais vous ne ferez pas pression sur moi. Vous avez des idées de fuite aventureuses qui vous mèneront au désastre. Toi, Arphaxad, tu es plein du sentiment de fraternité quand il s'agit des autres. Mais n'est-ce pas toi qui as envoyé il y a trois mois les gens de la tribu de Siméon aux travaux les plus pénibles, parce que tu voulais te les épargner à toi et aux tiens ? »

Le reproche atteignit Arphaxad de plein fouet. Il baissa la tête.

« Il y a la voix du sang, Mose, et tu sembles ne pas l'entendre, dit lentement Arphaxad. Comment seras-tu notre chef si tu n'entends pas la voix du sang ?

— Si je n'avais pas entendu la voix du sang, Arphaxad, je ne serais pas ici ! » tonna Ptahmose.

Ils sursautèrent. C'était la première fois qu'ils l'entendaient parler sur ce ton.

« Vous êtes comme des enfants capricieux. Vous voulez un chef et vous voulez lui dicter vos volontés ! Je ne serai pas votre jouet ! »

Ils le regardèrent avec un étonnement plein d'appréhension. Était-ce bien là le jeune homme distant, savant, parfois calculateur qu'ils croyaient connaître ?

« Ce qui devra être fait le sera quand ce sera possible, dit-il en se levant. Si vous avez un chef meilleur que moi, adressez-vous à lui. »

Ptahmose, soudain, parut métamorphosé. Il les dominait comme une statue, le regard flamboyant. Pour un peu, il eût déchargé la foudre du bout de ses doigts.

« Nous n'en avons pas, Mose, dit Issar d'une voix grave et basse. Nous n'en avons pas, et c'est pourquoi nous te pressons. »

Il resta là un long moment, puis s'en alla d'un pas lent et fort. Les moucherons, les phalènes, les papillons de nuit continuèrent de grésiller dans les flammes des lampes. Eux restèrent sans mot dire, partagés entre la stupéfaction et un espoir neuf, fou, presque animal.

Il avait parlé comme un chef. Enfin.

9

L'ombre sur le sable

Ce que tu as fais hier et ce que tu feras demain est éternel. Réfléchis donc à chacun de tes actes, car la mémoire de la divinité le gardera inscrit à jamais, avait dit un soir Nesaton. Mais les remous violents suscités dans l'esprit de Ptahmose par le meurtre du contremaître commençaient néanmoins à s'éloigner. Peut-être oublierait-il un jour cet accès de violence qui l'avait mené à l'acte le plus odieux à la divinité. Ou bien le souvenir s'en réduirait à une image lointaine et poussiéreuse, comparable à ces arbres isolés qui finissent par n'être plus qu'un point dans le paysage au fur et à mesure qu'on s'en éloigne.

Cet homme avait été mauvais. Il ne regrettait pas de l'avoir tué, et c'était tout. L'esprit de justice avait armé son bras. Or, l'esprit de justice venait du Seigneur.

Les séances de méditation devant la mer avaient contribué à cette capacité de se détacher de sa propre vie et même de son propre corps, comme s'ils appartenaient à un autre. Leur effet devenait de plus en plus intense, de plus en plus facile à obtenir. Au cours des dernières, Ptahmose avait éprouvé comme la sensation visuelle qu'une ligne de lumière verticale se dessinait devant lui, puis qu'elle se mettait à vibrer avec une telle force que c'en devenait intolérable. Il avait alors le sentiment que quelque chose d'immense, d'indicible allait se produire et cela l'effrayait. La ligne alors pâlissait, s'amenuisait et se dissolvait dans des scintillements qui lui faisaient mal aux yeux.

Pour continuer à apercevoir la ligne, il fallait résister à la frayeur.

Et ces transes se prolongeaient, accentuant ces absences qui déconcertaient son entourage. Des résonances inexplicables se prolongeaient pendant des heures. Pendant ces heures-là, Ptahmose trouvait ses propres sentiments dérisoires. Ses humeurs ordinaires lui apparaissaient comme une sorte de poussière méprisable. Il percevait parfaitement bien son environnement, les propos qu'on lui adressait, les documents qu'on lui soumettait, les images autour de lui, il les percevait même avec plus de clarté qu'avant. Et il était alors capable de prendre des décisions beaucoup plus justes et plus clairvoyantes qu'auparavant. Mais la raison en était qu'il se trouvait sous la domination de ces résonances. D'où venaient-elles ? D'une énergie supérieure, extraordinaire, terrifiante.

Pour s'apaiser, il recourait parfois au kât. Parfois aussi au chanvre. Il expérimenta aussi quelques-unes des substances mystérieuses que lui avait données le débardeur de la Grande Noire. Il en était une qui prolongeait ses transes beaucoup plus longtemps que de coutume. Tirée de l'infusion de grandes feuilles veloutées, elle produisait des effets beaucoup plus forts que la rue, car elle le rendait physiquement insensible et non pas seulement plus endurant[1].

Or, l'endurance commençait à devenir nécessaire. Avaris ne suffisait plus à contenter la folie bâtisseuse de Séti et de Ramsès. Il leur fallait une autre ville, au nord de la Grande Noire. Les architectes de Memphis se succédaient au fil des semaines, chargés d'aller établir là-bas, dans l'« antichambre d'Apopis », le cadastre du désert, du néant. En sa qualité de directeur des bâtiments royaux, Ptahmose devait souvent les accompagner dans des expéditions éreintantes.

Car Ramsès n'avait pas accepté le premier rapport qui lui avait été adressé sur les dangers, voire l'impossibilité de construire un port au sud de la Grande Noire. Il avait laissé entendre que l'architecte et Ptahmose avaient manqué de grandeur de vue. Dans son orgueil croissant, Ramsès prétendait ignorer les éléments et son père l'y encourageait.

Ce fut seulement au terme de la quatrième expédition d'architectes que le régent se rendit enfin à l'évidence. S'il voulait son port au sud, il fallait tout refaire, la Grande Noire, la mer des Roseaux et même la Grande Verte pendant qu'il y était.

Mais Ramsès n'était pas homme à renoncer. S'il était impossible de construire un port au sud de la Grande Noire, on l'édifierait au nord, où les mouvements de marées étaient moins forts. Ils existaient, ils atteignaient même une coudée et demie, mais enfin, avec des appontements assez hauts, on pouvait bâtir un port. Ptahmose et les architectes en débattirent longuement : pourquoi construire un port au nord, puisqu'on n'en pouvait construire un au sud ? C'est que le régent, expliqua l'architecte, entendait creuser un chenal qui traverserait la Grande Noire du nord au sud.

Pas un port, précisa Ramsès : une cité. Ptahmose temporisait du mieux qu'il pouvait. Où trouver les ouvriers pour la construire ? Qu'on en finît d'abord avec Avaris, il serait alors possible de dégager une force de travail qui attaquerait la nouvelle cité. Il fallut déjà expédier là-bas une équipe de deux cents terrassiers chargés des nivellements préalables, araser les dunes afin de connaître la nature du terrain sous-jacent et endiguer les oueds qui se formaient lors des pluies et des débordements de la Grande Noire. Cela impliquait un comblement des dépressions et des lits des oueds, mais les premiers travaux furent loin d'être concluants. Aux premières pluies, les torrents qui ne retrouvaient pas leurs anciens lits déferlèrent n'importe où pour en creuser de nouveaux dans des terres meubles, et ce fut le chaos.

Pour corser le tout, l'inconfort était extrême. Ptahmose, ses architectes et les serviteurs qui les accompagnaient dormaient sous des tentes, à la merci des scorpions et des serpents que ce charivari avait affolés, sans parler des moustiques et des autres insectes. On mangeait mal et le plus souvent froid, et l'on ne se lavait guère, les deux puits creusés n'ayant fourni qu'une eau saumâtre. Les ouvriers pataugeaient dans une boue infâme quand ils ne tombaient pas dans des fondrières. Les architectes crottés pestaient comme s'ils étaient en proie aux démons inférieurs, les contremaîtres n'avaient plus de voix à force de crier et les terrassiers commençaient à se rebeller comme aux mauvais jours d'antan. Ptahmose restait souvent absent de sa maison plusieurs jours de suite.

Son autorité s'émoussait aussi dans une situation de plus en plus tendue entre les architectes et les contremaîtres d'une part, les contremaîtres et les ouvriers de l'autre. Il tomba ainsi sur une querelle entre deux terrassiers. L'un poussait l'autre, les horions volaient. Il s'approcha rapidement des deux hommes.

« Ho! cria-t-il en apirou. Les coups ne régleront rien! »

Ils s'interrompirent un instant et le toisèrent.

« Les coups ne régleront rien? demanda l'un d'eux, sarcastique.

— Non. »

L'homme essuya du revers de la main le sang qui coulait de son nez. Lui et son adversaire échangèrent des regards torves.

« Qui est-ce qui parle?

— Moi, Ptahmose.

— Et le coup que tu as donné au contremaître que tu as enterré sous le remblai, à Avaris, il n'a rien réglé?

— Je ne sais pas de quoi tu parles, dit Ptahmose. Je ne veux pas de querelles entre vous, c'est tout. »

De fait, il avait mis fin à la leur. Il s'éloigna, tentant de maîtriser son émotion. Il se retourna; ils le suivaient d'un regard ironique.

Il avait cru que personne ne l'avait vu; il s'était trompé. Les deux ouvriers qu'il venait de quitter avaient-ils été les seuls témoins du meurtre du contremaître, ou y en avait-il d'autres? Avaient-ils révélé ce qu'ils avaient vu? Enoch, Arphaxad, Loumi, Issar, ignoraient-ils réellement le sort du contremaître, lors de la conversation qui avait suivi le meurtre? Ou bien en gardaient-ils le secret par-devers eux pour faire pression sur lui quand ils le jugeraient opportun?

Ptahmose retourna le problème dans tous les sens et parvint à la conclusion que si la rumeur du meurtre parvenait aux contremaîtres, ceux-ci s'empresseraient de le dénoncer au nomarque, lequel se ferait un devoir de le rapporter à

Memphis, par l'entremise de Hapê-nakht. C'en serait fait de son pouvoir. Si la faveur royale lui évitait d'avoir les oreilles et le nez coupés, il ne serait quand même plus qu'un être inférieur, un sous-Apirou. Il ne pourrait même plus défendre les Apirous contre la férocité des contremaîtres.

Il demeura un moment debout, dans le vent, à réfléchir à la situation. La nuit tombait. Des feux s'allumaient çà et là, pour le repas du soir. Les architectes débattaient encore sous la tente. Il fallait fuir.

Son regard alla de la tente à son cheval. D'un pas nonchalant, il se dirigea vers la première. Les serviteurs s'affairaient dehors à bâtir un feu. Il plia sa couverture et la roula en un cylindre aussi petit que possible, puis s'empara de deux pains, d'un sac de figues et d'un sac de dattes, ainsi que d'une gourde de vin coupé d'eau. Il vérifia qu'il avait toujours ses deux poignards à la ceinture. Puis il sortit et, du même pas nonchalant, se dirigea vers sa monture. Dans l'obscurité grandissante, personne ne lui prêtait attention. Ceux qui le virent durent penser qu'il allait vaquer à ses besoins.

Ptahmose crut déchiffrer dans le grand œil noir de son cheval un regard étonné et lui intima le silence d'une voix douce comme si la bête le comprenait. Puis il attacha la couverture sur la selle et tira le cheval vers une pierre assez grosse pour servir d'escabeau. D'un bond, il se trouva en selle et d'un coup de talon lança l'animal au galop. Il partit vers l'est. Il connaissait le chemin, il l'avait parcouru assez souvent ces derniers jours. C'était une plaine caillouteuse et le cheval ne risquait pas de buter. De plus il pouvait s'y retrouver sans peine, même dans le noir.

Ptahmose galopait depuis une demi-heure quand il lui sembla entendre des cris loin derrière lui. Sans se retourner, il pressa l'allure. Un peu plus tard, il jeta un coup d'œil en arrière. On n'apercevait même plus les feux du campement. Personne ne le poursuivait. Libre! Il avala une longue goulée d'air. Où irait-il? Certes pas vers le nord : la route côtière qui menait vers l'Asie était gardée par les garnisons, qui auraient vite fait de le repérer[2]. Un émissaire à cheval pourrait même le devancer. Il était donc impératif d'obliquer vers le sud. Il leva les yeux et, s'orientant sur les étoiles, décrivit un grand arc qui allait vers le sud-est. Il ignorait ce qu'il trouverait là, mais ce ne serait pas le royaume.

Une fièvre l'avait saisi. Il était libre. Il n'était plus fonctionnaire du royaume. Il n'était plus asservi aux projets fous d'un roi et d'un prince qui voulaient refaire la terre et qui n'avaient pas la moindre notion de la souffrance des autres. Plus de scribes, plus d'espions, de rapports, plus de cliquetis d'abaques. Plus de concubine assignée par le pouvoir. Plus de regards doubles et de paroles aléatoires. Il était désormais seul maître de sa tête et de son corps.

Il trotta toute la nuit, devinant, dans la clarté des étoiles, une masse obscure et haute à sa gauche, sans doute des montagnes. Le froid l'obligea à déplier sa couverture pour s'en envelopper. Devant lui, le terrain semblait relativement plat, mais il ne le connaissait plus et il ralentit l'allure du cheval. Des cris d'animaux — hurlements de chacals, cris de rapaces nocturnes, de lièvres peut-être ou de gerboises saisis par des griffes, des serres, des dents, des becs — traversaient la nuit. Il n'avait pas de feu, il tâta ses poignards. A l'aube, il distingua des montagnes rougeâtres et ayant repéré une anfractuosité où il pourrait s'abriter, il s'y dirigea. Là, il mangea un peu de son pain et deux figues, but une longue rasade et somnola plutôt qu'il ne dormit. Au bout de deux heures, il était debout. Il vaqua à ses besoins. Un franc soleil éclairait le paysage, qui était simple : une longue plaine se déroulant au pied des montagnes, piquée çà et là de bosquets d'arbres rabougris. Où donc menait cette plaine ? Il l'ignorait.

Deux heures plus tard, des cris de mouettes répondirent à sa question. Au loin, à droite, une barre bleue infinie scintillait sous le soleil. Il se dirigea vers elle, et quand il fut au bord, se défit de son pagne et s'y plongea entièrement. C'était la mer. Il se lava des poussières d'Égypte. Quand il sortit, nu, et qu'il vit son ombre solitaire sur le sable, il s'immobilisa : c'était l'image de sa vie depuis la veille. Son passé avait disparu, comme de l'eau sur du sable chaud. Il songea à nouveau au précepte de Nesaton, mais ici, rien ne semblait plus gravé nulle part. Bouto, les enfants, le jardin aux grenadiers, le roi même, Ramsès, tout cela n'était plus qu'images floues, promises à l'évanouissement prochain. Il ne se savait pas non plus d'avenir. Il ne possédait qu'un cheval, un peu de pain, des dattes et des figues. Et une demi-gourde d'eau. Un homme nu au milieu de l'immensité.

Il s'assit sur le sable pour se sécher, tenta de distinguer l'autre rive et n'y parvint pas. Il se rappela les cartes qu'il avait vues dans les chambres de l'administration de Ramsès et déduisit qu'il se trouvait sur l'autre rive de la Grande Verte, en face du royaume. Longerait-il la mer ? Le soleil paraissait moins torride sur le rivage. Mais Ptahmose s'éloignerait alors de la piste ; or, celle-ci était son seul espoir de trouver de l'eau. Il remonta en selle et revint sur ses pas. La mer lui avait donné faim ; il mangea deux figues et un peu de pain, s'avisant que sa salive commençait à s'épaissir. Il agita sa gourde et le son creux qu'y fit l'eau coupée de vin le rembrunit. Il but une minuscule gorgée.

Il commençait à faire chaud. S'il ne trouvait pas d'eau avant la nuit, il serait en danger. Et cela se produisit sans même qu'il s'en rendît compte. « Seigneur, que je trouve de l'eau ! » La prière lui avait échappé comme le souffle. *Seigneur.* Mais il était trop angoissé pour s'en aviser.

Sa tête commençait à vaciller et son regard à se troubler. Il essaya de calculer le temps qui s'était écoulé depuis l'aube et n'y parvint pas ; le jour paraissait n'en plus finir. Ce fut alors que le cheval tourna la tête à gauche. Ptahmose ne le contrôlait plus ; lui-même ne tenait plus en selle que par la force de la volonté. Le sol lui parut changer de nature ; il était devenu plus sombre. Il reconnut de la végétation, courte, des herbes. Puis il vit l'eau et il ferma les yeux.

L'instinct de l'animal l'avait entraîné vers un ruisseau. Sans doute celui-ci avait-il été plus abondant deux ou trois jours auparavant ; le lit largement évasé mesurait bien cinquante coudées, alors que la largeur du flux n'en faisait pas dix, mais c'était bien de l'eau. Ptahmose mit lourdement pied à terre. Le cheval s'abreuvait déjà. Ptahmose marcha jusqu'au bord, s'aspergea le visage et commença à boire. Une eau fraîche. Pure, comme il n'en avait pas goûté depuis Avaris, et même encore plus pure. Quand il se fut étanché tout son saoûl, il s'assit. « Merci, Seigneur », dit-il avec un soupir.

Il regarda autour de lui. Le torrent descendait de la montagne. Les pluies de l'autre soir avaient dû le grossir, mais s'il continuait à couler, c'est qu'il était alimenté par une source. Le paysage, ici, était nettement plus verdoyant. Le cheval, qui avait aussi fini de boire, commençait d'ailleurs à brouter, çà et là, choisissant soigneusement ses plantes. Ptahmose alla explorer les rives à la recherche d'un arbre fruitier, mais n'en trouva pas.

En revanche, il aperçut des traces qui de nouveau lui firent battre le cœur. Un cercle noirci, des restes de bois calciné. Tout autour, l'herbe était aplatie. Il toucha le bois ; froid. Il fouilla les restes du feu et y trouva les débris d'un squelette de poisson. Puis d'autres débris. Des entrailles de poisson desséchées qui avaient été traînées et dévorées par ceux qui avaient fait halte à cet endroit. Combien étaient-ils ? Et qui étaient-ils ? Dans quelle direction allaient-ils ? Il continua son exploration et, à une certaine distance, il aperçut des bouses et estima qu'au moins une vingtaine de bêtes s'étaient arrêtées là. Il fronça les sourcils : il se rappelait que les Égyptiens envoyaient des esclaves exploiter du cuivre et de la malachite de l'autre côté de la Grande Verte... Mais ceux-là ne sauraient sans doute pas qu'il était un fuyard...

L'inventaire de ses vivres fut vite fait : un pain et un tiers, assez de dattes et de figues pour tenir deux jours. Mais ensuite ? Il remplit sa gourde, presque vide, et regretta de n'en avoir pas une autre, but encore un peu d'eau et reprit son chemin, après avoir de nouveau roulé sa couverture sur sa selle.

Les yeux rivés au sol, il cherchait des traces. Le sol caillouteux n'en avait pas gardé et là où c'était du sable, le vent avait tout effacé. Néanmoins, des ornières dans le sol lui donnèrent le sentiment de suivre une piste. A droite et à gauche, il trouvait souvent de grosses pierres qui semblaient avoir été écartées d'un chemin central sur lequel les herbes, moins hautes, étaient souvent foulées. D'autres voyageurs passaient donc par là ; mais qui ?

Ce fut le lendemain, à l'aube, qu'il les aperçut. La grotte dans laquelle il s'était réfugié dominait la piste d'assez haut. Trois douzaines d'animaux étranges qui ressemblaient à de grandes gazelles difformes se suivaient à la queue leu leu, avec une démarche dandinante et dédaigneuse. C'étaient des dromadaires. Il en avait entendu des descriptions. Les animaux étaient montés par une vingtaine d'hommes et plusieurs étaient chargés d'une profusion de sacs et de ballots. Des Égyptiens? Mais non, les Égyptiens ne portaient pas ces manteaux clairs. Ces gens-là descendaient vers le sud et les Égyptiens n'avaient rien à faire au sud; ce qui les intéressait était l'est. Il débattit rapidement de la sagesse qu'il y aurait à les rejoindre. Mais il ne pouvait subsister éternellement avec du pain, des figues et une gourde d'eau, ni cheminer dans le désert jusqu'à sa mort. Il descendit de la montagne et se lança à la poursuite de la caravane.

Ils l'aperçurent alors qu'il était encore à mille coudées de distance. Un ordre de halte fut sans doute donné, car la caravane fut secouée de la queue à la tête par une succession de saccades avant que tous les chameaux se fussent arrêtés. Les hommes s'étaient retournés et le regardaient arriver.

« Salut! cria-t-il en hébreu, se demandant s'ils le comprendraient[3].

— Salut », répondirent-ils, dévisageant avec étonnement ce voyageur singulier, qui cheminait tout seul dans le désert, torse nu. Il les dévisagea aussi. Non, ce n'était pas des Apirous, bien qu'ils leur ressemblassent. Ils portaient la barbe, taillée court.

« Où allez-vous ? » demanda-t-il.

Le chef de la caravane semblait attendre Ptahmose. Celui-ci alla vers lui et répéta la question.

« Nous allons à Alaat, répondit l'homme. Qui es-tu?

— Ptahmose. Je viens d'Égypte.

— Seul?

— Seul.

— Alors tu es en fuite, déclara l'homme après un temps.

— Je ne veux plus travailler pour le roi. »

L'homme paraissait intrigué. Un geste de Ptahmose découvrit le manche du poignard incrusté de gemmes.

« Tu es fou? demanda le chef en fixant Ptahmose d'un regard intense.

— Non, dit Ptahmose en riant.

— Mais tu dois être fou pour descendre le désert seul. Tu connais le désert ?

— Non. »

Un rire avorté secoua la poitrine de l'homme.

« Torse nu », releva-t-il avec une nuance de désapprobation.

Ptahmose observa qu'en effet, tous ces hommes portaient une ample chemise sous le manteau de laine blanche. N'avaient-ils pas chaud ?

« Depuis combien de temps voyages-tu ?

— Trois jours et trois nuits. »

Un caravanier qui semblait être le lieutenant du chef dévisagea aussi Ptahmose et secoua la tête d'incrédulité. Des murmures commençaient à parcourir le convoi. On entendit un homme rire.

« Tu veux aller avec nous à Alaat ? demanda le chef.

— Oui. Je n'ai presque plus de vivres.

— Tu veux de l'eau ?

— J'ai encore une gourde pleine. »

Le chef leva le bras et donna l'ordre de reprendre la route. Puis, il se tourna vers Ptahmose et lui dit : « Prends la troisième place. »

Alaat[4]. Ptahmose ne connaissait pas ce nom. Une cité, à coup sûr.

Ils y parvinrent au coucher du soleil. C'était une forteresse bâtie sur un plateau escarpé. Les murs en étaient faits avec de gros blocs de pierre à peine équarris, réunis par un mortier grossier. Des meurtrières avaient été ménagées çà et là. Ces gens devaient donc se défendre. Contre qui ? Les dromadaires et le cheval furent laissés à la porte de la cité, à l'abri des hauts murs ; l'un des caravaniers les mena à une vaste citerne et leur jeta du fourrage. Ils se couchèrent, faisant vaciller leurs chargements. Il fallut décharger ces sacs et ces ballots et les porter dans une sorte d'entrepôt, à l'intérieur d'une maison de la cité. A une dizaine, et avec l'aide de Ptahmose, ils y mirent près de deux heures. Chaque fois qu'il franchissait les lourdes portes de la cité elle-même, en bois armé de fer, Ptahmose était frappé par l'épaisseur des murs. Quels assauts craignait-on à Alaat ?

Il était fourbu. Le froid le saisit et il s'enveloppa dans sa couverture.

Quand le déchargement fut fini, il faisait nuit. Les bêtes furent conduites à l'intérieur de la ville, vers une haute étable. Des ordres retentirent. Des hommes s'élancèrent et les portes d'Alaat furent fermées et condamnées par deux épaisses barres de bronze. Le chef de la caravane et deux autres hommes faisaient l'inventaire des sacs dans l'entrepôt, à la lumière d'une lampe à deux becs.

« Viens avec moi », dit-il à Ptahmose, après qu'il eut refermé la porte de l'entrepôt de l'intérieur. Ils gagnèrent une petite porte latérale et passèrent dans la maison adjacente.

Ils se retrouvèrent dans une vaste pièce au rez-de-chaussée, couverte et tapissée de tapis en chèvre tissée, de peaux de mouton cousues ensemble, de nattes d'un type inconnu de Ptahmose. Un feu brûlait dans un angle, entre deux murets et sous un trou au plafond par lequel s'échappait la fumée. Une seule porte donnait sur l'arrière ; d'autres pièces sans doute. On entendit des voix de femme, des rires étouffés. Un visage d'enfant s'encadra dans la porte. Le chef l'appela et un garçonnet de trois ou quatre ans s'élança dans les bras de celui qui était visiblement son père. Le visage de Ptahmose se rembrunit. Pour la première fois, il pensa à ses enfants. Il en chassa mélancoliquement la pensée.

« Assieds-toi », dit le chef à Ptahmose.

Il s'installa devant le feu. Un des hommes alla à l'arrière et rapporta des bols dépareillés de terre vernissée et une cruche. Il servit d'abord le chef, puis Ptahmose. Le chef but le premier et Ptahmose porta le bol à ses lèvres. C'était une sorte de bière douce.

« Mes fils, dit l'homme, indiquant les quatre jeunes gens qui se trouvaient là. Je m'appelle Houssam.

— Je m'appelle Ptahmose.

— Sois le bienvenu, Ptahmose. » Il prononçait *Tamouz.* « Pourquoi es-tu parti de chez le pharaon ?

— Je ne voulais plus travailler pour lui. J'étais le chef des Apirous. Il fallait les diriger. Une masse de rebelles. Un travail de plus en plus dur.

— Tu n'as pourtant pas l'air faible, Tamouz, dit Houssam, qui ne semblait pas entièrement convaincu par l'explication.

— La vérité est qu'on ne peut pas servir deux causes », dit Ptahmose.

L'autre attendait.

« Il fallait servir le roi. Et il fallait en même temps servir la cause de ceux qui m'avaient donné leur confiance.

— Pourquoi n'as-tu pas choisi l'une ou l'autre ? »

Ils écoutaient tous les cinq, attentivement, les regards fixés sur l'étranger. On n'accueille pas chez soi un inconnu sans lui sonder le cœur et les reins.

« Si je choisissais la cause du roi, je devais être cruel pour les autres. Si je choisissais la cause des autres, je perdais mon rang.

— Quel était ton rang ?

— J'étais prince », répondit Ptahmose. Il vida son bol. L'un des garçons le lui remplit à nouveau.

« Prince ? dit Houssam. Comment cela ?

— Le fils d'une sœur de Ramsès.

— Tu es donc neveu de Ramsès. »

Ptahmose hocha la tête. Allaient-ils se mettre en tête de le rançonner ?

« Ramsès a beaucoup de neveux, sans parler de ses fils. Je ne lui manquerai pas.

— Comment se fait-il que tu parles la langue des Apirous ?

— Il fallait se faire entendre d'eux. Je parle aussi l'égyptien.

— Tu écris ?

— Je sais lire et écrire. »

Houssam fit un signe à l'un de ses fils qui se leva et disparut par la porte qui donnait sur l'arrière. Les voix des femmes se firent à nouveau entendre. Des bruits sourds parvinrent par bribes. Le garçon revint portant un bol qui paraissait lourd et le posa sur une grille de fer, au-dessus du feu et alla se rasseoir.

« Que vas-tu faire maintenant ? demanda Houssam.

— Je ne sais pas.

— Où vas-tu ?

— Je ne sais pas.

— Est-ce possible? demanda Houssam, avec un demi-sourire. Tu avais un pays, un titre, une famille, une place, et tu quittes tout cela et tu pars vers rien, pour rien? »

Ce fut la première fois que Ptahmose ressentit lui-même sa propre singularité. Que pouvait-il répondre à cet homme? Qu'il n'avait jamais eu le sentiment d'avoir tout ce qu'il disait? Il s'avisa soudain qu'en effet, il n'avait jamais vu un homme abandonner la fortune pour le désert. Certes, il avait fui afin de ne pas être recherché pour meurtre, dégradé, privé de son autorité. Il avait fui pour protéger ce qu'il avait de plus précieux, son identité. Mais il se trouvait également que cette fuite correspondait à ses aspirations les plus profondes. Même avant le meurtre, il avait ressenti le désir de fuir. Il n'appartenait pas à l'Égypte. Et il ne pouvait pas être le chef d'esclaves rêvant de fuite. Cette fuite-là était un accomplissement. Comment expliquer cela?

« Aucun homme n'est un esclave, répondit-il à la fin, songeur. A aucun prix. »

Deux des fils de Houssam émirent, pour la première fois de la soirée, des paroles d'approbation. Ils adressèrent à leur mystérieux invité des regards chaleureux.

« Alors, il faut être roi! lâcha Houssam en adressant à Ptahmose un regard pénétrant.

— Roi? répéta Ptahmose, surpris.

— Nous sommes déjà rois, dit l'un des fils sur un ton plaisant.

— Rois de six cents moutons, répondit le père.

— Mais rois. »

Ptahmose se mit à rire et les garçons aussi, dans la complicité des générations. Le feu lui avait ramené le sang vers la peau. L'odeur qui se dégageait du chaudron commençait à lui donner faim. Il changea de position. Un garçon se leva et revint portant des plats et de petits pains presque noirs. Il y avait dans les plats des radis, des épices pilées, des crèmes brunes. Les garçons y trempèrent leurs pains. Ptahmose suivit leur exemple.

« Es-tu fou? demanda Houssam, posant son regard d'épervier sur Ptahmose.

— Tu me l'as déjà demandé. Je n'ai jamais eu la réputation d'être fou. Je ne crois pas qu'on m'aurait confié le poste que j'ai occupé si j'avais été fou. »

Houssam paraissait pensif. Il dévisagea longuement Ptahmose, cherchant l'explication de ce qui lui paraissait défier la raison. Puis il poussa un soupir, se redressa et décida que le repas était cuit. « Ali, va nous chercher du vin », dit-il à celui de ses fils qui, décidément, assurait le service.

Celui-ci revint portant une petite jarre et un grand bol qu'il posa au milieu de la pièce. Puis il retira le chaudron du feu en se protégeant les doigts avec un torchon et le posa sur le bol. Houssam y plongea un long couteau et y piqua un gros quartier d'une volaille qu'il déposa sur l'assiette de son hôte avant de servir les autres. Ptahmose reconnut une cuisse de grouse. Le fond du chaudron contenait une soupe de blé sauvage cuit dans le jus de la grouse. Chacun se servit du blé avec une vaste louche. Cela ne le disputait certes pas en finesse aux repas de Memphis, ni d'Avaris, mais c'était chaud et d'un goût sans détours.

« Comment attrapez-vous la grouse ? demanda Ptahmose.

— Au filet, comme les autres oiseaux. Comment l'attrapez-vous, chez vous ?

— Au bâton volant », dit Ptahmose.

Il lui fallut expliquer cette technique. Expliquer aussi que, lorsque la grouse était tombée loin, un chien dressé la rapportait. Ils étaient émerveillés. Il fallut leur promettre d'essayer de tailler un de ces bâtons volants.

La nourriture après le jeûne, le vin, la chaleur, l'émotion de la fuite avaient vidé Ptahmose. Il dodelinait de la tête. Ali débarrassa les plats et Houssam décréta que Ptahmose dormirait là. Une natte supplémentaire, une peau de mouton, un rouleau bourré de paille comme oreiller furent disposés près des autres. Ptahmose dormait presque lorsqu'il s'allongea. On souffla les lampes.

Il s'éveilla brièvement dans la nuit, au contact d'un corps. L'un de ses hôtes, il ne savait lequel, allongé près de lui, avait étendu son bras sur son torse. Le bras endormi exprimait l'appropriation. Un geste de confiance naïve, possessive, qui rattachait l'étranger au reste de l'humanité. Ptahmose fila de nouveau dans le sommeil comme une bouteille à la mer.

Il rêva. Il rêva qu'il était roi, et ce qui le surprenait lui-même dans le rêve était que cela lui paraissait la chose la plus naturelle du monde.

10

Aucun homme n'est un esclave

« Nous sommes bergers, lui dit le lendemain Houssam en lui tendant un bol de lait fermenté et caillé. Veux-tu travailler avec nous ? »

Quand il les avait rencontrés, ils revenaient de livrer aux marchands de Migdol et de Sin, là-haut, justement, près de la route côtière d'Égypte, cinq cents moutons engraissés par les pâturages de printemps, des couvertures et des textiles de laine, en échange de blé, d'armes, de bijoux et de lingots de cuivre.

Les quatre jeunes gens qui avaient partagé le repas de la veille étaient présents; ils attendaient apparemment la réponse avec anxiété, surtout le plus jeune d'entre eux, Ali.

« Je veux bien travailler avec vous, répondit Ptahmose. Mais je ne pourrai pas vous suivre en Égypte.

— Tu n'en auras pas besoin, dit Houssam. Nous avons assez de travail pour que tu t'occupes du reste de nos affaires, ici et à Sebiia et Temina. »

Sebiia et Temina... Où était-ce donc ?

« Que devrai-je faire ? » demanda Ptahmose.

Houssam hocha la tête. « Ce qu'il y aura à faire », répondit-il d'un air entendu. Et il expliqua. Deux fois par an, quand les pluies de printemps et d'automne avaient reverdi les pâturages et que les moutons s'étaient engraissés, ils remontaient la côte de la Grande Verte de l'est jusqu'à Migdol, Sin et Bal-Céphos, chez les Cananéens, sur la Grande Verte du nord, poussant devant eux leurs moutons. Le voyage était long, car les moutons n'étaient pas résistants et il fallait les laisser paître tout leur saoul, pour qu'ils ne maigrissent pas. Trois semaines étaient nécessaires pour un trajet qui ne prenait normalement pas plus de cinq ou six jours. Les marchandises reçues en échange des moutons étaient alors revendues aux tribus des Bédouins du sud, jusqu'à Ecyon-Geber, à la limite du pays de Madian, ainsi qu'à des marchands qui les acheminaient à leur tour jusqu'au sud de l'Araba. « Mais où étaient donc les moutons ? demanda Ptahmose.

— Dans nos camps de la plaine, répondit Houssam. A Sebiia et à Temina. Tu les verras si tu nous suis là-bas. Nous partons dans quelques jours. »

Ils avaient donc plusieurs centres d'attache. Alaat leur servait de dépôt provisoire ; Sebiia et Temina étaient des fermes où ils gardaient les couples reproducteurs de leurs moutons.

« Et vos femmes ? » demanda Ptahmose.

La question les fit sourire. Ils avaient des femmes partout à Alaat, Sebiia, à Temina. Et des enfants. Car les femmes, elles, ne voyageaient pas, ni les garçons jusqu'à dix ans.

« Que vous reste-t-il de votre commerce ?

— De l'or, de l'argent, du cuivre, répondit Houssam. Tu recevras après chaque voyage un douzième de ta part en or, en argent et en cuivre.

— Je veux bien travailler avec vous », répéta Ptahmose.

Les jeunes gens se levèrent pour lui donner l'accolade : Samot, *Coïncidence*, l'aîné, ainsi nommé parce qu'il était né à la nouvelle lune, Nibbiot, *Prophétie*, parce qu'il avait été annoncé, Rahman, *le Miséricordieux*, et Ali, *l'Élevé*, parce qu'il était né à Alaat. Houssam lui donna l'accolade en dernier lieu, avec un large sourire.

« Sais-tu te battre ? » demanda Houssam. Et quand Ptahmose eut hoché la tête, il reprit : « Car il faut savoir se battre. Nos caravanes sont parfois attaquées.

— Par qui ?

— Des bandes de pillards.

— Comment vous battez-vous ?

— Au couteau... Au sabre », répondit Houssam, un peu étonné.

Ptahmose paraissait perplexe. Pour se battre au couteau, il fallait descendre de dromadaire. Se battre au sabre paraissait douteux en face d'adversaires entraînés.

« Comment te battrais-tu ? demanda Samot.

— J'essaierais d'abord de tenir mon adversaire en respect.

— Comment ?

— Avec de armes qui frappent à distance. A distance lointaine, mettons trente ou quarante coudées, avec un arc et des flèches. A distance plus rapprochée, avec une lance.

— Ce ne sont pas nos armes, dit Houssam.

— Ce ne sont donc pas celles des pillards non plus, rétorqua Ptahmose avec un sourire. Ce qui nous donnerait un avantage. »

La proposition les laissa perplexes.

« Peut-on tirer à l'arc quand on est à dos de dromadaire ? demanda Houssam, pensif.

— Pourquoi pas ? répondit Ptahmose.

— Et où trouverions-nous des arcs, des flèches et des lances ?

— Vous pourriez les demander en échange de vos marchandises.

— Les Égyptiens ne nous vendront jamais d'armes », objecta Houssam.

C'était probable, en effet.

« Et qui nous apprendra à tirer à l'arc ?

— Vous-mêmes, par la pratique.

— Ne pourrions-nous les fabriquer nous-mêmes ? » demanda Samot.

La question laissa Ptahmose pensif à son tour. Pour avoir souvent écouté des conversations entre militaires, il savait que le bois des arcs et des flèches d'Égypte était du cèdre venu de Canaan et d'au-delà. Il lui semblait aussi avoir entendu parler d'un autre bois, mais était-ce du cyprès ou de l'if, il ne se le rappelait plus.

« Nous pourrions essayer, répondit-il. Il nous faudrait du bois de cèdre. »

Le rythme des jours émousse le sens du temps. Ptahmose était à peine à Alaat depuis une semaine qu'il lui semblait y avoir vécu des mois. Les événements se distinguaient par leur minceur. Les jeunes gens descendaient le matin vers les rives de la Grande Verte, se baignaient tous les cinq ensemble et s'émerveillaient d'un coquillage hérissé ou d'une méduse se desséchant sur le sable, avouant dans sa mort qu'elle n'était qu'un sac plein de rien. Ils jetaient des nasses dans l'eau, ramenaient des poissons de toutes les couleurs, rejetaient ceux qui leur paraissaient trop bizarres, vidaient les autres et remontaient les griller pour déjeuner. Ils interrogeaient Ptahmose sur sa vie.

« As-tu jamais tué un homme ? » demanda le plus jeune, Ali, celui qui témoignait d'une sorte d'entichement pour Ptahmose, ce cadeau du hasard venu de l'autre rive.

« Oui, j'en ai tué un », répondit-il.

Il raconta la manière dont il avait échappé à la tentative d'assassinat nocturne, à Avaris. Leurs yeux brillaient à l'écouter comme ceux de chacals, la nuit, quand l'audace les pousse à s'approcher trop près des feux. Ils le forcèrent à répéter son récit pour leur père, le soir même. Ils imitaient le geste de Ptahmose enfonçant la dague dans la poitrine de l'homme, sous la cage thoracique.

Alaat n'était donc qu'une étape. Ils chargèrent les chameaux et partirent pour Sebiia. Houssam avait appris à Ptahmose que, pour supporter le désert, il fallait porter sur le torse une longue chemise ample, en toile, et se protéger le corps et la tête avec une couverture de laine claire. Deux jours leur suffirent pour arriver à destination. Ce n'était même pas une ville, juste un campement de quelques douzaines de tentes autour de trois puits. On les y accueillit comme des enfants perdus qui revenaient au foyer. Rires et accolades, puis des regards interrogateurs sur le nouveau venu.

« Un Égyptien. L'un des miens, désormais », répondait Houssam.

Les Bédouins l'observaient un moment, puis lui donnaient de grandes claques dans le dos et l'invitaient dans leurs cercles. Il était beau et jeune, et comme partout, c'était un sauf-conduit. Le soir, on rôtissait des moutons à la broche, on déficelait des outres de vin, puis les hommes dansaient, une sorte de danse sauvage qui projetait des giclées de poussière sous les talons. Ptahmose se retrouvait seul. Les quatre frères, Samot, Nibbiot, Rahman et Ali, ainsi que leur père Houssam, étaient allés rejoindre leurs femmes locales. Il restait assis devant le feu, pensif. Il pensait à Bouto, à ses enfants, à Issar, Loumi, Enoch, Arphaxad, qui le croyaient sans doute perdu, mort, dévoré par les chacals et les vautours. Le prince Ptahmose, plus rien qu'un squelette anonyme et blanchi, poncé, poli par les vents de sable quelque part dans le désert. Il souriait, en pensant à la perplexité de Hape-nakht, des scribes, du nomarque, des architectes et peut-être à celle du régent, Ramsès, auquel on aurait déjà signalé la disparition de son neveu.

Miriam se serait étonnée de ne plus recevoir ses visites. Peut-être serait-elle allée s'enquérir de son frère. On l'aurait rudoyée et renvoyée. « Plus de frère ici, il est parti, il est mort. » Elle se serait lamentée, se frappant le visage de ses mains. Elle serait retournée dans sa maison des faubourgs, criant sa détresse alentour.

Et ses enfants ? Ce seraient désormais « les enfants du fuyard ». Bouto les aurait ramenés à Memphis. Ils auraient été accueillis par Nakht. Ils étaient jeunes ; ils auraient bientôt oublié leur père.

Le feu crépitait. Un vieillard seul tenait silencieusement compagnie à Ptahmose. Les pieds osseux, argentés par le dessèchement, les mains pareilles aux racines d'un arbre arraché par la tempête, le visage indéchiffrable à force de rides. Il resta un long moment parfaitement immobile, comme si la mort l'avait insidieusement saisi là.

« Heureusement qu'il y a des dieux là-haut », dit-il à la fin, d'une voix égale, morne, presque fluette. Au terme de leur vie, les hommes ont souvent des voix de femme, et les femmes, d'homme.

Ptahmose tenta de discerner les traits de l'inconnu, mais ne vit qu'un paquet de vêtements dorés par le feu mourant.

« Quels dieux ? demanda-t-il à la fin.

— Il y a toujours des dieux, dit le vieillard en levant la main vers les étoiles.

— Quels dieux ? redemanda Ptahmose avec insistance.

— Vous autres, Égyptiens, vous en avez plus qu'il n'en faut. J'ai été esclave chez vous, je sais. »

Il prit une branche d'arbre du tas destiné à alimenter le feu et la jeta dans les flammes mourantes. C'était un bois aromatique, presque musqué.

« Toi aussi tu étais esclave. Il n'y a que les esclaves qui prennent la fuite. »

Ptahmose fut saisi. *Il n'y a que les esclaves qui prennent la fuite.* Et lui, il avait dit à Houssam, le premier soir : *Aucun homme n'est un esclave. A aucun prix.*

Mais c'était troublant de découvrir qu'aux yeux d'un inconnu, il était lui-même un esclave en fuite.

« Où vais-je dormir ? demanda-t-il, car on avait oublié de le lui dire.

— Tu n'as pas de femme parmi nous. Tu dormiras donc sous la tente des anciens, dit le vieillard. J'y vais, d'ailleurs. Suis-moi. »

Cette nuit-là, peu avant de s'endormir sur sa natte, roulé dans sa couverture, Ptahmose aurait presque souhaité qu'il n'y eût pas d'aube. Mais on ne savait jamais. Il y avait parfois une aube.

11

La main des dieux

En partant d'Alaat, ils avaient chargé sur les bêtes quantité de bijoux et de ces tissus égyptiens, notamment du lin transparent et plissé, qui rendaient les Bédouines presque folles de convoitise. Une moitié en avait été réservée pour le campement de Sebiia, l'autre pour celui de Temina. Des robes parfois brodées d'or qui les pétrifiaient de désir, comme les hommes, eux, sont saisis de désir pour une fille. Vieilles ou jeunes, elles défilaient sous la tente de Houssam depuis l'heure de midi et, avant le coucher du soleil, le marchand et ses quatre fils se trouvèrent dévalisés, sous les yeux émerveillés de Ptahmose.

« Le lin, tu l'échanges contre de l'or, observa-t-il. Mais les bijoux d'or, contre quoi les échanges-tu ?

— Contre de l'or moins bien travaillé. Avec une différence d'un quart du poids », répondit Houssam en serrant un sac plein d'objets métalliques qui tintaient. C'étaient des morceaux d'or plus ou moins travaillés, des agrafes, des fibules, des bracelets, des colliers, qu'il pesait dans une petite balance, mettant d'un côté le bijou qu'on lui tendait et de l'autre, de petits poids de bronze.

Cette transformation des moutons, viande et laine, en or laissa Ptahmose rêveur. Depuis tant d'années qu'il exerçait ce troc, Houssam devait être remarquablement riche. Que faisait-il de son or ? A sa mort, il serait divisé entre ses fils et ses femmes, sans doute, mais pour le moment, à quoi servait-il ?

Houssam l'amassait avec une constance, une ingéniosité, une avidité sans faille. Qu'allait-il acheter avec ? Et soudain, la phrase de l'autre soir revint à l'esprit de Ptahmose : *Il faut être roi*. Houssam voulait devenir le chef d'une tribu. D'un territoire. C'était lui qui voulait être roi. Et après ? Il deviendrait un petit Séti, père d'un grand Ramsès, et il aurait son Ptahmose, sans doute. Il ferait de grands travaux, il se formerait une armée et il ferait la guerre à ses voisins.

C'était lassant. L'être humain n'aspirait donc qu'au pouvoir.

Son esprit revint aux Apirous, qui le voulaient en quelque sorte comme roi.

« Et toi ? se demanda-t-il. A quoi aspires-tu ? » Mais il connaissait la réponse, elle était simple : il aspirait à voir enfin la ligne de feu...

Il partit se promener et se retrouva dans des collines encore verdoyantes, bien que la saison des pluies eût pris fin depuis trois semaines. Les pâturages s'étendaient tout autour de Sebiia, et il vit les moutons qui n'avaient pas été vendus — les reproducteurs — sous la garde de quelques bergers. Peut-être était-ce de Sebiia que Houssam voulait devenir roi ? Et sans doute aussi de Temina. Et pourquoi pas d'Alaat, pendant qu'il y était ?

Ptahmose revint sur ses pas, faisant le tour du campement. A peine deux cents tentes sur un territoire défendu par des murs grossiers, presque des tas longilignes des mêmes grosses pierres que celles des remparts d'Alaat, mais sans mortier. Sans doute ces gens-là n'avaient-ils pas d'ennemis, ou bien alors n'y avait-il rien à voler chez eux. Des femmes filaient la laine, d'autres tissaient sur des métiers bas, rudimentaires, comme ceux qu'il avait vus à Avaris. D'autres encore s'échinaient à faire tourner un pieu enfoncé dans le moyeu d'une vaste meule qui broyait du grain. Assise sur le pas de sa tente, une femme qui pilait du sésame pour en tirer de l'huile leva les yeux vers lui.

« C'est toi Tamouz, l'ami de Houssam ? » lui lança-t-elle.

Il s'arrêta et sourit, peu habitué à être interpellé de la sorte. La femme était une matrone aux yeux fardés à l'antimoine.

« Tu es beau et tu es fort, dit-elle. Vas-tu prendre femme parmi nous ? »

Il se mit à rire.

« Je viens juste d'arriver.

— Le jour se lève et c'est déjà midi, répliqua-t-elle. J'ai deux filles jeunes, belles et saines.

— Je le verrai à coup sûr, si elles sont ce que tu dis. »

Il lui faudrait en effet prendre femme. Mais prend-on femme quand on n'a pas de foyer ? Et où fonderait-il ce foyer ?

Le soir même, au repas sous la tente, Houssam jeta aux pieds de Ptahmose une petite bourse et des rondins minces d'un bois que Ptahmose ne reconnut pas.

« Du cyprès, précisa Houssam. Peux-tu y tailler un arc et des flèches ? »

Ptahmose leva les yeux vers le marchand. « J'essaierai », dit-il. Et il saisit la bourse et la secoua, pour en deviner le contenu ; il le comprit, c'était de l'or. Il leva de nouveau les yeux vers Houssam.

« Je n'ai été avec vous que deux jours, dit-il. Tu m'as nourri. Tu m'as abrité. Cet or n'est pas pour moi.

— Tu refuses de l'or ? demanda Houssam, surpris.

— Je ne refuse pas mon dû. Je ne refuse que ce qui ne m'est pas dû. »

Houssam s'assit près de lui et sourit. « Maintenant, je te crois quand tu dis que tu es prince. » Ses quatre fils vinrent s'asseoir en rond près d'eux. Des femmes apportèrent des chaudrons, du pain, du vin, des gobelets. Houssam servit alentour. Un ragoût de petits quartiers de mouton, relevé d'épices. Houssam paraissait de bonne humeur.

« Ma femme est enceinte, dit Ali.

— La mienne aussi, dit Samot.

— Elle refuse le commerce.

— Elle a raison, déclara Samot. On n'interrompt pas le trajet de la lune. »

Ptahmose sourit.

« Trois femmes te proposent leurs filles, lui annonça Houssam.

— Est-ce la coutume, chez vous, que les gazelles chassent les chasseurs ? » demanda Ptahmose.

Ils se mirent tous à rire. « Oui, c'est la coutume, convint Houssam. Mais rien ne t'empêche de choisir ta gazelle.

— Je n'ai pas encore assez d'or pour la payer, dit Ptahmose.

— Je t'en prêterai, dit Houssam.

— Moi aussi! s'écria Ali.

— Ne veux-tu pas de femme? demanda Houssam, se tournant vers Ptahmose.

— Vais-je planter un amandier sur la route? répondit Ptahmose.

— Où vas-tu donc, sur cette route? demanda Houssam.

— Le Seigneur me le dira.

— Le Seigneur? »

Ptahmose leva le doigt vers le ciel.

« Et ta tête, demanda Houssam d'un ton provocateur, elle ne sert à rien? »

La réflexion frappa Ptahmose. Allait-il attendre éternellement un signe du Seigneur? Allait-il attendre indéfiniment au bord de la mer que la ligne de feu se matérialisât? Il avait déjà refusé d'emmener les Apirous dans une fuite insensée hors du royaume, parce qu'il attendait un événement extraordinaire, un signe d'En-haut. Mais n'agirait-il jamais, que sous la pression des événements, comme lorsqu'il avait pris la fuite? Et sa liberté, maintenant qu'il l'avait conquise, que voulait-il en faire?

« N'es-tu pas bien parmi nous? demanda Houssam. Mes fils t'ont adopté en quelques heures comme un frère, et moi, je t'ai accueilli comme un fils.

— N'ai-je pas dit que je travaillerais avec vous? répondit Ptahmose. Cela doit vous suffire pour le moment. Ne cueille pas le fruit avant qu'il soit mûr.

— L'été est proche, lui répondit Houssam avec un sourire. Ne mets pas trop longtemps à mûrir. »

Ils se mirent en route le lendemain matin pour Temina, avec quatre hommes de plus, qui y avaient affaire. Houssam escomptait qu'ils y seraient le lendemain soir. Le premier jour de voyage se passa sans encombre. Mais la deuxième matinée, peu avant midi, Houssam fronça les sourcils et montra du doigt un nuage de poussière sur la piste. Des cris rapides s'échangèrent dans la petite caravane. « Des pillards ! » Des sabres jaillirent soudain des selles. Ptahmose n'avait que ses dagues. Il se rappela les récits de ces attaques faits par des lieutenants égyptiens qui en avaient été l'objet en revenant des mines de cuivre. Il se rappela d'un coup, comme dans un éclair, la tactique adoptée pour les mettre en échec. Il descendit prestement de son cheval et d'une claque sur la croupe, l'envoya vers la montagne.

« Que fais-tu ? cria Houssam. Remonte vite !

— Non, je me bats mieux d'en bas. Descendez, vous aussi ! Faites coucher les dromadaires sans quoi ils leur couperont les jarrets ! »

Les pillards arrivèrent à la vitesse du vent, montés sur de petits chevaux. Ils étaient dix. On le voyait de loin, ils avaient dégainé leurs sabres, eux aussi. Tandis que Houssam et les autres criaient derrière lui pour le faire revenir, Ptahmose s'élança en avant. Le premier cavalier pillard faisait des moulinets bas avec son sabre. Il n'était pas à trois coudées de Ptahmose que celui-ci lança une poignée de sable dans les yeux du cheval. L'animal aveuglé se cabra brutalement et désarçonna son cavalier. Celui-ci tomba brutalement sur le flanc, Ptahmose lui jeta aussi une poignée de sable dans les yeux. L'homme continua à faire des moulinets désordonnés avec son sabre, se frotta les yeux et tomba à terre. Faisant un bond un arrière pour éviter le sabre d'un deuxième cavalier, Ptahmose se plaça derrière celui qui était tombé, se pencha sur lui et lui plongea sa dague jusqu'à la garde dans le cœur, puis il retira son arme et fit face au deuxième cavalier. D'un coup de lame il trancha les rênes du cheval, passa sous la tête de l'animal et tira une jambe du cavalier. Tandis que l'autre, déséquilibré, se débattait, Ptahmose lui enfonça la dague dans la jambe, transperçant le mollet de part en part. L'homme hurla, et aussitôt, d'un coup violent, Ptahmose le fit tomber à terre et sans lâcher sa prise sur la jambe, le retourna sur le ventre, pesa sur lui de tout son poids et lui planta son couteau dans le dos.

Du coin de l'œil, il vit qu'entre-temps Houssam et les autres, fouettés par son exemple, étaient également passés à l'offensive. Houssam se débattait par terre avec un des pillards, s'efforçant de lui immobiliser le bras qui tenait le sabre, et un autre se préparait à lui asséner un coup de son arme quand Ptahmose s'élança, saisit le pillard aux jambes et le déséquilibra. Le sabre échappa à l'agresseur et, avec une rapidité dont il ne se serait jamais cru capable, Ptahmose lui enfonça par deux fois sa dague dans le dos et les reins. Puis il se jeta sur un nouvel agresseur, au moment même où un autre cheval fonçait sur lui. Cette fois, ce fut Ali qui le sauva. Inspiré par l'exemple de Ptahmose, il jeta du sable dans les yeux du cavalier, le jeta à terre et l'égorgea.

Les six pillards survivants avaient fait demi-tour. Ils n'étaient déjà plus qu'un nuage de poussière sur la piste. Les voyageurs, haletants, se regardèrent, incapables d'articuler un mot. Houssam portait une longue entaille à la cuisse. Nibbiot avait une estafilade au visage et au cou, mais elle semblait superficielle. L'un des gens de Sebiia, Rahman, avait reçu une ruade de cheval dans le bras et se demandait si l'os n'était pas cassé. Ptahmose alla déchirer une bande de tissu sur la chemise d'un des cadavres, lava la plaie de Houssam avec l'eau de sa gourde et serra fortement la bande autour. Le tissu s'imprégna de sang, mais l'hémorragie semblait arrêtée. Nibbiot lavait la plaie de Rahman, qui était impossible à panser. Ptahmose alla casser la branche d'arbre la plus droite qu'il put trouver et immobilisa le bras de l'homme de Sebiia sur cette attelle improvisée, à l'aide d'autres bandes de tissu. C'était ce qu'il avait vu faire à Memphis.

Il s'essuya le front du revers de la main et contempla le spectacle. Il avait poignardé trois hommes. Cela faisait cinq hommes dans une vie pourtant bien courte encore.

Ils examinèrent les cadavres. Ptahmose les fouilla et les dépouilla de leurs amulettes d'or et de cuivre. Puis il enleva les sabres, les lia et les posa sur la selle de son cheval.

« Il manque un cheval, observa-t-il.

— Ils en ont emporté un avec eux », dit Ali.

Houssam et ses fils le regardaient sans rien dire.

« Qu'avez-vous à me regarder ? » demanda-t-il.

Ce fut un mouvement d'Ali qui lui répondit. Le jeune homme se jeta dans ses bras et pleura d'émotion. Il tremblait comme un enfant. Ptahmose lui passa un bras autour des épaules.

« Où as-tu appris à te battre? demanda Houssam quand ils se furent tous ressaisis.

— Faut-il apprendre à se battre? répondit Ptahmose en riant nerveusement. Je crois que tout homme sait se battre d'instinct.

— Tu es courageux et rapide comme un fauve, dit Houssam. Tu es rusé, aussi. Je n'aurais jamais pensé me battre à pied contre un cavalier. J'ai cru que tu étais fou. Mais la main des dieux est sur toi. »

Le Seigneur a posé son regard sur toi, avait dit un Apirou nommé Abel, dans une vie antérieure.

« Tu nous as sauvés, dit Rahman. Nous compterions au moins deux morts à l'heure qu'il est.

— Avec des arcs et des lances, nous n'aurions peut-être pas un seul blessé, fit Ptahmose. Nous avons quand même gagné trois chevaux, poursuivit-il en souriant. Et les dromadaires sont intacts. Quant à moi, je me suis payé, conclut-il en montrant à Houssam les brimborions d'or et de cuivre qu'il avait enlevés aux pillards et qu'il faisait tinter dans sa main.

Ils burent de l'eau, mangèrent un peu. Puis ils traînèrent les cadavres vers le bord de la piste, les recouvrirent de sable et de cailloux, attachèrent les chevaux aux dromadaires et reprirent la route. Quand ils parvinrent à Sebiia, il ne restait plus qu'une tranche de ciel doré au-dessus de l'occident, une longue tranche de melon que la nuit allait manger.

12

La flamme

Ptahmose enfonça un coin de silex dans la pièce de bois de cyprès que lui avait portée Houssam. Il donna dessus un violent coup de massue et le coin détacha une esquille longue de trois coudées et épaisse comme le poignet.

Accroupi près de lui, Ali l'observait attentivement. Depuis l'attaque, il le suivait comme une ombre et ne le quittait même pas pour dormir. Ptahmose éprouva la souplesse de l'esquille en la pliant sur son genou, d'un côté, puis de l'autre. Il huma le bois, aromatique, légèrement gras. Puis il l'attaqua avec sa dague de bronze pour l'effiler à un bout d'abord, enlevant avec peine des copeaux fins, car le bois était dur, d'un grain serré. De temps à autre, il s'arrêtait pour examiner le profil du tasseau, puis reprenait son travail. Il n'avait jamais examiné un arc de près et encore moins assisté à sa fabrication; il procédait de mémoire.

La halte à Temina avait été prolongée pour permettre à la blessure de Houssam de se cicatriser. Un vieillard du campement lui avait prodigué quelques soins : l'application d'un cataplasme de plantain bouilli trempé dans l'huile chaude. Houssam boitait et ne souhaitait pas reprendre le voyage avant d'avoir retrouvé ses forces, d'autant plus que la suite du voyage était longue. Une autre attaque de pillards risquait de le trouver moins alerte et de s'achever avec moins de bonheur que la précédente.

Une ombre s'allongea sur le sable, près de Ptahmose.

Celui-ci leva les yeux et vit Houssam, qui s'avançait d'un pas inégal. Le marchand s'assit sur le sol près de lui, étendant sa jambe blessée.

« Comment se fait-il que les pillards soient venus à cheval et non pas à dos de dromadaires ? » lui demanda Ptahmose.

Un cheval était, en effet, beaucoup moins agile sur les étendues sableuses qui entrecoupaient le Sinaï.

« Ils connaissent la région, répondit Houssam. Ils ont repéré les pistes dures. Ils peuvent se servir de chevaux. Leur tactique est l'attaque éclair.

— D'où viennent-ils ?

— Ils descendent généralement des plateaux. De là-haut, leurs vigies les avertissent du passage d'une caravane. Ce sont des gens de nos tribus qui ont été chassés pour une raison ou une autre, des querelles de femmes, d'héritage, de boisson qui se sont mal terminées. Ils ont été exilés et leur seul moyen de gagner leur vie est le pillage. Ils n'attaquent presque jamais les caravanes qui convoient les moutons, parce qu'ils savent qu'elles n'ont pas d'or, puisque les moutons n'ont pas encore été payés. Et ils n'ont rien à faire de moutons.

— Qu'est-ce qu'ils mangent ?

— Je ne sais pas. Du poisson. De la gazelle. Du lièvre. De la manne de tamaris[1].

— Qu'est-ce que c'est ? demanda Ptahmose.

— Je te montrerai. Ça se trouve sur des arbustes du désert. Cela se cueille, se pile et ça donne une sorte de farine avec laquelle on peut faire des galettes.

— Et pour boire ?

— Il y a de l'eau partout. Il suffit de creuser un puits, à six ou huit coudées, et on trouve de l'eau. Elle est souvent saumâtre, mais enfin, elle est buvable.

— Comment creusent-ils des puits ? Ils ont des pelles ? demanda Ptahmose.

— Ils se servent le plus souvent des puits que nous avons creusés pour nos haltes. Ce sont des paresseux. Rien de plus paresseux qu'un voleur, dit Houssam avec mépris.

— Ils ont bien un lieu où ils se retrouvent ? demanda Ptahmose.

— Non, ils n'ont ni feu ni lieu.

— Pas de femmes, alors? demanda Ptahmose.

— Les gens sans foi n'ont pas de femmes », dit sentencieusement Houssam.

Ptahmose leva vers lui un regard à peine ironique. Houssam se mit à rire.

« Voilà une semaine que je t'observe, reprit Houssam. Maintenant, je crois que je te connais un peu mieux. »

Ptahmose resta silencieux, les yeux sur son travail. Il avait dégrossi une extrémité du futur arc; restait à affiner l'autre, puis à donner à l'ensemble une légère courbure, ce qui serait un travail délicat.

« Tu es comme du silex, reprit Houssam. On te frappe et il en sort une flamme. J'ai vu comment tu as réagi à l'attaque des pillards. On aurait cru que tu t'étais défendu toute ta vie contre des attaques de ce genre. Mais c'était la première. En un clin d'œil, tu as su ce qu'il fallait faire. Quand tu as aveuglé le premier cavalier, tu t'es jeté sur lui et tu l'as poignardé en un éclair. J'ai vu comment tu as désarçonné l'autre, en lui plantant ta dague dans la jambe. Là aussi, un clin d'œil et tu l'avais maîtrisé et poignardé. Mais tu n'as jamais été dans l'armée, non?

— Non. Je ne crois pas qu'on apprenne ce genre de choses dans l'armée, répondit Ptahmose avec détachement.

— Alors, comment les connais-tu?

— Je voudrais bien te le dire, Houssam, mais je ne le sais pas. »

Houssam parut songeur.

« Il y a une flamme extraordinaire en toi », dit-il gravement.

Une flamme. C'était justement celle qu'il attendait de voir.

« Une flamme qui attend de jaillir, reprit Houssam. Mais quand? Sur quel signe? »

Ali regardait Ptahmose comme s'il voulait l'incendier du regard. C'était son visage à lui qui flambait. La nuit précédente, il s'était accroché à Ptahmose comme un amant. C'était un peu alarmant et, en même temps, touchant, que cet homme jeune qui se donnait à lui de la sorte, un esclave volontaire pris de passion.

« Mes fils sont subjugués par toi, Tamouz. Les gens de Sebiia qui t'ont vu agir sont convaincus que tu es possédé par une force divine. Ils ne jurent que par toi. Je te l'ai déjà dit, je le redis. La main des dieux est sur toi. Mais qu'attends-tu ?

— J'attends, il est vrai, dit Ptahmose, interrompant son travail. J'attends un signe.

— Un signe des dieux, tu l'as dit.

— Un signe du Seigneur, dit Ptahmose.

— Et que feras-tu ?

— Le Seigneur me le dira.

— Tu crois que ton Seigneur te parlera ? »

Ptahmose considérait le profil de l'arc, s'efforçant de ménager un renflement au milieu. A la fin, il tourna son regard doré vers Houssam et lui dit :

« S'il doit me faire un signe, il me parlera, non ? »

Vers le soir, Ptahmose avait à peu près dégrossi son arc. Le travail lui avait fatigué les mains et les bras. Il fit ses ablutions avec le secours d'Ali, qui lui massait le dos avec une sorte de sève mousseuse que les gens tiraient d'une plante qui dissolvait les graisses, la même avec laquelle ils traitaient la laine. Le jeune homme lui frictionnait ensuite la peau avec un crin végétal et le rinçait enfin à grandes giclées d'eau. Ptahmose s'étonnait, comme chaque soir, que le fait de laver le corps pût rafraîchir le cerveau et rendre les idées plus claires. Avait-on donc le cerveau sur la peau ? Parallèlement, il s'interrogeait sur la corde avec laquelle il tendrait l'arc et sur la manière dont il fabriquerait les flèches. Il avait remarqué que les gens de Sebiia et de Temina se servaient de boyau de mouton séché pour coudre les tissus de leurs tentes. Il s'en procurerait le lendemain pour l'essayer.

Il s'était attendu à ce que le repas de ce soir-là fût pris comme d'habitude entre Houssam, ses fils et lui, avec un ou deux parents ou amis. Mais Houssam et ses fils l'emmenèrent vers la grande tente du chef de Temina, Nimr ibn Soubar. Une trentaine de personnes étaient assemblées là, debout. Ibn Soubar était un homme grand et sec, d'une cinquantaine d'années, qui avait perdu un œil dans un combat contre des pillards. Il accueillit les arrivants debout et prit Ptahmose dans ses bras pour lui donner l'accolade.

« Nos demeures, dit-il d'une voix forte, sont ouvertes à tous les hommes de cœur. Dès ce soir, Tamouz, l'hôte de notre frère Houssam, est notre frère à tous.

— Notre frère à tous, répétèrent les autres, comme si c'était une prière.

— Rapide comme l'épervier, audacieux comme le lion, rusé comme le serpent noir, poursuivit Ibn Soubar, il a sauvé la vie de ceux qui l'avaient recueilli dans le désert, il a défendu leurs biens et leurs bêtes, il a mis les chiens en fuite et il a ramené trois chevaux. En témoignage de notre admiration et de notre reconnaissance à tous, je lui donne ce bijou. »

Le chef tira d'une bourse un pectoral d'or comme Ptahmose n'en avait jamais vu. Une triple chaîne d'or coupée de cabochons de pierres rouges soutenait une plaque d'or travaillée en relief qui représentait un cavalier transperçant un fauve de sa lance. Ptahmose la passa à son cou et s'inclina devant Ibn Soubar. Le chef leva les mains et invita les convives à s'asseoir, plaçant Ptahmose à sa droite.

Le reste fut plus confus. Le bruit des conversations, le vin, la chaleur...

Quand il s'éveilla le matin, le soleil était haut, cela se devinait à la lumière qui pénétrait par la portière de la tente. Ali gisait près de lui, tellement immobile que Ptahmose posa la main sur lui pour s'assurer qu'il était vivant. De l'autre côté de la tente, les nattes de Houssam et de Rahman étaient vides. Samot et Nibbiot, eux, dormaient encore. Ptahmose s'assit et tenta de se rappeler la soirée précédente. Ils avaient tous beaucoup bu. Puis ils s'étaient retrouvés en plein air, devant un autel construit avec des pierres, que dominait une pierre plus haute, vaguement éclairée par deux lampes à trois becs. Ptahmose se rappela distinctement cette pierre. Le sommet en était gravé d'un cercle au milieu duquel on pouvait distinguer des traits à peu près humains.

Les assistants avaient alors levé les têtes et les bras vers le ciel. Deux cents, trois cents hommes, ils étaient beaucoup plus nombreux que ceux qui avaient assisté au repas. Un très fin croissant de lune était gravé là-haut. Un cri était monté de l'assistance. Dans la tête de Ptahmose, il avait paru emplir le désert.

« Sin, dieu du ciel, nous sommes tes serviteurs! »

La poitrine de Ptahmose vibra. Ce vin avait été drogué.

« Sin, dieu de la plénitude, que ta puissance nous rende forts! »

Il revoyait la scène. Un homme s'était avancé vers l'autel. Deux autres lui avaient amené un mouton. Ptahmose avait reconnu Ibn Soubar. Les deux hommes avaient porté le mouton sur l'autel et Ibn Soubar l'avait égorgé. Le bêlement avait été couvert par les invocations des hommes. Il avait semblé à Ptahmose que ces invocations avaient duré un temps très long. Elles se répétaient avec des variantes. Et au fur et à mesure qu'elles enflaient, comme si elles sortaient, non plus de la gorge, mais des entrailles des célébrants, au fur et à mesure qu'elles gagnaient en ardeur, scandées sur un rythme irrésistible, les célébrants commençaient à onduler sur leurs pieds. Ptahmose avait aperçu Ibn Soubar qui élevait la tête du bélier au-dessus de l'assistance. Les invocations avaient encore gagné. C'étaient presque des cris sauvages, que répétaient des centaines d'hommes haletant de droite à gauche, d'avant en arrière, un cri rauque échappant de leurs bouches à chaque halètement. Les mouvements des hommes étaient de plus en plus violents et Ptahmose y avait été entraîné. Ce mouvement lui expulsait non seulement l'air de la poitrine, mais encore toute l'âme qui avait été la sienne. Il n'était plus que rythme et ivresse...

Il se rappela avoir vu des hommes qui s'écroulaient.

La flamme qu'il avait jadis aperçue, la flamme qu'il avait cherchée ardemment allait réapparaître, oui, elle allait réapparaître, cette fois dans toute sa splendeur...

La flamme!

Les hommes tombaient autour de lui. Ils restaient couchés sur le dos, haletant, gémissant...

Il était tombé à son tour. Le froid du sable, la chaleur du ciel. Des souvenirs indéfinissables se chevauchèrent dans sa tête. Il s'était réveillé dans la nuit. Ali s'était penché sur lui et l'avait relevé. Le désert autour d'eux était jonché d'hommes qui paraissaient morts. Ils étaient rentrés au campement.

Sin. Le dieu-lune. Était-ce lui qui lui avait concédé la flamme? Mais ce n'était pas son dieu à lui. Qui était donc son dieu, celui qu'il appelait Seigneur?

Il se leva lourdement et releva la portière de la tente. Le soleil l'aveugla. Il dut fermer les yeux. Le monde entier flambait. Ses paupières abaissèrent sur le monde un voile rouge. Il demeura ainsi quelque temps, puis tituba. Ce fut Houssam qui le raffermit sur ses pieds ; il lui tendit un bol de lait et du pain.

Ptahmose interrogea Houssam du regard. Il y lut ou crut y lire trop de choses.

On ne peut pas interroger les hommes : ils ne voient que la diversité du monde.

Un peu plus tard dans la journée, il demanda quand même à Houssam si Sin était leur grand dieu. Houssam réfléchit un moment.

« Non, nous en avons un autre. » Il s'exprimait lentement, comme s'il révélait un secret. « C'est notre protecteur à tous. C'est notre père.

— Vous n'en parlez pas, dit Ptahmose.

— C'est vrai.

— Comment s'appelle-t-il ? »

Houssam mit encore un certain temps à répondre.

« C'est parce que c'est toi, mais nous ne disons pas son nom aux étrangers. Nous l'appelons Ya'ouq. Il nous a tous engendrés. Il nous surveille. Peut-être est-ce lui qui t'a envoyé à nous. »

Puis il leva vers Ptahmose des yeux souriants pour signifier qu'il en avait assez dit.

13

« *Le roi des démons* »

L'arc présentait une forme satisfaisante. Suffisamment secs, les boyaux de mouton offraient exactement l'élasticité et la résistance désirées, ou plutôt imaginées, puisque Ptahmose n'avait jamais utilisé d'arc de sa vie. Ayant pratiqué deux profondes encoches aux deux extrémités de l'arc, il inséra dans l'une d'elles le nœud avec lequel il voulait tendre l'arc. Mais quand il voulut insérer le second nœud, le boyau céda avec violence, lui lacérant le poignet. Il recommença avec trois longueurs de boyaux étroitement torsadés. La torsade conférait un supplément d'élasticité à la corde, ce qui exigeait qu'on la raccourcît. Et il fallut agrandir les encoches, parce que les nœuds étaient plus gros.

Ainsi triplée, la corde résista, sollicitant âprement la souplesse du bois, mais lui laissant néanmoins assez de marge pour qu'on pût la tendre.

Ptahmose fit vibrer la corde plusieurs fois de suite. Elle rendait chaque fois un bourdonnement violent qui fascinait Ali. Restait à confectionner une flèche afin de mettre l'arc à l'essai. La première idée de Ptahmose fut de se servir des joncs qui poussaient près d'une mare. Les joncs étaient suffisamment droits, épais et hauts. Mais lorsque Ptahmose en eut taillé un et qu'il l'eut épointé, puis muni d'un empennage en plumes d'épervier, lorsqu'il eut inséré l'empennage dans la corde et tendu l'arc sous les yeux d'Ali, ivre d'admiration et d'anxiété, enfin lorsqu'il eut relâché la corde tendue et décoché la flèche, il fut déçu. La flèche n'avait pas du tout suivi ce parcours rectiligne et sans défaut que Ptahmose avait observé dans sa jeunesse, lorsque les gardes royaux tiraient les gazelles dans le désert. Son vol avait été erratique. Elle était trop légère. La brise la faisait dévier. Il alla la chercher dans les herbes.

Comment l'alourdir? En Égypte, les flèches étaient en bois de cèdre. Mais il n'avait plus de bois pour en tailler une, et d'ailleurs il en fallait plusieurs s'il voulait fabriquer une arme véritable. Houssam, dont la blessure se cicatrisait, comptait, en effet, quitter Temina dans deux jours. Ptahmose voulait disposer d'au moins six ou sept flèches avant de reprendre la route. Il ne doutait pas que les pillards qu'ils avaient rencontrés tenteraient de prendre leur revanche, sans doute plus nombreux que la première fois.

Il tenta alors d'alourdir le jonc creux de la flèche en y coulant du sable. Mais le jonc présentait à l'intérieur des cloisons au niveau des nœuds, qui empêchaient le sable de couler jusqu'au fond. Il se souvint alors des broches sur lesquelles les gens de Temina faisaient rôtir leur volaille. Ali l'emmena sous la tente des cuisiniers d'Ibn Sabour. Ptahmose fit chauffer une broche à blanc et l'enfonça dans le jonc jusqu'à ce qu'il eût percé les deux nœuds qui le cloisonnaient. Il remplit alors le tube de sable fin et boucha l'extrémité avec une pâte faite de sang de mouton et de poussière. Une heure plus tard, la pâte avait séché et Ptahmose put faire un nouvel essai.

Cette fois-ci, le vol de la flèche lui parut correct. Ali poussa des cris et sauta sur place, ce qui fit rire Ptahmose. Il mesura la distance entre le lieu d'où il l'avait tirée et celui où elle était tombée : quarante pas, ce qui faisait à peu près cinquante coudées. Restait encore à savoir si c'était vraiment une arme et non un simple projectile. Même durcie au feu, la pointe du jonc lui paraissait bien trop fragile pour infliger une blessure mortelle à un homme. Il la tira contre un arbre. La flèche heurta la cible, rebondit et tomba. Elle n'avait fait qu'égratigner l'écorce.

Il fouilla dans sa poche et examina les amulettes qu'il avait prises aux pillards. Deux d'entre elles étaient de petites figurines de cuivre, longues comme deux phalanges. Ptahmose ignorait quelles divinités elles pouvaient représenter; pour lui, elles n'en pouvaient représenter qu'une, qui était sa vie. Encore fallait-il les épointer. Il chercha du regard une pierre suffisamment dure pour y limer les amulettes et s'appliqua sur-le-champ à sa nouvelle tâche.

Ali paraissait scandalisé.

« Mais... mais ce sont nos dieux! parvint-il à articuler.

— Tes dieux sont des morceaux de cuivre? » feignit de s'étonner Ptahmose.

Ali ne savait que répondre.

« Non, Ali, reprit Ptahmose, ce ne sont pas tes dieux. Ce sont des images de tes dieux. »

L'autre le considéra d'un œil rond.

« Mais les images...

— Ali, dit Ptahmose en lui tendant l'autre amulette pour qu'il l'épointe, le mot *pied* n'est pas ton pied. Je peux frapper sur le mot *pied* après l'avoir écrit, cela ne fera de mal à personne. »

Et prêchant d'exemple, il traça dans le sable le mot *pied* en égyptien et donna dessus un coup de pierre.

Ali éclata de rire, saisit l'amulette et se jeta au cou de Ptahmose.

« Je voudrais être ton fils! » s'écria-t-il.

Au coucher du soleil, les deux amulettes avaient été effilées et épointées au point de piquer le doigt.

« Je les fixerai demain, dit-il à Ali. Mais tâche de me trouver d'autres amulettes. »

Tant qu'à faire, au moins que ces dieux inconnus servissent à protéger des vies.

Ptahmose se dit qu'à eux deux, ils n'auraient pas effilé assez d'amulettes, s'il en trouvait d'autres, pour disposer, avant le départ, de la provision de flèches souhaitées. Il devrait donc mettre d'autres hommes au travail.

C'était fou ce que ces hommes possédaient comme amulettes, qu'elles fussent les leurs ou le produit de trocs. Mais la fièvre avec laquelle Ali raconta les essais de la journée convainquirent sans peine ses frères de sacrifier cinq autres amulettes pour en faire des pointes de flèches et de s'appliquer à les affûter selon la méthode enseignée par Ptahmose.

Ali se leva avant le soleil pour réveiller Ptahmose.

« Les flèches ! lui chuchota-t-il, pendant que les autres dormaient. Les pointes ! Il faut faire un essai, tu l'as dit. »

Ce fut une autre entreprise que de fixer les pointes improvisées à l'embout des joncs. Ptahmose dut les sceller avec la même pâte de sang qu'il avait utilisée la veille et les serrer avec des boyaux de mouton. Si l'essai n'était pas concluant, se dit-il, la route serait périlleuse.

Le jour se levait. Il banda son arc et se rappela ses efforts devant la Grande Verte, près d'Avaris, pour apercevoir la ligne de feu. Il visa le même arbre que la veille. La flèche fila dans un sifflement doux. Ptahmose entendit le son qu'elle fit en se fichant dans l'arbre. Ali avait couru pour voir le résultat. Ptahmose le rejoignit lentement. La flèche avait traversé l'écorce. Elle avait atteint le bois. Il eut du mal à l'arracher.

« Et moi aussi je suis une flèche », se dit-il. Mais il ne savait toujours pas vers quelle cible il volerait.

A la fin de la journée, il disposait de sept flèches. Le soir, il fit confectionner par une des femmes du campement un étui de cuir muni d'une lanière qui permettait de l'attacher à la ceinture et dans lequel il glissa soigneusement ses flèches. Douze heures plus tard, Houssam, ses quatre fils et deux associés chargeaient les dromadaires des marchandises qui restaient à vendre, les tentes pour les haltes, les vivres. Ils emportaient aussi avec eux les quatre sabres arrachés aux dépouilles des pillards, et dont un revenait à Ptahmose. Des frondes aussi, avec des pierres choisies. Ils n'avaient pas pu s'en servir lors de la première attaque, avait expliqué Houssam, parce qu'ils avaient été pris par surprise et que la fronde était sans utilité à moins de soixante-dix coudées. Quant aux chevaux, deux des trois resteraient à Temina ; Ptahmose tenait à en emmener un avec lui, attaché au dromadaire. A la demande de tous, il se plaça en tête, juste derrière Houssam, qui connaissait la piste et dont le dromadaire conduisait habituellement la caravane. Ils étaient à cinq jours de leur prochaine étape.

La première journée se passa normalement. Ptahmose surveillait la crête des plateaux qui longeait la route. La nuit, ils se réfugièrent dans une anfractuosité des montagnes, à l'abri du vent. Le feu qu'ils allumèrent ne pouvait être vu que de la plaine. Deux hommes se relayèrent toutefois pour monter le guet.

La matinée du lendemain commença pour Ptahmose par la découverte de cette manne des tamaris dont avait parlé Houssam : il s'agissait de granules transparents qu'on grattait facilement sur l'écorce de ces arbustes et qui s'amollissaient en bouche si on ne les croquait pas tout de suite.

Ptahmose saisit soudain un détail infime qui avait bougé dans son champ de vision. Il leva instinctivement les yeux et, sur la crête d'un plateau en contrefort, devant la montagne qui gagnait sans cesse en altitude depuis leur départ, il aperçut un point, presque rien, mais ce n'était ni une bête, ni un oiseau : c'était un homme.

« Nous allons bientôt être attaqués, annonça-t-il à Houssam. Combien de temps faut-il pour descendre de là-haut? demanda-t-il en pointant le doigt vers l'endroit où il avait vu la silhouette qui avait disparu.

— Je ne sais pas, répondit Houssam troublé. Une heure, peut-être. »

Il appela les autres et les informa que Ptahmose avait aperçu un guetteur.

« Nous surveillons aussi les crêtes, nous n'avons vu personne, objectèrent-ils.

— Je l'ai vu, et je vous assure que, cette fois-ci, ils seront plus nombreux, dit Ptahmose avec autorité. Ils ne feront pas de quartier. C'est une expédition de vengeance. Ne perdons pas de temps. Replions-nous au pied de la montagne. Ils ne nous trouveront pas sur la piste; ils seront surpris et ils se disperseront. Il nous sera alors plus facile de les attaquer.

— Nous n'avons jamais fait cela, dit Houssam après réflexion. Mais j'ai dit que la main des dieux est sur toi. J'ai vu ta valeur. Je te confie la responsabilité de la caravane. »

Ils obliquèrent donc vers la montagne. Après une demi-heure, ils trouvèrent plusieurs grands rochers qui formaient comme un rempart naturel et derrière lesquels Ptahmose donna l'ordre de s'arrêter et de faire coucher les bêtes. « Il faut être invisibles depuis la piste », ajouta-t-il. Et il emmena le cheval à quelque distance, pour l'attacher derrière un rocher qui le dissimulerait.

Il alla repérer les lieux et trouva, à quarante coudées de la route, un rocher derrière lequel on pourrait guetter les pillards. Il retourna à la caravane et prévint ses compagnons : lorsqu'il lèverait le bras, c'est qu'il les aurait aperçus. Il prit son arc, ses flèches, son sabre et de l'eau et retourna au rocher.

Moins d'une heure s'écoula avant que Ptahmose levât le bras. Ils étaient dix-huit, cette fois-ci. Ils passèrent une première fois au galop, puis revinrent sur leurs pas, plus lentement, dispersés. Ils n'avaient pas trouvé leurs proies. Des cris retentirent. Ils scrutèrent la montagne. Ptahmose distinguait bien leur chef dans la lumière. Un homme encore jeune, sur un cheval noir. Comment devenait-on pillard? se demanda Ptahmose. Parce qu'on méprisait la vie des autres, comme les Égyptiens méprisaient celle des Apirous?

Il saisit son arc, puis une flèche, plaça l'empennage de la flèche dans la corde, banda l'arc et tenta de se remettre dans l'état où il s'était trouvé la première fois qu'il avait essayé la flèche à tête de cuivre. Un état où l'âme semblait flotter dans le corps. Il attendit. L'état désiré s'empara de lui. Il visa. La flèche vola et transperça l'homme à la hauteur des reins. Le pillard poussa un cri aigu et tomba. Ptahmose se dit froidement qu'il fallait incliner légèrement la flèche vers le haut. La pointe en était sans doute trop lourde, car c'était le torse qu'il avait visé. Des cris violents éclatèrent. Cavaliers et chevaux allaient et venaient, désorientés, tournant sur place. De la manière dont l'homme était tombé, on ne pouvait savoir d'où la flèche était partie. Ptahmose en saisit une autre et rampa dans les broussailles. Il n'était qu'à trente coudées des plus proches des pillards. La deuxième flèche partit et traversa la gorge de l'un d'eux. Il laissa tomber son sabre, poussa un cri, puis le sang jaillit à flots de sa bouche, il porta la main à son cou pour tenter d'arracher la flèche, oscilla et tomba aussi de sa monture.

Cette fois-ci, ils avaient deviné d'où partaient les flèches. Ils s'avancèrent jusqu'au bord des taillis. Avant que Ptahmose eût pu comprendre ce qui se passait, il vit un des cavaliers à quelques pas de lui et presque aussitôt celui-ci poussa un hurlement de douleur, se débattit et tomba de son cheval, le sabre à la main. C'était Ali, qui l'avait attendu dans sa chute et lui enfonçait sa dague dans le ventre, puis faisait un bond en arrière pour éviter le dernier coup de sabre du mourant. Ali avait appliqué l'exemple de son héros.

Les pillards s'étaient regroupés pour fouiller les taillis. Ptahmose décocha une troisième flèche qui atteignit son homme en pleine poitrine. La bouche du pillard s'ouvrit de stupeur et il bascula en arrière.

Quatre morts, pensa Ptahmose, il en restait encore quatorze. « A l'arrière ! » cria-t-il à Ali. Il courut tête baissée vers les rochers. Un cavalier le rattrapa, sabre au poing et, au moment où le sabre allait s'abattre sur lui, il roula sur lui-même, l'arc collé au corps, se releva et fila vers un bouquet d'arbres à vingt coudées de là, où le cavalier ne pouvait pas le suivre. L'autre fonça quand même vers lui et tenta de contourner les arbres. Mais le taillis était adossé à un éboulis massif, incontournable. Dans son abri, Ptahmose banda son arc et suivit lentement le pillard du regard. Il vit le visage contracté de rage, les yeux plissés, la balafre sur le front, attendant que la cible se présentât de face et, quand la flèche partit, le regard agrandi par l'horreur, la bouche ouverte, le sabre qui tombait, les deux mains serrant la flèche qui avait pénétré dans l'abdomen.

Cinq, et treize qui restent, pensa Ptahmose. Il n'avait plus que trois flèches. Il parcourut du regard le champ de bataille. Les autres pillards cernaient maintenant Ali qui, du haut d'un rocher, leur envoyait des pierres. L'une d'elles atteignit un des cavaliers à la tête, il vacilla. Deux pillards mirent pied à terre pour escalader le rocher, qu'entouraient d'autres cavaliers. Ptahmose quitta son taillis pour se rapprocher d'Ali et tenter de le protéger. Une autre pierre atteignit l'un des pillards à la tête au moment où il parvenait à hauteur des pieds d'Ali, et Ptahmose se demanda d'où elle était partie. Houssam, se dit-il. La fronde ! L'homme bascula sans un cri. Une troisième pierre manqua l'autre pillard, qui était parvenu à escalader le rocher et qui tenait sa dague à l'horizontale à quelques pas d'Ali. Mais deux autres voyageurs étaient sortis de leur repaire. Ptahmose reconnut Rahman et Nibbiot, venus au secours d'Ali. Cela suffit à faire diversion. L'homme détourna son attention une fraction d'instant et Ali en profita pour se jeter à plat ventre et soulever une jambe du pillard. Celui-ci, qui se tenait au bord du rocher, bascula en arrière et tomba sur ses comparses à cheval en poussant un hurlement qui se répercuta sur les parois des falaises. Les chevaux effrayés le foulèrent de leurs sabots.

Sept, et onze qui restent, calcula encore Ptahmose. Il lui restait deux flèches. Des cavaliers toujours en selle l'avaient aperçu au moment où il était à découvert, sur un monticule que les chevaux pouvaient aisément escalader. Cinq cavaliers cernaient les trois frères sur leur rocher. Six autres foncèrent vers Ptahmose, qui vit soudain un homme à ses côtés. C'était Houssam, sabre à la main.

« Accroupis-toi ! » cria Ptahmose tandis que les chevaux arrivaient sur eux. Il vit du coin de l'œil Houssam enfoncer son sabre dans le ventre d'un cheval qui se cabra de douleur, désarçonna son cavalier et l'écrasa en tombant sur le côté. Le premier pillard qui le rejoignit reçut un formidable coup de sabre sur la jambe. Ptahmose entendit un cri, mais il était occupé à se battre contre le cavalier blessé. Il fit un bond en arrière. L'homme boitait. Ptahmose se jeta sur lui et, d'un coup de sabre, lui trancha la main. L'homme tomba. Un autre cavalier était sur lui et Ptahmose sentit le vent du sabre. Il bondit sous le cheval et tira une jambe du pillard pris en traître, selon la méthode déjà éprouvée. Mais un autre pillard était déjà derrière lui et s'apprêtait à le décapiter quand Ptahmose, qui enfonçait son sabre de bas en haut entre les jambes du premier pillard, reçut le second sur son dos. Il se trouva écrasé par le poids des deux hommes, ignorant que le second aussi était mort, poignardé par l'un des associés de Houssam qui était accouru.

Les quatre autres pillards avaient reculé et s'apprêtaient à battre en retraite. Ptahmose aperçut simultanément Houssam qui gisait par terre, dans son sang et le dos du dernier cavalier en fuite. Dans un accès de rage, il s'élança à sa poursuite, le rattrapa, le tira par son manteau, le déséquilibra, le jeta à terre et le décapita d'un coup.

Tous les pillards survivants, huit au total, avaient fui. Ils avaient perdu plus de la moitié des leurs. Les sabres dégoulinaient de sang. Ptahmose retourna à pas lents vers Houssam, près duquel les autres s'étaient agenouillés. Il était mort, tué par un coup de sabre dans la poitrine. Le sang se répandait de sa bouche sur son cou et sur le sol.

« Il a voulu me sauver, dit Ptahmose. Il m'a sauvé. » Et il pensa alors que Houssam ne serait jamais roi.

Il pleura et se rappela qu'il n'avait pas pleuré depuis longtemps. Ç'avait été le seul père qu'il eût rencontré. Quand ils virent ses larmes, les quatre frères le prirent dans leurs bras.

Le soleil était au zénith. Il fallut une heure pour dépouiller les pillards morts et arracher les flèches que Ptahmose voulait récupérer, et dont deux s'étaient brisées dans les corps, mais gardaient quand même leurs précieuses pointes. Ils ne pouvaient, dans la chaleur, emporter la dépouille de Houssam, puisque l'étape était à quatre jours de là. Ils creusèrent donc une tombe à l'aide des sabres des morts et, quand ils y eurent déposé le corps du marchand, élevèrent dessus une pyramide de pierres afin de reconnaître le lieu. Puis ils poussèrent les cadavres des pillards dans une sorte de fosse naturelle et les couvrirent de branches et de pierres. Le cheval mort fut tiré dans les broussailles.

Ils avaient les mains souillées de sang; ils les frottèrent avec du sable.

« Nous trouverons plus loin une rivière, dit Rahman. Nous nous y laverons.

— Nous pouvons vendre les chevaux, n'est-ce pas? » demanda Ptahmose.

Samot opina fortement :

« Et ils valent cher!

— Nous les vendrons donc à l'étape. Il y en a huit.

— Mon père a dit qu'il te confiait la responsabilité de la caravane, dit alors Samot. Elle te revient. Tu nous as sauvés d'une mort certaine.

— Je ne connais pas le chemin, répondit Ptahmose, mais je veux bien prendre la surveillance. Décidez entre vous duquel prend la succession de Houssam et je le suivrai.

— C'est toi, dit Rahman à Samot. Tu es l'aîné. »

Les autres approuvèrent d'un hochement de tête.

Quand ils parvinrent à El Safrân, ils furent surpris d'apprendre que le récit de leur combat avec les pillards les y avait précédés. Les pillards survivants racontaient qu'ils avaient rencontré le roi des démons et sa troupe, qui les avaient par deux fois mis en déroute. Ce fut la première fois depuis la mort de Houssam que les voyageurs se mirent à rire. Comme on leur demandait pourquoi, les quatre frères et les deux associés de Houssam montrèrent Ptahmose du doigt en s'esclaffant :

« C'est lui le roi des démons, et c'est nous, les démons ! »

Ptahmose, lui, s'étonna que les villageois fussent informés des deux escarmouches. Nibbiot lui expliqua que, lorsque leur saison avait été mauvaise, les pillards offraient parfois leurs services comme gardiens de caravanes.

Écœurés, terrorisés, les pillards avaient annoncé qu'ils renonçaient à écumer la région. Le chef d'El Safrân demanda à voir Ptahmose et, l'ayant trouvé beau, décréta que c'était au contraire un dieu délégué par la lune pour protéger les gens honnêtes et donna le soir même un festin comme on n'en avait jamais vu dans le village. Il y dansa en personne et n'eut de cesse que Ptahmose ne dansât avec lui. Ptahmose dansa.

Ils se tenaient l'un en face de l'autre, à dix pas de distance, levant un pied, puis l'autre, et battant des mains au son de tambours dont les vibrations s'insinuaient jusque dans les reins. Ils s'inclinaient d'un côté, puis de l'autre, en avant et en arrière, tournant lentement autour des joueurs de tambour. Un flûtiau à cinq notes, maigre comme un ruisseau, scandait cette démonstration d'allégresse, de santé et d'amitié. Puis d'autres hommes se joignirent à eux, Ali le premier, et la ronde s'élargit dans la nuit, n'en finissant pas de s'élargir, jusqu'à ce que tous les hommes d'El Safrân s'y fussent joints, sous les yeux allumés des femmes.

La danse eut un tel succès que Ptahmose reçut un nombre inattendu de demandes en mariage, aussi bien que des bijoux en cadeau des commerçants soulagés d'être débarrassés, pour un temps au moins, du danger des pillards.

Il semblait à Ptahmose qu'il était parti d'Égypte depuis des années et qu'il avait pris le goût du célibat. En réalité, deux semaines à peine s'étaient écoulées depuis sa fuite, et il se dit que, dans le fond, ces voyageurs au nombre desquels il comptait désormais étaient d'éternels célibataires : leurs vrais compagnons, c'étaient les dromadaires et le ciel. Il s'était plié à leur modèle. Il évoqua le corps des femmes et ne retrouva que le souvenir de ces moments brefs où le corps expulse le plus précieux de soi, une liqueur d'âme, dans un autre corps. On mourait un instant délicieux pour prolonger sa race. Tout le reste était secondaire.

« De quelle race suis-je donc ? » murmura-t-il pour lui-même.

Il évoqua ces gens qu'il avait abandonnés et qui le revendiquaient. Puis il secoua la tête. Non, il ne serait pas, il ne pouvait pas être le roi d'esclaves. S'il devait commander, ce serait un peuple libre. La liberté, la liberté avant tout.

14

Sephira

Le voyage paraissait sans fin. Ce n'était plus un voyage, mais une façon de vivre, pétrie de ciel, de nuages, de rocs et de sable, d'arbustes vigoureux et hargneux, d'air. De liberté.

Ptahmose songea qu'il n'aurait jamais pu retourner à Avaris. Le ciel est la forge des hommes, pensa-t-il. Celui du jour purifie le corps et l'esprit, et celui de la nuit les féconde. Les gens des villes ignorent que les murs dans lesquels ils vivent les changent en momies avant le temps. Il s'était épris du désert, des montagnes qui gagnaient en altitude au fur et à mesure que la caravane se dirigeait vers sa destination finale et qui ressemblaient à des amoncellements titanesques de palais et de temples comme ni Séti ni Ramsès n'en pourraient jamais construire. Le matin, elles étaient jaune d'or et le soir d'un rouge de cuivre. Quel roi saurait édifier des palais qui changeaient de couleur selon l'heure du jour?

Et l'espace! Si l'on devait être roi, il fallait que ce fût de cet espace-là, plus grisant plus que n'importe quel vin...

Il lui parut qu'il devenait assez pur, assez fort désormais pour que la ligne de feu lui apparût enfin sans qu'il risque de trembler et de s'évanouir.

Ils vinrent à manquer d'eau et, par deux fois, Nibbiot et Rahman s'emparèrent de leurs pelles. Ils creusèrent une fois à cinq coudées de profondeur, une autre à six, et plongèrent un chaudron au bout d'une corde jusqu'au fond du trou. Ils remontèrent le chaudron plein. Mais c'était une eau saumâtre. Ils se mirent alors en quête d'un arbuste dont ils cassèrent plusieurs branches qu'ils épluchèrent et trempèrent dans l'eau. Ptahmose observa le chaudron; une pellicule blanche, gluante, dégagée par le bois nu, s'était formée à la surface. Au bout d'une heure environ, la pellicule s'était déposée au fond et l'eau était devenue buvable, à la condition qu'on n'agitât pas le chaudron.

« Y a-t-il de l'eau partout? demanda-t-il.

— Non, répondit Rahman. Observe le terrain où nous sommes. Il forme une sorte de cuvette. Quand il pleut, l'eau s'y dépose et finit par pénétrer la terre, qui est poreuse. Là-dessous, elle ne s'évapore plus. Il faut choisir les terrains un peu creux, ou bien en pente. »

Six semaines après leur départ de Temina, ils parvinrent à Ecyon-Géber. Ils avaient longé la mer pendant les huit derniers jours, parce que la cité s'élevait sur le rivage, au fond d'un golfe de la Grande Verte de l'est. Les reflets de ses murailles roses scintillaient dans l'eau de turquoise. Des bateaux noirs se balançaient dans le port et Ptahmose repensa au port que Ramsès avait voulu faire construire sur la Grande Noire.

Ils se trouvaient là, lui dit Nibbiot, à la limite du territoire des Madianites, au sud, et des Edomites, au nord. Qu'étaient-ils? demanda Ptahmose. Des pasteurs, des marchands et parfois des pillards. Mais les gens d'Edom étaient gouvernés par des princes.

Deux fois par an, Houssam venait ici acheter des denrées plus précieuses encore que les tissus de laine et les lins égyptiens, presque autant que les bijoux: de l'encens et de la myrrhe venus par bateau des pays riverains de la Grande Verte qui se trouvaient plus au sud; du corail, des gemmes rouges, bleues, vertes en provenance des lointains pays de Hind et de Serendib, au-delà des mers. Des gemmes extraordinaires! disait Nibbiot. Certaines semblaient contenir une étoile vivante. On rencontrait à Ecyon-Géber quelques-uns des plus riches marchands du monde.

Mais avec quoi paieraient-ils tout cela? demanda Ptahmose. Les affaires avaient été bonnes, répondit Nibbiot, et ils avaient vendu à un prix élevé les chevaux pris aux pillards.

« Toi aussi tu es riche », lui dit Nibbiot.

Un peu plus tard, alors qu'ils allaient remplir leurs gourdes au grand puits de la cité, Nibbiot lui dit :

« Ton nom est égyptien. Les Égyptiens ne sont pas toujours les bienvenus ici. Je pense que tu devrais en changer.

— Comment me reconnaîtrai-je moi-même, alors ? répondit Ptahmose en riant.

— Tu paraîtras suspect ou tu te feras des ennemis sans raison.

— Comment veux-tu m'appeler ?

— Mose.

— Mais cela ne signifie rien, sinon *fils* en égyptien, objecta Ptahmose.

— Qu'importe, personne ne le sait », dit Nibbiot en rebouchant ses gourdes.

Les autres frères, interrogés, confirmèrent qu'ils n'avaient pas osé le lui dire, mais qu'en effet son nom avait éveillé des soupçons à El Safrân et qu'ils avaient dû jurer que l'étranger était l'un des leurs.

« Mose, répéta Ptahmose d'un air songeur.

— Nous ne t'appellerons plus que comme cela, Mose, dit Ali en prenant son bras. »

Ils faisaient donc comme les Apirous. Ce hasard le laissa pensif. En perdant Ptah, le grand créateur qui avait sorti le monde du néant grâce à sa langue et à son cœur, Ptah, le « dieu premier » comme ils l'appelaient là-bas, il perdait encore un peu plus l'Égypte. « Fils. » Maintenant, le fils devait se chercher un autre père.

Le premier soir, ils campèrent à la limite de la cité. Le lendemain, ils rendirent visite aux marchands, pour les informer de leur arrivée et demander quelles marchandises leur seraient offertes. Ce fut lors de l'une de ces visites que Mose vit l'une des pierres décrites par Nibbiot. Une grosse pierre bleue, pâle, transparente, à l'intérieur de laquelle, en effet, scintillait une flamme blanche, une étoile à six branches. Il en fut saisi : c'était aussi proche qu'il eût pu le rêver de la flamme qu'il cherchait.

« Un saphir de Serendib. Dix mesures d'or », dit le marchand, un petit homme gras et pâle.

Dix mesures d'or ! Une fortune. Mais Mose ne parvenait pas à en détacher ses yeux.

« Combien de mesures fait ce pectoral ? » demanda-t-il en sortant de sa bourse le bijou que lui avait offert Ibn Soubar.

Le marchand soupesa le pectoral d'un air admiratif, puis l'examina de près. « Ton bijou est plus beau que cette pierre », dit-il à regret. Il le posa sur un des plateaux d'une petite balance et annonça quinze mesures, dont il fallait retirer la moitié pour les pierres. Mais il consentait à compter celles-ci pour deux mesures et demie d'or.

« Sais-tu qui est cet homme ? dit Ali au marchand. C'est celui qui a mis en fuite les pillards depuis Sebiia. Le pectoral que voici est la récompense qui lui a été offerte par Ibn Soubar, le chef de Sebiia, pour ce service rendu à la région. »

Le marchand leva les yeux sur Mose, sourit, soupira et posa le pectoral et la pierre sur la petite table de cèdre qui servait à sa pratique.

« Tu es donc Mose, celui dont on dit qu'il est le roi des démons. Tu nous as rendu un grand service, il est vrai, dit-il. Mais je dois gagner ma vie. Je ne peux t'offrir cette pierre.

— Alors prends le pectoral », dit Mose.

Le marchand secoua la tête.

« Non, je ne prends pas non plus le pectoral, puisque c'est ta bravoure qui l'a acquis. Je ne peux échanger un objet sans prix contre un objet de prix. »

Il tira un petit sac de sous la table et y pêcha une bague ; elle était ornée d'un autre saphir, plus petit sans doute, mais où scintillait une étoile semblable à celle de la première pierre. Il la prit entre le pouce et l'index, la tourna vers la lumière pour en faire valoir l'étoile et la tendit à Mose.

« Elle est à toi », dit-il.

Mose la passa à son index. C'était là que les rois passaient leurs bagues. Il lui sembla que la pierre avait changé son âme. L'étoile lui appartiendrait désormais, il pourrait la consulter à toute heure et en nourrir son regard. Les quatre frères félicitèrent le marchand.

« Puisses-tu nous protéger des Égyptiens, maintenant », dit le marchand tandis que les visiteurs prenaient congé.

Mose eut un rire bref. Une fois qu'ils furent sortis, Ali lui dit :

« Le jour où tu as changé ton nom, Mose, tu as reçu cette pierre en cadeau. C'est un signe. »

Les quatre frères déclarèrent qu'ils devaient se rendre un peu en dehors de la cité, dans la résidence de l'un des fournisseurs habituels d'encens et d'herbes médicinales de leur père. Ils y furent en moins d'une heure : une trentaine de tentes dans une vallée verdoyante, sur la rivière orientale de la rivière Araba.

Le marchand les accueillit avec surprise : où donc était Houssam ? Quand ils lui apprirent qu'il était mort, il se passa les mains sur les joues en signe de lamentation. Puis il leva les yeux sur Mose. Était-il un de leurs frères qu'il ne connaissait pas ? Un associé ? Un frère d'adoption, répondirent-ils, celui que les pillards des déserts avaient appelé le roi des démons. Le marchand offrit du vin à ses visiteurs et les discussions s'engagèrent. Mose n'entendait rien à l'encens et n'envisageait pas non plus d'en faire le commerce. A la fin, d'ailleurs, le commerce l'ennuyait. Ce troc incessant lui paraissait sans fin ni fond, et l'attachement qu'il portait aux fils d'Houssam ne pouvait, décida-t-il, le mener à les suivre indéfiniment dans leurs voyages.

Mais que voulait-il donc ? Il consulta l'étoile à son index, comme si c'était elle qui devait le guider désormais. Une tristesse lui vint et il s'éloigna de la tente du marchand. Il s'aventura dans les prairies avoisinantes, puis s'arrêta et regarda le ciel un long moment, argenté vers la mer, d'un bleu doux au-dessus de la vallée.

« Que cherche l'étranger ? »

La voix était un peu basse, riche en résonances. Un homme se tenait à ses côtés. Il était arrivé à pas lents et silencieux sur l'herbe. Absorbé dans la contemplation du ciel, Mose ne l'avait pas entendu venir. L'homme avait à peu près l'âge de Houssam, mais il était plus grand, plus majestueux aussi, dans sa robe de laine rayée et son manteau bordé de fourrure de mouton blonde. Le regard de Mose se posa sur des yeux étonnamment clairs, comme il n'en avait jamais vu et dont il avait entendu dire qu'ils étaient le fait des gens d'un nord mystérieux. Une barbe cuivrée, fournie, taillée au carré, parsemée de poils blancs. Une chevelure abondante, également taillée.

« Je ne cherche rien, répondit Mose. Je regarde ce pays. Il est beau.

— Celui d'où tu viens est-il moins beau? demanda l'homme.

— Je n'ai plus de pays », dit Mose, comme à regret.

L'homme le dévisagea plus attentivement.

« Tu n'as pourtant pas l'air d'un pillard, dit-il avec un sourire. Es-tu marchand?

— Je suis venu ici avec des marchands, mais je ne suis pas venu vendre ni acheter, répondit Mose.

— Es-tu soldat, alors?

— Non. Je n'ai pas de chef, répondit Mose au bout d'un temps.

— Tu veux donc être roi », dit l'homme.

Mose sourit.

« Je ne pourrais être le roi que de moi-même.

— Tu attends donc ton destin? fit l'homme sur un ton interrogatif.

— Si cela s'appelle destin, alors, oui, je l'attends », répondit Mose.

L'homme parut intrigué. « Voici un homme jeune et fort, dit-il avec un accent légèrement déclamatoire. Il est apparemment sensé, mais il n'a ni roi ni pays, ne vend ni n'achète, n'est ni soldat ni pillard. On peut vivre une vie entière sans en rencontrer l'égal. Accepteras-tu mon hospitalité le temps d'un verre de vin? Je m'appelle Jéthro. Je ne vends pas d'encens, ni d'herbes médicinales. L'homme que tes compagnons sont allés voir est mon beau-frère. Il est de mon clan. Moi, je possède des troupeaux. Des terres aussi. Je m'en nourris et nourris ma famille et je vends le surplus. »

Il s'était exprimé avec une lenteur étudiée. La maîtrise du langage et la perspicacité inhabituelle du personnage laissèrent penser à Mose que l'homme ne disait pas toute la vérité. C'étaient de curieuses gens que ces Madianites, songea Mose, en repensant à la faconde du marin qu'il avait rencontré sur la Grande Noire et qui lui avait fait cadeau de ces herbes et de ces graines inconnues. Mose hocha la tête et dit son nom. L'homme l'invita du geste, lui indiquant une vaste tente qui s'élevait à moins de cent pas, sur un monticule entouré de bosquets, mais aussi de vergers. Quand ils furent assis, Jéthro claqua dans ses mains. Un jeune homme apparut, sans doute un esclave se dit Mose en notant son échine un peu courbe. Il apporta une cruchon de vin frais et deux verres de Syrie, puis il servit les deux hommes.

Une jeune fille aussi apparut. A la vue de Mose, elle parut interdite.

« Entre, lui dit son père. Je reçois un visiteur, Mose, qui vient de nulle part et qui ne va nulle part. Ma fille, Sephira. »

Un corps fluide, quinze ou seize ans, presque liquide sous la robe de laine teinte de bleu pâle. Un visage hâlé mais clair et paraissant encore plus clair parce qu'elle avait les yeux de son père. Des cheveux de bronze. Un collier de grosses perles bleues. Un rêve de miel et de ciel. Mais surtout une façon de poser les pieds sur le tapis qui disait à la fois l'agilité et l'assurance. Elle regarda Mose un instant, l'œil précis, jaugeant l'inconnu.

« Pardonne-moi, dit-elle à son père, je reviendrai plus tard. »

Jéthro se tourna vers son invité.

« Mose, demanda-t-il, où es-tu né ?

— En Égypte.

— Je le pensais, à cause de ton nom. Cela veut dire *fils* en égyptien, n'est-ce pas ? » Mose ayant hoché la tête, l'autre reprit : « Nous recevons parfois des visites de marchands égyptiens. Ils franchissent la Grande Verte sur de gros bateaux et tentent de doubler les marchands du Sinaï en venant acheter ici directement l'encens et la myrrhe. Ils sont friands de luxe. Nous leur répondons le plus souvent que la récolte n'est pas arrivée, ou bien qu'elle a déjà été vendue. Nous leur cédons des fonds de sac.

— Pourquoi ?

— Leur idée est de nous asservir, tous. Tous les gens du Sinaï et de l'Arabie, comme ils tentent d'asservir les gens d'Edom et de Canaan. On me dit qu'ils ont élevé sur les rives de leur grand fleuve des cités fabuleuses, des temples hauts comme des montagnes, des palais décorés d'or. Est-ce vrai ?

— C'est vrai.

— Nous préférons réserver le commerce des parfums aux gens de nos régions. Ils sont moins impérieux. » Jéthro but une longue gorgée de vin et demanda tout d'un coup :

« Fils de qui ?

— Comment ?

— Ton nom. Ton nom complet.

— Ptahmose.

— Tu as bien fait de l'abréger. Je te l'ai dit, nous ne sommes pas favorables aux Égyptiens. Pourquoi as-tu fui ? »

Allait-on lui poser éternellement la même question ? Il avait déjà répondu à Houssam. Sans doute son regard reflétat-il sa contrariété. Il but une gorgée de vin.

« Bien, tu ne veux pas répondre, dit Jéthro. Un Égyptien ne quitte jamais son pays. Il a le pied lourd. Seuls les nomades quittent un pays pour un autre. Es-tu un Apirou ?

— Mon père l'était, répondit Mose, décontenancé par l'interrogatoire.

— Il y a, m'a-t-on dit, beaucoup d'Apirous en Égypte. Est-ce vrai ?

— Trente à quarante mille. »

Jéthro se pencha pour resservir Mose. Il gardait les yeux baissés.

« Tous esclaves, me dit-on.

— En effet.

— Donc tu n'en faisais pas partie. »

Mose se mit à rire.

« Tes manières », dit Jéthro.

Mose attendit l'explication, mais il la devinait.

« Ce ne sont pas des manières d'homme qui a obéi. Ton regard est altier, presque hautain. Tes mains ne sont pas celles d'un homme qui a travaillé, ni dans les champs, ni sur les chantiers. Est-ce que je me trompe ?

— Non, dit Mose.

— Donc ta mère était de haut rang. »

Mose hocha la tête. Il se passa les mains sur les yeux et rit de nouveau, étonné qu'un être humain fût à ce point transparent. Jéthro lui décrivait sa vie comme s'il la connaissait déjà.

« Tu connais le nombre des Apirous. C'est donc que tu avais à t'en soucier. Tu avais, je suppose, de hautes fonctions. Bref, ceci n'allait pas avec cela, reprit Jéthro après avoir vidé son verre. Tu es donc parti. Et tu ne vas nulle part.

— Pourquoi dis-tu cela?

— Parce que j'ai une vie déjà longue, Mose. Je n'ai jamais vu un homme s'arrêter pour contempler le paysage comme tu le faisais. Ni les Égyptiens, ni les Apirous, ni les Edomites. Aucun homme de chez nous non plus. Ils consultent les nuages pour savoir le temps du lendemain ou bien cherchent un bateau ou une caravane à l'horizon. Toi, tu attendais quelque chose d'autre. »

Mose médita ces mots, but son vin, goûta une des figues dans le bol devant lui, une petite figue blanche, et lui trouva un parfum musqué que n'avaient pas les figues d'Égypte, ni celles du Sinaï.

« Toi aussi, Jéthro, tu attends quelque chose, dit-il à la fin. Pour avoir le regard tellement aigu, il faut que tu attendes quelque chose. »

Ce fut au tour de Jéthro de rire.

Mose entendit qu'on l'appelait à l'extérieur. Il se leva, sortit, agita le bras, cria : « Nibbiot, Ali ! »

Ils l'aperçurent et vinrent vers lui.

« Nous rentrons, dirent-ils. Nous te cherchions. »

Jéthro souleva la portière de la tente et leurs regards se tournèrent vers lui. Le premier qui comprit la situation fut Ali.

« On dirait que tu restes ici, demanda-t-il, le regard inquiet.

— Je l'y invite », dit Jéthro[2].

Ils parurent décontenancés. Ils n'avaient pas imaginé la vie sans l'étranger qui s'était joint à eux à peine trois semaines plus tôt.

« Mose », dit Ali. Son appel était teinté de reproche.

« Revenez demain, dit Mose en prenant le bras d'Ali. Nous avons des choses à dire, ce soir. »

Il les accompagna jusqu'au grand arbre où ils avaient attaché leurs dromadaires et laissa le sien brouter. Ils tenaient la tête basse. Ils le serrèrent dans leurs bras et peut-être cachèrent-ils leurs larmes. Peut-être aussi cacha-t-il les siennes.

Quand il retourna vers la tente de Jéthro, il espéra voir Sephira, ne fût-ce qu'un instant. Il trouva Jéthro qui lui indiquait l'esclave.

« Il t'aidera pour tes ablutions, si tu le veux. Je t'attendrai pour le repas du soir. Tu verras mes fils. »

A quelque distance de la tente, un pavillon minuscule en briques crues, sans toit, servait aux ablutions. Le sol était un bassin dallé de pierres plates. Mais l'eau que versa l'esclave sur le dos de Mose était chaude et parfumée à la cendre d'encens et le ciel tournait à la turquoise foncée.

15

Une soif

Il s'éveilla au milieu de la nuit. Les respirations sonores de Jéthro et de ses deux fils dominaient les chuintements extérieurs de la brise, mais non les cris familiers des chouettes ni ceux, lointains, des chacals. Il se tourna sur le dos et, pareil au dormeur qui, du pied, le matin, repousse la couverture, il repoussa les ténèbres du bout de l'esprit.

Il avait toujours comparé le sommeil nocturne au tombeau. Le corps y gît dans la même position, seule l'âme s'éveille à la vie supérieure et se contemple dans son propre miroir. Il souhaita voir l'étoile de sa bague, mais elle n'était destinée qu'à lui rappeler de jour l'autre étoile, l'autre flamme : celle qui devait scintiller en lui-même.

Il pensa aux fils de son hôte. Deux gaillards sains, les portraits crachés de leur père, mais dont on n'eût jamais tiré la moindre des étincelles qui crépitaient autour de lui. Jéthro était un silex tranchant. Mais pourquoi lui avait-il spontanément offert son hospitalité? Et qu'attendait-il?

Pour la première fois depuis longtemps, peut-être depuis l'Égypte, il désira une compagne. Non pas seulement un corps de femme, mais un corps dans lequel se trouvât déjà une part de son âme. Une vraie compagne, pas une concubine. Jusqu'alors, il n'avait possédé la nuit que l'animal femelle et le jour, le bruissement d'une agitation secondaire, soins du corps, babillages et caquetages. Le spasme et l'inutile. Il désira une femme grave. Il songea à Sephira. Il soupçonna qu'elle n'était entrée sous la tente, la veille, que pour l'examiner. Ruse de femme. Ruse sans doute flatteuse pour lui, mais sans autre signification.

Sephira : une lampe humaine. Une lampe dans un vase d'albâtre.

Il eût voulu l'interroger sur-le-champ. Mais elle dormait de l'autre côté, dans la tente des femmes, avec sa mère et les servantes. Les lois de l'hospitalité étaient plus hermétiques que tous les murs. Il devrait s'armer de patience.

Il eut soif, se leva et sortit pieds nus pour aller boire à l'une des gargoulettes mises à rafraîchir sur le muret qui entourait la tente. La lune était pleine et la nuit fraîche, mais il vida presque toute une gargoulette et nota que l'eau était parfumée à l'encens. En buvant, il remarqua que la pierre de sa bague avait capté un rayon de lune et que l'étoile s'y était ranimée. Il la contempla un moment. Son regard parcourut ensuite le demi-cercle de prairies qui s'étendait au-dessous de la colline. Il lui sembla percevoir, tout près, un bruit insolite. En reposant la gargoulette sur le muret, il comprit que c'était celui qu'il avait entendu, presque le reflet d'un bruit. Ce devait être du côté de la tente des femmes. Il alla voir. Une forme féminine, en effet, se tenait devant un muret symétrique au sien. Il ne la voyait que le dos, mais la reconnut tout de suite. C'était elle. Elle avait eu soif au même moment que lui. Perçut-elle sa présence? Elle se retourna soudain, presque avec brusquerie, et le vit, à dix pas.

Ils demeurèrent immobiles dans ce face à face glacé par la lumière de la lune. Puis elle rentra sous sa tente.

Il regagna aussi sa litière et se rendormit avec peine.

16

Le feu

Le petit vent du matin soufflait avec aigreur. Là-bas, au-dessus de la mer, bien au-delà du port, de petits nuages venus du nord caracolaient avec insolence, fiers d'être hors saison. Sous le bouquet d'arbres au bas de la colline, un corbeau picorait délicatement la tête d'un dromadaire qui ne semblait pas s'en émouvoir, laissant placidement le volatile le toiletter.

La douleur, l'anxiété avaient terni le visage de la femme. En d'autres jours, elle eût été belle. Sa peau restait apparemment douce, sa chevelure abondante. Mais les veilles avaient éteint son regard. Près d'elle, Sephira baissait la tête, soucieuse, les yeux dirigés vers l'enfantelet de trois ou quatre mois que tenait la femme et qui paraissait pâle. Le regard de Mose allait de l'une à l'autre, mesurant en termes vagues, mais avec un sentiment aigu, la fragilité effrayante des choses.

« Je vais chercher mon père », dit Sephira.

La femme tourna son visage vers Mose. « Au nom de ton père, je t'en conjure, obtiens de lui qu'il garde mon fils en vie. »

Au nom de ton père. Il ne sut que répondre et Jéthro arriva, la bouche entrouverte, comme quelqu'un qui se retient de dire des choses déplaisantes. La femme exhala un petit cri.

« Il ne tête plus depuis deux jours, dit-elle. Il ne crie plus.

Il remue à peine. C'est mon premier-né. S'il meurt, je serai répudiée. Je te donne tous mes bijoux, mais je t'en supplie, fais qu'il reste en vie, qu'il revienne à la santé. »

Jéthro se pencha sur l'enfant.

« Ton lait est mauvais, dit-il. Donne l'enfant à une nourrice. » Puis levant les yeux sur la femme : « Et purifie-toi. »

La femme détourna à peine le visage.

« Je te demande ton intercession, murmura-t-elle.

— Même lorsqu'il est sorti du ventre, l'enfant reste attaché à sa mère jusqu'au sixième mois. Si la mère est impure, l'enfant sera menacé. Tu sais ce que je veux dire. »

La femme ferma les yeux et soupira.

« Je ferai ce que tu dis, Jéthro. »

Jéthro se tourna vers sa fille.

« Le couteau, dit-il. Un sac. »

Sephira entra sous la tente et revint portant un petit sac de toile de chanvre et un couteau dont l'aspect fit frémir Mose. La femme rabattit le capuchon de son manteau et pencha la tête en arrière, comme si elle exposait son cou à la lame aiguisée que tenait Jéthro. Mose avala sa salive, prêt à s'interposer, fût-ce au péril de l'hospitalité qui lui était accordée. Il regarda Sephira ; elle paraissait tendue, mais ne semblait pas s'attendre à un meurtre, fût-il rituel. Jéthro se plaça derrière la femme. Il saisit les cheveux de la femme à pleine main, comme pour tendre la tête en arrière et mieux trancher le cou.

Mais il ne coupa que les cheveux. Mèche après mèche, il coupa tout. Il les jetait au fur et à mesure dans le petit sac que Sephira tenait ouvert. La femme gardait les yeux fermés sous ce qui apparaissait bien comme un châtiment. Quand elle releva la tête, elle ressemblait à un garçon. Elle rabattit sa capuche. Les larmes jaillirent de ses yeux.

« Quand tu auras donné l'enfant à la nourrice, prends un bain froid, dit Jéthro. Ne regarde plus le fils de ton mari. »

Il alla à la tente et revint un instant plus tard, portant un sachet qu'il tendit à la femme.

« Dis à la nourrice de mettre cette poudre dans le lait qu'elle doit boire avant d'allaiter.

— Et ton intercession ? dit la femme, d'une voix basse, presque rauque.

— Ce soir », répondit Jéthro.

Elle resta un immobile un instant, comme si elle ruminait la mort.

« Ne perds pas de temps. Rentre. Va voir la nourrice », lui ordonna Jéthro.

Elle tourna lentement les talons et reprit le chemin du retour. Jéthro ferma le sac avec une cordelette que lui tendit Sephira avant de disparaître. Puis il jeta à Mose un regard sombre, presque amer. Il appela l'esclave, lui demanda un broc d'eau et un linge, se fit verser de l'eau sur les mains, les lava et les essuya soigneusement.

Mose demeurait sous le coup de l'émotion que la scène avait suscitée en lui, mais aussi de la révélation du personnage public de Jéthro. Le patriarche amène et hospitalier qu'il connaissait depuis la veille s'était mué sous ses yeux en juge autoritaire, détenteur d'un pouvoir sans recours. De qui et de quoi était-il donc roi ?

« Les moutons sont plus intelligents, dit Jéthro en s'asseyant sur un banc devant sa tente. Ils ne rêvent pas de forniquer en toute saison et à toute heure. Ou s'ils en rêvent, ils ne font qu'en rêver. » Il appela de nouveau l'esclave et se fit apporter du vin et deux verres. « Etre berger d'humains, c'est une vie de chien. » Il tendit un verre à Mose, assis à ses pieds, y versa le vin et se servit.

« Elle épouse un homme dont la première femme a vieilli et s'est desséchée, reprit-il. Elle conçoit et met au monde un garçon. Le fils aîné de son mari la convoite et elle se donne à lui. Elle néglige son enfant. Il tombe malade, et elle vient pleurnicher qu'elle va être répudiée.

— Comment sais-tu tout cela ? » demanda Mose.

Mais en fait, il le devinait : dans ces communautés, comme à Avaris et sans doute partout, tout se savait.

« Je suis leur chef, répondit Jéthro. Les gens viennent m'informer des manquements, des errements, des reniements. Ils savent que toute faute entraîne immanquablement un désordre dont la communauté entière risque de pâtir. Par exemple, un homme a failli à sa parole. Cela va déclencher une querelle entre deux familles liées par des mariages. Des frères seront divisés, des clans se créeront, des gens partiront pour aller s'installer ailleurs, on se battra pour des droits de pacage. La division s'envenimera à n'en pas finir. Mieux vaut s'en référer à une autorité et arrêter la déchirure le plus tôt possible.

— Tu es donc leur chef, releva Mose.

— Mon père était déjà leur chef. Et mon grand-père. Depuis que nous nous sommes installés ici, il y a bien des générations.

— Quelle est l'intercession que cette femme te demandait ? »

Jéthro se resservit de vin et lança un regard étrange à Mose.

« Un sacrifice qui restaure l'intégrité de la Loi.

— La Loi ?

— N'aviez-vous pas de lois, en Égypte ? »

Il n'y a pas de justice qui ne vienne des dieux, lui avait dit jadis Séti.

« Les juges ne faisaient pas de sacrifices, répondit Mose. Tu es donc chef et juge et mage ?

— Que fait un juge ? dit Jéthro. Il applique une loi. D'où vient la loi ? Des dieux. Un juge est toujours un mage. »

C'étaient presque les paroles de Séti.

« La nature humaine ne peut concevoir les lois, reprit Jéthro, à peine les comprendre. Si l'on laissait les hommes décréter les lois... »

Il leva le bras dans un geste inachevé.

« Mais qui les connaît ? demanda Mose.

— Les intercesseurs, répondit Jéthro.

— Donc, les dieux te les ont communiquées ?

— Ils les ont dictées à mes ancêtres.

— Ici ?

— Au nord, d'où nous venons tous, dit Jéthro[1].

— Vous venez du nord ?

— Les Apirous aussi, rétorqua Jéthro. Qu'importe ? L'essentiel est que nous ayons les lois. »

Mose demeura un moment silencieux. S'il avait bien admis, depuis sa jeunesse, que les dieux étaient garants de la justice, il n'avait jamais entendu dire qu'ils dictaient directement les lois à ceux qui étaient chargés de les appliquer. Cette idée le laissait perplexe.

« Comment les dieux peuvent-ils se manifester ? demanda Mose.

— Ils parlent en nous quand nous avons fait taire nos voix », dit Jéthro.

Mose fut stupéfait. Faire taire sa voix intérieure, n'était-ce pas ce à quoi il s'était appliqué depuis l'Égypte, quand il s'absorbait en lui-même pour suspendre toute pensée et tenter d'apercevoir la ligne de feu ? N'était-ce pas ce qu'il faisait encore, quand il en avait le loisir ? La ligne de feu n'était-elle pas la divinité qu'il attendait ? Mais il découvrait que les dieux avaient aussi une voix.

L'expression de Mose dut intriguer Jéthro.

« Est-ce l'Apirou ou l'Égyptien qui semble à ce point surpris par ce que je viens de dire ? » demanda-t-il.

Mose agita les mains, peinant à trouver ses mots.

« La ligne de feu... Il faut que ce soit le feu de la divinité qui t'habite et non pas celui de la terre... » dit-il répétant spontanément les paroles de Nesaton.

Jéthro le fixait du regard. Mose se ressaisit peu à peu.

« C'étaient les paroles d'un prêtre égyptien, Nesaton...

— Ton maître ?

— Je ne l'ai connu qu'à la fin de sa vie, répondit Mose sur un ton de regret.

— Que t'a-t-il appris ? »

Mose leva vers Jéthro un regard perplexe ; il avait trop à dire.

« A faire taire mes voix... répondit-il.

— Pour entendre celle des dieux ?

— Pour voir la divinité.

— Tu l'as vue ?

— Je parviens au bord... et elle m'échappe. »

Jéthro poussa un soupir et se pencha vers Mose. Il le dévisagea de ses yeux clairs comme s'il le regardait pour la première fois. Puis il se redressa et remplit les deux verres de vin.

« Combien de fois ?

— Je ne sais pas... Plusieurs fois. »

Il y eut un autre silence.

« Ce n'est pas là une pratique des Apirous, en effet, dit

Jéthro. Ils sont partis il y a longtemps. Il n'y avait personne pour les guider, là-bas, en Égypte. Sans doute ont-ils adopté les croyances des Égyptiens[2]. »

Mose repensa à ces gens apeurés qu'il rencontrait la nuit et qui rêvaient de fuir. Et tous les autres, qui peinaient sur les chantiers royaux, pourquoi voulaient-ils fuir? Par dignité? Pour retrouver leurs dieux? Il n'avait jamais compris. Il savait seulement qu'ils vénéraient des dieux qui n'étaient pas toujours ceux des Égyptiens, car il avait aperçu à leur cou des amulettes pendues à des cordelettes de chanvre ou de lin où il reconnaissait des dieux et des déesses de l'est, un dieu du tonnerre le plus souvent, ou une déesse de la fertilité.

« Les Apirous du nord, reprit Jéthro, ont adopté les dieux des Cananéens et des Assyriens.

— Les Apirous du nord? » demanda Mose. Il se rappela qu'il y en avait, en effet, ailleurs. Pourquoi n'allaient-ils pas au secours de leurs frères esclaves?

« Au nord de l'Araba et d'Edom. En Canaan, dit Jéthro. Croyais-tu que tous les Apirous se trouvaient en Égypte[3]?

— Ont-ils un roi? demanda Mose.

— Ni rois, ni cités. Des bandes armées, mal armées d'ailleurs, constamment aux prises avec les Cananéens. »

L'esclave apporta le repas sur un plateau de bois de cèdre. Mose et Jéthro mangèrent en silence.

L'esprit de Mose dériva. Vers Sephira. Comme le voyageur qui rêve d'une halte dans une oasis, sous les palmiers, dans le bruit de l'eau.

Le soir, Jéthro alluma un feu sur une pierre carrée, toute simple, un bloc qui lui arrivait à la taille, sur la même colline que sa tente. Mose l'observa de loin. Quand le feu eut pris, Jéthro versa dessus un peu de lait, puis un peu de vin. Il le saupoudra ensuite de parfums, dont le vent rabattit la fumée bleuâtre vers Mose. A la fin, il y jeta le petit sac dans lequel il avait placé, ce matin-là, les cheveux de la femme. Le feu brilla violemment pendant quelques instants, et Mose se demanda si la femme, là où elle se trouvait, ressentait quelque effet.

Il alla vers Jéthro. Celui-ci se tourna vers lui :

« La purification, dit-il. Seul le feu purifie. Seule la divinité purifie. Seul le feu mange la matière. Seul le feu porte l'esprit. »

Le lendemain, les fils de Houssam revinrent. Quand ils descendirent de leurs montures, ils étaient tristes.

« Tu peux revenir quand tu veux. Tu es notre frère », dit Ali et le serrant dans ses bras.

Mose alla chercher l'arc et les flèches qui lui restaient et les lui donna.

« Tu m'as vu faire. Essaie de reproduire cet arc. Fais-en même plusieurs. Et beaucoup de flèches. Vous aurez besoin de ces armes tant que vous ferez de la route. »

Nibbiot lui tendit un sachet et Mose en devina le contenu. Il secoua la tête.

« C'est ta part, insista Nibbiot.

— Vous m'avez offert votre hospitalité. C'était ma part. »

Ils demeurèrent tous tête basse.

« Partez maintenant, dit Mose. Gardez le souvenir des jours gais. »

Ils s'en furent sur leurs dromadaires et il les suivit du regard jusqu'à ce qu'ils eussent passé le petit défilé boisé qui menait à la route.

Peu après, tandis qu'il regardait toujours le défilé, il vit arriver la femme de la veille, sur une ânesse. Elle ne portait pas d'enfant et le cœur de Mose se serra. Elle mit pied à terre et s'avança vers lui ; il n'osa pas l'interroger. Il la dévisagea.

« L'enfant tête, dit-elle. Il a repris des couleurs. Je veux voir Jéthro.

— Mieux vaut pas, répondit-il.

— Alors, donne-lui ceci », dit-elle, en sortant de son manteau un sachet. Au léger tintement qui s'en dégagea, on devinait qu'il contenait des bijoux.

« Mieux vaut pas », répéta-t-il.

Elle baissa la tête et demeura un long moment sans rien dire. Puis elle demanda :

« Pourquoi ?

— Il est des choses qui ne se paient pas. Et d'autres que tu as déjà payées.

— Tu es nouveau ici ?

— Oui.

— Tu parles déjà comme son fils. »

Elle remit le sachet dans son manteau et retourna vers son ânesse.

17

L'huile de la lampe

Ils se retrouvèrent huit jours plus tard, à la lune déclinante, devant le puits qui servait au territoire de Jéthro. Munie de deux chaudrons de cuivre, elle était venue y chercher de l'eau pour ses ablutions et Mose s'était proposé pour remplir les nombreuses gargoulettes qui servaient à étancher la soif de la tente des hommes, l'esclave ayant dû accompagner l'un des fils de Jéthro à la ville.

« L'étranger ne l'est donc plus, dit-elle d'un ton posé, les yeux droit posés sur Mose.

— Si tu le dis.

— C'est mon père qui le dit.

— Sa sagesse est mon maître.

— Il dit que tu as une lumière.

— Il a versé l'huile dans ma lampe.

— Tu possédais donc la lampe.

— Ma lampe, c'est toi.

— Ta lampe a donc deux becs.

— Elle ne me donne pourtant qu'une seule flamme.

— Va donc chercher l'autre mèche.

— Elle est ici, devant moi, dit-il. Je l'allume dans mes rêves. C'est la flamme que je vois les yeux fermés. »

Elle lui lança un regard et se pencha pour laisser le premier chaudron glisser dans le puits, laissant la corde filer lentement sur la margelle basse. Il se mit près d'elle pour l'aider à le remonter. Puis il fit de même pour le second chaudron. A chaque remontée, le muscle de son bras frôlait le sein de Sephira. Mais elle ne reculait pas. Peut-être sa bouche frémit-elle.

« Il faudrait verser cette eau sur moi, dit-il souriant, en se redressant, mais ensuite, c'est dans le puits qu'il faudrait me plonger et cela ne suffirait pas. »

Elle se mit à rire.

« Les Égyptiens ont la parole facile.

— La mèche d'un Apirou ne brûle que dans la bonne huile », dit-il.

Il se tourna face à elle et posa délicatement la paume de sa main sur le sein qu'il avait frôlé. Elle esquissa un imperceptible recul de la tête, mais le corps demeura immobile sous l'ébauche de la caresse. Elle respirait plus vite.

« Qu'il en soit donc ainsi, dit-elle le regard toujours tissé à celui de Mose. Dis-le à mon père.

— Alors tout est en ordre, répondit-il. Le lait tombe des étoiles et les arbres chantent pour notre nuit. »

Elle se pencha pour saisir les deux chaudrons et il lui caressa la tête. Elle se redressa et il la suivit du regard jusqu'au sommet de la colline. A cause des deux poids qu'elle portait, sa démarche était encore plus dansante que d'habitude. En se penchant enfin pour remplir les gargoulettes, il se mit à chanter, pour la première fois depuis longtemps. Il lui sembla même qu'il chantait pour la première fois de sa vie.

« Je me demandais quand tu me le demanderais, dit Jéthro le soir même, d'un ton songeur. Dix hommes ont demandé la main de Sephira, mais il semblait que nous t'attendions.

— Nous ? s'étonna Mose.

— Je t'attendais moi aussi, dit Jéthro dans un soupir. L'homme à la flamme. Un homme qui portât la flamme. Qui cherchât la flamme. Il y en a peu. Ils sont rares, comme les étoiles filantes. » Pensait-il à ses fils ? Il reprit au bout d'un temps : « Je pense que Sephira est ta femme depuis toujours. Elle était destinée à l'être. Elle l'a su quand elle t'a vu. »

Ils furent mariés huit jours plus tard. Jéthro leur fit dresser une tente, non loin de la sienne. Une tente de laine blanche bien doublée, avec des piliers de pin verni.

Quand le festin de noces se fut achevé, que les derniers chants, les dernières danses, les derniers échos des tambourins et des castagnettes eurent cédé, quand le vin eut été bu, les galettes au miel et au sésame mangées, les torches éteintes, celui qu'on avait appelé le roi des démons se trouva saisi d'angoisse. Avait-il trop bien fait taire ses voix intérieures ? Un archer pétrifié sur un cheval piaffant. Ils étaient tous deux nus sur une grande couverture de peau de mouton doré, enlacés, s'abreuvant de caresses, s'admirant l'un l'autre, les baisers ayant chassé les mots de leurs bouches. Lui, observait ce visage qui changeait, ce corps qui commençait à trembler, et il appartint enfin à celle qui se donnait. La première flèche partit. Ses mains recouvrirent le corps de Sephira, les seins, les côtes, le ventre, les cuisses. Il eût voulu s'en habiller. Elle baisa ses mains, elle les mordit, il lui baisa les pieds.

Il tira toutes ses flèches, le corps chauffé à blanc, comme si sa vie en dépendait. Comme il l'avait dit, Sephira était l'huile de sa lampe. Il s'était trop longtemps appartenu. A la fin, il se donnait. La vie n'avait désormais de sens qu'en donnant tout. Et il commençait à vivre. L'Égypte s'était consumée dans la nuit et l'esclavage avec, ce n'était plus qu'un bas-relief sur un mur cendré par la poussière et couvert de signes presque indéchiffrables.

Le matin, il eut une parole de fille, mais il ne s'en repentit pas :

« Je ne me donnerai qu'à toi. »

III

UNE VOIX DANS LE DÉSERT

1

« Le roi d'Égypte est mort ! »

C'était six mois plus tard. La seconde saison des pluies approchait. Des vents hargneux s'étaient mis à souffler depuis quelques jours, énervant les animaux et troublant le sommeil des humains.

Laïch et Iddo, les deux fils de Jéthro arrivèrent, de retour du port. Ils se joignirent au repas de midi de leur père, qui remarqua leur air animé. Ils avaient rencontré, expliquèrent-ils, des marchands qui revenaient d'Égypte et qui portaient apparemment de grandes nouvelles. Celles-ci devaient, déclaraient-ils, intéresser Mose.

L'esclave alla le chercher dans les prés où il dénombrait avec les bergers les moutons, brebis et agneaux qu'il faudrait emmener bientôt vers l'est, là où les prairies commenceraient à devenir grasses avec les pluies.

« Le roi d'Égypte est mort ! » lui déclara Laïch.

Mose s'assit.

« Séti est mort ? demanda-t-il. Comment le sais-tu ? »

Laïch expliqua que c'était tout ce qu'il avait pu tirer des marchands madianites qui revenaient de la Grande Noire et de la Grande Verte. Ils étaient encore au port, s'occupant de faire réparer leurs coques et leurs voiles, parce que la traversée avait été houleuse; ils n'avaient pas eu le temps de lui parler. Mose pouvait y aller : il n'aurait qu'à demander Untel et Untel, et s'ils avaient réglé leurs affaires, ils lui en diraient sans doute davantage. Mose dépêcha son repas frugalement sous le regard pensif de Jéthro et prit son cheval pour aller au port.

Il trouva effectivement les marchands, une petite vingtaine, matelots compris, s'affairant autour de bateaux qui semblaient avoir été assez furieusement malmenés. Ils pestaient comme on disait que le faisaient les diables battus.

Il en prit un à part, celui qui semblait avoir le plus de bon sens, et lui proposa une jarre de vin de Syrie contre une heure de son temps. L'autre, surpris, accepta.

« Que veux-tu ?

— Que tu me rapportes tout ce que tu as vu dans ton voyage.

— Voyage épouvantable. Nous étions partis d'Ecyon-Géber depuis à peine deux jours que le vent du nord s'est levé. La mer est devenue grosse, avec des vagues hautes comme un homme. Le vent du nord-est, le vent des mauvais génies. Il a fallu arrimer nos sacs sous le pont, mais sur des planches, pour qu'ils ne se mouillent pas. Nous ne pouvions pas avancer au milieu de la mer. Vent debout. Nous longions donc la côte en ramant. La tempête se calma heureusement devant la mer des Roseaux, sans quoi nous n'y parvenions pas. Onze jours quand même pour faire ce que nous faisons en six. Et plus d'eau. Il fallait recueillir la pluie. Nous sommes à peine arrivés que la tempête reprend. Nous voilà bloqués. Seule consolation, nous voyons arriver une délégation d'embaumeurs, menés par un prêtre du temple d'Avaris, qui nous achète toute notre marchandise. Tout. Ils paient comptant en or et en cuivre. Là, nous apprenons que le roi d'Égypte est mort depuis une semaine...

— Séti ?

— Séti, oui c'est son nom. Vingt et un ans de règne. Ils ont un nouveau roi. Ramsès. Le fils du précédent. »

Séti était mort depuis environ deux semaines. Mose imagina le sinistre travail des embaumeurs, incisant l'abdomen du cadavre pour le déviscérer, sortant les entrailles les unes après les autres pour les mettre dans des vases canopes avec des aromates, vidant la cervelle avec des crochets passés par le nez, enduisant l'intérieur de la carcasse avec du natron et des jus... Tout ça dans la puanteur la plus infâme. Il frissonna.

Et dans tout le pays résonnaient sans doute les lamentations des pleureuses.

« Comment était Avaris ?

— Le chaos. Des chantiers partout et, avec la pluie, une mer de boue.

— Et les Apirous ?

— Les Apirous ? La même chose que toujours, ils travaillent comme des bêtes de somme. C'était quelque chose, sous la pluie ! »

Le marchand sortit de son sac une feuille pareille à celles que le débardeur madianite avait offertes à Mose, jadis, sur la Grande Noire. Il la roula serré, alla vers un marchand de volaille qui grillait sa marchandise sur le port, puis il se pencha et alluma sa feuille. Il revint, aspirant la fumée.

« Cela rafraîchit l'esprit. Une plante d'Asie. »

Mose hocha la tête.

« Je sais. Quoi d'autre ?

— Rien, le pays est en deuil pendant les quarante jours de l'embaumement du roi. Nous nous apprêtions à repartir quand une seconde tempête s'est levée et même la Grande Noire, qui est pourtant calme, a commencé à s'agiter. Nous sommes restés bloqués là-bas quatre jours de plus. Très mauvaise mer au retour... »

Le marchand poursuivit le récit de ses tribulations, mais Mose ne l'écoutait plus. Rien n'avait donc changé là-bas. Les choses risquaient même d'empirer, Ramsès désormais seul maître de l'Égypte et possédé par la folie des grandeurs, voulant imposer la splendeur de son pouvoir, bâtissant à tour de bras, ici, là et ailleurs, surtout dans la Basse Égypte.

Mais les Apirous voulaient-il réellement s'enfuir ? Le doute tarauda Mose pour la première fois. Ceux qui lui avaient parlé de fuite et qui le voulaient comme chef étaient quelques hommes saisis par un rêve de liberté ; les autres étaient sans doute enracinés dans la terre égyptienne et n'en imaginaient pas d'autre. La désillusion le saisit et, avec elle, un goût de cendres. Mais cette amertume elle-même le surprit. Qu'avait-il donc rêvé, à son propre insu ? Qu'il dirigerait l'exode des Apirous ? Quelle naïveté ! Cela lui fit une deuxième désillusion et il rentra chez Jéthro d'humeur sombre et même sarcastique.

Jéthro le comprit bien. S'il s'abstint d'aborder le sujet pendant les jours qui suivirent, il finit un soir par demander à Mose :

« Qu'espérais-tu de la mort du pharaon ? »

Mose bredouilla.

« J'avais pensé... j'avais cru que les Apirous... je ne sais pas. J'avais pensé qu'à la faveur de la mort du roi, ils se rebelleraient. Peut-être.

— Ils sont bien, là où ils sont », dit Jéthro.

L'affirmation stupéfia Mose.

« Mais ce sont des esclaves ! s'écria-t-il.

— Ce que pense un prince éduqué et ce que pensent des populations d'Apirous n'est pas la même chose. De toute façon, où iraient-ils s'ils s'enfuyaient ?

— En Canaan, non ? Là d'où ils viennent...

— Ils s'y feraient massacrer par les Cananéens. Ils ont perdu l'habitude du combat. Combien d'entre eux sauraient manier une lance ? Chaque fois que les Apirous qui sont restés en Canaan, qui ont pourtant, eux, l'habitude de se battre, déclarent la guerre aux Cananéens, ils se font battre à plate couture. Ce ne sont ni des guerriers, ni des conquérants. Ils sont mieux là où ils sont. »

Mose semblait atterré. « Esclaves, dit-il. Tu ne les as pas vus, tu n'as pas été esclave. Tu ne peux pas savoir... »

Jéthro considéra Mose d'un œil soucieux.

« Te considérais-tu comme esclave ? demanda-t-il.

— Non... Mais d'une certaine manière... non, je n'étais pas un homme libre. J'étais aux ordres du roi, de son fils... répondit-il lentement.

— Te considères-tu maintenant comme le libérateur des Apirous ?

— Certains d'entre eux voulaient que je les emmène hors d'Égypte. Je ne sais pas si les autres désiraient partir. Au fond, ils avaient choisi l'Égypte, il y a des siècles... Si la vie avait été pour eux moins dure... Non, je ne sais pas si je puis être le libérateur des Apirous. Si j'en ai la force. »

Jéthro se passa les doigts sur les yeux.

« Nous connaissons l'histoire de leur première arrivée en Égypte, dit-il avec lassitude. Les tribus des Apirous et les nôtres étaient constamment mêlées. Dans le Sinaï, dans les pays de Canaan, d'Edom, de Moab, jusqu'à Tadmor, Mari, Assour, Babylone... Ils se sont installés grâce à la séduction de leurs femmes.

— Comment? s'écria Mose.

— Quand le premier des Apirous à être allé en Égypte il y a bien longtemps, Abram, était sur le point d'entrer dans le pays, il a dit à sa femme Saraï : « Tu es une belle femme. Lorsque les Égyptiens te verront, ils diront : "C'est sa femme." Ils me tueront et ils te laisseront en vie. Alors, dis que tu es ma sœur, afin que je sois bien traité. » Ce qui a été le cas. Saraï a séduit le pharaon, qui a fait des cadeaux à Abram, des brebis, des bœufs, des ânes, des ânesses, des serviteurs et des servantes. Jusqu'au moment où il s'est rendu compte de la supercherie et il a fait raccompagner Abram et sa femme hors du pays[1]. »

Mose regardait Jéthro avec consternation.

« Mais ce n'est pas la seule fois qu'Abram a recouru à cette ruse, reprit Jéthro. Quand Abram est retourné en Canaan, il fait la même chose avec Saraï, qui a été enlevée par un roi cananéen, Abimélek. Qui s'en est également rendu compte, mais qui a quand même permis à Abram de s'établir dans le pays[2]. »

Ce fut au tour de Mose de se passer la main sur le visage.

« C'était apparemment une tradition de famille, poursuivit Jéthro, car Isaac, le fils d'Abram, a fait de même. Le même roi avait fait enlever sa femme et il l'a libérée quand il a compris qu'elle était l'épouse d'Isaac. Là aussi, il a permis à Isaac de s'installer dans le pays[3]. Mose, je te considère non seulement comme mon gendre, mais aussi comme mon fils. Je vois que tu te soucies beaucoup du sort des Apirous en Égypte. Je veux que tu saches que ce serait une tâche gigantesque que de les faire sortir de là-bas. Ne te laisse pas abuser par le mécontentement qu'ils t'ont exprimé. Autant essayer de déplacer la montagne, mais dans ce cas-ci, la montagne risque de s'écrouler sur toi. »

Une contrariété monta dans le cœur de Mose. Il tenta de la réprimer, mais elle jaillissait comme l'eau qui bout. C'était une pareille impulsion qui l'avait mené à tuer le contremaître égyptien et qui lui avait fait poignarder les pillards avec autant de détermination. La même qui l'avait fait courir après un pillard et le décapiter, par vengeance et colère.

« Je ne peux pas les laisser aux mains de ces gens-là ! » s'écria-t-il avec colère. « Ramsès ! » cria-t-il, agitant le poing, le visage convulsé de rage. « Ramsès ! » répéta-t-il, le poing dressé. Et il se leva d'un bond, en proie à une agitation qui lui congestionnait le visage et lui injectait les yeux de sang.

Jéthro joignit les mains sur les genoux et le regarda froidement.

« Mose, ce n'est pas le dévouement aux Apirous qui te mène. » Sa voix solennelle immobilisa Mose. « C'est la vindicte.

— La vindicte ? répéta Mose.

— La vindicte à l'égard des Égyptiens. C'est Ramsès que tu hais.

— Je hais Ramsès à cause de ce qu'il fait subir...

— Tu as fui l'Égypte parce que tu ne pouvais plus supporter de travailler pour Ramsès. »

La colère de Mose tomba.

« Haïssais-tu son père ?

— Non. Mais c'était avant que je rencontre les Apirous...

— C'est Ramsès que tu hais. Ramsès et ce qu'il représente. C'est à lui que tu t'opposes. »

Le constat était sans réplique. Mose se tourna vers son beau-père, stupéfait.

« Tu as raison, dit-il à mi-voix. Je déteste Ramsès, mais quand même... »

Sephira et sa mère arrivèrent pour annoncer qu'elles avaient fait cuire des cailles farcies au blé et qu'avec les servantes, elles avaient préparé un repas de fête pour célébrer, ce soir-là, la naissance du deuxième enfant mâle de Laïch. Mose se ressaisit ; il avait déjà oublié cette naissance, en dépit des cris de l'accouchée et de la sage-femme qui l'avaient réveillé bien avant l'aube. Sephira se tenait machinalement le ventre, qui était déjà proéminent. La naissance de leur enfant à eux était prévue pour la fin du troisième mois à venir. Il leva les yeux vers Sephira et lui sourit. Mais elle avait surpris l'air soucieux de son époux et elle attardait sur lui un regard interrogateur. Ce moment de trouble fut effacé par l'arrivée de Laïch et d'Iddo, qui revenaient du port. Laïch avait acheté un collier d'or pour son épouse.

La vie était, ici, dans la campagne près d'Ecyon-Géber. Les songes héroïques se dissipèrent. Mose se leva pour aller auprès de sa femme.

2

L'épouvante

Mose avait pris l'habitude d'aller au port une fois par semaine. Il y attendait les bateaux. A force de conversations avec les marchands, les propriétaires de bateaux et les matelots, il était informé des arrivées prévues, des départs, des itinéraires, du temps, des marchandises... Il avait fini par apprendre comment on réparait une voile, comment on calfatait une coque de l'intérieur, dans quels bois on taillait les meilleurs mâts et les meilleures rames (le pin de Moab et le chêne de Syrie), comment on carguait les voiles et bien d'autres choses.

Il guettait certes les bateaux du nord, ceux qui vendaient des épices d'Arabie et d'Asie aux Égyptiens, mais il écoutait volontiers les marchands qui venaient du sud de l'Afrique, de Pount et de Koush, ou de l'autre bout du monde, des pays de Quîn, de Serendib, de Barygaza et de Barbaricon, et qui parfois faisaient seulement escale à Ecyon-Géber. Mose regardait pendant des heures débarquer les esclaves noirs, nus, dégingandés et furieux, les cages d'oiseaux étranges, siffleurs, parleurs, chanteurs, les singes qui tout à la fois le faisaient rire et l'emplissaient d'une indéfinissable angoisse, les guépards aux yeux fardés... Des jouets pour adultes !

Quand les déchargements étaient achevés, les matelots se réunissaient pour manger et boire. Ils n'avaient pas à chercher les filles, elles venaient à eux, sachant que les semaines d'abstinence avaient desséché l'étoupe des matelots, et qu'ils avaient alors le bijou facile. Mais entre-temps, Mose s'était abreuvé, lui, de récits extravagants, dragons cracheurs de feu, singes plus grands que des hommes, poissons hauts comme des temples. Le monde était immense, il y avait ailleurs des rois magnifiques, l'Égypte n'était pas le seul royaume du monde.

Ce fut au cours de l'une de ces tournées à Ecyon-Géber qu'il fit une expérience étrange. Il venait de déboucher sur les quais, au terme de l'habituel cheminement dans les rues et dédales du port, quand il vit les gens s'enfuir à son approche. Il ne comprit pas ce qui se passait, il ne voyait que les gens saisis de terreur et qui poussaient des cris et se claquemuraient dans les maisons les plus proches. Le fuyait-on? Et pourquoi? Ce fut alors qu'il se figea d'épouvante. Un homme qui avait marché à ses côtés pendant tout le trajet et auquel il n'avait jusqu'alors pas prêté d'attention se tourna vers lui. Son visage n'en était plus un. Ce n'était qu'une vaste plaie. A la place du nez, deux trous glaireux au-dessus desquels des yeux sanguinolents et jaunes semblaient ne plus voir le monde. Cette créature s'appuyait sur un bâton, grâce auquel elle avançait péniblement, glissant sur le sol des pieds dont l'un avait perdu plusieurs orteils. Elle sortit une main de sous son manteau et ce n'était plus une main, mais un moignon. Chaque doigt avait perdu une ou deux phalanges. L'homme se tourna vers Mose et parla.

Mose n'entendit pas ce qu'il dit, car, saisi à son tour d'épouvante, il courut vers les quais, s'efforçant de mettre la plus grande distance possible entre lui et cette apparition sortie du plus odieux des au-delà. Une porte s'ouvrit et une femme le tira vers l'intérieur et referma la porte. Dans la pièce se trouvaient plusieurs personnes, blêmes, pétrifiées par la peur.

« T'a-t-il touché? demanda un homme.

— Non, dit Mose.

— Grâces soient rendues à Baal! »

Mose devina que si le monstre l'avait touché, on l'eût chassé aussitôt.

« Qu'est-ce que c'est? demanda-t-il.

— Un lépreux », dit l'homme.

Un lépreux. Mose en avait parfois entendu parler dans les récits que les nourrices tricotent le soir, mais il n'en avait jamais vu. Il regarda les gens réunis dans la pièce ; il n'avait jamais vu pareille panique depuis le jour où le ciel était devenu rouge, jadis, à Avaris. Un matelot quasi nu était plaqué contre un mur, on lui voyait le blanc des yeux. Tous ces gens avaient été saisis par la vision du lépreux et ils s'étaient repliés là où ils le pouvaient. Un chaudron murmurait audessus d'un âtre. La femme qui avait accueilli Mose était sans doute en train de préparer le repas de midi quand la vision affreuse était apparue. Elle avait collé son visage au judas de la porte. Elle poussa un cri. « Il est là ! Devant la maison ! A quinze pas ! »

Un des hommes se leva pour aller voir au judas.

« Il est passé, dit-il.

— Mais où va-t-il ? demanda un autre.

— Il faut le tuer, il faut le tuer ! cria un jeune homme au bord de l'hystérie.

— Pour le tuer, dit un vieillard, il faudrait le toucher. »

La femme se battait les joues d'affliction.

« Faites-le brûler ! gémit-elle.

— On pourrait jeter sur lui une torche, il s'enflammerait, dit le jeune homme.

— Pas ici, pas dans la cité, dit le vieillard. Il faudrait faire cela dans le désert. »

L'homme qui était au judas ouvrit la porte et glissa la tête dehors.

« Il est parti, dit-il.

— On ne le voit plus ?

— Je ne vois plus qu'une forme qui bouge, c'est sans doute lui, là-bas. Il se dirige vers les collines. »

Ils rouvrirent la porte. La femme courut chercher des feuilles et les jeta dans le feu. Une fumée odorante et piquante emplit la pièce. Mose sortit. De la fumée sortait aussi de plusieurs maisons. Une femme récupéra une sandale qu'elle avait, dans sa fuite, perdue devant le seuil d'une maison. Des gens s'étaient aventurés sur le quai ; ils regardaient tous dans la même direction : celle où le lépreux avait disparu.

« Il va vers le puits! cria un homme. Il va empoisonner le puits! »

D'autres cris s'élevèrent. Mose en avait assez vu. Il retourna à son cheval et prit le chemin du retour.

Le lendemain, Iddo avait rapporté devant lui et Jéthro que des hommes d'Ecyon-Géber avaient poursuivi le lépreux alors qu'il se dirigeait vers le puits. Ils avaient jeté sur lui des pierres enrobées d'étoupe enflammée et l'avaient brûlé vif. Puis ils avaient jeté ses restes dans un trou sur lequel ils avaient roulé une grosse pierre.

« La lèpre et la peste, avait dit sombrement Jéthro, sont les deux signes de la colère des dieux. »

3

Guershon

Ni Mose ni Jéthro ne dormirent une certaine nuit au terme du neuvième mois de grossesse de Sephira. Jéthro avait été occupé à purifier plusieurs chaudrons d'eau, qu'il faisait longuement chauffer et dans lesquels il jetait une poudre fine dont il avait le secret. Quand la sage-femme était venue, sur la sixième heure après le midi, on lui avait donné à manger et Jéthro lui avait dit :

« Avant de toucher ma fille, tu te purifieras les mains avec l'eau que je verserai dessus. Quand elle sera délivrée, tu reviendras ici. Les servantes emporteront un premier chaudron à l'intérieur et tu laveras l'enfant avec l'eau purifiée qu'il contient. Le deuxième chaudron servira à laver ma fille. »

Elle ouvrit la bouche, sans doute pour objecter qu'elle connaissait son métier, mais elle connaissait aussi Jéthro et n'allait pas discuter avec lui. Elle ferma donc son clapet.

Ils attendirent autour d'un feu, devant la tente de Mose. Il y avait là Jéthro, son beau-frère le marchand d'épices chez qui se fournissaient les fils de Houssam, Laïch et Iddo, les serviteurs et Mose. L'épouse de Jéthro, la femme de Laïch, sa sœur, la sage-femme et les servantes étaient à l'intérieur. C'était un événement que la naissance du premier enfant de Mose et de Sephira. A la douzième heure après le midi, un cri bref les alerta ; c'étaient les premières douleurs. Mose faisait les cent pas devant la tente. La sage-femme sortit et Jéthro se leva. Il alla puiser de l'eau avec un petit broc dans un des chaudrons et la versa lui-même sur les mains de la sage-femme.

« Ne les sèche pas, dit Jéthro. Va. »

Les cris étaient devenus plus forts et plus fréquents. A la troisième heure avant l'aube, les hommes entendirent distinctement la voix de la mère de Sephira : « Grâces soient rendues à Astarté ! » Puis elle apparut et annonça que c'était un garçon. Les servantes vinrent emporter le premier chaudron, puis revinrent prendre le deuxième. Laïch et Iddo prirent Mose dans leurs bras et lui donnèrent l'accolade. Mose songea aux enfants qu'il avait laissés en Égypte et, pour la première fois, il pleura. Il n'était qu'un jouet aux mains de puissances inconnues et il éprouvait sa fragilité.

« Comment l'appelleras-tu ? » demanda Iddo.

Mose réfléchit un moment :

« Guershon », dit-il[1].

N'était-ce pas un émigré que cet enfant ? Et le père ? A l'aube, il entra enfin sous la tente. La mère de Sephira somnolait. Une servante dormait, allongée de tout son long, épuisée. Sephira ouvrit les yeux à l'approche de Mose. L'enfant était couché contre elle, emmailloté dans une toile fine.

« C'est moi que tu as enfanté », dit-il.

Elle sourit, prit la main de Mose et la posa sur son cœur. Elle s'endormit ainsi et Mose ne retira sa main que lorsque le soleil fut haut dans le ciel. Il sortit pour vaquer à ses besoins, boire et se nourrir. Il regarda le paysage et se dit que c'était une terre fertile. Il souhaita avoir quelqu'un à ses côtés, pour lui dire sa joie, comme le jour où il était sorti du palais de Séti, fier de son investiture. Puis ses yeux errèrent jusqu'au nord, mais il ne vit que les montagnes dont les pics couverts de glace étincelaient au soleil.

Il crut entendre quelqu'un qui lui disait qu'il avait pourtant une grande famille, mais il se dit que la fatigue lui troublait l'esprit et il alla se coucher dans la tente de Jéthro.

4

Le buisson ardent

Guershon atteignait l'âge de trois ans et la vie avait pris l'allure d'un fleuve paisible. Jéthro avait délégué à Mose une partie de ses activités de patriarche, la surveillance de ses terres à blé et les rapports avec les fermiers, ainsi que la gestion des troupeaux. Il fallait s'occuper du recrutement des moissonneurs saisonniers, de l'engrangement du blé, du partage entre le blé qui serait cédé aux marchands et celui qu'on donnerait à moudre pour le pain du clan jusqu'à la prochaine récolte, du choix des bergers qui emmenaient les troupeaux en transhumance, de leur approvisionnement et de leur protection. Car des voleurs de moutons étaient apparus dans la région et Mose avait dû les prendre en chasse à deux reprises. Ces gens ne volaient chacun qu'un ou deux moutons à la fois, qu'ils ficelaient et chargeaient sur un dromadaire avant de filer au trot vers le désert, mais comme ils arrivaient à quatre ou cinq et que leurs incursions étaient fréquentes, cela faisait des pertes appréciables pour les affaires de Jéthro.

C'était ainsi que Mose avait appris à se servir d'une fronde. Ayant abattu l'un de ces voleurs d'une pierre dans le dos, tandis que l'autre prenait la fuite, il était allé voir si le malandrin était mort ou vif. Il le trouva couché sur le dos, vivant et gémissant, la pierre lui ayant probablement cassé une côte ou deux. Il fut également surpris par l'âge du voleur : quatorze ou quinze ans au plus. Quand il vit apparaître Mose, il se redressa pourtant et sortit un poignard de sa ceinture, le visage déformé par un rictus de défi. Mose avança tranquillement vers lui et lui dit :

« Donne-moi ton poignard. »

L'autre fonça sur Mose, qui l'attendit sur place et lui décocha un formidable coup de pied dans les parties. La douleur plia le voleur en deux et le couteau lui échappa des mains. Mose asséna ensuite un coup de poing dans le visage du garnement, qui tomba sur le dos une fois de plus, râlant.

« Je t'avais pourtant dit de me donner ton arme », lui dit Mose. Il s'empara du poignard, tailla prestement de larges lanières dans la chemise du garçon et lui lia les bras derrière le dos sans ménagement. Puis il lui attacha les pieds, le chargea sur le dromadaire et ramena le voleur et sa monture chez Jéthro.

Quand les serviteurs stupéfaits déchargèrent le voleur de son chameau, celui-ci était blême de douleur et de déconfiture. Jéthro apparut et comprit ce qui s'était passé. Il lança à Mose un clin d'œil admiratif.

« Il est blessé, dit Mose. Veux-tu le soigner ? »

Le voleur, terrifié, torse nu, toujours ligoté, était assis par terre. Jéthro alla examiner la blessure. Il commanda de l'eau chaude, lava le sang et, un peu plus tard, appliqua dessus un cataplasme de plantain chaud ébouillanté dans l'huile et le serra autour du torse du voleur qui n'osa piper mot, en dépit de la douleur.

Mose délia le voleur et lui ordonna de se tenir debout. L'autre flageolait sur ses jambes, les yeux exorbités de terreur. Un visage de renard hirsute. Les serviteurs assistaient à la scène, éperdus d'admiration.

« Je devrais t'égorger, lui dit Mose. Ou te couper la main droite. » L'autre exhala un râle de peur. « Désormais, tu es à mon service. As-tu compris ? » L'autre hocha la tête. « Tu as tes jambes pour courir et t'enfuir, mais si tu reprends ton métier, tu es un homme mort. As-tu compris ? » Nouveau hochement de tête. « Ton travail consistera à protéger les troupeaux de Jéthro, qui est devant toi, contre tes complices. As-tu compris ? Parle ! »

Mais le voleur ne parla pas ; il se jeta aux pieds de Mose

et se mit à sangloter. Il lui baisa les pieds et les mouilla aussi de ses larmes. Mose le releva.

« Comment t'appelles-tu ?

— Stitho.

— Donnez-lui à manger, dit Mose aux serviteurs. Il dormira avec vous. Il est des nôtres. Indiquez-lui où il doit faire ses ablutions pour être propre. »

« La main des dieux est décidément sur toi », dit Jéthro.

Mose se retourna brusquement.

« Pourquoi dis-tu cela? demanda-t-il, la gorge serrée.

— Parce qu'il faut que tu possèdes une force supérieure pour transformer ainsi le mal en bien. C'est le privilège des hommes désignés par les dieux. Tu possèdes la force des chefs, Mose. »

Il regarda longuement son gendre.

La main des dieux est sur toi. Mose vibra de l'intérieur, comme si un séisme le secouait.

Son ascendant sur le voleur Stitho, lui, semblait magique. Si Mose avait jamais eu un esclave, ce fut bien celui-là. A peine s'était-il remis de sa blessure et sa côte s'était-elle ressoudée que la vénération lisible dans son visage se manifesta de façon plus physique : il dormait par tous les temps à la porte de la tente de son maître, servait le moindre de ses désirs et, quand il en avait le temps, feignait de servir de monture à Guershon qui poussait des cris de joie.

« Qu'as-tu fait à ce garçon? demanda Sephira. Ce n'est pas sa vie que tu as sauvée, c'est son âme. C'est effrayant de constater à quel point il t'est dévoué. Es-tu magicien? »

Mose partait parfois avec Stitho dans les tournées de surveillance aux alentours des pacages[1]. Ils aperçurent une ou deux fois les anciens complices de celui-ci et les mirent en fuite.

Un après-midi de grande chaleur, vers la fin de la saison, et alors que le ciel blanc semblait sur le point d'entrer en fusion, Stitho tira le dromadaire sous un bouquet d'arbres, s'allongea et s'endormit. Mose attacha son cheval à l'un des arbres et partit à la recherche de certaines plantes que lui avait indiquées son beau-père. La chaleur était si forte qu'un feu blanc semblait monter du sol et que les pierres paraissaient incandescentes. L'air immobile ondulait à l'horizon et au pied des montagnes comme s'il était liquide.

Ce fut alors que Mose aperçut un buisson épineux dont la vue le cloua sur place. Des flammes voletaient au-dessus des petites feuilles vernissées, et pourtant le buisson restait intact. C'était surnaturel. Il en eut un éblouissement. Il tenait les yeux fixés dessus et sa tête bourdonna. Ce buisson était un signe divin ou infernal.

« Je suis ce que tu cherches, entendit-il. Je suis la flamme que tu cherches. » Il n'osait approcher du buisson, de peur de se brûler, mais, cette fois, de se brûler jusqu'au tréfonds de l'âme. « Tu m'as trouvé, dit la voix, je suis le dieu de tes ancêtres. » Mose se couvrit le visage de son manteau et tenta de parler, mais sa voix était éteinte. Il se voila le visage. « Je suis ton Seigneur. » Mose haleta, trempé de sueur, ses paupières ne formaient qu'un voile rouge par-dessus ses yeux. La voix était irrésistible, même s'il ne voulait pas l'entendre ; elle résonnait dans sa tête comme le tonnerre.

« Il faut libérer les tiens de la terre d'Égypte, reprit-elle.

— Comment les libérer ? gémit-il, tandis que la voix continuait de résonner en lui. Je n'ai pas le pouvoir...

— Je te commande de les libérer en mon nom », dit la voix, dont l'ampleur s'étendit sur les prés et vibra jusqu'aux montagnes lointaines dans un fracas gigantesque.

Qu'advenait-il donc, qui était ce dieu, quelle était cette puissance, qui donc accorderait jamais foi à cette apparition, à cette voix... Et la voix lui dit : « Je suis celui qui est... Dis-leur que je suis Celui-là... » Le grondement de cette voix était assourdissant, Mose vacilla. « Ils ne me croiront pas », dit-il faiblement. « Dis-leur que je suis celui qui est, je suis l'Etre ! » déclara la voix, et Mose tomba à genoux. Dans son égarement, il laissa tomber son bâton et ouvrit les yeux pour constater avec horreur que le bâton paraissait onduler sur le sol. C'était devenu un serpent ! Il poussa un cri. « Prends le bâton », commanda la voix. Il se pencha et saisit l'objet avec crainte et dégoût, mais c'était redevenu un morceau de bois... Il était loin des Apirous, il était perdu dans ce désert, comment ferait-il pour les faire quitter ce pays... Il se sentait soudain fragile, sans recours... « Aaron... Aaron t'aidera, dit la voix. Il y aura des événements que tu ne prévois pas, des événements qui te viendront en aide... Je suis le Maître de ce peuple et c'est Mon peuple... »

Puis le volume de la voix s'éleva comme si Mose se trouvait au cœur d'un tonnerre continu. La voix se changea en un grondement fracassant et une force terrifiante jeta Mose au sol. Il savait que cette force était d'une puissance suprême ; il resta agenouillé, la face contre le sol, attendant que la colère disparût. Le silence retomba peu à peu. Mose ne sentit plus que la terre brûlante et vibrant encore, et son front dessus, pareil à une braise[3]. Il se releva lentement en s'appuyant sur son bâton, porta la main à sa tête et tituba jusqu'au bosquet d'arbres. Là, il se laissa tomber à terre, hagard, et perdit connaissance plutôt qu'il ne s'endormit.

Il reprit conscience au contact d'une main sur sa poitrine, d'une fraîcheur sur ses lèvres. Stitho se tenait penché sur lui, versant lentement quelques gouttes d'eau de sa gourde dans sa bouche entrouverte. L'inquiétude crispait le visage du jeune homme.

« Maître, mon maître, comment te sens-tu ? » demanda Stitho.

Mose répondit par un signe des yeux. Puis au bout d'un moment, il s'assit en s'agrippant au jeune homme. Il se sentait faible, désorienté, incapable de penser à autre chose qu'à ce qu'il avait vu et entendu.

« Tu as pris trop de soleil », dit Stitho.

Mose s'empara de la gourde et but de longues gorgées. Le monde reprenait progressivement sa couleur normale. A l'angle du soleil, Mose comprit que deux ou trois longues heures s'étaient écoulées depuis sa vision. Une brise soufflait du nord et l'esprit reprenait lentement ses droits.

« Trop de soleil, répétait Stitho, rafraîchissant le front de Mose avec un linge mouillé. Il faut rentrer, maintenant.

— J'ai vu le soleil, » murmura Mose en se redressant péniblement.

Tout au long du retour, les paroles qu'il avait entendues retentissaient dans sa tête : *Je suis celui qui est.*

Une fois à la maison, il s'allongea et resta couché. Sephira s'en alarma. Elle avait bien entendu les explications de Stitho, qui attribuait l'état de Mose à un coup de soleil, mais elle n'y croyait qu'à moitié. Elle s'assit près de Mose, sans rien dire et lui prit la main.

« Je ne suis pas malade, dit-il faiblement. J'ai rencontré une force immense. Une force divine qu'aucun homme n'est capable d'affronter. Je suis humain, je dois me reposer. »

Par moments, le tonnerre céleste retentissait encore dans sa tête et déclenchait des gestes soudains, pareils à des spasmes. Et Mose gémissait, le souffle court, la bouche ouverte.

Alerté par Sephira, Jéthro vint voir Mose à son tour. Il paraissait soucieux.

« Qu'as-tu vu ? demanda-t-il.

— J'ai vu la lumière, j'ai vu le feu, mais j'ai surtout entendu la voix.

— Qu'a-t-elle dit ? »

Mose tourna la tête vers Jéthro : « Je suis celui qui est. » Il ne parla pas du commandement qu'il avait reçu. Peut-être n'était-il pas autorisé à le révéler.

« Maintenant la main des dieux t'a saisi », dit Jéthro.

Restait à convaincre les autres, tous les autres. *Dis-leur que je suis l'Etre.*

5

Le visiteur

Comment ? Mais comment ? Mose ne cessa, pendant des semaines, de réfléchir aux moyens d'accomplir la mission dont il se persuadait de plus en plus qu'elle lui avait été confiée par les puissances célestes. Retournerait-il en Égypte ? Il pouvait certes remonter la Grande Verte en bateau, arriver à la Grande Noire et de là, tenter d'éveiller les Apirous à la conscience du grand dessein du Seigneur.

Mais il y avait deux obstacles. Le premier était qu'on le reconnaîtrait à coup sûr, et même si les indiscrétions des terrassiers sur le meurtre du contremaître n'étaient pas parvenues en haut lieu, même s'il n'était pas traîné devant Ramsès lui-même, son action serait paralysée rapidement. Il était certainement considéré comme fugitif. Le nomarque, le sinistre Hape-nakht ou celui qui lui avait succédé en qualité d'espion de Memphis, et en tout cas le grand-prêtre, ne lui feraient pas de quartier. Disgracié, expédié sous bonne garde à Memphis, il serait une non-personne, sans crédit royal, sans influence auprès des Apirous. Le pire des échecs !

Le second obstacle était l'inertie des Apirous. Jéthro l'avait dit : ce n'étaient pas des guerriers. Certes, quelques hommes ici et là, ceux qui lui avaient jadis demandé de prendre leur commandement, le suivraient sans discuter, et même avec ardeur. Mais les autres, que leur dirait-il ? Que le Tout-Puissant lui était apparu ? Ils lui demanderaient pourquoi ce Tout-Puissant ne facilitait pas leur fuite.

Un troisième obstacle commençait également à se dessiner dans l'esprit de Mose : comment faire sortir du royaume trente ou quarante mille personnes, hommes, femmes, enfants, vieillards ?

Le spectacle de Sephira et de son fils n'allégeait guère ses tourments. Qu'avait-il à faire de cette aventure extravagante, alors qu'ils étaient là, la première femme qui lui nourrissait l'âme et le premier enfant qu'il avait engendré en tant qu'homme libre.

Libre ? Il l'avait espéré, il l'avait cru, il s'en était réjoui pendant quelques mois. Mais il y avait la Voix. Il y avait la Lumière. Quelle idée il avait eue d'aller méditer au bord de la mer, puis d'attendre que la ligne de feu se matérialisât...

Le pis était que ni Sephira, ni Jéthro ne pouvaient lui être d'aucune aide dans ces tourments. Il allait donc errer au port, l'œil vague, écoutant les récits comme un naufragé.

Un jour, un marin vint lui mettre la main sur l'épaule, alors qu'il partageait avec des marchands et des marins un repas de fortune à l'abri d'un entrepôt : des crevettes, du poisson vite écaillé et vidé mis à griller sur des braises, du pain de seigle, du fromage à l'huile. La saison froide arrivait, les vents du nord commençaient à sévir et la cavalerie des nuages s'emballait. L'eau frisait dans le port et, au loin, la mer moutonnait.

« Mose, il y a quelqu'un qui veut te voir. C'est toi Mose, n'est-ce pas ? »

Il se retourna et vit un homme qu'il pensait à la fois connaître et ne pas connaître. Mais l'autre fondait sur place, le visage défiguré par la joie, l'émotion, et bientôt les larmes.

« Ptahmose ! »

Mose se leva, troublé, et à peine fut-il debout que l'autre se jeta dans ses bras.

« Mose ! Tu ne me reconnais pas ? Je suis Aaron. Ton frère Aaron !

— Aaron ! »

Les autres convives avaient levé la tête, surpris par ces débordements.

« Aaron. »

Il éprouva un vertige.

« Comment es-tu arrivé ici ? »

L'autre leva les bras au ciel. C'était toute une histoire.

« Si c'est ton frère, coupa un des marins, dis-lui de s'asseoir ; il y a du poisson pour tout le monde. »

Aaron ne se le fit pas répéter ; il mourait de faim et de soif.

« Mose, je viens d'Avaris. » Il vida son verre d'un trait. Mose dévisagea l'homme bedonnant au front largement dégarni et lui donna quarante ans. Il ne le connaissait pratiquement pas. Quarante ans ! Quinze ans de plus que lui. « J'ai trouvé un bateau qui partait de la Grande Noire, reprit Aaron. Trois semaines. Un temps ! J'ai cru vingt fois que nous allions sombrer ! »

Volubile, Aaron. Ce n'était pas la recherche de la ligne de feu qui l'avait occupé toutes ces années-là. Mais il amusait les matelots, qui n'étaient guère habitués à des personnages aussi expansifs, eux qui comptaient leurs mots comme le pauvre compte les fèves dans son plat. Mose tentait de dissimuler son angoisse. *Aaron t'aidera*, avait dit la voix. Et voilà qu'Aaron arrivait, comme descendu du ciel.

« Que faisais-tu à Avaris ? demanda-t-il. Je te croyais à Memphis.

— J'ai été transféré à Avaris répondit Aaron. Mais, dis-moi, tu parles couramment notre langue, maintenant. On me l'avait dit à Avaris, mais je ne le croyais pas.

— Assez bien pour me faire comprendre. » Mais à entendre Aaron, Mose comprit que son propre accent était plus rocailleux, à l'instar de celui des gens du désert, alors que celui d'Aaron était plus doux.

« C'était la première fois que je prenais la mer, dit Aaron. Tu sais ce que c'est !

— Non, dit tranquillement Mose, je suis venu par la route de terre.

— La route de terre ? Il y a une route de terre ? »

Mose laissa courir. On verrait plus tard pour quelle raison Aaron avait fait ce voyage à la fois extravagant et prédestiné.

« Tu sais que Séti est mort ? Tu sais ? »

« Je sais », dit Mose, se demandant si Aaron était vraiment son frère. Ils étaient tellement dissemblables. Pour commencer, lui, Mose, ne buvait pas de façon intempérante. Mais il était vrai qu'Aaron n'était que son demi-frère.

« Ramsès est le maître absolu du pays. Si tu voyais ! Il fait construire au nord d'Avaris une ville qui portera son nom, Pi-Ramsès, entre les Eaux de Rê, tu sais, à l'ouest, et les Eaux d'Avaris, sur la Grande Noire. L'armée est devenue toute-puissante. L'infanterie seule compte quatre divisions de cinq mille hommes chacune ! »

Les marins, qui comprenaient à peu près la langue d'Aaron, observaient celui-ci d'un œil de plus en plus goguenard. Mose commençait à en être embarrassé. Aaron dut s'en apercevoir car il lui lança un regard ironique.

« Tu penses que je suis bête, Mose ?

— Pas du tout, répondit Mose, un peu surpris par la clairvoyance de son demi-frère.

— J'ai eu du mal à te retrouver, dit Aaron. Tu es parti un soir d'un chantier au nord d'Avaris, et j'ai pensé que tu n'avais pas pu suivre la route côtière, parce qu'elle est surveillée par l'armée égyptienne. Tu étais donc descendu vers le sud. J'ai cru que tu avais trouvé un bateau à la Grande Noire. Et je me suis dit que tu étais descendu à l'une des escales sur la côte. »

Mose écoutait sans sourciller.

« Qu'est-ce qui s'est passé après que je suis parti ? demanda-t-il.

— Ils t'ont cherché pendant des jours. Ils se sont demandé où tu étais allé et les postes de la route côtière ont été alertés. Ils devaient t'arrêter et te ramener à Memphis.

— Pourquoi ? demanda Mose, l'œil soudain aigu.

— Parce que le chantier était devenu impossible à diriger après ton départ. Les ouvriers n'obéissaient plus à personne.

— J'étais tellement cher aux Apirous ? » demanda Mose.

Aaron le regarda d'un œil plein de reproches.

« Quand tu es parti, nos frères ne voulaient plus obéir aux Égyptiens. »

Les marins commençaient à s'intéresser un peu trop à la conversation. Mose se leva et déclara qu'il allait accompagner son frère à sa tente. Les matelots hochèrent la tête. Mose prit Aaron en croupe et galopa vers sa tente. En mettant pied à terre, il lui dit :

« Parle le moins possible.

— Tu caches quelque chose? demanda Aaron.

— Je ne cache rien. Ici, je suis un autre. »

Il l'installa dans la tente des bergers, qui étaient absents jusqu'à la fin de la semaine.

« Aaron, expliqua-t-il, je suis marié avec Sephira, la fille d'un patriarche, Jéthro, qui est le seul père que j'aie connu. J'ai un fils. Si tu as fait tout ce voyage pour me dire quelque chose de sérieux, garde-le pour moi. Rien que pour moi. Tu soupes avec nous ce soir. Tu es venu me voir et rien d'autre. »

Aaron resta silencieux un moment et puis il dit, d'un ton grave :

« Je suis venu te voir pour quelque chose d'important. »

Mose hocha la tête et sortit prévenir Sephira et Jéthro de l'arrivée de son demi-frère, venu d'Égypte.

Aaron fut accueilli avec bienveillance, mais une légère surprise. Jéthro, amène et seigneurial, se félicita de connaître le frère de son gendre. Mais dix questions, apparemment anodines, témoignèrent qu'il se doutait que ce n'était pas la seule affection fraternelle qui avait porté Aaron à effectuer un voyage aussi aventureux. Laïch et Iddo posèrent des questions courtoises sur l'Égypte, s'étonnant qu'Aaron n'eût pas suivi son frère dans l'exil.

La discrétion ou l'esprit d'observation portèrent Jéthro à se retirer tôt après le souper. Laïch retourna près de sa femme. Iddo disparut on ne savait où. Mose et Aaron se retrouvèrent seuls.

6

La preuve par la folie

Une nuit sans lune, cloutée d'étoiles. Un vent frais. Les derniers feux mouraient dans le campement et les chacals commençaient leurs vocalises. Les deux hommes se tenaient sur le versant de la colline le plus éloignée des tentes.

« Pourquoi es-tu parti ? demanda Aaron.

— Parce que j'avais tué un homme, un contremaître égyptien, et que des terrassiers apirous le savaient. Ils me l'ont dit. »

Aaron demeura un moment silencieux.

« Issar, Loumi, Arphaxad, Enoch, n'importe qui les aurait fait taire. Tu le sais.

— Tu étais au courant ? demanda Mose.

— C'est une rumeur qui a couru. Nous l'avons étouffée. Tu avais pris la défense d'un des nôtres. Nous n'aurions jamais permis que deux autres te missent en péril. Même en ton absence.

— Nous ?

— Les chefs de clans[1]. »

Pour la première fois, Aaron s'exprimait avec autorité.

« Mais tu ne nous faisais pas confiance. Tu ne te considérais pas comme un des nôtres. Si tu t'étais confié à nous, tu aurais été certain que les deux terrassiers n'auraient pas desserré les dents et tu serais toujours en Égypte. »

Mose resta silencieux.

« Tu ne te considères toujours pas comme un des nôtres ? demanda Aaron avec force.

— Jusqu'il y a quelque temps, non, répondit Mose.

— Jusqu'il y a quelque temps ? »

Mose hésita un instant.

« Jusqu'au jour où j'ai entendu la voix... »

Aaron attendit la suite. Elle ne vint pas.

« La voix de qui ? demanda-t-il.

— La voix.

— De qui ? »

— Du Tout-Puissant.

— Explique-toi.

— Il m'a dit : *Je suis celui qui est.* Comprends-tu ? »

Mose leva les bras, le regard perdu.

« Tu as entendu cette voix ? demanda Aaron.

— Je l'ai entendue.

— Où ?

— Dans le désert. Elle émanait d'un buisson en feu qui ne brûlait pas. Elle faisait vibrer le monde, la terre, les montagnes. Elle a dit : *Je suis le dieu de tes ancêtres.*

— Et qu'a-t-elle dit d'autre ?

— Elle m'a... elle m'a ordonné... non, enfin, j'ai entendu : *Il faut libérer les tiens de la terre d'Égypte... Je te commande de les libérer en mon nom...* Comprends-tu ? cria Mose.

— Cette voix a dit cela ? demanda Aaron, qui paraissait ahuri.

— J'ai dit que j'étais trop faible, que je ne pouvais pas leur faire quitter l'Égypte. *Aaron t'aidera*, a répondu la voix.

— *Aaron t'aidera* ? » répéta l'autre, la main serrée sur le poignet de Mose.

Mose hocha la tête. Aaron leva les bras, lui aussi, et un gémissement enfantin s'exhala de sa bouche.

« C'est alors seulement que j'ai compris... que j'ai admis que vous étiez les miens, dit lentement Mose. Mais personne ne me croira, Aaron. Imagine-les, si je leur disais cela, que le dieu de mes ancêtres m'est apparu et m'a commandé de les libérer...

— Ils te croiront, fit pensivement Aaron. C'est le signe qu'ils attendaient.

— Non, ils ne me croiront pas. Ils ne te croiront pas non plus, Aaron. Ils te traiteront de menteur et moi de fou. Ils sont bien là où ils sont. Pourquoi quitteraient-ils l'Égypte ? La terre est grasse, le lait et le miel abondants, les vergers fleurissent et le gibier...

— C'est ce que tu crois ? l'interrompit Aaron. Tu te trompes.

— Ils ne partiront pas, Aaron, dit Mose, fermant les yeux. Et comment veux-tu faire partir trente ou quarante mille personnes ? Y as-tu pensé ?

— Veux-tu dire que tu n'obéiras pas à l'ordre du Seigneur ? s'écria Aaron avec véhémence. Tu as entendu le Seigneur et tu ne crois pas à ce qu'il t'a dit ?

— Je sais, moi, que je l'ai entendu, mais je ne crois pas qu'ils m'entendront, répondit Mose avec lassitude.

— Écoute-moi, la vie là-bas est devenue pire qu'elle ne l'était de ton temps. Ramsès est comme fou. On dirait qu'il veut couvrir la terre d'Égypte tout entière de monuments, de temples, de garnisons, de villes... Son grand architecte, May, en a à peine esquissé les plans que Ramsès veut les voir dressés. Nous travaillons sans relâche, le claquement du fouet nous poursuit jusque dans notre sommeil. Nous n'en pouvons plus ! Ils te croiront, ils ne demandent qu'à croire. Et ton nom même est symbole d'espoir. Ce n'est pas un contremaître que tu tuerais de nos jours, ce sont tous les contremaîtres !

— Je ne retournerai pas là-bas. Je ne parle pas assez bien leur langue, dit Mose.

— Laisse-moi leur dire que tu as entendu la voix du Seigneur. Que c'est son commandement même que tu leur transmets... »

Mose soupira.

« Va le leur dire.

— Issar, Loumi, Arphaxad, Enoch et bien d'autres, n'attendent qu'un signe de toi.

— Comment savent-ils que je suis encore en vie ?

— Il y a des marchands. Quand ils ont rapporté des récits sur un jeune homme venu d'Égypte qui était beau comme un prince et qu'on appelait le roi des démons, j'ai compris que c'était toi, nous l'avons tous compris. »

Ils longèrent le bord de la colline. Le vent secouait leurs robes.

« Si tu le leur dis... commença Mose. Écoute, j'ai réfléchi. Si tu le leur dis, il faut commencer par t'adresser aux chefs de clans, comprends-tu ? Ce sont les chefs qui décideront pour eux.

— C'est exact, admit Aaron.

— Que les chefs leur disent de se tenir prêts.

— Prêts pour quoi ?

— Il y a aura... il y aura un événement extraordinaire qui leur permettra de fuir.

— Quel événement ?

— Je ne sais pas.

— Tu nous demandes d'attendre indéfiniment un événement qui nous permettra de fuir, et tu ne sais même pas quel événement ?

— Non. Je sais seulement qu'il adviendra.

Aaron poussa un soupir d'exaspération. « Je ne comprends pas, Ptahmose. » Il l'appelait toujours Ptahmose.

« On m'appelle maintenant Mose.

— Mose ? Ça n'a pas de sens. D'un côté, tu sembles avoir réfléchi à l'opération, puisque tu recommandes que les chefs de clans rassemblent les gens autour d'eux, et, d'un autre côté, tu remets cette opération à un événement dont tu ne sais même pas quelle sera sa nature, ni quand il se produira.

— Il y aura un événement, des événements, répéta Mose. Je le sais parce que la voix me l'a dit. Elle m'a dit : *Aaron t'aidera*, et tu es venu. Elle m'a dit : Il y aura des événements qui te viendront en aide, et ils adviendront. C'est tout.

— La voix t'a dit cela ?

— Oui.

— Ce qui est extraordinaire, dit Aaron après un temps, c'est que je t'ai vu une nuit en rêve. Tu m'appelais. Alors je suis venu. C'est la vraie raison de mon voyage.

— Tu vois.

— Je serais quand même venu, reprit Aaron. Pour que tu nous aides.

— N'y a-t-il donc personne d'autre que moi à Avaris[2] ?

— Il y a peut-être des hommes qui prendraient le

commandement de notre peuple, dit Aaron. Mais c'est toi qui a capté l'imagination des plus décidés.

— Pourquoi ?

— Pourquoi, je ne sais pas. Tu donnes l'impression que la main du Seigneur s'est posée sur toi.

Mose soupira. A la fin, cela paraissait vrai ; la main du Seigneur s'était posée sur lui. Elle lui paraissait pesante. Il s'emmitoufla dans son manteau.

« Mais comment feras-tu donc pour faire partir tous ces gens ? A la fin, le seul atout dont nous disposions est que tout ce projet est complètement insensé.

— Que veux-tu dire ? demanda Aaron, décontenancé.

— Je dis que tout ce projet de fuite hors d'Égypte est frappé au coin de la folie, Aaron, et que là réside notre seule chance de succès.

— Je ne comprends pas... murmura Aaron.

— Il est clair que Ramsès s'opposera au départ d'un peuple qui représente le plus fort de sa main-d'œuvre. Dès que les premières bandes d'Apirous se seront mises en marche vers l'est, il enverra son armée à leurs trousses. Si la fuite échoue parce que l'armée nous barre la route, la condition des Apirous sera pire que jamais. Ça, je suppose qu'Issar, Arphaxad et les autres n'y ont pas pensé. »

Aaron demeurait silencieux.

« C'est pour cela que je n'ai pas répondu à leurs espoirs, poursuivit Mose. Déclencher ensuite cette opération sur le commandement d'une voix qu'un Apirou a entendue dans le désert et tenter de convaincre trente ou quarante mille Apirous que c'est la voix de leur Seigneur, et cela par le truchement d'un demi-frère de cet Apirou-là, c'est de la franche démence. Défier Ramsès et se lancer dans un voyage sans fin, sans savoir même où l'on ira, c'est de la folie furieuse ! »

Aaron se mit les mains sur le visage.

« Mais tu es complètement découragé, Mose ! Et complètement décourageant ! Tu veux dire que nous ne réussirons jamais. Et c'est cela que tu appelles un atout ?

— D'une certaine manière, c'est, en effet, un atout.

— Tu me rends fou, gémit Aaron.

— Ce que je veux dire, expliqua patiemment Mose, c'est

que, si c'était un projet raisonnable, Ramsès aurait des moyens également raisonnables pour le combattre. Et comme il est le plus fort, ce serait lui qui gagnerait. Mais comme c'est un projet aberrant, Ramsès sera pris au dépourvu. Surtout si les événements annoncés se produisent.

— Quels pourraient être ces événements? demanda Aaron.

— Je ne sais pas. Certainement un fait du ciel. Quelque chose d'immense, de plus fort que Ramsès lui-même. La voix les a annoncés.

— Comment en serons-nous informés?

— Je t'enverrai un messager. »

Et Mose mesura alors l'intérêt d'avoir des amis parmi les marchands et les marins. Il trouverait à coup sûr un marin madianite qu'il chargerait d'un message pour Aaron.

« Tu sais lire?

— Non », avoua piteusement Aaron. C'était vrai; pourquoi eût-il lu l'égyptien? « Mais il en est parmi nous qui le lisent.

— Envoie-moi un message écrit dès ton retour, pour m'informer de la réaction des chefs des clans.

— Tu es certain que tu ne viendras pas[3]?

— Je ne parle pas assez bien votre langue. Et surtout, si je me montrais à Avaris ou ailleurs, je risquerais d'être arrêté et cela compromettrait tout, répondit Mose. Il faudra que tu rentres par le premier bateau. Après, la mer devient vraiment difficile.

— Tu ne m'as pas demandé des nouvelles de Miriam, dit Aaron.

— Comment va-t-elle?

— Elle va bien. Elle parle de toi tous les jours.

— Donne-lui ma bénédiction », dit Mose.

Ils étaient sur le point de se séparer pour la nuit quand Mose se ravisa.

« Et ceux qui sont restés en Canaan? demanda-t-il. Avez-vous des rapports avec eux?

— Ceux qui sont restés en Canaan? répéta Aaron, surpris. Non. Comment en aurions-nous des nouvelles? De temps en temps, nous entendons parler d'eux. Ils changent tout le temps de territoire.

— T'es-tu demandé comment ils nous accueilleront ? Il y a près de quatre siècles que... nous sommes partis de Canaan...

— Ils se rallieront à nous, je pense, dit Aaron, troublé.

Cela faisait vraiment un nombre considérable d'inconnues, songea Mose.

« De toute façon, pouvons-nous résister à la volonté du Seigneur ? »

7

Lettres

Les saisons passaient et Guershon grandissait. Sephira se laissa aller à l'illusion qu'elles se succéderaient ainsi jusqu'à la dernière, celle où l'on ferme les yeux. Elle fut de nouveau enceinte. Le camp retentissait de cris d'enfants, ceux de Guershon, des enfants de Laïch et d'Iddo, des petits-enfants du beau-frère de Jéthro.

« Il n'y a jamais assez d'enfants », disait-elle volontiers. Elle se connaissait bien une mystérieuse rivale, mais elle n'en parlait jamais, ni à sa mère, ni à son père. C'était la destinée de Mose. L'idée l'en tenait parfois éveillée, la nuit, mais Sephira se raisonnait. Elle avait choisi son mari parce qu'il était exceptionnel, elle l'avait reconnu avant de savoir son nom. Or, qu'est-ce donc un homme exceptionnel, sinon l'éternel amant d'une destinée ?

Stitho était devenu le gardien des enfants, sans jamais cesser d'être celui de Mose. Il leur confectionnait des cerceaux avec des joncs qu'il avait mouillés et cerclés, et il les faisait rouler avec un bâton ; c'était assez étonnant de voir cet ancien voleur poursuivi par une troupe d'enfants éperdus de rire.

Jéthro rendait la justice, guérissait et faisait des sacrifices comme toujours. Le soir, comme les hommes soupaient tous ensemble, il interrogeait Mose, parfois de la voix, mais parfois aussi du regard. Mose lui avait parlé de la vision dans le désert et de la voix.

« Je connais le buisson, avait-il dit. Il n'est pas miraculeux. Mais je ne connais pas la voix et je ne me suis pas trompé quand je t'ai dit que tu avais été désigné par les dieux. »

Pourquoi disait-il « les dieux » et pas *Le Dieu*? demanda Mose.

« Chaque nation a son dieu et parfois elle en a plusieurs, avait répondu Jéthro.

— Mon peuple n'aura qu'un Dieu, répondit Mose. C'est bon pour les Égyptiens, d'avoir tous ces dieux.

— Pourquoi hais-tu autant les Égyptiens? demanda Jéthro. Chaque fois que tu parles d'eux depuis que je t'ai connu, ta véhémence va croissant...

— Comment pourrais-je ne pas haïr des oppresseurs? s'écria Mose.

— Tu peux haïr les oppresseurs sans haïr leurs dieux.

— Des dieux à têtes d'animaux!

— Les têtes d'animaux ne sont que des symboles, Mose, dit Jéthro. Tu m'as parlé de ce vieux prêtre qui t'avait instruit.. Détestes-tu aussi ses dieux?

— Justement! s'écria Mose. Il était le prêtre d'un culte qui ne voulait reconnaître qu'un seul Dieu. Ce culte a été sauvagement aboli. Les Égyptiens ont restauré leur ancienne religion et s'ils prétendent honorer plusieurs dieux, c'est parce que leur piété est superficielle.

— T'es-tu fait le juge du cœur des hommes? » demanda doucement Jéthro.

Mose secouait la tête.

« Je me suis fait le juge des oppresseurs. Non, Jéthro, mon peuple n'aura qu'un seul Dieu et il n'aura pas une tête d'animal. »

Il disait désormais « mon peuple ». Jéthro le releva aussi :

« T'es-tu fait le rival de Ramsès?

— Ramsès passera, Jéthro, et ses temples s'écrouleront, mais le Seigneur unique demeurera.

— Tu détestes Ramsès », dit Jéthro.

Mose leva les yeux vers Jéthro et vit ce regard clair dans lequel dansaient les flammes.

Le patriarche devinait bien que Mose attendait des signes, mais il ne savait pas lesquels.

Le premier de ces signes arriva, mais pour la seule connaissance de Mose, dans les mains d'un marin qui revenait de la Grande Noire, quatre mois après la visite d'Aaron. C'était un papyrus roulé dans une section de bambou de Pount.

« Pour Ptahmose, mon frère élu, par la main de mon frère Arphaxad, dans le faubourg des Serviteurs d'Apis, au nord d'Avaris.

« Nous avons tenu dès mon retour en Égypte une réunion avec les anciens et les chefs de huit des trente-sept familles de nos tribus dans les six nomes de Basse Égypte, à Avaris et dans la cité nouvelle de Pi-Ramsès[1]*. Nous n'avons pas pu convoquer les chefs des vingt-neuf autres familles, les uns parce qu'ils n'avaient pas jugé que nous ayons quelque chose d'important à leur communiquer, les autres parce qu'ils étaient absents et ne pouvaient répondre à notre appel. Cinq chefs de clans se trouvent, en effet, immobilisés à Pi-Ramsès, en raison des travaux entrepris dans cette cité et les autres ont accompagné les équipes qui ont été dépêchées à Thèbes pour les travaux de construction du tombeau de Séti*[2]*.*

J'ai fait part aux chefs présents de notre rencontre et je leur ai annoncé la divine révélation dont tu as été l'élu. Leur émotion a été considérable et ils ont immédiatement déclaré qu'ils sacrifieraient au Seigneur pour lui rendre grâces de ne pas les avoir oubliés. Ce sacrifice a été célébré sitôt après la réunion. Je leur ai également fait part de ta recommandation d'alerter tous les chefs de clans afin qu'ils mobilisent à leur tour nos frères et leur enjoignent de se tenir prêts à faire route pour la liberté.

Ton ordre a été accueilli comme un signe de plus de ta grande sagesse et il sera appliqué avec ferveur par tous les chefs de clans qui étaient présents à notre réunion.

Je te tiendrai informé de la prochaine réunion qui, nous l'espérons, sera organisée avec tous les chefs de clan. Nous te souhaitons la prospérité et la paix dans l'obéissance au Seigneur. »

Mose fronça les sourcils : huit familles seulement sur

trente-sept ! Qu'une ou deux eussent manqué à l'appel, soit, mais vingt-neuf... Tous probablement empêtrés dans leurs tergiversations et leurs ratiocinations ! Il devinait ce qu'ils pensaient : que Mose était un illuminé et qu'ils n'allaient pas, sur la foi de ses visions, d'ailleurs rapportées par son demi-frère, s'embarquer dans on ne savait quelle aventure. S'il avait été là-bas, il eût fait beau voir qu'ils traînassent ainsi la patte !

Mais il n'était pas là-bas. Et Aaron n'était pas un homme d'autorité. C'était un homme arrangeant. L'après-midi et la journée du lendemain s'étaient passées à trouver des papyrus, puis de l'encre et enfin un jonc. On n'écrivait guère dans le pays de Madian et Mose, ne trouvant pas de jonc, se décida à aller lui-même en chercher, couper et tailler un. Il étala dessus un papyrus et rédigea la réponse, ou plutôt la réplique :

> *« De Ptahmose à son frère Aaron, aux soins de son frère Arphaxad, dans le faubourg des Serviteurs d'Apis, au nord d'Avaris.*
>
> *Que ceux qui redoutent la colère du Seigneur entendent : le temps n'est pas aux atermoiements.*
>
> *Le Seigneur commande par ma voix à tous les chefs des trente-sept familles de Son Peuple en exil d'exhorter tous les siens, hommes, femmes, enfants et vieillards, à s'unir et à se préparer à leur sortie de l'esclavage. Qu'ils se tiennent prêts à obéir aux signes qui ne manqueront pas de se manifester par Sa Volonté.*
>
> *Les mous seront exclus du nombre de Son Peuple et s'exposeront aux foudres de Sa Justice. Ils demeureront éternellement dans l'esclavage des Égyptiens. »*

Il roula le papyrus dans le même étui de bambou et retourna au port pour le confier à l'un des marchands en partance pour la Grande Noire, en lui recommandant de veiller à ce que la missive ne tombât pas dans les mains des espions égyptiens et qu'elle fût remise au destinataire en main propre. Le marchand l'avertit que la lettre ne serait sans doute pas remise avant trois semaines et que, s'il attendait une réponse, elle ne lui parviendrait pas avant trois autres.

Ce soir-là, Mose se coucha de mauvaise humeur. Il se réveilla soudain en pleine nuit. Où donc, à supposer que cette folle tentative finît par aboutir, iraient tous ces gens ? Il faudrait faire une reconnaissance de Canaan.

Le lendemain, il annonça à Sephira et à son beau-père qu'il s'absentait pour quelques jours. Il prit sa fronde, quelques provisions et une gourde d'eau, et emmena Stitho en croupe. Une heure plus tard, il remontait la rivière Araba sur sa rive orientale.

« Tu trouveras beaucoup d'eau là où tu vas », lui avait dit Jéthro.

En effet, après un jour de voyage, il vit que l'Araba recevait deux affluents de part et d'autre, aux confins du pays d'Edom[3]. Le pays était le plus boisé que Mose eût jamais vu : si l'on quittait les quelques chemins frayés dans les vallées, on s'égarait dans des forêts denses, chênes, frênes et cèdres sur les hauteurs. Tout cela grouillait de gibier et par deux fois, son cheval hennit de peur en apercevant un loup sur le chemin[4]. La première fois, le loup détala à la vue du cheval ; la seconde, il parut décidé à tenter une attaque. Stitho était muet de peur. Mose saisit sa fronde et expédia une pierre sur l'animal en guise de dissuasion. Le projectile atteignit l'animal sur l'arrière-train, lui arracha des couinements perçants et lui fit regagner les taillis aussitôt.

Les loups s'enhardissant comme les chacals à la nuit tombée, Mose et Stitho furent heureux d'arriver à un village peu après le crépuscule. La première maison qu'ils virent s'élevait dans une clairière à l'intérieur d'un enclos hérissé de pieux pointus, à flanc de montagne ; quelques vaches et des chèvres broutaient dans l'enclos, assez haut pour tenir loups et chacals en respect. Sans descendre de cheval, Mose se pencha par-dessus l'enclos et aperçut un homme encore jeune, à la tignasse et la barbe hérissées, vêtu d'un épais manteau doublé de fourrure.

« Nous donnerais-tu l'abri pour la nuit ? » lui demanda Mose.

L'autre le dévisagea un moment.

« Es-tu égyptien ? » demanda-t-il.

Mose devina que les Égyptiens n'étaient pas les bienvenus dans la région.

« Non, répondit-il, ce qui avait fini par devenir la vérité.

— Tu es un Apirou, alors?

— Je viens du Madian, dit Mose.

— D'où, dans le Madian?

— D'Ecyon-Géber.

— Tu parles comme un Apirou. Nous ne voulons ni d'Égyptiens, ni d'Apirous ici.

— Peut-être ne veux-tu pas d'êtres humains non plus, au fond, lui dit Mose, retenant sa colère. Et il détala après avoir jeté un regard furieux à l'homme.

La nuit tombait, et Mose et Stitho commençaient à s'inquiéter. Ce n'était pas du tout le pays qu'avait imaginé Mose, mais une contrée âpre et fermée. Il envisagea un moment de monter se percher dans un arbre avec son compagnon, mais c'eût été laisser le cheval exposé aux loups et aux chacals, sans parler des ours et des lions. Il poursuivit son chemin donc dans la nuit qui s'épaississait et ils parvinrent dans une plaine qui s'étendait au pied d'un plateau. Ils n'avaient pas de quoi faire du feu. Ils trouvèrent à la fin un renfoncement au pied du plateau, dans des broussailles, et s'y installèrent, faisant fuir un jeune sanglier qui dormait là. Puis ils mangèrent un peu de pain et de fromage et Mose se demanda si Jéthro connaissait la contrée et, dans ce cas, pourquoi il ne l'avait pas prévenu. Puis il dormit d'un œil jusqu'au petit matin.

Ils voyagèrent trois jours, jusqu'à Punôn et Salmona, et rencontrèrent chez tous les Edomites la même hostilité hargneuse à l'égard des étrangers. Ces deux cités s'abritaient derrière de hauts murs sur lesquels patrouillaient des archers et où Mose et Stitho furent autorisés à entrer sans empressement, et seulement après qu'ils eurent précisé qu'ils ne venaient qu'acheter quelques vivres. Certes, autour de ces places fortes, les plaines étaient verdoyantes et l'on voyait beaucoup de troupeaux, mais la plus grande partie du pays était couverte de forêts denses, inhospitalières, alternant avec des étendues pierreuses qui n'étaient guère plus accueillantes.

Ce ne fut qu'à Tamar, à la limite du pays de Moab que les deux hommes trouvèrent un peu plus d'hospitalité, à la fois chez les habitants et dans le paysage, bien que celle-ci ne fût pas non plus débordante. La première question qu'on leur posait était toujours la même : « Êtes-vous égyptiens ? » Les gens ne se détendaient un peu que lorsque Mose disait qu'il venait du Madian. Les Égyptiens avaient dû laisser un souvenir détestable dans la région. C'est à Arad qu'il eut une première conversation confiante, sans doute parce qu'il avait attiré l'œil d'une veuve, qui lui offrit ainsi qu'à son compagnon, leur premier vrai repas depuis leur départ : un lièvre au safran, des carottes et des salades, arrosés d'un vin rouge de Syrie, boisé et légèrement sucré.

La veuve semblait tenir une cour d'hommes d'âges variés, ce qui amusa secrètement Mose. A l'évidence, il en était certains qui faisaient là figure de gibier, d'autres de prédateurs, car la femme paraissait avoir hérité du bien. Tous ces hommes dévisagèrent donc les deux voyageurs d'un œil sourcilleux et ne se déridèrent que lorsque Mose les eut informés qu'ils repartaient le lendemain.

« Pourquoi les Edomites sont-ils si peu hospitaliers ? » demanda-t-il quand les humeurs se furent adoucies dans les vapeurs du vin.

Sur quoi les convives s'esclaffèrent. « Va-t-on demander l'aumône aux voleurs ? » finit par s'écrier l'un d'eux. Et comme Mose ne paraissait pas comprendre, l'homme expliqua : « Les Edomites ont volé leurs territoires aux Bédouins et ils sont constamment menacés par les Apirous. De plus, ils ont eu plusieurs fois affaire aux Égyptiens, qui en ont pris des centaines comme esclaves, et ils ne sont donc pas prêts à offrir leur hospitalité.

— Et où vas-tu donc demain? demanda la veuve, lorgnant la pierre au doigt de Mose.

— Je vais à Beer-Sheba.

— Que vas-tu donc faire chez des Apirous ? Si tu es marchand, il n'y a rien à leur vendre et rien à leur acheter non plus. »

Décidément, se dit Mose, les gens de ces parages n'avaient pas grande estime les uns pour les autres. Il prétendit que son beau-père, marchand, cherchait à établir des liens commerciaux avec les marchands de la côte de Canaan sur la Grande Verte du Nord. Cela parut vraisemblable et on ne lui posa donc pas d'autres questions avant son départ le lendemain.

Remontant vers le nord-est, il trouva un pays très différent de ceux qu'il avait traversés. Il découvrit des plaines fertiles, ondulant sous la brise quand elles étaient plantées de blé ou d'orge, des vergers, des troupeaux abondants, des fermes et des villages. Les flancs des coteaux étaient plantés de vignes. C'était vraiment là un pays accueillant. La première cité où ils s'arrêtèrent, Beer-Sheba, n'avait certes pas la taille des cités égyptiennes — elle mesurait à peine quelque quatre cents coudées dans son axe le plus long — mais enfin, c'était un réconfort après les places fortes hostiles des Edomites.

Quand Mose et Stitho demandèrent où ils pouvaient prendre du repos et faire leurs ablutions, on leur répondit d'un ton égal qu'à l'ouest, sous les murs de la ville, ils trouveraient des logements. Ils furent reçus par un homme apparemment prospère, si l'on en jugeait par la grosse amulette d'or qui pendait à son cou, au bout d'une cordelette de cuir.

« D'où venez-vous ? » demanda cet homme. L'accent était moins rocailleux que celui des Edomites et le ton plus civil.

« Nous sommes madianites.

— Qu'est-ce qui vous amène si loin?

— Nous allons sur la côte, voir s'il est des marchands avec lesquels nous puissions faire affaire mon beau-père, mes beaux-frères et moi. Et toi, qu'es-tu?

— Je suis un Apirou, répondit l'homme.

— Ceci une cité apirou?

— Non, répondit l'homme apparemment surpris. Nous vivons ici avec les Cananéens. Il y a assez d'eau et de pâturages pour que nous ne nous querellions pas. Nous manquons plutôt de main-d'œuvre. Il nous faudrait des hommes pour déboiser les forêts. Il y a trop d'arbres ici. Si ce n'étaient les Égyptiens et les Hittites, nous serions beaucoup plus prospères. »

Comme Mose paraissait surpris, l'autre reprit :

« J'étais encore un enfant quand ils se sont battus au nord, à Kadesh. Ah! les armées égyptiennes qui ont traversé nos terres. Pires que des sauterelles! A l'aller et au retour! Non seulement ils ont tout pillé, mais encore ils nous ont pris les hommes forts comme prisonniers! »

Mose comprit alors pourquoi les Égyptiens n'étaient pas les bienvenus au pays d'Edom et en Canaan. Evidemment, les places fortes ne résistaient pas longtemps aux chocs des divisions de Ramsès. Il tenta de reconnaître le dieu que représentait l'amulette au cou de son interlocuteur.

« C'est Baal-Hadad, le Seigneur du Tonnerre[5], lui dit l'homme, saisissant son regard. Quel est ton dieu à toi?

— C'est la Lumière », lui répondit Mose, pour éviter tout conflit. Mais l'homme regardait la pierre au doigt de Mose, essayant peut-être d'établir un lien entre l'étoile qui scintillait au soleil et la lumière.

Restaurés et reposés, et même invités au repas du soir par leur hôte, Mose et Stitho reprirent la route le lendemain. Les contours des montagnes étaient doux, les vallées tout aussi verdoyantes que celles qu'ils avaient aperçues la veille et là où les terres n'étaient pas cultivées, elles rutilaient de fleurs.

« C'est un pays béni, dit Stitho. Je voudrais venir vivre ici.

— Nous viendrons », lui dit Mose.

Pour leur bonheur, pensèrent-ils quelques jours plus tard, alors qu'ils avaient pris le chemin du retour, ils n'y vivaient pas encore. Ils avaient à peine atteint Obot, à la frontière occidentale d'Edom, qu'ils virent arriver des hordes de gens qui fuyaient. A dos de dromadaires, d'ânes et d'ânesses, mais surtout à pied, hommes, femmes, enfants, vieillards, ils fuyaient avec des ballots sur le dos, tirant leur bétail, bœufs, chèvres, moutons, formant un indescriptible chaos humain et animal sur la route et s'égaillant souvent dans les prés alentour. Mose et Stitho descendirent de cheval pour aller les interroger.

« Les Égyptiens! leur répondit-on. La plaie de la terre! Ils sont revenus! Ils vont sans doute aller se battre une fois de plus avec les Hittites! Malheur! Malheur[6]! »

Le sang de Mose se figea. Les Égyptiens! S'ils le capturaient en pays étranger, son compte était bon. Il regagna son cheval et ils adoptèrent les allures alternées du trot et du galop le long de l'Araba jusqu'à ce qu'ils fussent à bonne distance des envahisseurs.

Deux jours plus tard, ils étaient de retour chez eux. L'accueil de Jéthro et de Sephira, et de tous les autres membres de la famille, fut exubérant. Mais leur joie fut de courte durée.

8

Vrais présages

Mose avait appris à interpréter le devenir des saisons d'après maints signes : l'abondance et la taille du poisson dans la Grande Verte de l'est, les variations des températures, le nombre des oiseaux dans le ciel.

Quand le poisson se faisait rare dans la mer et qu'il mourait dans l'Araba, quand on voyait des requins dans la Grande Verte de l'Est, c'est que les eaux étaient trop chaudes. Cela entraînait des orages soudains et violents, et même des tempêtes dévastatrices. Cela présageait aussi des invasions d'insectes et celles-ci annonçaient à leur tour des invasions de grenouilles et de rats. Quand les températures variaient de façon radicale du jour à la nuit, cela signifiait des vents violents pour les jours à suivre.

Les marins le lui avaient confirmé : par les étés trop chauds du passé, ils avaient vu des nuages de sauterelles monter de Kouch et de Pount vers l'Égypte. Parfois, ces nuages étaient déviés par le vent et s'abattaient sur l'eau, la teignant superficiellement de rouge parce que ces insectes s'abattaient avec leurs ailes écarlates déployées. Cela, d'ailleurs, faisait monter les poissons à la surface et on les pêchait souvent avant même qu'ils eussent le temps de digérer leurs proies.

Mais l'eau des lacs aussi se teintait de rouge, on ne savait par quel phénomène sinistre, et elle devenait de surcroît imbuvable[1].

Quand les oiseaux se faisaient rares dans le ciel, c'est que les rats avaient mangé beaucoup d'œufs et d'oisillons, parce que les champs de blé et d'orge avaient souffert de la chaleur.

Or, l'été s'annonçait chaud, en effet.

A son retour en pays de Madian, Mose avait trouvé un message d'Aaron :

« *Pour Ptahmose, mon frère élu, par la main de mon frère Arphaxad, dans le faubourg des Serviteurs d'Apis, au nord d'Avaris.*

Tu t'es dit contrarié du fait que vingt-neuf chefs de clans aient omis de se rendre à notre dernière réunion. J'en ai moi-même été contrarié et agité, d'autant plus que l'on ne me tenait pas informé des raisons véritables de ces absences et que diverses rumeurs me valaient des alarmes.

Ces rumeurs se sont précisées et j'ai appris les faits suivants. Le nomarque Setepentoth, que tu connais, a conçu voici plusieurs mois le projet d'une sécession qui eût fait de lui le prince de la province indépendante de Basse Égypte. Il avait donc besoin d'une armée et les quelques centaines de militaires qui s'étaient joints à sa sédition ne lui suffisant pas, il avait pressenti nos frères, s'adressant aux chefs de nos clans, justement ceux qui avaient omis de se joindre à notre réunion. »

Le teint de Mose s'empourpra et ses mains tremblèrent. Il les revit tous, les petits potentats de province, bien au chaud dans leur corruption et brûlant de s'affranchir du joug royal, ce joug qu'il avait fait peser sur eux. Il comprenait bien mieux pourquoi il s'était attiré leur haine, et il comprit aussi quel avait été le rôle d'Hapênakht, agent double informant Memphis des menées séditieuses, et les séditieux, des projets de Memphis. Il reprit sa lecture.

« *Il a donc entrepris d'acheter leur complicité, avec de l'or, de l'argent et du cuivre qu'il a distribués en grandes quantités. Les chefs, voyant là l'occasion d'une revanche qui ferait enfin d'eux des hommes libres dans un pays nou-*

veau, loin du joug abhorré des agents de Ramsès, ont accepté et ces dons et le projet de Setepentoth. De toute façon, cette générosité ne faisait que compenser les souffrances et les maigres paiements endurés depuis des siècles.

Toutefois, le complot de Setepentoth a avorté. Hâpenakht en a eu vent et ses espions en ont immédiatement alerté le roi à Memphis. Le nomarque a été arrêté par un détachement venu de Memphis et l'on pense qu'à l'heure actuelle il a été exécuté[2].

Ce retournement de situation a désespéré et alarmé les chefs qui avaient cru pouvoir participer à la libération de la Basse Égypte. Non seulement ils ont vu leur rêve partir en fumée, mais actuellement ils vivent dans la crainte de nouveaux sévices des pouvoirs royaux. Nous ignorons jusqu'ici les informations obtenues par Hâpenakht sur la complicité des chefs de clans. Nous prions le Tout-Puissant qu'elles ne suffisent pas à attirer sur nous la colère du pharaon et de ses vizirs. Mais il est devenu évident aux yeux de tous qu'il est urgent de partir.

Suivant tes ordres inspirés par la volonté de l'Éternel, trente-trois des chefs de clans se sont enfin rendus à notre dernière réunion. Ils se sont tous inclinés devant la volonté suprême et ils ont rendu grâces au Seigneur de ne pas les avoir oubliés après les siècles passés dans la souffrance. Ils ont instruit de ces ordres tous les leurs. Ils leur ont donné des recommandations de se tenir prêts à toute heure à un départ vers la terre de leurs ancêtres en Canaan.

En leur nom, je te demande de bien vouloir nous faire savoir le plus tôt possible quel est le moment qui sera désigné pour notre départ, dès que l'inspiration divine t'en aura informé. »

Pas un mot sur la raison pour laquelle quatre des clans ne s'étaient toujours pas joints aux autres.

Mose s'assit et tentat de calmer la tempête que ces informations avaient levée dans son esprit. Les Apirous prenant les armes contre Ramsès ! Projet téméraire et même fou ! Qu'eût-il fait lui-même, s'il s'était trouvé là-bas ? Il ne pouvait se le dissimuler, il eût pris les armes, lui aussi. Cela apaisa sa colère contre les chefs qui s'étaient laissé séduire par l'entreprise, au lieu d'obéir à ses commandements. Il les comprenait : la perspective d'être enfin libres dans ces terres qu'ils avaient labourées et ces villes qu'ils avaient construites de leurs mains ! Mais le sinistre Hâpe-nakht avait fait sa sale besogne, et de la sédition arrogante de Setepentoth, il ne restait donc que décombres.

La dernière phrase de la lettre posait un problème urgent : à quel moment, en effet, entreprendre la sortie d'Égypte ? Idéalement, c'eût été tout de suite, avant que la sortie d'Égypte tournât au désastre sous la colère de Ramsès et dans la furie des éléments. Et surtout avant que la mer des Roseaux, seul passage possible en dehors de la route côtière, devînt impraticable, comme Mose lui-même l'avait constaté quand il y était allé. Mais c'était impossible : les armées égyptiennes s'y opposeraient au prix du sang. Et Mose retomba sur le problème maintes fois tourné et retourné dans tous les sens : après un échec, la condition des Apirous serait pire qu'avant.

Il fallait donc obtenir le consentement de Ramsès. Et le pharaon n'obéissait à personne d'autre que lui-même. La seule chose qui pouvait le dissuader de s'opposer au départ des Apirous serait un signe du ciel. Mais le signe viendrait-il ? Et quand ?

Mose n'en dormit pas de la nuit, s'efforçant de dissimuler son anxiété à Sephira. Le pis était que le temps pressait. Chaque heure qui passait pouvait accroître ou diminuer les chances de succès. Il pria ce Seigneur qui lui avait parlé dans le désert de le tirer de son dilemme. Il s'endormit peu avant l'aube et fut saisi d'un songe impérieux : il fallait écrire au pharaon. Dans le rêve, celui-ci revêtait une taille gigantesque, mais Mose faisait face à ce géant.

Au réveil, Mose alla donc choisir le plus beau papyrus dont il disposât, tailla son jonc de neuf et écrivit :

> « *A Ousermaatrê Sétepenrê*[3], *maître absolu de la Haute et de la Basse Égypte, en son palais de Memphis, de la part de son ancien serviteur Ptahmose, fils de Nezmet-Moût.*

Maître absolu de la vallée du Nil, des hautes et des basses terres, mon oncle, depuis des temps reculés les populations des Apirous sont captives dans ton pays. Ces populations m'ont élu comme leur chef et te supplient par ma bouche de les laisser retourner dans le pays de Canaan d'où elles viennent, selon la prescription du Dieu unique de leurs ancêtres.

Ce Dieu a décidé que tous les geôliers de Son peuple seraient soumis à sa colère si ces geôliers n'accédaient pas à sa volonté. Je te supplie, Ousermaâtrê Sétépenrê, de bien vouloir épargner aux populations de ton pays, que je porte dans mon cœur, le courroux du Seigneur des Seigneurs.

Ton auguste réponse, Ousermaatrê Sétepenrê, tu la feras connaître à mon frère Aaron, dans le faubourg des Serviteurs d'Apis, au nord d'Avaris. »

Rien n'était plus douteux que la chance d'une réaction de Ramsès à cette missive. Mose attendit donc, d'humeur assez sombre. Mais un matin, au port, des marins qui avaient traversé la Grande Verte de l'Est l'informèrent d'un phénomène extraordinaire : les eaux du Nil étaient devenues rouge sang. Dans leur stupeur, ils levaient les bras au ciel. Ils rapportaient aussi que cette eau-là était imbuvable, même purifiée, et que le bétail qui en buvait tombait malade. De plus, le Nil était jonché de milliers de poissons morts, le ventre en l'air.

Le cœur de Mose battit. Voilà donc le signe que lui avait annoncé la Voix dans le désert! Il se leva et s'écria : « Loué soit le Seigneur Unique! » Ce qui étonna beaucoup ses interlocuteurs.

Quatre jours plus tard, des marins revenant, eux, de la Grande Noire lui apportèrent un message d'Aaron : les Apirous aussi avaient vu le Nil rouge et ils s'étaient mis à pleurer de joie devant ce signe du ciel. Pas un mot d'un message quelconque de Ramsès.

Mose se dit qu'il serait sans doute sage d'abréger le trajet de ces missives en allant se poster, par exemple, à Alaat, chez les fils de Houssam. Mais les bateaux ne faisaient escale dans ces parages que lorsqu'ils avaient des avaries. Quant à se rendre de l'autre côté de la mer des Roseaux, mieux valait n'y pas penser : les parages devaient grouiller d'espions et il y courrait de trop grands risques. Il n'irait qu'à la dernière heure, quand il serait certain du succès. A Ecyon-Géber, il disposait au moins de la complicité des marins et d'informations sûres et relativement rapides.

Une semaine plus tard, les nouvelles du deuxième présage lui parvinrent : la Haute Égypte pullulait de grenouilles. Elles faisaient un tel vacarme qu'on ne pouvait plus dormir la nuit. Mais la joie de Mose fut modérée : ce ne seraient certes pas des grenouilles qui auraient raison de Ramsès. Il connaissait son homme. Seule une apparition d'Osiris lui-même parviendrait à l'ébranler, et encore pour la seule raison que le roi craindrait d'être taxé d'impiété. Sans doute aussi les Apirous trouvèrent-ils que la vindicte divine était faible adressée à un personnage tel que Ramsès, aussi Mose n'en reçut-il pas d'écho.

Le troisième présage suivit de près : le pays d'Égypte fut soudain envahi de nuages effrayants de moustiques venus de Nubie, qui forcèrent la plupart des gens à se claquemurer chez eux quand ils n'avaient pas de besogne urgente à l'extérieur, ou bien à s'envelopper dans des manteaux de la tête aux pieds, en dépit de la chaleur. Le travail dans les champs, rapporta-t-on à Mose, en souffrit partout, sauf en Basse Égypte, où les moustiques n'étaient pas arrivés. Ce point laissa Mose songeur pour deux raisons ; d'abord, parce que le fait que la Basse Égypte, où résidaient les Apirous, eût été exemptée, donnerait à réfléchir ; et ensuite, parce qu'il avait noté, du temps qu'il était en Égypte, que dans les semaines qui suivaient les invasions de moustiques, beaucoup de gens souffraient de fièvres dangereuses, qui les rendaient parfois incapables de se tenir debout. Il se souvenait aussi que beaucoup d'enfants en bas âge en mouraient[4].

Un message bref, apparemment griffonné à la hâte par Arphaxad, apprit à Mose que les clergés de Memphis et d'Avaris avaient été avisés du message adressé au roi par Mose et que la succession des désastres commençait à les agiter. Les menaces transmises par Mose et visiblement mises à exécution par son Dieu mystérieux les alarmaient et ils faisaient pression sur les ministres du roi pour que ceux-ci intervinssent à leur tour auprès du monarque, afin qu'il autorisât le départ des Apirous.

Mose avait pris ses quartiers dans le port, pour être informé dès que possible des événements qui se produisaient en Égypte.

« Pourquoi t'inquiètes-tu donc ? avait demandé Jéthro à Mose. Je t'ai dit que la main des dieux s'était posée sur toi. Il n'y a pas de raison qu'elle t'abandonne.

— Encore faut-il que je sois à la hauteur, répondit Mose. Après tout, c'est à un homme que cet honneur a été fait, et je n'ai pas l'omniscience qui me permettrait de garder l'âme égale. »

Jéthro avait hoché la tête.

« Tu auras besoin de toutes tes forces, dans les mois à venir, Mose. Ménage-les. »

Mose se contraignit, en effet, à passer des nuits un peu plus longues et plus paisibles.

Le quatrième présage survint exactement trois semaines après le premier : une pluie de grêle sans précédent dévasta le pays. Les marins racontèrent que des gens avaient été blessés dans les champs et que des chevaux étaient devenus fous sous ces projectiles tombés du ciel et avaient causé des dégâts dans les cités et les casernes. Ils commençaient aussi à se demander ce que Mose pouvait bien avoir à faire avec l'Égypte et pourquoi il s'intéressait tant à ce qui s'y passait. Mose se souvint de la chute de grêle à laquelle il avait jadis assisté à Avaris et douta une fois de plus qu'elle ébranlerait l'obstination de Ramsès, aussi violente eût-elle été. Outre la perspective d'un fléau majeur, il n'avait plus qu'un seul véritable allié dans son entreprise, et c'était la panique des prêtres égyptiens. Quant à lui, il ne pouvait plus rien faire qu'attendre et prier. Dans la fébrilité croissante où il se trouvait, il ne parvenait cependant plus à la concentration transcendantale qu'il avait jadis pratiquée. Le temps n'était plus à la contemplation, mais à l'action.

Marins et marchands avaient pris l'habitude de fournir à Mose les informations dès que les premiers venus des leurs débarquaient au port, avant même qu'on eût commencé à décharger les marchandises. Les hommes étaient cueillis au vol :

« Quelles nouvelles d'Égypte ? »

Quelques jours plus tard, Mose apprit ainsi qu'un cinquième fléau avait atteint le royaume. L'un des plus énormes nuages de sauterelles qu'on eût vus de mémoire d'homme s'était abattu sur la Haute Égypte et avait dévasté les cultures jusqu'à Memphis. Le peuple affluait dans les temples et des cérémonies religieuses exceptionnelles se succédaient sans arrêt. La famine menaçait le pays et cette fois, songea Mose, Ramsès s'inclinerait peut-être. À la condition qu'il n'eût pas été informé de la complicité des Apirous dans la sédition de Setepentoth[5].

Il compta douze jours, le temps le plus long qu'un message venu d'Avaris eût mis à lui parvenir. Rien ne vint. Il désespéra et Jéthro eut beaucoup de peine à le réconforter.

« Ton dieu n'a pas multiplié tous ces signes pour rien, lui dit-il. Il ne s'avouera pas vaincu, car il est plus fort que Ramsès et tous les rois de la terre. Prends confiance. Ce n'est que ta patience qui est mise à l'épreuve. Qu'est donc la patience d'un seul homme en face du destin de tout un peuple ? »

Ce fut sans doute l'affection que lui témoignait son beau-père qui permit à Mose de supporter l'attente qui se prolongeait. Lorsque les marchands et les marins qui revenaient de la Grande Noire lui eurent décrit le sixième présage, il perdit patience. Une tempête de sable, venue de l'ouest, avait soufflé trois jours entiers sur toute l'Égypte, répandant la nuit en plein midi, emplissant les bouches de poussière et recouvrant tout sous un linceul jaune. Les gens avaient suffoqué pendant toutes ces heures-là.

« Et alors ? » cria Mose, exaspéré, possédé par une haine de Ramsès qu'il ne se connaissait pas aussi intense. « Et alors ! »

Comme ils ignoraient l'enjeu de l'extraordinaire épreuve de force qui se jouait entre un roi tout-puissant et un Dieu tout-puissant, tous se demandèrent quelle mouche avait pu piquer Mose.

Le pis, se disait-il, était que cela érodait la confiance que lui portaient ses gens, là-bas. Était-ce bien le Seigneur de leurs ancêtres dont il était le mandant, ou bien était-ce un autre dieu qui se jouait d'eux en faisant miroiter l'espoir devant leurs yeux? A la consternation des siens, il perdait courage. Il lui advenait même de ne plus aller au port pendant deux et trois jours de suite.

Il dormait un matin, après une nuit tourmentée, quand Jéthro lui-même vint le réveiller.

« Mose! Mose! Il y a un message pour toi, » lui dit-il en lui tendant le tube de bambou que Mose connaissait bien.

Encore hagard, arraché à un rêve violent qu'il s'efforçait d'oublier, il saisit le tube, défit le cordonnet de cuir qui retenait le couvercle et glissa deux doigts à l'intérieur, puis retira le papyrus.

« Pour Ptahmose, mon frère élu, par la main de mon frère Arphaxad, dans le faubourg des Serviteurs d'Apis, au nord d'Avaris »

« Le septième fléau a eu raison de l'obstination de nos geôliers, mais il nous a fendu le cœur. Un nombre considérable d'enfants en bas âge sont morts ces dernières semaines de fièvres méphitiques, comme il advient après les fléaux de moustiques. Ce fléau s'est arrêté à Memphis et n'a pas atteint Avaris.

Les prêtres assiégés par la population sont allés en délégation demander au roi de céder à tes objurgations. Le roi et les prêtres nous ont adressé leurs malédictions solennelles et nous chassent d'Égypte. Nous sommes désormais libres de partir. Nous avons célébré un grand sacrifice à notre Seigneur. Les hommes ont cessé de travailler et nous attendons tes ordres de la façon la plus pressante. »

L'expression de stupeur de Mose fut telle que Jéthro craignit que son gendre se sentît mal. Il appela sa fille et ils aidèrent tous deux Mose à se mettre debout. Pendant de longs moments, il tint des discours qui leur semblaient incohérents. Il lui firent boire du lait chaud à la coriandre, et ce fut seulement vers midi que Mose retrouva tous ses esprits.

A ce moment-là, il fondit en larmes et demanda à Jéthro d'aller célébrer un sacrifice sur l'autel qui avait servi d'autres dieux. Stitho était consterné de voir son maître dans cet état. Mose, en effet, n'arrêtait pas de pleurer et il tremblait.

« Que dit la lettre ? » demanda Jéthro.

Quand Mose la lui eut résumée, l'autre observa que la réponse était plus urgente que le sacrifice.

« Tu as raison », admit Mose. Il rédigea donc une réponse dans laquelle il ordonnait aux trente-sept chefs de clans de se mettre en route vers la mer des Roseaux. Il les y rejoindrait pour les guider. Il calcula que le temps nécessaire pour que le message parvînt à destination serait de sept jours. Et que le délai utile pour que les Apirous se missent en route et parvinssent sur la rive égyptienne de la mer des Roseaux serait de cinq jours au moins, car ils étaient nombreux. Cela ferait douze jours. A la condition qu'il partît rapidement, le lendemain ou le jour suivant, il y serait en même temps qu'eux et même, avec un peu de chance, en avance.

Le soir venu, il sacrifia deux pigeons blancs sur l'autel de Jéthro.

« Seigneur, déclara-t-il la voix tremblant d'émotion, le serviteur que Tu as choisi et le peuple qui est désormais le tien te rendent grâces d'avoir brisé les fers de la servitude. Seigneur, Tu es le seul Dieu qui descende du ciel pour venir au secours des hommes ! Seigneur, Ta main est sortie du ciel et Ta voix a résonné sur la terre ! »

Jéthro écouta en silence.

« Pourquoi vous ? demanda-t-il plus tard, alors que la fumée se déployait encore dans l'air indigo.

— Parce que nous L'avons entendu, parce que nous L'avons écouté. Il n'a libéré aucun autre peuple. »

Le lendemain matin, Iddo décida de se joindre à Stitho pour accompagner Mose au port, tant il craignait pour la santé de son beau-frère. Ils reconnaissaient à peine dans ce personnage hanté, amaigri, aux yeux fixes, le beau jeune homme que Mose était encore quelques semaines auparavant. Ils cherchèrent un bateau en partance. La mer était chienne depuis quelques jours, leur répondit un capitaine, mais il y avait un boutre sur le départ et qui accepta le passager.

9

Au-delà des mots

Il n'était jamais allé en mer. Le balancement constant du bateau dans tous les sens lui apparaissait comme un symbole de sa vie. On était ballotté, mais on allait toujours quelque part. A la fin, le soleil et le vent aidant, il retrouva un sommeil aussi profond que ceux de son enfance. Il en avait besoin, n'ayant pas dormi en paix depuis des semaines.

La mer était souvent violente, et il fallait s'accrocher au demi-appontement du navire pour n'être pas balayé par les paquets d'eau qui passaient d'un bord à l'autre et s'écrasaient sur l'équipage avec fureur, mais Mose était sans crainte. Il était désormais convaincu que les paroles qui lui avaient si souvent été répétées étaient vraies : la main du Seigneur s'était posée sur lui. Il aidait avec entrain les marins à écoper l'eau quand elle menaçait de déséquilibrer le bateau par la masse baladeuse qu'elle formait au fond de la cale, accentuant tangage et roulis. Il allait vers son peuple comme un amant vers la femme désirée. Il ne l'avait pas vu, jadis, mais maintenant que le Seigneur le lui avait confié, il ne voyait plus que lui. Délégué du Seigneur, il était par la main divine le créateur de ce peuple.

Le bateau longeait à droite les côtes que Mose avait parcourues jadis, à dos de dromadaire. Il reconnaissait çà et là les sommets des montagnes à l'ombre desquelles il s'était abrité, où il avait à deux reprises déjoué les pillards... Son esprit dériva vers les fils de Houssam, puis vers les dernières heures qu'il avait passées avec Sephira, Guerschon et Jéthro.

« Ce n'est pas une équipée pour une femme et encore moins une femme enceinte, lui avait dit Jéthro avant le départ. Sephira sera plus à l'abri ici et elle pourra mener sa grossesse à bien. Je te l'amènerai quand ton peuple aura franchi la Grande Verte. »

Etreintes, larmes, ferveur. Le feu qui brûlait ses veines.

Il fut tiré de sa songerie par le souvenir de la mer des Roseaux et de ses caprices.

« Comment est le courant ? » demanda-t-il au chef des marins.

— Fort, mais supportable jusqu'ici, répondit l'autre. Avec un peu de chance, nous pourrons franchir la mer des Roseaux jusqu'à la Grande Noire. »

Mais plusieurs fois par jour, sous les yeux attentifs de son passager, le chef des marins plongeait une perche dans l'eau pour mesurer la force du courant. Au fur et à mesure du voyage, les sens et l'esprit de Mose s'aiguisaient ; il redevenait le jeune homme alerte et vigilant qu'il se souvenait d'avoir été [1]. Il se prit même à rire quand un dauphin fit route pendant un moment avec le bateau, bondissant et plongeant comme un enfant heureux.

« Il y a des dauphins en surface, tout va bien jusqu'ici, dit le chef des marins. On ne les voit pas quand les courants sont trop forts. »

On voyait aussi des requins, toutefois.

Le cœur de Mose battit à se rompre quand le chef des marins annonça enfin qu'ils étaient en vue de la mer des Roseaux. Mose courut à la proue, le pagne claquant dans le vent, scrutant le paysage bleu et blanc.

A quelques centaines de coudées, il aperçut enfin des silhouettes humaines. Oui, c'étaient bien des hommes, là, sur le rivage de la mer des Roseaux, leurs corps masqués par les traits de plume vert pâle des roseaux, mais leurs torses et leurs visages aisément discernables au-dessus, les plus belles fleurs que roseaux eussent jamais produites. Ils étaient là !

« Laisse-moi sur la rive d'Égypte ! cria-t-il au chef des marins.

— Je sais », dit l'autre, en donnant l'ordre au marin de proue d'orienter sa grande rame vers la gauche [2].

Il avait revêtu son manteau, jeté son ballot par-dessus

l'épaule et se tenait à la proue, gonflé de la plus folle des ivresses. Quelques-uns s'avancèrent sur la rive et Mose crut reconnaître de loin Aaron. Une femme était près de lui.

Finalement, le bateau pencha vers la gauche, au risque de jeter Mose par-dessus bord, les eaux devinrent moins tumultueuses, et le bateau approcha du rivage à la force des rames, car il avait fallu carguer la voile pour ne pas s'échouer. Quatre coudées d'eau relativement profonde séparaient encore le haut bord du bateau de la terre. Le chef des marins s'empara de la planche qui servait de passerelle et à peine fut-elle posée que Mose s'élança comme l'esprit du vent et, en deux bonds, se retrouva sur la terre d'Égypte.

Il tomba dans les bras d'Aaron, puis de sa sœur Miriam, et bientôt il fut emporté par une multitude en délire. Un mouvement ondulatoire parcourut la foule comme un spasme, accompagné d'un murmure qui s'enfla pour atteindre les proportions d'un grondement souterrain.

« Gardez vos rangs ! » criait Aaron. Plusieurs hommes coururent à l'arrière pour éviter que la formation des esclaves désormais libres se débandât complètement. On entendit répéter : « Gardez vos rangs ! » jusque fort loin.

« Salut, Mose ! » crièrent les marins, stupéfaits par ce spectacle encore plus extraordinaire que les présages dont ils avaient fait la description.

La passerelle était retirée, Mose cria aussi ses adieux, mais il regardait au-delà, vers le peuple qui attendait.

« Prenez-moi sur vos épaules », demanda-t-il à deux hommes, dont l'un était Arphaxad.

Il se hissa sur leurs épaules et vit un fleuve humain qui s'étendait à perte de vue et qui levait les bras au ciel. Il leva aussi les bras. Quatre siècles de servitude prenaient ici fin ! Le vent emportait la souffrance comme il balaie la poussière. Un monde nouveau naissait sous ce ciel parcouru de nuages hâtifs, pareils à des anges pressés d'annoncer la bonne nouvelle à leur Maître. Le Seigneur avait tenu Sa promesse.

« Gloire au Seigneur notre Dieu ! cria-t-il.

— Gloire au Seigneur notre Dieu ! » répétèrent-ils.

Le cri se répercuta jusqu'à l'infini, emporté par le vent parmi le bruit des vagues et le chant des roseaux. Il n'était plus fait de voix humaines, c'était le son d'un élément nouveau.

BIBLIOGRAPHIE ET NOTES CRITIQUES

1. Une jeunesse égyptienne

Chapitre 1

1. Le nom de la fille du pharaon qui aurait, selon la légende, découvert le berceau de Moïse flottant sur les berges du Nil, et qui serait, selon la thèse ici illustrée, la vraie mère de Moïse, n'est pas cité. Une tradition rabbinique, fondée sur le passage des Chroniques (I Chron. IV, 18), voudrait qu'elle se fût appelée Bath-Yah ou Bit-Ya ; ce nom signifie en hébreu « fille du Seigneur » et il n'est donc pas plausible pour une princesse égyptienne. Il ne l'est pas davantage au regard du même passage des Chroniques, qui avance qu'elle serait par ailleurs l'épouse de Méred, descendant de Caleb, personnage impossible à situer chronologiquement. Le nom égyptien de Nezmet-Tefnoût est donc imaginaire.

Caleb, ou en tout cas l'un des Caleb de l'Ancien Testament, est « l'ancêtre éponyme d'un clan très important de la tribu de Juda » (André-Marie Gérard, *Dictionnaire de la Bible*, Robert Laffont-Bouquins, 1989). Il en découlerait donc que ladite « fille de pharaon » aurait épousé un Hébreu, mariage dont on ne connaît aucun exemple dans l'histoire d'Égypte et dont la probabilité semble plus que douteuse. L'embarras de l'Ancien Testament à l'égard de cette femme, qui, d'une part, en fait la mère adoptive de Moïse et de l'autre essaie de la rattacher à la tradition hébraïque, semble plutôt destiné à suggérer de façon oblique une paternité égypto-hébraïque de Moïse.

2. La coudée égyptienne est d'environ une quarantaine de nos centimètres.

3. Selon tous les orientalistes, *Apirou* ou *Hapirou* est l'équivalent du mot *Hébreu*, en hébreu *Ibri*. Voici plus d'un siècle que « les orientalistes ont rapproché le mot *'ibri* des termes *'Apirou* que l'on

rencontre dans les textes égyptiens, et *habirou*, son équivalent dans les textes en écriture cunéiforme » (Joseph Mélèze Modrzejewski, *Les Juifs d'Égypte de Ramsès II à Hadrien*, éd. Errance, Paris, 1991). Le terme signifie « couvert de sable » et s'applique à une population semi-nomade qui, à l'époque, s'étalait de l'Égypte à la Mésopotamie. Le terme *'ibri* est employé une trentaine de fois dans la Bible, dans le sens de *hébreu*.

4. Séti Ier, père de Ramsès II, le plus célèbre pharaon de la XIXe dynastie et l'un des plus célèbres de l'Égypte ancienne, a régné de 1313 à 1292 avant notre ère. La quatrième année de son règne correspondrait donc à l'an 1307.

Le choix de cette période est inspiré par deux repères. Le premier est que l'exode des Hébreux sous le commandement de Moïse a lieu sous « le nouveau roi que n'avait pas connu Joseph » (Ex. I, 8). Le nom du roi qu'avait connu Joseph n'est pas cité, mais on sait que celui qu'il n'avait pas connu est celui sous lequel la construction des « villes-entrepôts de Pithôm et Ramsès » (Ex. I, 11) a été entreprise. Il s'agit à l'évidence des villes dont la construction fut, en effet, commencée par Séti et achevée sous le règne de son fils Ramsès II. La seconde de ces villes est en fait celle qui deviendra la nouvelle capitale de Ramsès et qui s'appellera Pi-Ramsès. L'Exode ne le dit pas ; on peut supposer que c'est parce que la nouvelle ville n'avait pas encore atteint son statut de cité royale.

Le second repère est la phrase de l'Exode selon laquelle, pendant l'esclavage des Hébreux en Égypte (et la construction des villes), un roi mourut (Ex. II, 23). Ce roi pourrait être, en principe, soit Séti Ier, soit Ramsès II. Mais l'hypothèse de la mort de Ramsès II doit être écartée pour la raison suivante : ce roi mourut au terme d'un règne exceptionnellement long, soixante-sept ans, en 1212. Or, l'archéologie indique que Jéricho a été prise par Josué vers 1250 avant notre ère ; à cette époque-là, Moïse était mort depuis longtemps. Ramsès II n'est donc pas le roi qui mourut pendant l'existence de Moïse et l'esclavage des Juifs, mais bien son père Séti Ier.

La personnalité énigmatique de Moïse et l'obscurité qui recouvre maints points essentiels de sa vie et de son action ont inspiré de nombreuses théories hétérodoxes au regard de l'Ancien Testament. Ainsi, l'égyptologue allemand Rolf Krauss a avancé, en 1997, que le prophète ne serait autre qu'Amenmès ou Amonmès, un fils du pharaon Séti II (1209-1205 avant notre ère) et l'identifie avec l'usurpateur qui régna sur le pays de — 1205 à — 1200 (« Moïse était-il un pharaon ? », *Le Figaro*, 28 août 1997). Sans entrer dans le détail de l'argumentation de Krauss, la thèse ne paraît guère tenir pour de nombreuses raisons : d'abord, elle situerait Moïse après la prise de Jéricho, ce qui est impossible au regard de l'histoire biblique avérée par l'archéologie; ensuite, l'usurpateur qui régna effectivement sur l'Égypte entre — 1205 et — 1200 était un roi syrien (A. Erman & H. Ranke, *La Civilisation égyptienne*, Payot, 1976).

Une autre théorie situe, elle, la naissance de Moïse au XVe siècle avant notre ère, donc sous le règne de Thoutmosis III (1479-1425 avant notre ère), et cela sur deux bases : la première est l'indication du I Livre des Rois (VI, 1), qui donne un délai de 480 ans entre la sortie d'Égypte et la construction du Temple de Salomon (IXe siècle) et la description du phénomène de reflux et de flux des eaux dans la mer Rouge lors de la fuite d'Égypte (Ex. XIV, 21-27). Or, il faut relever que l'indication du Livre des Rois ne fait que reprendre la mention de l'Exode qui dit qu'au moment de l'Exode, les Hébreux se trouvaient en Égypte depuis 480 ans (Ex. XII, 40). Les deux indications sont contradictoires, car la construction du Temple ne commença évidemment pas aussitôt dès la sortie d'Égypte.

La seconde base offrirait à première vue des perspectives beaucoup plus séduisantes; elle avance, en effet, que l'Exode aurait eu lieu vers 1470 avant notre ère, date retenue de façon indépendante comme celle de la cataclysmique explosion volcanique de Thera, l'actuelle Santorin. Il a été établi que, lors de cette explosion, le volcan se vida de sa substance et que le cratère s'effondra sous le niveau de la mer. Dans un premier temps, l'eau de mer s'engouffra dans le cratère, provoquant un appel d'eau considérable, qui aurait pu aspirer partiellement la mer Rouge par le « premier canal de Suez », celui qui avait été construit bien des siècles avant l'actuel; le contact de l'eau avec la fournaise aurait ensuite déclenché une explosion formidable et un reflux sous forme d'un raz de marée. Théoriquement, les Hébreux auraient donc pu, lors du flux, traverser la mer Rouge sans trop de difficulté, et le reflux aurait englouti les armées du pharaon.

Mais en dépit de sa plausibilité apparente, cette théorie présente de nombreuses failles. On n'en retiendra ici que trois. D'abord, s'il y eut bien un flux, il est exclu qu'il ait pu vider le bassin de la mer Rouge de toute eau, de façon à permettre aux Hébreux de le traverser quasiment à pied sec ou à gué. Même s'il n'était resté dans le bassin de la mer Rouge, ce qui est hautement improbable, qu'un mètre d'eau, par exemple, la violence du courant eût interdit tout franchissement. Ensuite, le raz de marée provoqué par le reflux de l'explosion de Théra dévasta toutes les terres basses de la Méditerranée, l'orientale comme l'autre : les fuyards hébreux eussent été balayés aussi bien que les armées pharaoniques par ces formidables murailles d'eau déferlant sur plusieurs kilomètres à l'intérieur des terres. Enfin et surtout, le canal construit avant celui de Suez reliait en fait le Nil à la mer Rouge, et non celle-ci à la Méditerranée, et il ne fut, lui, approfondi qu'au VIe siècle avant notre ère par le roi perse Darius, lors de l'occupation de l'Égypte. Soit huit siècles après l'Exode. A l'époque, il n'existait donc aucune grande communication entre les deux mers et l'hypothèse du flux et du reflux est donc nulle et non avenue. Et la théorie d'un Moïse né sous Thoutmosis III suit le même sort.

Il n'en demeure pas moins que les effets de l'explosion de Théra sur la côte égyptienne, et notamment l'extraordinaire flux et reflux de la Méditerranée, laissèrent à coup sûr un souvenir tenace chez les populations égyptiennes, y compris les Hébreux déjà présents en Égypte, notamment dans le Delta du Nil. On est donc en droit de conclure qu'il fut repris par les auteurs de l'Exode dans la reconstitution fabuleuse de la sortie d'Égypte. On verra toutefois dans le tome II de cet ouvrage que le phénomène qui aurait noyé les Égyptiens à la poursuite des Hébreux fut d'une tout autre nature.

Je cite pour mémoire deux autres théories, dont la première se fonde sur la célèbre stèle dite « d'Israël », découverte en 1895 par l'archéologue anglais Flinders Petrie dans la nécropole de Thèbes. Elle est datée de l'an 5 du règne du roi Merenptah (« aimé de Ptah »), dit également Mineptah et encore Merneptah, treizième fils et successeur de Ramsès II, et dernier descendant de la XIXe dynastie, qui régna donc de la mort de son père, en 1213 avant notre ère, à 1204. L'inscription de cette stèle se lit ainsi, dans la traduction d'Etienne Drioton, datant de 1955 :

Les princes sont prosternés en disant Salam,
Il n'y en a pas un qui lève la tête parmi les Neuf-Arcs
Depuis que les Libyens sont domptés le pays des Hittites est en paix
Canaan est purgé de tout ce qu'il y avait de mauvais
Ascalon est conquise, on tient Géser
Yenoam est réduite à ne plus exister
Israël est anéanti, il n'a plus de céréales
Le Khor est veuf de l'Égypte
Tous les pays s'appliquent à la paix
Quiconque brigande on le réprime.

Bref, c'est un auto-satisfecit; en 1208 avant notre ère, le roi affiche son contentement, l'Égypte a mis de l'ordre dans tous les territoires voisins. La réalité est quelque peu différente : depuis les dernières années de Ramsès II, la situation militaire de l'Égypte se dégradait. Merenptah fut obligé d'intervenir (le succès fut de courte durée, car la dégradation de la puissance militaire égyptienne se poursuivit après sa mort et ce fut l'usurpateur Amenmès qui lui succéda sur le trône).

L'intérêt de la stèle dans le contexte de l'histoire de Moïse est qu'elle comporte la première référence historique connue à Israël. De fait, on sait par les quatre bas-reliefs que fit sculpter Merenptah à Karnak (et qu'au XIXe siècle on avait attribués par erreur à son père) qu'il y eut en 1209 une révolte en Palestine. Israël fit donc les frais de la répression égyptienne (que ne mentionne pas l'Ancien Testament) et ses champs de céréales furent incendiés. Le document prouve donc, en tout état de cause, qu'Israël était bien installé en Palestine en 1209 avant notre ère.

Toutefois, certains auteurs entendent traduire différemment la phrase : *Israël est anéanti, il n'a plus de céréales* et l'interprètent comme « Israël est anéanti et n'a plus de semence », indiquant par là que la descendance d'Israël aurait été détruite. De là à déduire que ce texte désignerait un génocide des enfants mâles, ils n'y a qu'un pas. Et une étude de la momie de Merenptah, qui est très endommagée comme aurait pu l'être celle d'un homme noyé dans un raz-de-marée, mène de là à conclure que ce serait « sans conteste » le pharaon de l'Exode.

Les éléments cités plus haut me semblent faire justice de cette thèse : il faudrait penser que l'Exode aurait eu lieu en 1204... près d'un demi-siècle après la conquête de Jéricho !

L'autre théorie est celle du Pr Emmanuel Anati, spécialiste de l'archéologie du Sinaï et de l'Arabie. Elle se fonde sur deux éléments principaux : d'une part, l'absence de toute mention d'un exode d'« Asiatiques » (c'est ainsi qu'étaient désignés les populations du Sinaï et du Proche-Orient, Hébreux compris) hors d'Égypte, ni des « dix plaies » ; de l'autre, une description de calamités comparables aux « dix plaies » qui s'abattirent sur l'Égypte, dans un texte de la VIe dynastie dit *L'Enseignement d'Ipouwer* (2375-2181 avant notre ère). Arguant d'un certain nombre d'autres analogies, le Pr Anati en déduit que l'Exode aurait eu lieu quelque dix siècles avant la période de Ramsès II, sous le règne du pharaon Pépi Ier (Emmanuel Anati, *La Montagne de Dieu — Hai karkom*, Payot, 1986).

Cette quatrième théorie serait, certes, plausible, n'étaient deux objections. La première est qu'il existe dans le Pentateuque des références historiquement vérifiables, qui sont celles des villes de Pithôm et de Pi-Ramsès ; or, ces deux villes n'existaient évidemment pas et n'étaient même pas en projet sous le premier roi de la VIe dynastie, Pépi Ier. La seconde est que la conquête de Jéricho (ou *une* conquête de Jéricho accordée à notre chronologie) a été située vers 1250. Il faudrait donc intercaler un hiatus de dix siècles entre Moïse et Josué et placer l'arrivée de Joseph en Égypte au début du IIIe millénaire avant notre ère, soit une cinquantaine d'années après la construction de la dernière des trois pyramides de Guizeh. Dans ce cas, il faudrait également rejeter intégralement les quelques éléments historiquement plausibles du Pentateuque pour entreprendre une reconstitution chronologique qui nous paraît menacer d'être encore plus pauvre en repères que la nôtre.

Telles sont les raisons pour lesquelles, selon nous, Moïse naquit sans doute au début ou au milieu du règne de Séti Ier.

(Voir également note 3, ch. 1, p. 331.)

Chapitre 2

1. Le nom propre *Moïse*, en français, en hébreu *Mosché*, en anglais *Moses*, est un substantif typiquement égyptien antique — *mès* ou *mésou* selon la forme grammaticale, qui signifie « enfant ». On le retrouve dans quantité de noms égyptiens tels que Thoutmès ou Thoutmose, « enfant de Thout », Ahmès, « enfant d'Ah », Ramèse (Ramsès), « enfant de Râ », Amonmès, « enfant d'Amon », etc. Il ne peut d'aucune manière être un prénom et, vu son origine explicitement égyptienne, c'est à l'évidence un nom tronqué. Moïse porta à coup sûr un nom composé, tel que Nezmetmès, Sethmès, Ptahmès ou autre, qu'on ne connaîtra sans doute jamais, la tradition ayant tronqué pour des raisons évidentes le préfixe égyptien qui désignait sa parenté directe. L'étymologie hébraïque tirée d'Ex. II, 10 (« Je l'appellerai Moïse parce que je l'ai tiré des eaux »), est difficilement soutenable en grammaire hébraïque : le terme hébreu *mâché* qui correspondrait le plus à *moschè* est la forme de la première personne du passé du verbe *mâchâh*, qui signifie *tirer*. Il désignerait alors le « tireur des eaux », ce qui est exactement le contraire de l'objet offert à l'explication. Mais la réfutation la plus radicale de l'étymologie biblique traditionnelle réside dans le fait qu'une princesse égyptienne ne parlait tout simplement pas l'hébreu.

La plus troublante singularité du nom de Moïse réside dans le fait que, seul des trois enfants d'Amram, il n'a pas de nom, et en tout cas pas de nom hébreu comme son frère Aaron et sa sœur Miriam. S'il avait été connu de son peuple comme hébreu à part entière, il est indéniable qu'il eût eu un « vrai » nom ; ce n'est pas le cas. Or, il ne semble pas, en effet, qu'il ait grandi parmi les Hébreux, comme en témoigne la précision de l'Exode : « Un jour, quand Moïse eut grandi, il alla vers les siens et les trouva à leur dur labeur » (II, 11). C'est donc que, jusqu'alors, il n'avait pas été avec eux.

L'histoire de l'enfant âgé de trois mois abandonné aux flots du Nil, après l'ordre royal de mettre à mort les enfants mâles des Hébreux, et retrouvé par la fille du pharaon alors qu'elle prenait son bain (Ex. II, 3-10), est très évidemment une fiction romanesque destinée à ceux qui n'ont jamais vu le Nil et ne connaissent pas les mœurs de la cour égyptienne. Et l'on se demande alors pourquoi le même sort n'advint pas aussi à Aaron, frère de Moïse.

Le récit de l'Exode est, de surcroît, suspect par l'abondance même de détails, cinq siècles plus tard, de cet épisode crucial qu'est la naissance du fondateur de la nation d'Israël. Il rapporte ainsi que la nacelle fut mise à l'eau dans les roseaux de la berge. Dans ce cas, elle eût pu demeurer là indéfiniment, retenue par les roseaux ; il ne servait à rien de cacher ainsi un enfant condamné à la mort, puisqu'on ne pouvait le récupérer dans des délais rapprochés ; c'était donc l'exposer à mourir de faim ou à être dévoré par les crocodiles ou les rats. Ce récit rapporte également que la sœur de Moïse se tenait à courte distance de l'endroit où le berceau imperméabilisé « à l'argile et au goudron » fut mis à l'eau, pour voir ce qui lui adviendrait ; or, il ne pouvait rien lui advenir, amarré comme il l'était.

On peut également s'étonner de la prescience de la princesse, qui reconnaît instantanément un petit Hébreu. A quoi pouvait-elle bien le reconnaître ? Certes pas à la circoncision, puisque les jeunes Égyptiens étaient également circoncis (d'ailleurs, la coutume hébraïque a sans doute été empruntée au long séjour des Hébreux en Égypte).

Le même récit avance que « la fille de Pharaon » (les mots laisseraient presque entendre qu'elle était fille unique, alors que, étant donné la mortalité infantile très élevée, les pharaons avaient des enfants sans compter, si l'on peut dire, et l'on en prête une centaine à Ramsès II, par exemple) se baignait dans le Nil, « avec ses dames de compagnie qui se promenaient sur la berge ». Cette représentation de fantaisie méconnaît totalement les mœurs de la cour ; les Égyptiens étaient d'une propreté méticuleuse et depuis l'Ancien Empire les princesses égyptiennes se baignaient dans des salles de bains ou des piscines privées alimentées à l'eau de puits ou à l'eau du Nil filtrée au sable, et non dans le Nil limoneux comme des paysannes. Les salles de bains figuraient dans tous les palais royaux trois mille ans avant notre ère. Les circonstances de la découverte du berceau de Moïse selon l'Exode sont tout simplement invraisemblables au regard de l'égyptologie.

Enfin, la compassion de « la fille de Pharaon » obéit également aux lois éternelles de la fiction populaire ; il eût fait beau voir qu'une fille du roi s'opposât aux volontés de son père en sauvant de la mort un enfant hébreu si son père avait décidé que ceux-ci ne devaient pas survivre. Plus invraisemblable encore est, après l'ordre pharaonique présumé de mise à mort des enfants hébreux, l'adoption de l'enfantelet par la même fille du pharaon ; l'adoption existait à coup sûr en Égypte, comme en témoigne entre autres le papyrus 1946.96 de l'Ashmolean Museum à Londres, mais l'adoption d'un condamné à mort par une fille de pharaon est une hypothèse audacieuse, sinon extravagante. En effet, elle investit Moïse de droits équivalents à ceux d'un prince du sang égyptien.

Le récit de l'Exode trahit donc aussi bien la méconnaissance des coutumes égyptiennes que la date tardive de la fusion des deux versions originelles de l'Exode (J pour yahwiste et E pour élohiste — cf. Richard Elliott Friedman, *Who Wrote the Bible ?*, Summit Books, New York, 1987), au VIIIe siècle avant notre ère, soit encore quelque cinq siècles après l'existence traditionnellement admise de Moïse. C'est un texte écrit à l'intention d'un public pour lequel l'Égypte est désormais un pays lointain où, par exemple, les princesses se baignent dans le Nil comme en Israël on se baigne dans le Jourdain, aux eaux incomparablement plus claires.

L'hagiographie spontanée de l'Exode, parée de couleurs romanesques, sinon naïves, est tout à fait compréhensible. Il eût été impensable de reconnaître à Moïse une ascendance égyptienne ; c'eût été faire de l'auteur présumé du Pentateuque un descendant d'idolâtres. Néanmoins, la tradition qui fait de lui un familier, sinon un membre, de la cour du pharaon survit jusqu'au Ier siècle ; Luc, l'auteur des Actes des Apôtres (VII, 22), écrit que Moïse fut instruit « dans toute la sagesse égyptienne » : c'est là considérablement, extraordinairement plus que le destin ordinaire des Hébreux occasionnellement employés à la cour du roi. « Moïse était un très grand personnage au pays d'Égypte », insistait déjà l'Exode (XI, 3).

Moïse semble donc bien avoir joui d'une position privilégiée à la cour de Séti Ier, puis de Ramsès II. Or, quand on sait l'animosité des Égyptiens à l'égard des Hébreux sous Ramsès II, longuement détaillée par l'Exode même, ce ne pouvait avoir été en tant qu'enfant trouvé adopté par une princesse. On pourrait à la rigueur admettre que l'intelligence de Moïse l'eût fait admettre dans la famille royale et le palais une fois que, devenu adulte, il en avait fait preuve. Mais l'Exode lui-même précise que Moïse demeura dans cette famille *depuis son enfance* : « Un jour, quand Moïse eut grandi, il alla vers les siens et les vit peinant sous leur dur labeur » — II, 11). Cela signifie sans aucune ambiguïté que, jusqu'à sa maturité, Moïse demeura ignorant du sort des Hébreux. C'est donc qu'il était dans le cercle royal, et ce ne pouvait être qu'en tant que fils de cette princesse.

Il faut ici rappeler que, dans l'Égypte ancienne, la légitimité ne procédait que de la mère, et c'est pourquoi les pharaons accédant au trône épousaient symboliquement (mais pas toujours symboliquement) leurs sœurs; le père comptait peu. Les processus de la conception étant alors mystérieux, l'enfant était d'abord le fils de la mère. « Mose », s'il n'avait été de père hébreu, eût été un prince égyptien de plein titre. Mais son père, Apirou, appartenait à une classe jugée inférieure, puisqu'on y recrutait mercenaires et main-d'œuvre.

2. Déesse du ciel, parfois identifiée avec Hathor.

Chapitre 3

1. L'ancienneté de la présence des Hébreux en Égypte est, en l'état actuel des connaissances, impossible à déterminer avec précision si l'on se base sur le seul Pentateuque. Celui-ci donne, en effet, trois générations pour la descendance de Lévi (Ex. VI, 16-20) et sept pour celle de Joseph (Nom. XXVII, 1). Quand il conclut son alliance avec Abraham, Dieu lui annonce une servitude de 400 ans (Gen. XV, 13), chiffre qui sera porté à 430 dans l'Exode (XII, 40). Il est certain qu'il ne faut pas prendre les précisions de l'Ancien Testament au pied de la lettre, mais à moins de supposer que toutes les indications de ce Livre seraient fantaisistes, force est de supposer qu'elles comportent quelques indications factuelles, même modifiées par ses divers auteurs.

La première indication que l'on a des Hébreux, Hapirous ou Apirous remonte à la fin du IIIe millénaire avant notre ère; c'est l'époque à laquelle des nomades guerriers, dont les Hyksos, descendent par vagues de la Mésopotamie vers la Méditerranée, se livrant au pillage. Ils parlent des langues sémitiques occidentales, dont l'hébreu. Ce sont des tablettes mésopotamiennes qui les désignent sous le nom d'Apirous, c'est-à-dire « poussiéreux », description succincte des nomades.

A la fin de l'Age du bronze, c'est-à-dire au début du IIe millénaire avant notre ère (sous la XIIe dynastie), des textes égyptiens les désignent à leur tour sous ce vocable, et ce ne sont pas les Bédouins, dont les migrations sont régulières, alors que celles des Apirous ne le sont pas. Ceux-ci sont organisés en bandes de quelque deux mille hommes chacune, placés sous la direction d'un chef de guerre. Abraham semble avoir été l'un de ces chefs, la Genèse nous apprenant qu'il ne comptait pas moins de 318 serviteurs « nés dans sa maison ». Par ailleurs, les Apirous semblent avoir eu une culture supérieure à celle des autres nomades. Enfin, ils sont divisés en clans, dont l'un porte le nom explicite de YWH, le tétragramme du nom divin — Yahweh, donc, en graphie latine. Les Apirous seraient présents dans le Delta dès la XIIe dynastie, période au début de laquelle, rappelons-le, le pouvoir royal est faible. On ne sait pas s'ils y sont installés de façon permanente ou s'ils y font des incursions sporadiques.

Il est également établi que, plus de quatre siècles plus tard, sous le règne de Thoutmosis III, au XVe siècle avant notre ère, des Hébreux posent des problèmes aux autorités égyptiennes, dans les territoires sous contrôle égyptien, dont la Palestine. Pour les brider, ces autorités les enrôlent soit comme mercenaires dans leurs armées, soit plus tard dans le service de temples tels que celui de la déesse Hathor ou d'Amon, à Thèbes (Paul Johnson, *A History of the Jews*, Harper & Row, New York, 1988; J. M. Modrzejewski, *Les Juifs d'Égypte, op. cit.*). L'enrôlement dans les services d'État indique une sédentarisation des Hébreux.

Si l'on se fonde sur l'hypothèse exposée plus haut (v. ch. I, note 3, pp. 323-328) selon laquelle Moïse est né sous le règne de Séti Ier, les Hébreux auraient donc été présents en Égypte depuis près de quatre cents ans au moment de sa naissance. Ils auraient donc été là sous les deux dynasties de rois hyksos, la XVe et la XVIe, soit de 1790 à 1580 avant notre ère. Ils semblent même venus, si l'on peut ainsi dire, « dans les fourgons » des Hyksos. Le pharaon qui autorisa Joseph à installer son père et ses frères dans « la terre de Goshen » (le Delta) était donc un Hyksos.

Ici trois précisions s'imposent. D'abord, l'épisode de l'occupation hyksos de l'Égypte joue un rôle important dans le statut des Hébreux dans ce pays. Contrairement à ce que les textes égyptiens laissent entendre, et notamment l'historien égyptien très tardif Manéthon, les Hyksos (en ancien égyptien *héquaou khasout*, c'est-à-dire « rois pasteurs », terme déformé par les Grecs en « Hyksos »), n'étaient nullement les barbares impies qui auraient saccagé la culture, la religion et les traditions égyptiennes. Ils avaient certes

« importé » un dieu, Seth, selon les Égyptiens « dieu de la confusion », représentant du Mal et assassin présumé d'Osiris dans la légende théologique égyptienne. Mais Seth a été assez rapidement adopté par la religion officielle des Égyptiens, comme en témoignent le nom du pharaon Séti (en fait Séthos) et le fait qu'un sanctuaire (bâti par les Hébreux) lui fut dédié à Avaris. Les Hyksos ont maintenu la religion égyptienne et leurs rois ont ainsi adopté pour leurs noms officiels le suffixe « Rê », témoignant de leur révérence pour ce dieu suprême. Les Hyksos ont maintenu les structures étatiques égyptiennes, ils ont beaucoup fait progresser l'art militaire égyptien et ont, entre autres bienfaits, appris aux Égyptiens l'usage des chars légers.

Leur seul tort était d'être étrangers et maîtres du pays. Après la reconquête du pouvoir par le pharaon Ahmosis (v. 1552-1526 avant notre ère), leur souvenir devint odieux pour les Égyptiens. Mais pas seulement leur souvenir : celui de leurs alliés aussi bien, c'est-à-dire des Hébreux. Ceux-ci venaient, en effet, de la même région que les Hyksos; leurs langues étaient voisines, peut-être leurs religions. Ils avaient toutes les raisons de s'entendre avec eux. Mais les Hyksos étaient repartis et les Hébreux étaient restés. Du statut d'alliés des maîtres du pays, ils passèrent, dès le Nouvel Empire, à celui de population de seconde classe et corvéable. Ils ne pouvaient plus le quitter qu'en retournant vers l'est; ce fut l'exode qu'organisa Moïse.

Deuxième précision; en tant qu'esclaves virtuels, ils constituaient pour les Égyptiens un réservoir de main-d'œuvre à bon marché pour les grands travaux en cours, mais il ne fallait cependant pas leur autoriser une expansion démographique trop grande, qui eût été politiquement dangereuse. L'Exode le dit d'ailleurs en clair : « Plus ils [les Hébreux] étaient maltraités, et plus leur population augmentait, au-delà de toutes limites, au point que les Égyptiens en arrivèrent à exécrer leur vue. Ils traitaient donc les esclaves israélites avec une sévérité impitoyable et leur rendaient la vie amère, dans une servitude cruelle [...] En bref, ils en faisaient un usage impitoyable comme esclaves dans tous les types de travaux de force » (Ex. I, 12-14). On a vu que, même pendant que des Hébreux étaient installés dans le Delta, des bandes d'Hébreux donnaient du fil à retordre aux Égyptiens en Palestine. On pouvait craindre que les Hébreux de Palestine vinssent à la rescousse de ceux du Delta; le pouvoir égyptien risquait d'y perdre une partie de la Basse Égypte. La mention d'une tentative de contrôle démographique par mise à mort des nouveau-nés (méthode appliquée en Chine jusque récemment, sinon actuellement) est donc tout à fait plausible.

Troisième précision; à l'époque de Séti Ier, le pouvoir égyptien se relève du grave affaiblissement déclenché par le règne désastreux du pseudo-monothéiste Akhenaton, aussi bien en politique intérieure qu'en politique extérieure, où les provinces d'Asie ont toutes été perdues. L'indiscipline des Hébreux d'Égypte et l'agitation de ceux de Palestine étaient pour les Égyptiens des motifs d'inquiétude et d'aversion des Hébreux. Pareilles circonstances renforcent donc leur vigilance à l'égard de la démographie « galopante » des Hébreux.

Un point se dégage avec certitude de ces précisions : le climat n'était certes pas à la confiance entre les Égyptiens et les Hébreux. Les premiers n'auraient donc pas toléré qu'un Apirou à part entière occupât les hautes fonctions qui furent celles de Moïse dans le royaume. De fait, depuis Joseph, qui avait d'ailleurs été « égyptianisé » par un roi hyksos, on n'a plus revu d'Hébreu occuper la moindre fonction publique dans le royaume (exception faite, au XIIe siècle avant notre ère, pour un Ben Hazen, qui n'avait d'ailleurs été que l'échanson du roi Méneptah).

Chapitre 4

1. Bien évidemment, les documents égyptiens de la vie quotidienne n'étaient pas rédigés en hiéroglyphes, mais dans une écriture courante, dite « hiératique », consonantique et constituant une sorte de sténographie des hiéroglyphes. Créée sous l'Ancien Empire, elle évolua au fil des siècles, pour suivre l'évolution même de la langue (qui, à l'époque de Ramsès, s'était sensiblement abâtardie).

2. On évalue généralement mal dans l'opinion contemporaine (à une époque où l'illettrisme sévit dans des proportions déconcertantes !) l'importance du texte écrit dans l'Ancienne Égypte, donc de l'écriture et de la lecture. Et cela aussi bien sous l'Ancien et le Moyen Empire que sous le Nouvel Empire. L'Égypte a été un pays remarquablement « alphabétisé », pour user d'un terme contemporain. Rien, dans ce royaume hautement administratif, ne se faisait, dans les nomes ou provinces de la Basse et de la Haute Égypte ainsi que dans les territoires occupés, sans un document écrit. C'est ainsi qu'il y avait des légions de scribes qui enregistraient strictement toutes les transactions publiques et privées, d'une vente de terrain à une expédition de pièces de tissu, d'un héritage à des frais

d'embaumement, et l'armée comptait évidemment ses scribes pour coucher sur papyrus (voire sur bois) les soldes des conscrits, l'état des arsenaux, des écuries et des entrepôts, les frais de réparation des chars, les commandes d'armes, etc. On ajoutait volontiers « aux lettres d'affaires la note : *Conservez ma lettre, afin qu'elle vous serve dans l'avenir, de pièce justificative* » (Erman & Ranke, *La Civilisation égyptienne, op. cit.*). Erman et Ranke (*id.*) ont pu parler à cet égard d'une « rage d'écrire ». Roseau taillé derrière l'oreille et le rouleau de papyrus toujours à portée de main, le scribe était toutefois un personnage subalterne, à l'exception des juges qui étaient, eux, « scribes en chef » de leurs districts.

Moïse ayant vécu au palais jusqu'à ce qu'il eût « grandi », comme dit l'Exode, il est donc certain qu'il a appris et maîtrisé la langue égyptienne.

3. Ce poste a bien existé sous le Nouvel Empire (la sous-direction des scribes des documents royaux était une des attributions des Grands gouverneurs de Basse et de Haute Égypte), mais on ignore celui que Moïse a occupé, et il aurait pu en occuper bien d'autres. Car il est certain que, pour être devenu « un très grand personnage », selon les termes mêmes de l'Exode, il a été obligatoirement incorporé à l'administration : juge, gouverneur ou sous-gouverneur de nome, directeur ou sous-directeur d'un département du Trésor, voire écuyer tranchant et scribe du roi, etc. Les fonctions que j'ai choisi de lui attribuer me paraissent se justifier par l'expérience des tribulations des Hébreux que sous-entend le Livre de l'Exode, tribulations qui étaient les plus fréquentes dans les travaux publics (v. note 1, chap. 6, p. 336).

4. Il semble également que Moïse n'a pu devenir le personnage important décrit par l'Exode que sur rescrit royal, qui était accordé au terme d'une audience également royale. Il aura donc eu au moins un entretien direct avec Séti Ier.

Chapitre 5

1. A partir de la XVIIIe dynastie, les Égyptiens des classes supérieures accordent une attention à leur apparence au moins égale à celle des femmes. Le vêtement atteint un raffinement et une complication étonnantes, par exemple, avec les robes d'apparat plissées et empesées. Les parures masculines — pectoraux, bracelets, bagues — se multiplient à l'envi.

2. Dès le Moyen Empire, les Égyptiens maîtrisent la chasse aux oiseaux à l'aide d'une sorte de massue volante, plate, en forme d'S, qui évoque de près l'usage du boomerang par les aborigènes australiens.

3. On ignore l'âge exact auquel le futur Ramsès II accéda au titre de régent du royaume, du vivant de son père Séti Ier et par la volonté de celui-ci. Quelques indications permettent toutefois de penser qu'il était alors tout jeune homme. En effet, nommé capitaine de l'armée à l'âge exceptionnel de dix ans, il reçut un entraînement militaire et accompagna son père dans ses campagnes. Il ne fut sans doute nommé régent que plusieurs années plus tard, quand l'expérience militaire et administrative du jeune prince assuraient que les pouvoirs attachés à ce titre seraient soutenus par une autorité suffisante. Ce ne pourrait donc être, à mon avis, avant seize ou dix-sept ans.

4. Il est nécessaire de préciser ceci : tous les témoignages égyptologiques concordent sur le fait que la liberté sexuelle des Égyptiens des époques pharaoniques était totale. Les notions ultérieures de pudeur y étaient inconnues. Ainsi, les organes sexuels masculins et féminins étaient couramment représentés dans les textes hiéroglyphiques.

Chapitre 6

1. Si l'on admet la chronologie exposée pp. 279-282, il est évident que Moïse, « grand personnage d'Égypte », se trouva sous les ordres directs du futur Ramsès II dès la régence de celui-ci. C'est ainsi qu'il fut amené à entrer en contact avec les Hébreux, employés à la construction des places fortes des oasis et du Delta, redécouvertes au cours des trois dernières décennies (cf. Henri de Saint-Blanquat, « Les grandes capitales du Delta » et « Découvertes dans les oasis », *Science & Avenir* hors-série n° 30). Au double titre de capitaine de l'armée et de régent, le prince Ramsès avait, en effet, la haute main sur toutes les entreprises de fortification du royaume contre les envahisseurs de l'ouest et de l'est, sans parler de l'édification des villes du Delta évoquées par l'Exode.

L'hypothèse que Moïse ait été une sorte de grand intendant des travaux publics égyptiens dans la Basse Égypte se fonde sur les trois éléments que voici.

a) Nous savons qu'il fut « un grand personnage d'Égypte »; or, il ne pouvait occuper cette position éminente que dans le clergé, l'armée ou l'administration. Il semble exclu qu'il ait appartenu au clergé, d'abord en raison de son ascendance partiellement hébraïque, ensuite parce que sa formation cléricale ne lui aurait pas laissé le loisir de s'intéresser au sort des Hébreux d'Égypte et que les structures religieuses et juridiques qu'il a données aux Hébreux ne portent guère la marque de leurs homologues égyptiennes, pour dire le moins (sans parler du rôle fédérateur qu'occupe Yahweh dans sa théologie et qui ne doit rien à la théologie égyptienne).

b) Il est peu probable que Moïse eût pu occuper un rang dans l'armée qui correspondait avec le statut de « grand personnage » cité plus haut. Certes, les états-majors égyptiens comportaient, outre les princes du sang, des favoris (cf. Christiane Desroches-Noblecourt, « L'armée égyptienne à la XIXe dynastie », in *Ramsès II, la véritable histoire*, Pygmalion/Gérard Watelet, 1996), mais dans ce cas, Moïse aurait été sans cesse en campagne et il aurait eu peu de loisirs pour s'intéresser aux Hébreux. Pour résumer ces deux objections, je dirais que l'esprit de corps du clergé et de l'armée aurait absorbé Moïse et lui aurait offert assez de satisfactions pour qu'il n'allât pas prendre la tête des populations hébraïques.

c) Son ascendance partiellement hébraïque le désignait logiquement pour des fonctions où il aurait assumé la responsabilité des rapports avec les Hébreux. De telles fonctions étaient les plus vraisemblables dans les travaux publics, puisque c'étaient les Hébreux qui en constituaient la force de labeur principale. L'épisode de l'assassinat du contremaître brutal (Ex. II, 11-14) montre Moïse retournant sur le chantier le lendemain; c'est donc qu'il y avait à faire et c'est ce qui incline à préférer l'hypothèse selon laquelle il appartenait à l'administration et, plus précisément, au secteur de celle-ci qui dirigeait les travaux publics.

2. Des Libyens furent, en effet, enrôlés dans les garnisons égyptiennes.

3. Les Hébreux étaient concentrés dans la Basse Égypte et la région du Delta depuis leur arrivée en Égypte. Il n'existe aucune indication du nombre d'Hébreux présents dans cette région sous Séti Ier et Ramsès II. Leur nombre ne pouvait guère varier en deçà de quelques centaines et au-delà de deux à trois mille lors de leur arrivée sous les Hyksos, sauf à inquiéter ces derniers. Ce ne sont pas, en effet, les Douze (chiffre virtuel et qui n'obtient d'ailleurs pas l'assentiment de tous les spécialistes) tribus au total qui sont allées en Égypte; de très nombreuses indications de l'Ancien testament (Gen. XXXIV, XXXVII, 20-29 et Nom. XXI, 1-3, Nom. XXXIII, 41-49...)

démontrent des conquêtes des Hébreux et une présence continue outre-Sinaï. Une bonne part, sinon la majorité des tribus, était restée en Palestine et dans les régions voisines. C'était donc une fraction de la population hébraïque générale qui se trouvait en Égypte.

Quatre cents ans plus tard, il est vraisemblable que son expansion démographique avait atteint des proportions propres à alarmer et arranger les Égyptiens tout à la fois (le terme « vraisemblable » est justifié par le fait qu'il n'existe aucune indication historique de cette expansion, ni des réactions égyptiennes ni, enfin, d'un génocide des mâles entrepris par les Égyptiens). Elle les alarmait parce que les Hébreux n'étaient pas intégrés au peuple égyptien et qu'ils constituaient un noyau perpétuellement rebelle, mais elle les arrangeait parce qu'elle offrait une main-d'œuvre opportune et probablement mal payée pour les grands travaux de Séti Ier et de Ramsès II. Mais quel était le seuil à partir duquel la population des Hébreux pouvait alarmer les Égyptiens ?

Le Pentateuque n'offre guère d'indications fiables et le chiffre de six cent mille hommes, sans compter les proches, que cite le Livre de l'Exode est extravagant : cela aurait représenté une population d'un million et demi de personnes au moins, ce qui ôte toute vraisemblance à un exode massif de tant de gens en un ou deux jours. Seule la méthode comparative peut mettre sur la voie d'une estimation. Nous savons qu'au Ier siècle, Flavius Josèphe estime la population de l'Égypte romaine à sept millions et demi (*La Guerre des Juifs*, II, 385). Si l'on tient compte du fait que dans l'Égypte du milieu du XXe siècle, le taux de naissances était de 44,5 par 1 000 habitants et que le taux de décès était de 25 pour 1 000, on obtient un accroissement de 1950 individus par siècle et par 1 000 habitants. Ce qui signifie qu'en gros, la population de ce pays double tous les siècles.

Certes, ce modèle ne saurait s'appliquer tel quel à l'Égypte ancienne, où la mortalité infantile était plus élevée que dans l'Égypte du XXe siècle et où l'espérance de vie ne dépassant pas 45 ans, la mortalité adulte était plus élevée. On peut donc postuler, faute de repères statistiques, que dans le meilleur des cas, la population aurait doublé tous les quatre siècles environ. Encore est-il impossible de faire le compte des saignées démographiques causées par les guerres très nombreuses menées par ce pays, ni des épidémies qui décimèrent les populations. Les Dix Plaies d'Égypte ne sont certes pas une invention, ou du moins pas entièrement. A titre d'exemple de l'influence des épidémies, citons le cas du Mexique après la conquête espagnole : en 1520, la population aztèque était de quelque 20 millions d'âmes ; à la suite de l'arrivée d'un seul esclave atteint de variole, en provenance de Cuba, elle était un siècle plus tard, en 1618, tombée à 1,6 million (Jared Diamond, *Guns, Germs and Steel, The fates of Human Societies*, Cape, New York, 1997).

Mais il n'existe pas de mention d'une épidémie de pareille importance au cours de l'histoire égyptienne. On peut donc supposer qu'à quelques pics de mortalité près, l'expansion de la population égyptienne se poursuivit de façon relativement stable. Ce qui indiquerait qu'au XIIIe siècle avant notre ère, la population de la Vallée du Nil se serait située entre un million et un million et demi d'habitants, avec approximativement un tiers en Basse Égypte, un autre en Moyenne Égypte et le reste en Haute Égypte. Avec une population générale d'environ un tiers, soit entre 300 000 et 500 000 habitants, le Delta eût donc commencé à trouver « encombrant » un groupe exogène « non assimilé » qui eût représenté une trentaine de milliers d'âmes. Au-dessous de ce chiffre, en effet, les Hébreux n'auraient pu constituer le réservoir de main-d'œuvre utile à l'Égypte.

Chapitre 7

1. Unité de cuivre pesant 91 grammes, qui servait de référence au troc. Il n'exista pas en Égypte, jusqu'à la conquête héllénistique, de monnaie frappée.

2. La mesure du temps chez les anciens Égyptiens était à peu près la même que la nôtre : ils avaient divisé l'année en 365 jours 1/4, constitués de 12 mois de 30 jours, plus 5 jours épagomènes. Le jour et la nuit étaient divisés en 12 heures chacun, mesurées, le jour par les cadrans solaires et, la nuit, à partir du Nouvel Empire — c'est-à-dire sous Ramsès II — par des clepsydres ou horloges à eau à écoulement régulier.

La relative imperfection du système tenait dans le compte du quart de jour épagomène, et dans le fait que les heures d'été étaient évidemment plus longues que celles d'hiver.

3. Les progrès de l'égyptologie au XXe siècle ont permis de comprendre que, dans leur immense et parfois déconcertante variété, les titres de fonction égyptiens correspondaient en fait à bien d'autres réalités que leur intitulé ne le suggérerait pour un regard moderne. Ainsi, le grand prêtre d'un temple était également

grand directeur des travaux afférents à ce temple, ce qui faisait de lui une sorte d'entrepreneur de travaux. Mais il se trouvait, par ailleurs, exercer également les fonctions de geôlier, puisque les temples comportaient des prisons dans lesquelles les inculpés étaient enfermés à titre préventif en attendant l'instruction de leur cas et l'application de leur peine. Les divers fonctionnaires d'enregistrement des documents royaux n'étaient certes pas que des archivistes, mais également, puisqu'ils étaient dépositaires de la loi, des garants de l'application de cette loi, d'une manière qui évoquerait lointainement celle de notre Conseil constitutionnel.

« Personnage important » du royaume, Moïse eut donc une connaissance approfondie de l'administration et de ses règlements. L'Égypte pharaonique était, en effet, l'un des pays les plus bureaucratiques de l'Histoire et nul ne pouvait y exercer la moindre activité sans attributions officielles.

4. Le cheval fit son apparition en Égypte en même temps que le char, sous les dynasties Hyksos, au XVIIe ou XVIe siècle avant notre ère. Il semble qu'une tribu aryenne du Haut Euphrate et du Tigre, les Khouri, ait fourni des chevaux à l'Égypte par l'intermédiaire des Cananéens (cf. A. Erman & H. Ranke, *La Civilisation égyptienne*, Payot, 1976). L'âne et le mulet que les Égyptiens furent autorisés à monter à partir du Nouvel Empire, demeuraient cependant les montures favorites du peuple, le cheval semblant réservé aux classes aristocratiques. L'équitation devait requérir alors certaines qualités sportives, étant donné qu'il n'existait pas d'étriers.

Chapitre 8

1. Il existait un fisc en Égypte, et de très nombreux documents démontrent que sa vigilance n'était pas moindre à l'égard des riches que des pauvres. L'on payait en blé, en filés, en peaux, en viande, en papyrus, en objets de métal... Chaque profession versait au scribe percepteur une partie de sa production, estimée en débens, l'unité de cuivre citée plus haut. Les contribuables récalcitrants étaient passibles d'un nombre de coups réglementaire de côtes de palme.

2. Il n'existe dans l'Ancien Testament aucune preuve d'une responsabilité exercée par Moïse dans la construction. Toutefois, l'incident du meurtre de l'Égyptien qui maltraitait un Hébreu (Ex. II, 11-12) le suggère pour deux raisons. La première est que les

Hébreux étaient employés dans les travaux de construction (Ex. I, 12), travaux exceptionnellement vastes sous les règnes de Séti Ier et de son fils Ramsès II ; la mention d'équipes d'Hébreux placées sous la surveillance d'« officiers » (Ex. I, 11) ne peut convenir aux travaux des champs et ne peut correspondre qu'au labeur de force des travaux publics. La seconde raison est que les Hébreux se trouvant en permanence sur des chantiers, ceux-ci apparaissent comme le théâtre le plus vraisemblable du meurtre (v. note 1, ch. 6, p. 336).

L'Exode présente Moïse comme le chef spirituel des Hébreux en Égypte ; ce point est discutable, sinon improbable, car ce que nous savons par l'égyptologie des règnes de Séti Ier et de Ramsès II n'incline pas à admettre que ces deux pharaons, encore plus autoritaires que leurs prédécesseurs, aient admis l'existence d'une entité hébraïque dans le pays, placée sous l'autorité d'un chef autonome, autorisé à parler d'égal à égal avec Ramsès II ; et cela d'autant plus que les Hébreux étaient considérés comme des esclaves. L'hypothèse est même absurde. Il s'agit, à l'évidence, d'une enjolivure hagiographique, d'ailleurs bien compréhensible à l'époque où le Livre de l'Exode fut rédigé.

Chapitre 9

1. De nombreux documents, tels que les papyrus de Berlin, indiquent que la vie politique intérieure de l'Égypte ancienne n'était pas cet inépuisable et idéal déroulement de cérémonies religieuses inspirées par la sagesse suprême qu'on prête volontiers aux époques disparues. Bien au contraire, complots, prévarications, résistance obstinée des seigneurs de province contre l'administration centrale, fonctionnaires cupides autant qu'intrigants, manigances du clergé et « gangstérisme » pur et simple — mais organisé — abondent dans une histoire longue de plus de trois millénaires. Ils présentent beaucoup plus de relief que les œuvres artistiques — presque toutes funéraires, donc hagiographiques — qu'une certaine imagerie touristique de l'Égypte ancienne le laisse supposer. L'Égypte était un grand royaume et les rivalités entre les intérêts collectifs et les hommes y étaient fortes, les êtres humains n'y étaient guère différents de ce qu'ils étaient et sont encore partout ailleurs. Les coups d'État n'y étaient pas rares, et ce fut justement l'un d'eux qui porta au pouvoir royal un simple soldat, Horemheb, oncle du fondateur de la XIXe dynastie, Ramsès Ier, père de Séti Ier.

L'affaiblissement du pouvoir central entraîné par la décadence et les scandales du roi pseudo-monothéiste Akhenaton de la XVIIIe dynastie, comme ç'avait d'ailleurs été le cas sous la Première et la Seconde période intermédiaire, imposèrent aux rois de la XIXe dynastie, dont Séti Ier et son fils Ramsès II, une gageure extraordinaire : la restauration du pouvoir royal à l'intérieur comme à l'extérieur du pays.

Le prestige acquis par Moïse sous ces deux rois démontre qu'il servit dans un premier temps l'entreprise d'affermissement du pouvoir royal. Il ne put le faire qu'en tant qu'autochtone et avec un titre officiel, et sans doute prestigieux, dont l'Histoire ne nous a pas laissé le témoignage. Les rapports de quasi-familiarité avec Ramsès II que rapporte l'Exode (non sans contradictions, d'ailleurs) ne pouvaient être basés que sur un passé de serviteur dévoué du roi.

Comme tel, il ne pouvait pas ne pas entrer en conflit avec les menées séditieuses des gouverneurs locaux, et notamment dans la région de Basse Égypte, qui avait été négligée par les dynasties précédentes. Séti Ier fut, en effet, le premier roi qui entreprit d'affermir le pouvoir du royaume dans cette région ; or, c'était celle où résidaient les Hébreux (on n'a pas de traces de leur présence en Moyenne, ni en Haute Égypte). L'Égypte de Moïse a été celle du Delta et n'a été que celle-là.

Chapitre 12

1. Roi de la XVIIIe dynastie (1337-1354 ?), également connu sous le nom d'Aménophis IV, dont le règne fut caractérisé, d'une part par une révolution théologique éliminant tous les dieux du panthéon égyptien au profit du seul dieu Aton, de l'autre par un affaiblissement critique de la puissance égyptienne, notamment de son hégémonie sur ses territoires de Palestine et de Syrie. Il changea son nom originel Amonhotep (« Amon est satisfait) en Akhenaton (« Il plaît à Aton »). A sa mort, qui semble avoir été soudaine autant que mystérieuse, le clergé mit sur le trône son neveu, le jeune Toût-Ankh Amon, qui mourut lui aussi mystérieusement (peut-être pas si mystérieusement, d'ailleurs, des radiographies de son squelette effectuées en 1997 ayant révélé des lésions cervicales apparemment dues à un coup sur la nuque). Un disciple d'Akhenaton, Aye, régna brièvement à la suite de Toût-Ankh Amon, puis la XVIIIe dynastie prit

fin dans des circonstances qui demeurent obscures. Le trône fut restauré paradoxalement par un militaire, Horemheb, à la suite d'un coup d'État, et c'est ainsi que fut fondée la XIXe dynastie, à laquelle appartiennent deux des plus grands rois d'Égypte, Séti Ier et Ramsès II.

La chute de la XVIIIe dynastie fut suivie d'une réaction violente du clergé. Privés pendant tout le règne des pseudo-monothéistes des subsides qui leur étaient traditionnellement versés par l'État, les prêtres d'Amon, Osiris, Ptah et autres dieux s'étaient trouvés réduits à la famine, Akhenaton ayant décrété que seul pouvait être pratiqué le culte d'Aton. Ils s'empressèrent donc, avec l'aide de Horemheb, de rétablir les cultes des anciens dieux et notamment d'Amon, qui leur rapportaient la plus grande partie de leurs revenus. Le nom même d'Akhenaton fut honni et banni, puis effacé de tous les édifices publics.

La révolution religieuse d'Akhenaton a suscité au XXe siècle une masse impressionnante de commentaires, de Freud à Velikovsky, sans parler des élucubrations ordinaires. On a voulu voir en lui, tantôt le fondateur du monothéisme, tantôt un disciple du monothéisme hébraïque. Or, le terme de « monothéisme » s'applique mal à la théologie rudimentaire d'Akhenaton. En effet, le nom « Aton » ne désigne que le disque solaire, qui est une émanation du dieu-soleil Râ. Il s'agit donc, tout au plus, d'une idolâtrie totalitaire.

L'hypothèse d'une influence hébraïque semblerait à première vue séduisante, mais elle se heurte à des objections de taille. La plus importante est que le monothéisme hébraïque était, à l'époque d'Akhenaton, loin d'avoir atteint la cohérence que lui donna Moïse près d'un siècle plus tard.

Les éléments biographiques sur Aménophis IV donnent plutôt à penser que ce pharaon, dont la vie privée fut passablement excentrique (Cf. *Histoire générale du Diable* et *Histoire générale de Dieu*, de l'auteur, Robert Laffont, 1989 et 1997) aurait été saisi de crises de mysticisme qui le portèrent vers une idolâtrie solaire.

Chapitre 14

1. « Je suis lent et hésitant de parole », déclare Moïse à Dieu (Ex. IV, 10). On a évidemment peine à croire que le grand chef et fondateur d'une nation que fut Moïse ait été bègue, du moins au

sens moderne du mot. Mais il se peut qu'il ait éprouvé une difficulté d'expression dans les moments d'émotion. Par ailleurs, il faut observer qu'élevé dans les milieux égyptiens, il parla donc l'égyptien pendant de nombreuses années et jusqu'à sa maturité, et qu'il n'apprit l'hébreu qu'assez tard. Ce qui peut également expliquer la lenteur et l'hésitation qu'il confesse lorsqu'il utilisait l'hébreu.

2. La Méditerranée et la mer Rouge.

3. La fin abrupte et mystérieuse d'Aménophis IV donne, en effet, à penser qu'il fut victime d'un coup d'État fomenté par les militaires et le clergé excédés. Ces derniers avaient sans doute pris l'habitude d'intervenir dans le choix des monarques, car tel fut, semble-t-il, le sort de son successeur, célèbre mais tout aussi inefficace, Toût-Ankh Amon.

4. Un certain nombre de théories ont eu cours durant le XXe siècle sur les rapports présumés entre Moïse et la religion égyptienne, notamment le pseudo-monothéisme solaire ou culte d'Aton d'Aménophis IV, dit Akhenaton. Pour les résumer, certaines avancent que le monothéisme de Moïse se serait inspiré de la monolâtrie d'Akhenaton, d'autres au contraire que la monolâtrie d'Akhenaton se serait, elle, inspirée du monothéisme hébraïque.

Les théories du premier groupe, parmi lesquelles celle que Sigmund Freud a exposée dans *Moïse et le monothéisme*, ne doivent rien à l'Histoire, ni à la théologie comparative, pour dire le moins. Si Freud, par exemple, reconnaît bien que la monolâtrie solaire d'Aménophis IV avait déjà commencé sous le règne de son père Aménophis III, il méconnaît totalement les différences pourtant écrasantes entre le culte du disque solaire et la religion hébraïque et il n'en voit que les ressemblances les plus superficielles.

Les principales objections aux théories du premier groupe sont au nombre de trois : a) Moïse n'aurait pas pu développer le judaïsme chez les Hébreux exilés s'il ne s'était fondé sur le Dieu d'Abraham, antérieur de quelque quatre siècles, b) le Dieu de Moïse est anthropomorphique et il intervient dans l'histoire et dans la sphère humaine (et c'est là l'immense révolution effectuée par Moïse), alors que le dieu Aton est cosmique et statique, et c) le Dieu Yahweh de Moïse est exclusif aux Hébreux alors que l'ambition d'Akhenaton est d'imposer, non seulement à l'Égypte, mais également aux pays vassaux, un œcuménisme atonien, c'est-à-dire un impérialisme religieux. Cette dernière différence se décèle aisément dans l'effet des deux religions : le judaïsme de Moïse génère un dynamisme nouveau dans l'histoire des Hébreux et leur inspire la conquête de Canaan et des territoires avoisinants, alors que l'atonisme contemplatif d'Akhenaton entraîne tout au contraire la ruine politique et militaire de son royaume.

Les objections aux théories du second groupe sont quasiment les mêmes, inversées : l'histoire même de la religion égyptienne exclut qu'Akhenaton se soit inspiré du monothéisme des Hébreux pour fonder sa monolâtrie du disque solaire. Dès l'époque prédynastique, le Soleil est déjà le démiurge universel : c'est lui qui crée les autres dieux et, en ce sens, on peut dire que la religion égyptienne est monothéiste depuis les origines. Le polythéisme égyptien n'est qu'apparent, les autres dieux n'étant qu'une émanation du Soleil, qui est le « dieu invisible ». L'erreur d'Akhenaton, car c'en fut bien une, résida dans son interprétation dogmatique de ce monothéisme sous-jacent, puisqu'il faisait du disque solaire lui-même l'objet de sa nouvelle religion et qu'il en excluait les autres manifestations.

De surcroît, Akhenaton n'« inventait » rien, au contraire de certaines interprétations littéraires de sa réforme; le culte du dieu-soleil était déjà universel et devait le rester longtemps, puisqu'on le retrouve aussi bien dans la religion assyrienne que dans les religions africaines, la religion ultérieure des Aztèques, les religions indo-aryennes, etc.

Si Moïse devait être redevable d'un élément de sa réforme à la religion égyptienne, ce fut peut-être dans son idée du « Dieu invisible ».

5. Depuis l'Ancien Empire, toutes les terres du royaume, à l'exception de celles des prêtres, étaient la propriété de la couronne et leurs exploitants reversaient au roi 20 % des produits qu'ils en tiraient.

Chapitre 15

1. Jusqu'à Séti Ier, les rois de l'Égypte semblent avoir témoigné peu d'intérêt à la Basse Égypte. Celle-ci était considérée comme une vaste ferme, d'où le fait que les pharaons y ont élevé peu de monuments et en tout cas aucun d'importance égale à ceux de Moyenne et Haute Égypte. Alarmés par les incursions répétées des Libyens à l'ouest et des Hittites à l'est, les deux rois cités plus haut décidèrent alors de fortifier la région et Ramsès entreprit même d'y bâtir sa nouvelle capitale, la Pi-Ramsès de l'Exode, où les Hébreux furent

exploités si durement. Ce fut donc dans la région du Delta que Moïse passa l'essentiel de sa vie en Égypte.

Le développement de la Basse Égypte fut relativement de brève durée : alors même que Séti Ier développait Avaris, le Nouvel Empire tendait progressivement à délaisser Memphis, qui se trouve au-dessous de la pointe du Delta, au bénéfice de Thèbes, beaucoup plus au sud. Le développement de la Basse Égypte ne reprit qu'à l'époque ptolémaïque.

Chapitre 17

1. Il était fréquent que certains personnages ayant assumé des responsabilités durant leur vie fissent, après leur mort, l'objet de cultes en tant que « médiateurs entre leurs anciens subordonnés et les dieux » (Claude Traunecker, *Les Dieux de l'Égypte*, P.U.F., Que sais-je ? 1992).

2. Il est remarquable que la mer ne joue quasiment aucun rôle dans la cosmogonie ni dans la mythologie égyptiennes. Il n'existe pas de dieu, ni de déesse de la mer, assimilée apparemment à un chaos.

2. La colère

Chapitre 1

1. Toutes les grandes administrations égyptiennes, y compris les temples et surtout depuis le Nouvel Empire, géraient directement les vivres destinés à leurs personnels, qui leur revenaient, soit des terres attribuées par la couronne, soit de l'administration centrale. C'est ainsi que les secrétariats des scribes fonctionnaient comme des entrepôts.

2. La mode des jardins intérieurs se répandit au Nouvel Empire.

3. L'étrier est une invention chinoise du IVe siècle de notre ère. Les cavaliers étaient auparavant contraints d'utiliser un escabeau ou l'aide d'un écuyer.

4. Un point obscur de la très succincte biographie de Moïse en Égypte selon l'Exode est son statut conjugal avant sa fuite chez les Madianites. Un homme restait rarement célibataire au-delà de vingt ans, sauf à paraître infirme, et l'âge ordinaire du mariage, aussi bien chez les Égyptiens que chez les Hébreux, se situait aux environs de quinze ans. Il est évident que Moïse, dont la réputation en Égypte était grande, selon l'Exode même, eut une compagne, ne fût-elle qu'une concubine selon la coutume égyptienne. Et il est difficile de penser qu'il n'en eut pas d'enfants.

Chapitre 2

1. Les cinq oasis du désert libyque — Siwah, Bahriyah, Farafrah, Dakhla et Khargah — furent, en effet, fortifiées sous Ramsès II contre les agressions des Libyens. Relativement négligées par les missions de fouilles, elles ont fait l'objet de recherches à partir des années soixante-dix, et l'on y a mis au jour des vestiges importants de fortifications.

2. L'existence d'un mysticisme dans la religion égyptienne antique est attestée par de nombreux fragments de papyrus. Parallèlement à la religion officielle, il existait des rites ésotériques réservés aux initiés.

Ce sont quatre formules
[qui resteront] secrètes,
que tu as pénétrées.
Ne les énonce pas
de peur que les profanes
n'aillent les écouter!

est-il écrit dans *Le Livre du Jour et de la Nuit* (trad. par Alexandre Piankoff, Institut français d'archéologie orientale, Le Caire, 1942).

Je suis un prêtre instruit du mystère dont la poitrine
ne [laisse] pas sortir ce qu'il a aperçu

dit également un des prêtres initiés (trad. par E. Chassinat, *Le Mystère d'Osiris au mois de Khoiak*, Institut français d'archéologie orientale, Le Caire, 1966).

Le *Livre des Morts* rapporte que la déesse Isis-Hathor prononça des « mots de puissance » qui délivrèrent Râ-Horus de circonstances difficiles, que ces mots « sont un grand mystère » et que les yeux d'aucun homme ne doivent jamais les voir, car c'est une abomination [pour tout homme] que de poser les yeux dessus » (E. Wallis Budge, *Egyptian Magic*, rééd. Dover Publicatons, Inc., New York, 1971).

Divers textes indiquent que tous les rois étaient initiés à des rites secrets, sur lesquels aucun document de quelque ampleur ne nous éclaire cependant. Ce qui est certain, c'est qu'une part importante de ces rites visait à déclencher chez l'initié un sentiment de révélation. Cela sous-entend une pratique courante d'exercices spirituels ou psychophysiques. La tombe de Ramose (ou Ramsès), vizir du roi « monothéiste » Aménophis IV, renommé Akhenaton, comportait une inscription relevée par l'égyptologue américain J.H. Breasted et qui rapporterait l'adresse de ce roi au vizir :

Les paroles de Rê
devant toi [se divulguent]
de mon auguste père
qui me les enseigna...
Mon cœur en eut la connaissance,
ma face, la révélation.
J'ai compris [...]

(cité par Max Guilmot, *Les Initiés et les rites initiatiques en Égypte ancienne*, Robert Laffont, 1977). Texte qui indique clairement l'existence de pratiques contemplatives destinées à susciter des révélations.

La discipline du souffle ici résumée est commune à tous les grands mysticismes. La plus ancienne est la prânâyâma du yoga, la plus récente l'hésychasme chrétien de Grégoire Palamas et de Nicéphore le Solitaire.

Certains textes suggèrent que les rites iniatiques auraient comporté des transes menant à des phénomènes psychologiques tels que des dédoublements de personnalité, voyages présumés « hors du corps », etc. Témoin celui-ci, transcrit par le papyrus T 32 de Leyde, collection de textes ésotériques de la XXIIe dynastie rattachés à l'Osiréion d'Abydos (Guilmot, *op. cit.*) :

J'ai franchi
le mystérieux monde inférieur
pour contempler mon corps
qui en lui se trouvait,
pour éclairer mes formes.

Il s'agit apparemment là d'un texte qui était prononcé par un vivant et non d'un texte funéraire. Il illustre un thème classique du mysticisme, qui est la mort à soi-même préparant à la résurrection dans la lumière divine. Les sensations spontanées de dédoublement auxquelles il se réfère sont exceptionnelles, mais peuvent être induites par des drogues psychotropes. Il en ressort que, de même que dans toutes les religions iniatiques du monde, les pratiques ésotériques égyptiennes faisaient appel à des drogues psychotropes, kât, chanvre, ammanite tue-mouches, etc.

Quand Luc rapporte que « Moïse fut initié à la sagesse égyptienne » (précision inattendue car, au Ier siècle, l'Égypte, terre païenne, n'était certes pas une référence pour les Juifs, ni pour les chrétiens), il se fait sans doute l'écho d'une tradition ancienne, le terme « sagesse » indiquant une connaissance philosophique indéterminée, ésotérique ou non. Mais les prodiges de Moïse rapportés par l'Exode, tels la transformation d'un serpent en bâton, témoignent d'une connaissance et d'une pratique de la magie dans laquelle les Égyptiens étaient passés maîtres et qui, elle, était réservée à des initiés.

Chapitre 3

1. Les Hébreux s'étaient groupés par tribus dans les localités égyptiennes. Mais il n'est pas certain qu'au terme de quatre siècles d'absence de Palestine, ces groupements aient été aussi distincts que l'indiquent, par exemple, les Nombres.

2. L'ambiguïté du statut de Moïse au regard des Hébreux aussi bien que des Égyptiens au moins jusqu'à sa fuite chez les Madianites est attestée par l'attitude des deux Hébreux qu'il tente de séparer alors qu'ils se querellent et qui lui rétorquent qu'il est passible de dénonciation pour le meurtre du contremaître égyptien. Cela indique qu'il ne détint aucune autorité de fait ou de droit sur eux, autorité que les Égyptiens n'eussent d'ailleurs jamais tolérée (v. note 2, ch. 8, pp. 340-341).

Chapitre 4

1. A l'emplacement actuel du lac Timsah et des lacs Amers, au nord de Suez, il existait à l'époque de Ramsès II une seule grande étendue d'eau dite « la Grande Noire », comme l'indique l'excellente synthèse réalisée par le Dr Maurice Bucaille (*Moïse et Pharaon*, Seghers, 1995), d'après les études du R.P.A. Lagrange, de F. Vigouroux

et du rapport de Du Bois Aymé dans la *Description de l'Égypte* de Vivant-Denon. Il est aussi possible que cette mer ait englobé le vaste lac Menzaleh (dit également Sirbonis), plus au nord et qui, comme les deux autres, constituait le vestige d'un lac encore plus étendu remontant au paléolithique. C'est au cours du millénaire suivant que le relief de l'Égypte changea, soit à cause de l'utilisation intensive des lacs pour les travaux d'irrigation, comme cela s'est vu au cours du XXe siècle pour la mer d'Azov, soit à la suite d'un changement dans le débit du Nil, soit encore à la suite d'un changement climatique (v. ci-dessous note 4).

Il en ressort que seule la partie inférieure de cette mer formait le chenal connu sous le nom de mer des Roseaux, actuellement confondue avec la mer Rouge, chenal qui joua un rôle déterminant dans l'Exode.

2. A la surprise des historiens et botanistes, l'examen de la momie de Ramsès II effectué par plusieurs équipes de spécialistes français et égyptiens de 1975 à 1977 au Musée de l'Homme, à Paris, a révélé la présence de feuilles de tabac, *Nicotiana longiflora*, dans la cavité abdominale de la momie. Ce tabac y avait été évidemment déposé par les embaumeurs. La découverte infirme donc la notion généralement admise jusque-là selon laquelle le tabac serait d'origine exclusivement américaine, sans toutefois présumer de l'origine de ce tabac. (Muséum d'Histoire naturelle & Musée de l'Homme, *La momie de Ramsès II*, Éditions CRC/Recherches sur les civilisations, Paris, 1985, p. 197.)

3. L'actuelle mer Rouge (qui n'est nullement rouge, comme ont pu le vérifier tous les voyageurs qui s'y sont rendus) était connue à l'époque ramesside sous le nom de Grande Verte, à l'instar de la Méditerranée. La première était la Grande Verte de l'est, l'autre, la Grande Verte du nord.

4. Il est utile de préciser les points suivants pour la compréhension du récit. Une reconstitution de l'ancien Delta, entreprise à partir des années soixante, notamment par l'équipe de l'université de Vienne placée sous la direction du Pr Manfred Bietak, a permis d'établir trois points essentiels : d'abord, le tracé des bras du Nil dans le Delta a considérablement varié au cours des trois derniers millénaires; ainsi l'antique bras dit « bras de Péluse » s'étendait beaucoup plus à l'est et finissait sans doute dans le lac Menzaleh, au sud de l'actuel Port-Saïd. C'est sur la rive orientale de ce bras que s'élevaient les cités d'Avaris et de Pi-Ramsès. Le deuxième est qu'un canal unissait les grandes cités orientales du Delta. Le troisième est qu'une grande ville, non encore identifiée, s'élevait sur les rives d'une lagune au sud-est. Son emplacement paraît corres-

pondre au nord de la Grande Noire; elle semble avoir constitué le verrou des routes de l'Asie. Il est possible que cette ville ait été la célèbre Pi-Ramsès elle-même, dont l'emplacement reste justement sujet à discussions (cf. Henri de Saint-Blanquat, *Les Grandes Capitales du Delta*, in « La nouvelle Égypte ancienne », numéro spécial de *Science & Avenir*, mai 1980).

Il en ressort que les Hébreux se trouvaient à moins d'une centaine de kilomètres du Sinaï à vol d'oiseau, environ cent cinquante en prenant la route du sud vers la mer des Roseaux. (V. également t. II).

Chapitre 5

1. Une notion, confusément entretenue par une tradition moderne sans rapport avec l'Histoire ni avec l'Ancien Testament, voudrait que la religion hébraïque ait survécu intacte depuis le séjour d'Abraham en Égypte jusqu'à Moïse. Il en ressortirait que la notion d'un Dieu unique, Yahweh ou Elohim, ait été présente et prédominante dans les populations hébraïques captives en Égypte. Toutefois, l'Ancien Testament lui-même abonde en preuves du culte persistant des dieux étrangers chez les Hébreux.

L'épisode de la danse autour du Veau d'or, longtemps après le début de l'Exode et alors que Moïse se trouvait sur le mont Horeb ou Sinaï, c'est-à-dire au moment où il tentait de forger l'identité culturelle et religieuse de son peuple, est le plus célèbre témoignage du polythéisme hébraïque. Le célèbre Veau d'or, faut-il le préciser, était le bœuf Apis. Plusieurs siècles plus tard, et même alors que la religion judaïque était constituée et que l'interdiction de façonner des idoles était en vigueur, le culte du Veau d'or n'avait pas disparu, ainsi qu'en témoignent les deux veaux d'or que le roi Jéroboam fait façonner et les paroles qui accompagnent leur don aux Hébreux: « Voici vos dieux, Israël, qui vous ont fait sortir d'Égypte » (I Rois, XII, 28).

On peut s'interroger également sur la conformité avec les prescriptions mosaïques des deux chérubins d'or dont Salomon orne le Temple de Jérusalem (2 Chron. III, 10-14), et dont les Chroniques font grand cas, mais aucune ambiguïté n'est possible en ce qui concerne le fait que Salomon, le constructeur même du Temple de Jérusalem, ait fait construire sur une colline à l'est de Jérusalem un temple pour le dieu Kemosh des Moabites et un autre pour Moloch, le dieu des Ammonites (I Rois, XI, 6-7).

Les prophètes ne manqueront pas de stigmatiser ce qu'ils tiennent, dans la fidélité à la loi de Moïse, pour des trahisons. Ezéchiel déplore ainsi en termes crus la participation des femmes d'Israël aux rites de Tammouz, le dieu babylonien (Ezéch. VIII, 14) et l'adoration du Soleil par les hommes (*Id.*, VIII, 16). Elie tance les adorateurs de Baal parmi les Hébreux : « Jusqu'à quand sauterez-vous sur deux branches ? Si Yahweh est l'Elohim, allez derrière lui. Si c'est Baal, allez derrière lui » (I Rois, XVIII, 21).

Il faut toutefois se replacer dans le contexte de ces époques et rappeler que ce polythéisme semble être plus linguistique qu'effectif : les noms de Baal, El, Ellel, Elohim étaient synonymes, puisqu'ils désignaient tous le Grand Dieu des Cananéens, des Phéniciens, des Hittites et des Hébreux. La notion d'infidélité au Dieu de Moïse doit donc être tempérée par la conscience des conditions historiques : la proximité constante de cultures sémitiques diverses en Palestine pendant les premiers siècles de la présence des Hébreux en Palestine, qui imposait un partage des croyances et des rites et la quasi-inexistence de la communication au sens moderne, qui permet de nos jours de définir des cultures et des religions. Le sujet dépasse évidemment de loin le cadre de ces notes (cf. « Les dieux des Hébreux et le Dieu des Prophètes », in *Histoire générale de Dieu*, de l'auteur, *op. cit.*).

Or, si plusieurs siècles après l'exode le culte des dieux étrangers perdurait parmi les Hébreux, à plus forte raison dominait-il pendant les quelque quatre siècles de leur présence en Égypte. Postuler que le judaïsme se perpétua intact d'Abraham à nos jours, à quelques modifications près, reviendrait à méconnaître le rôle déterminant de Moïse dans la création de l'identité culturelle et religieuse hébraïque.

Chapitre 9

1. La rue, *Ruta graveolens*, est une plante dont les fleurs, consommées depuis la plus haute antiquité, contiennent un alcaloïde sédatif. La plante aux feuilles veloutées est le datura, plante universelle, dont tous les éléments contiennent un puissant alcaloïde hallucinogène et neurotrope (sédatif — v. note 2, chap. 2, pp. 348-350).

La suggestion de consommation de psychotropes hallucinogènes ne peut ni ne doit revêtir ici la coloration irrévérencieuse qu'elle comporterait à notre époque. L'utilisation de ces plantes à des fins d'illumination mystique et religieuse est très ancienne : trois mille cinq cents ans avant notre ère, on a l'indication dans la description des rites aryens, en Inde, en Perse, en Bactriane, de consommation de la *soma*, extrait d'ammanite tue-mouches, champignon hallucinogène. Il est peu de plantes aux propriétés psychotropes, du datura à la jusquiame, qui ne figurent dans les textes anciens et les traditions sur les cinq continents (cf. John Allegro, *Le Champignon sacré et la Croix*, Albin Michel, 1971). De très nombreux mystiques de nombreuses religions semblent y avoir fait appel. Les visions d'Ezéchiel et de l'auteur de l'Apocalypse, par exemple, semblent largement redevables à l'usage d'hallucinogènes, notamment d'ammanite tue-mouches. Mais s'il y a eu beaucoup de consommateurs de psychotropes au cours des siècles, tous ne sont pas devenus Moïse, ni Baudelaire.

2. La série de places fortes qui surveillaient la plaine côtière du nord, entre les localités actuelles d'El Kantara et de Gaza, existait depuis Aménophis IV. Au début du règne de Séti Ier, ces forteresses avaient été prises par les Bédouins (associés ou non aux Hébreux, on l'ignore, les textes égyptiens ne semblant guère faire de distinction entre les deux). Comme elles constituaient à la fois la voie d'accès de l'Égypte vers l'Asie et une voie d'invasion de l'Asie vers l'Égypte, elles avaient renforcées sous Séti Ier, puis sous Ramsès II (A.H. Gardiner, « *The Ancient Military Road between Egypt and Palestine* », *Journal of Egyptian Archaeology*, vol. 6, 1920).

3. La question des langues en usage au Proche-Orient à l'époque de Moïse revêt, pour la compréhension de l'Ancien Testament, une importance parfois méconnue du grand public. L'hébreu ferait partie, avec les langues araméennes du nord, des langues sémitiques du groupe occidental ; il comporte des éléments assyro-babyloniens, araméens anciens et cananéens, qui semblent s'être fixés dans la langue des Cananéens, celle qu'adoptèrent à la fin du XIIIe siècle avant notre ère les Hébreux installés en Palestine (cf. André-Marie Gérard, « Hébreu », *in Dictionnaire de la Bible, op. cit.)*. Une personne parlant hébreu n'aurait donc pas éprouvé trop de difficulté à se faire comprendre des populations bédouines de l'Arabie.

Reste à établir si la langue des Hébreux captifs en Égypte depuis près de quatre siècles n'avait pas évolué du fait qu'elle était parlée en vase clos et sous l'influence inévitable de l'égyptien.

Appartenant à la famille linguistique afro-asiatique (dite également hamito-sémitique), l'égyptien était théoriquement apparenté aux langues sémitiques ; mais il est douteux que, s'exprimant en égyptien, puisque ce fut la langue de son enfance et de sa jeunesse, Moïse eût été compris d'interlocuteurs cananéens ou bédouins : l'égyptien (ou plus exactement l'égyptien moyen) était, en effet, une langue distincte qui, surtout depuis le début du XIVe siècle avant notre ère, avait sensiblement évolué (cf. « *Hebrew Language* », Encyclopaedia Britannica).

4. Contrairement à une notion répandue parmi ceux qui ne le connaissent que par le texte de l'Ancien Testament, le Sinaï n'est pas cette région entièrement aride qui, dans les imaginations, le disputerait au désert de Gobi. Si les trois déserts de Shour, de Sin et de Parân sont largement inhabités en raison de la rudesse du climat, ils sont néanmoins arrosés par les cours d'eau issus de la chaîne montagneuse qui gagne en altitude du nord au sud, et deviennent torrentiels au printemps et en automne. Le désert lui-même reçoit 2 millions de mètres cubes de pluie par an et telle est la raison pour laquelle on y trouve de l'eau à une profondeur de 1 à 2 mètres. Telle est sans doute aussi la raison pour laquelle, à l'ère chrétienne, de nombreux ermites allèrent vivre dans ces déserts (« *Sinaï* », Encyclopaedia Britannica, 1994).

Enfin, les plaines côtières comportent assez de pâturages pour que les Bédouins de la région y mènent paître leurs troupeaux, selon le schéma antique de la transhumance. Il est donc probable, sinon certain, que lors de la première fuite qui devait le mener au pays de Madian, sur la rive orientale du golfe d'Akaba, Moïse y ait rencontré des caravanes.

Par ailleurs, le Sinaï a été occupé depuis la période préhistorique. Les inscriptions qui y ont été retrouvées en 1904-5 par Sir William Flinders Petrie et partiellement déchiffrées en 1916 par Sir Alan Gardiner remontent à trois mille ans avant notre ère. Le nom même de Sinaï dérive de celui du dieu-lune Sin. L'archéologie de la péninsule du Sinaï, comme celle de la péninsule Arabique, est encore à l'état d'ébauche, mais l'existence de cités côtières aussi bien qu'intérieures, telles que l'actuelle Serabet el-Khadîm, sans doute la Dophka de l'Exode, correspond avec le culte de divinités dans des populations semi-nomades.

Le nom de Alaat est imaginaire.

Chapitre 12

1. Il existe plusieurs variétés de manne, qui sont toutes des exsudations résineuses de certains arbres et arbustes du désert, quand ils sont attaqués par une cochenille arboricole. De nos jours, les Bédouins du Sinaï consomment encore la manne de tamaris, *Tamarix mannifera*, qui est friable et qui, lorsqu'elle est pilée, donne une farine dont on peut faire des galettes. Il y a trois mille ans, le Sinaï, beaucoup plus boisé que de nos jours, pouvait offrir une quantité appréciable de cette manne. Moïse, qui avait appris l'existence de cet aliment abondant au cours de son séjour au Sinaï, en connaissait bien les propriétés ; et c'est d'ailleurs la raison pour laquelle il se fait le truchement de Yahweh et recommande que la manne soit récoltée le matin avant que le soleil ne ramollisse le produit (Ex. XVI, 21). Cf. André-Marie Gérard, *Dictionnaire de la Bible*, Robert Laffont/ Bouquins, 1989.

2. Sin, le dieu-lune qui donna son nom à l'un des trois déserts du Sinaï, puis au Sinaï tout entier, était l'un de ces dieux orientaux d'origine sumérienne qui changeaient de nom selon l'époque, la langue et la culture. Appelé ainsi Nannar à Sumer, il devint Suen'Sin à Babylone avant de devenir le Sin de la Palestine au sud de l'Arabie, Sinaï inclus. Cette région appartenait aux sphères d'influences culturelles et religieuses cananéennes et mésopotamiennes. Sa nature désertique, l'absence de centres urbains (sauf sur la côte méditerranéenne), ses populations nomades, sa nature de lieu de passage entre l'Afrique et l'Asie et les successions d'invasions dont il a été le théâtre suggèrent que les notions de divinité y étaient encore plus fluides et polysémiques qu'ailleurs et, notamment, en Égypte (cf. Geoffrey Parrinder, *World Religions from Ancient History to the Present*, The Hamlyn Publishing Boods Limited, 1971).

Il est certain que, lors de son séjour dans le Sinaï, qui n'aurait pas excédé deux ou trois années, Moïse eut connaissance de plusieurs de ces divinités et des cultes qui y étaient associés. Certains auteurs suggèrent qu'il y aurait trouvé la notion du dieu protecteur du groupe humain ou « dieu des pères », Ya'ouq, et que celle-ci aurait influencé sa conception de Yahweh (André Caquot, « La Religion des Sémites occidentaux », *Histoire des religions*, t. 1, sous la direction d'Henry-Charles Puech, de l'Institut, Gallimard/La Pléiade, 1994).

Incidemment, il est certain qu'au cours de ses années dans le Sinaï et les déserts du nord de l'Arabie, Moïse n'a pu survivre qu'en s'intégrant à l'une ou l'autre des tribus de Bédouins nomades, auprès desquelles il a appris, par exemple, les moyens de survivre dans un environnement à la fois étranger et hostile. Il apparaît également improbable qu'il n'ait pas eu affaire aux pillards, endémiques dans la région, et contre lesquels, trois siècles plus tard, David allait constituer une sorte de police pour la protection des pasteurs de Palestine.

Chapitre 14

1. L'Exode (II, 16-22) rapporte que Moïse était assis près d'un puits quand les sept filles du prêtre de Madian, Jéthro (c'est-à-dire « Excellence » en hébreu, dans la version élohiste et parfois appelé aussi Réouel en grec, ou Ragouel en latin dans la Vulgate, c'est-à-dire « Dieu est ami »), vinrent remplir les auges pour abreuver les moutons de leur père et en furent chassées par des bergers. Moïse aurait alors pris le parti des bergères et se serait chargé d'abreuver lui-même les moutons. A la suite de quoi, elles seraient rentrées chez elles si tôt que leur père s'en serait étonné. Elles auraient alors expliqué qu'un Égyptien les avait sauvées des bergers. Le prêtre aurait envoyé ses filles chercher Moïse pour l'inviter à souper et lui aurait par la suite donné la main de sa fille Sephira.

Le chapitre qu'on vient de lire s'écarte sensiblement de ce récit. La raison en est l'invraisemblance de plusieurs éléments, dont le plus évident est que le récit testamentaire attribue aux filles de Jéthro le rôle de bergères, totalement impossible dans le système pastoral et le régime patriarcal des Bédouins du Sinaï et de l'Arabie de la fin du IIe millénaire avant notre ère. Le métier de berger impliquait, en effet, qu'on défendît les troupeaux contre les pillards et les bêtes sauvages et qu'on les menât lors des transhumances ; on a peine à imaginer que les « sept filles » de Jéthro, d'un éventail d'âges assez large, s'y fussent consacrées : cela aurait supposé, entre autres, qu'elles n'eussent pas de famille. Il est beaucoup plus probable qu'un patriarche tel que Jéthro employait des bergers.

Il eût fait beau voir, en outre, qu'un étranger sans troupeaux se mêlât d'intervenir dans une querelle sur des droits d'accès à un puits, qui n'étaient pas une vétille à l'époque.

Le chiffre sept, qui est celui de la plénitude et de la pureté dans la symbolique biblique, est ici introduit dans un but hagiographique sous-entendant la prédestination du personnage qui va devenir le beau-père et le conseiller de Moïse.

Par ailleurs, les deux noms de Jéthro posent des problèmes, le premier, Réouel ou Ragouel, étant de formation nettement hébraïque, alors que Jéthro n'était pas un Hébreu, et le second étant un titre et pas un nom (il est ici conservé, néanmoins, parce que plus familier aux lecteurs de l'Ancien Testament et parce qu'on ignore le vrai nom de ce personnage). Les Nombres (X, 29) et les Juges (IV, 2) le désignent comme Hobab, fils de Réouel le Kénite ou Caïnite. L'hypothèse de T.K. Cheyne selon laquelle Hobab et Jonadaab, père des Rékabites, étaient à l'origine la même personne ne simplifie guère la question (les Rékabites étaient des Bédouins israélites, qui constituèrent ultérieurement une secte au temps de Jérémie, et qui refusaient le semer le blé et de planter la vigne).

Désigner Jéthro comme « le prêtre de Madian » apparaît comme une invention de plus destinée à exalter ce personnage, qui deviendra par la suite le conseiller de Moïse et l'inspirateur, sinon l'instaurateur, de l'institution des juges de la loi mosaïque. Le territoire de Madian, sur la côte sud du golfe d'Akaba était peuplé par des tribus bédouines nomades ou semi-nomades qui ne connaissaient évidemment que les divinités d'origine assyrienne ou cananéenne (v. ch. 12, note 2, p. 356).

Il est fort douteux que ces tribus aient pratiqué un culte unique dirigé par un seul prêtre. Sauf à le prendre dans un sens très large, le terme de « prêtre » est d'ailleurs difficilement concevable sans sanctuaire, édifice évidemment absent dans le système des nomades. Les deux seules places fortes de la région étaient, jusqu'à plus ample informé, l'actuelle Maqna, un port à la pointe de la rive sud du golfe, et Qourrayyah, l'actuel Dhot el-Hajj, à l'intérieur des terres et, apparemment, à la limite du territoire de Madian. Il apparaît plus probable que Jéthro aurait été un pasteur riche, juge et magicien au sens ancien de ce dernier terme, c'est-à-dire intercesseur entre les humains et les puissances supérieures.

La logique du récit biblique, enfin, semble quelque peu défaillante : on ne voit guère ce que faisait Moïse, assis et désœuvré près d'un puits, ni comment les filles de Jéthro auraient reconnu en lui un Égyptien, et il ne faut guère moins de temps à un homme qu'à sept filles pour remplir des auges d'une contenance donnée.

Il faut enfin rappeler que Jéthro est, avec Pythagore et Hamza, principal disciple du fondateur de la secte, l'une des sept incarnations de la plus haute raison dans la religion des Druzes. Une tradition évidemment anachronique en fait un prêtre mazdéen.

Chapitre 16

1. Allusion à l'origine iranienne commune des peuples du Proche et du Moyen-Orient, indiquée par leurs apparentements linguistiques et le partage de la métallurgie du bronze (cf. Colin Mc Evedy, *Atlas de l'histoire ancienne*, Robert Laffont, Bouquins, 1985). L'aire de diffusion de la Palestine et des côtes arabiques au temps de Moïse, Araméens, Amorites, Edomites, Moabites, correspond à peu près exactement à celle de la métallurgie du bronze au début du IIe millénaire avant notre ère.

2. L'un des points les plus obscurs de l'histoire des Hébreux est le système de croyance qui fut le leur pendant les quelque quatre siècles de leur présence en Égypte, avant l'instauration de la loi et des institutions mosaïques. Certes, bien des siècles auparavant, la famille de Jacob-Israël avait renoncé aux dieux ramenés de l'étranger et, par exemple, Rachel avait enterré les *teraphim* ou idoles domestiques de son père Laban (Gen. XXXI, 19). Mais on voit aussi que près de deux siècles après l'arrivée en Terre promise, le roi Saül a ses *teraphim*, de même que sa fille Mikal, épouse de David (c'est même par l'utilisation d'un *teraph* enveloppé dans une couverture qu'elle sauvera son mari des sicaires de Saül). On voit également qu'à peine entrés en Terre promise, les Hébreux réclament d'Aaron, le frère de Moïse, l'érection d'un Veau d'or (Ex. XXXII, 1-8).

Il y a donc maintes raisons de penser que les Hébreux captifs en Égypte pratiquaient l'idolâtrie ancestrale. Il est possible qu'un certain nombre d'entre eux ait adopté les dieux et certains des rites égyptiens, mais il est surtout vraisemblable que la grande majorité adorait des dieux d'origine mésopotamienne, qui lui rappelaient son passé (v. note 1, ch. 5, pp. 352-353).

3. La répartition des Hébreux entre Égypte et Palestine à l'époque de Moïse est un autre point relativement obscur de leur histoire. Il semble acquis, d'une part, qu'il en existait en Égypte une population importante, au taux d'expansion démographique soutenu (v. note 1, ch. 6, pp. 336-339), établie depuis la XVe dynastie, c'est-à-dire depuis le XVIIe siècle avant notre ère. Restait-il des Hébreux en Palestine? C'est ce que semblent indiquer d'autre part

deux textes non bibliques. Le premier est la stèle de Memphis, qui rapporte que sous Aménophis II, qui régna de 1448 à 1420, trois mille six cents Apirous furent ramenés à Memphis en tant que prisonniers, au terme d'une expédition militaire au-delà du Sinaï (J. Briend et M.J. Seux, *Textes du Proche-Orient ancien et Histoire d'Israël*, Le Cerf, 1977). Le second texte rapporte des troubles que des Apirous auraient causés en Palestine, par l'attaque de la place forte cananéenne de Beishan (Beth-Shéan ?), place forte qui, d'ailleurs, fera l'objet d'autres offensives des Hébreux (Jos. XVII, 16-17).

On ignore toutefois quelle était l'importance de la population des Hébreux présente en Palestine et quels étaient ses rapports, s'il en existait, avec les Hébreux d'Égypte.

3. Une voix dans le désert

Chapitre 1

1. Gen. XII, 10-20.
2. Gen. XX, 1-18. Le document élohiste rapporte que la deuxième ruse d'Abraham a été perpétrée au dépens du roi des Philistins, ce qui est un anachronisme explicable par la rédaction tardive du document : six siècles environ devaient s'écouler avant l'arrivée des Philistins en Canaan. Sans doute s'agissait-il d'un prince cananéen.
3. Gen. XXVI.

Chapitre 3

1. L'Emigré.

Chapitre 4

1. L'auteur de l'Exode trahit sa méconnaissance géographique, lorsqu'il situe la vision de Moïse au mont Horeb ou Sinaï, qui se trouve de l'autre côté du pays de Madian et du golfe d'Akaba, à quelque trois cents kilomètres d'Ecyon-Géber. Ce point fera l'objet d'une note détaillée dans le tome 2 de cet ouvrage.
2. Il existe effectivement une plante ornementale, le dictame

blanc ou fraxinelle, qui pousse en buissons, atteint trois pieds de haut et sécrète une huile dont les vapeurs s'enflamment par grande chaleur ou lorsqu'on place une flamme à proximité.

3. Le mystérieux épisode ultérieur de l'attaque nocturne dont Moïse est victime lors de son départ pour l'Égypte, attaque qui aurait été perpétrée par Dieu lui-même selon l'Exode (IV, 24-26), et que Sephira attribue implicitement au fait que Moïse n'a pas fait circoncire leur fils, n'a pas été repris dans ce chapitre pour quatre raisons.

La première est que, selon l'Exode, Sephira s'empresse de circoncire son fils elle-même avec un silex, parce qu'elle attribue la colère meurtrière de Dieu au fait que Moïse n'a pas respecté la condition de circoncision de tous les Hébreux stipulée dans l'Alliance (XVII, 9-12 et 14 : l'incirconcis est « retranché d'entre les siens : il a rompu l'Alliance »). Or, Sephira, qui est madianite et non juive, ne peut pas connaître ces conditions de l'Alliance.

La deuxième est que Sephira n'est pas partie avec Moïse en Égypte ; la preuve en est donnée par l'Exode même (XVIII, 2-7), qui rapporte que Moïse renvoya sa femme chez son beau-père et lorsqu'il revint camper au désert après l'Exode, Jéthro le rejoignit et lui emmena Sephira et ses deux fils.

La troisième raison est qu'après avoir circoncis son fils, selon l'Exode, Sephira toucha le sexe de son mari avec le prépuce coupé et dit à Moïse qu'il était désormais « un époux de sang » ; le geste revêt certes une symbolique précise dans l'Exode, puisqu'il fait de Moïse un circoncis, mais historiquement il n'a pas de sens (et encore moins de sens accompli par une non-Juive) : né en Égypte et élevé comme un Égyptien, Moïse a été à coup sûr circoncis comme tous les Égyptiens. La circoncision était, en effet, pratiquée en Égypte entre six et douze ans. Une fresque de Sakkara, en Égypte, remontant à 2 400 ans avant notre ère représente une cérémonie de circoncision. Et divers textes et documents indiquent que ce rite était déjà pratiqué 4 000 ans avant notre ère. Sephira était à coup sûr la personne la mieux placée pour savoir que Moïse était déjà circoncis. Et Moïse n'aurait certes pas omis de faire circoncire son fils, que ce fût selon les pratiques égyptiennes, bédouines ou juives.

La quatrième raison est que la circoncision est désignée comme la première condition dictée par Dieu dans sa déclaration d'Alliance (Gen. XVII, 9-12) pour différencier le Peuple élu des autres. Or, on sait que, dès la plus haute antiquité, la circoncision était presque universelle : seuls les Indo-Germains, les Mongols et les peuples du groupe finno-ougrien l'ignoraient (« *Circumcision* », Encyclopaedia Britannica). Il m'est apparu que Dieu, dans un récit contemporain, ne pouvait pas l'ignorer. La désignation de la circoncision comme rite spécifiquement juif est une notion erronée et tardive des rédacteurs de l'Ancien Testament.

Il existe une cinquième raison : c'est le caractère irrationnel et irascible prêté à Dieu dans cet épisode. Il m'apparaît irrévérencieux de prêter à Dieu l'intention d'assassiner Moïse pour la seule raison que le fils aîné de celui-ci n'aurait pas été circoncis.

Chapitre 6

1. L'Exode donne comme unique raison de la fuite de Moïse la peur d'être dénoncé par deux terrassiers hébreux pour le meurtre du contremaître égyptien qui maltraitait un Hébreux; il spécifie même (II, 15) que « le pharaon » avait pour cette raison tenté de faire condamner Moïse à mort. Or, ce bref passage de l'Exode n'est guère convaincant pour trois raisons. La première est que Moïse étant le personnage important qu'il était, notamment auprès des Hébreux, il n'aurait pas eu de peine à faire comprendre à ceux-ci qu'il n'était pas opportun de le dénoncer pour un crime commis en défense de l'un des leurs. La deuxième est historique : elle méconnaît les méthodes de l'administration égyptienne. En effet, lorsque Dieu déclare à Moïse que ceux qui voulaient le tuer sont morts (Ex. IV, 19-20), il semble ignorer que les poursuites engagées contre un criminel, voleur ou meurtrier, ne s'arrêtaient pas à la mort du monarque : comme dans toutes les administrations du monde, elles restaient justifiables sans prescription, ainsi qu'en attestent maints récits sur des poursuites engagées pour violation de sépulture. La troisième est qu'en l'occurrence, Ramsès étant régent d'Égypte du vivant de son père, il n'eût certes pas abandonné des poursuites juridiques après la mort de son père, à supposer que, dans ses augustes fonctions, il se fût intéressé à un fait divers tel que le meurtre d'un contremaître.

Le meurtre du fonctionnaire, homicide caractérisé et qui ne plaide guère en faveur du contrôle de soi de Moïse, est certes plausible. La fuite d'Égypte, elle, n'est explicable que de deux façons; ou bien Moïse n'était pas reconnu par la communauté des Hébreux, ne s'en considérait pas encore comme membre et ne faisait pas confiance à leur discrétion, ce qui est ma thèse dans ces pages; ou bien, et cela n'est pas contradictoire avec les causes qui précèdent, il est parti pour des raisons personnelles, excédé par les contraintes du service impérial.

2. C'est l'un des points les plus frappants de l'histoire de Moïse qu'il ait été désigné comme chef par les Hébreux autant qu'il l'a été par le sentiment de sa mission divine, et aussi qu'en son absence

d'Égypte, les Hébreux n'aient pas trouvé un ou plusieurs autres hommes (et notamment Aaron, son frère) capables de prendre leur commandement. Leur choix de Moïse tenait sans doute à son charisme aussi bien qu'à la place prépondérante qu'il avait occupée dans sa médiation entre le pouvoir royal et les Hébreux.

3. L'un des éléments qui inclinent à croire que Moïse n'est pas retourné en Égypte, contrairement à la version du Livre de l'Exode, est le rôle soudainement prépondérant d'Aaron, seul capable d'informer les Hébreux de la mission impartie à Moïse par sa révélation et de leur transmettre ses instructions. S'il était retourné en Égypte, Moïse n'eût pas eu besoin des services d'Aaron. Et l'on peine à discerner les raisons pour lesquelles, dans le Livre de l'Exode, Yahweh tantôt apparaît à Moïse seul et tantôt à Moïse et Aaron, mais jamais à Aaron seul.

Force est alors de replacer dans le domaine de la légende fantastique les compétitions de magie entre Moïse et Aaron d'une part, les magiciens égyptiens de l'autre, que décrit le Livre de l'Exode, et où l'on voit le sceptre d'Aaron se transformer en serpent et manger les bâtons des magiciens égyptiens... Il m'apparaît d'ailleurs que ces tours de passe-passe sont peu conformes à la psychologie et à la dignité du grand législateur que fut Moïse.

Les passages qui s'y réfèrent dans le Livre de l'Exode pèchent d'ailleurs par des anachronismes qui trahissent aussi bien la méconnaissance de l'Égypte que la date tardive de la rédaction du Pentateuque. Ainsi, l'on y voit le Seigneur commander à Moïse de se lever tôt le matin et de se placer sur le chemin du pharaon quand il va à la rivière (Ex. VIII, 20), erreur similaire à celle qui veut que la fille du pharaon aille faire ses ablutions dans le Nil ; le pharaon n'avait aucune raison d'aller le matin « à la rivière », ni pour ses ablutions, ni pour ses besoins, puisqu'il avait une salle de bains. On y voit également le Seigneur menacer d'une terrible maladie les dromadaires, entre autres animaux, des Égyptiens (Ex. IX, 4) : or, il n'y avait pas de dromadaires en Égypte à l'époque et encore moins de troupeaux de dromadaires : cet animal n'apparaît que tardivement, lors de l'occupation grecque du pays, c'est-à-dire au IVe siècle avant notre ère, cependant il était déjà domestiqué en Asie, au Moyen-Orient et en Arabie. (Erman & Ranke, *La Civilisation égyptienne, op. cit.*).

Chapitre 7

1. Ces chiffres sont arbitraires et ne doivent être pris qu'à titre indicatif : il est certain que les membres des tribus installées en

Égypte étaient organisés en clans, mais on ne dispose pas d'autre information sur celles des tribus qui étaient en Égypte, et sur le nombre de clans qui les constituaient, que la liste des trente-sept familles énumérées par l'Exode VI, 14-27. Cette liste est toutefois sujette à interprétation selon les différentes écoles bibliques, la famille étant parfois considérée au sens large comme un clan (*michapahah*) et parfois comme une subdivision d'un clan. En tout état de cause, cette liste pose plus de questions qu'elle n'en résout, car si l'on attribue un chiffre hypothétique et maximal de cent personnes par famille, cela supposerait que toute la population hébraïque de l'Égypte se réduisait à quelque trois mille sept cents personnes, à peine plus que le nombre de prisonniers ramenés par Aménophis II.

Quant au chiffre donné par l'Exode (XII, 37-38), de « six cent mille hommes à pied, sans compter leurs proches », il est de l'avis général excessif jusqu'à l'extravagance : il impliquerait que la population des Hébreux se montait à un million d'âmes au moins, soit près des deux tiers de la population entière de la vallée du Nil (v. note 1, ch. 6, pp. 336-339).

2. L'Exode donne l'impression que tous les Hébreux auraient été concentrés en un point, d'où ils auraient pu partir tous ensemble à un signal donné. Or, s'il semble bien qu'une grande partie des Hébreux séjournait en Basse Égypte depuis leur arrivée sous le règne des Hyksos. Il faut relever que la Basse Égypte est assez vaste et que les Hébreux y étaient disséminés sur des territoires représentant une bonne centaine de milliers de kilomètres carrés. Par ailleurs, certaines équipes pouvaient être dépêchées plus au sud, à Memphis ou à Thèbes, pour assister les travailleurs locaux. La mobilisation de leurs populations, avec leurs possessions, comme le précise l'Exode, fut au contraire une œuvre de longue haleine.

3. Le mot « Edom » signifie *roux* ou *velu* et par extension *boisé* et aurait été le surnom donné à Esaü à sa naissance, en raison du lanugo qui le recouvrait (Gen. XXV, 25). Il est donc donné par la Genèse et les Nombres comme l'ancêtre des Edomites. Mais il semble aussi que le pays d'Edom ait ainsi été nommé parce qu'il était, en effet, couvert de forêts denses. Il semble qu'à une période déterminée, antérieure à l'installation des Hébreux en Égypte et approximativement située vers le début du IIe millénaire avant notre ère, des Sémites occidentaux, Apirous ou Bédouins, aient conquis ces territoires sur les premiers occupants, inconnus de l'archéologie. On a parfois supposé, d'après Deut. II, 12, 22, que ces occupants auraient été les Horites, un rameau du grand peuple non sémitique qu'étaient les Hourrites. Mais on n'a retrouvé aucune trace archéologique des « Horites » (« *Edom* », Ency-

clopaedia Britannica). On peut donc se demander si les termes Horites et Hourrites ne sont pas synonymes. L'intérêt de ce point, dans le contexte de ces pages, est le refus que le « roi d'Edom » aurait opposé à Moïse lors de l'Exode (Nom. XX, 14-21).

4. Le pays d'Edom était délimité à l'époque au nord par la rivière Zéred, à l'ouest par l'Araba, au sud par le bord du plateau qui donne sur l'actuel Wadi Hismeh et, à l'est, par le désert. Toute cette région, à cheval sur le Négev, le sud de la Jordanie et de la Palestine actuelles, était extrêmement boisée à l'époque, et ours, loups, chacals, sangliers et hyènes y abondaient. Il semble bien, même, qu'il y ait eu des lions, auxquels font allusion de nombreux textes de l'Ancien Testament.

5. Contrairement à beaucoup d'interprétations très répandues, le mot « Baal » ne désigne aucun dieu particulier : il signifie tout simplement « Seigneur » et il était le plus souvent suivi d'un autre mot qui définissait ses attributions, « Seigneur de la plaine », « de la fertilité », « de la danse », de telle ou telle localité, etc.

6. Au printemps de l'an 4 de son règne, en effet, informé par ses espions que le roi d'Amourrou, Bentéshima, et son protecteur Mouwatalli, le roi des Hittites, avaient relâché leur préparation militaire, parce qu'ils ne craignaient plus d'action militaire de l'Égypte, Ramsès lança une campagne surprise pour regagner la place forte de Kadesh, perdue depuis plusieurs années. L'attaque fut fulgurante et brève autant que triomphale (cf. Christiane Desroches-Noblecourt, *Ramsès II, la véritable histoire*, *op. cit.*).

Il est singulier que l'Ancien Testament ne fasse guère allusion aux très fréquentes incursions des armées égyptiennes en Canaan, qui durent pourtant causer nombre d'alarmes aux Hébreux.

Chapitre 8

1. Phénomène constaté maintes fois aux temps modernes, en dehors de tout contexte extraordinaire, explicable par la prolifération d'algues microscopiques, des Rhodophytes, en présence d'hydrates de carbone insolubles et dans certaines conditions de température. La prolifération de ces algues aurait pu se produire dans le lac Victoria, par exemple, à la suite de chutes anormales de matière végétale et le fleuve aurait pu charrier ces eaux jusqu'à l'Égypte.

2. Cette sédition n'est pas une invention romanesque; elle est inspirée par l'une des plus importantes découvertes historiques qui

puissent éclairer l'Exode, celle de la stèle dite Éléphantine, parce que trouvée sur l'île Éléphantine, près de la Première cataracte du Nil. Publiée pour la première fois en 1972, elle date de la deuxième décennie du XIIe siècle avant notre ère, donc, de 1180 environ avant notre ère, c'est-à-dire du règne du pharaon Setnakht.

Les inscriptions de cette stèle rapportent une tentative de coup d'État organisée par des notables égyptiens, avec la complicité d'Asiatiques (c'est également le terme utilisé par les Égyptiens pour désigner les Hébreux), qui aurait été achetée avec de l'or, de l'argent et du cuivre (cf. Abraham Malamat, *The Exodus : Egyptian Analogies*, in *Exodus, The Egyptian Evidence*, sous la direction d'Ernest S. Frerichs et Leonard H. Lesko, Eisenbrauns, Winona Lake, 1997). Outre la mention de ces « Asiatiques », l'intérêt exceptionnel de ce texte est la corrélation avec des passages du Livre de l'Exode qui laissent les biblistes perplexes : « Chaque femme demandera à son voisin ou à toute femme qui vit dans sa maison des bijoux d'argent et d'or et des vêtements. Chargez-en vos fils et vos filles et pillez l'Égypte » (Ex. III, 22). Cette recommandation, paradoxalement prêtée au Seigneur, est reprise plus loin, ce qui lui prête donc une importance particulière : « Que les gens [les Hébreux] sachent que les hommes et les femmes à l'égal doivent demander à leurs voisins des bijoux d'argent et d'or » (Ex. XI, 2-3). Et le détail est repris une troisième fois : « Les Israélites avaient fait comme Moïse le leur avait recommandé, ils avaient demandé aux Égyptiens des bijoux d'argent et d'or et des vêtements. » (Ex. XII, 35-36). Ce qui rend la question encore plus troublante est que le Psalmiste reprend à son tour cette mention de l'or et de l'argent (la préséance est donnée à l'argent) : « Il a conduit Israël [hors d'Égypte] chargé d'argent et d'or » (Ps. CV, 37).

Ces quatre citations n'autorisent aucune interprétation cohérente ni rationnelle : la première est une incitation pure et simple à la malhonnêteté, la deuxième et la troisième ne sont guère plus claires, car on ne voit pas pourquoi les Égyptiens (il ne peut s'agir que d'eux, seuls les Hébreux étant en partance) auraient donné des bijoux et des vêtements aux Hébreux, dont ils étaient les oppresseurs, et la quatrième attribue l'or et l'argent à la générosité du Seigneur, sans autre mention des Égyptiens.

La stèle Éléphantine confirme que des Hébreux (ce qui ne signifie pas nécessairement ceux de l'Exode) partirent bien avec de l'or et de l'argent (et du cuivre), et elle offre enfin une explication vraisemblable de la pseudo-générosité égyptienne et de cet or et de cet argent que les Hébreux emportèrent avec eux hors d'Égypte.

Si ce texte historique s'inscrivait exactement dans l'Exode, il contraindrait à avancer d'un siècle environ la date de cet événement ; Setnakht, pharaon de la XXe dynastie, régna en effet de 1200 à 1198. Il contraindrait également à reconstituer toute une chronologie et, en particulier à avancer d'un siècle la conquête de Jéricho. Problèmes considérables, car un siècle à peine séparerait alors Moïse de David. Entreprise périlleuse.

Il semble plus vraisemblable que la masse des Hébreux, notoirement hostiles au pouvoir royal égyptien qui les avait réduits au rang d'une masse taillable et corvéable à merci, offrait un réservoir de rebelles potentiels qui fut exploitée à plus d'une reprise par les potentats locaux (et les tentatives de coups d'État et les révolutions de palais ne manquent guère dans l'histoire égyptienne). A chaque fois, la coopération des Apirous était effectivement achetée avec de l'or, de l'argent et du cuivre. Et cela a pu se produire sous Ramsès II avant de se reproduire sous Setnakht.

3. Autre nom officiel de Ramsès II.

4. Ce fut également le cas, pendant des siècles, dans la région de Rome, aux temps antiques et modernes, où les vagues de paludisme faisaient des ravages parmi les enfants en bas âge, encore plus que parmi les populations adultes.

5. Une fois de plus, ce récit s'écarte à l'évidence de l'Exode. Les raisons en sont peut-être évidentes pour le lecteur familier de l'Ancien Testament, peut-être moins pour les autres. Elles peuvent être résumées ainsi sous les trois angles de la psychologie, des genres littéraires et de l'Histoire.

— Du point de vue psychologique, le récit de l'Exode fait de Moïse une sorte de magicien, effectuant des tours pour persuader Ramsès de la puissance divine dont il est investi. Tour à tour, sur un geste de Moïse, son bâton se transforme en serpent, de même que cela s'était produit pendant la vision dans le désert, puis le même bâton change l'eau du Nil en sang et fait mourir sur-le-champ les poissons et l'air s'emplir d'une puanteur insupportable, puis suscite encore des nuées de grenouilles, de sauterelles, etc. Ce genre de prodiges peut certes impressionner des auditoires de l'époque, puisqu'il les persuade de la puissance dont Moïse serait investi, mais il me paraît nuire à l'image de Moïse, à sa carrure et à sa vraisemblance. De plus, le recours au miracle me semble contrarier en dernier ressort les intentions des auteurs, puisque les premières versions de l'Exode ne peuvent être antérieures au VIe siècle avant notre ère, c'est-à-dire postérieures de quelque huit siècles aux événements rapportés : le miracle en soi-même est un aveu d'impuissance de la divinité, contrainte à recourir à des prodiges là où elle ne peut pas triompher des événements.

Du point de vue psychologique également, le récit du Livre de l'Exode méconnaît si profondément la personnalité des pharaons, et en l'occurrence de Ramsès, qu'il perd toute crédibilité. Ramsès, en effet, qui était, en termes modernes, un potentat mégalomane, n'eût pas toléré longtemps un personnage qui tentait de lui faire accroire qu'il possédait des pouvoirs supérieurs. Que ce fût un pur Hébreu ou que ce fût le fils d'une princesse égyptienne et d'un Hébreu, comme c'est notre thèse, le fâcheux n'eût pas poursuivi longtemps son discours. Il eût été emmené sans ménagements vers le plus proche cachot. Imaginer également que le pharaon pût dire à un représentant des Hébreux : « Cette fois-ci, j'ai péché » (Ex. IX, 27) ressortit à la fiction la plus échevelée.

— Du point de vue littéraire, le récit obéit aux règles rhapsodiques du genre : c'est-à-dire qu'il utilise la répétition du même thème afin de bâtir dans le récit une tension qui aboutit à la catharsis. Après s'être montré intraitable lors des premières plaies, le pharaon commence à mollir, et puis il mollit de plus en plus à chaque plaie jusqu'à céder entièrement à la fin. Les règles du genre ont été largement analysées ailleurs.

— Du point de vue historique, le récit fourmille d'invraisemblances qui témoignent toutes de la date tardive de sa rédaction. Quand l'auteur écrit : « Va devant le pharaon et dis-lui... » (Ex. VIII, 1 ; IX, 13 et X, 1), il témoigne de sa complète ignorance du protocole de cour, qui n'autorisait certes pas les gens, fussent-ils d'un rang élevé, et encore moins s'ils représentaient une population de gens considérés comme des esclaves, à aller interpeller le monarque comme si c'était un patriarche de village. L'inventaire de ces invraisemblances a maintes fois été dressé; il risque, à mon avis, d'occulter le rôle considérable de Moïse dans la naissance d'Israël, rôle d'une telle dimension qu'il a, bien évidemment, suscité une légende peu soucieuse de la vérité historique. Ce qui démontre une fois de plus que l'Ancien Testament, et le Nouveau, d'ailleurs, doivent être considérés comme des légendes héroïques comportant occasionnellement des éléments historiques.

Supposer que Moïse, auteur du meurtre du contremaître égyptien, pût se présenter impunément devant le pharaon pour lui imposer ses conditions en ce qui concernait la sortie d'Égypte des Hébreux témoigne également d'une totale méconnaissance de la juridiction égyptienne (v. ch. 6, note 1).

Ma conclusion est qu'à aucun moment Moïse n'a pu retourner en Égypte une fois qu'il en fut sorti. L'Exode a été le plus vraisemblablement organisé en Égypte par Aaron sur les instructions de Moïse, comme le laisse d'ailleurs entendre l'Ancien Testament. D'où l'importance revêtue par ce demi-frère et les hautes fonctions que lui attribue et lui conserve Moïse par la suite, en dépit des carences et manquements du personnage.

Cela étant, il faut rappeler qu'il n'existe aucun texte égyptien évoquant une quelconque fuite des Apirous vers Canaan et, encore moins, un personnage comparable à Moïse. La vérité historique de l'Exode n'est attestée que par le livre éponyme du Pentateuque. Cette lacune n'infirme certes pas le livre de l'Exode, mais elle suggère seulement que la sortie d'Égypte des Hébreux fut interprétée par les Égyptiens comme un incident mineur.

Certes, les inscriptions égyptiennes, comme le note André-Marie Gérard (*Dictionnaire de la Bible*, *op. cit.*), commémorent les victoires, et souvent en termes excessifs, et se gardent de mentionner les échecs ; mais quelle qu'ait été l'ampleur de l'exode, la perte d'une main-d'œuvre précieuse ne semble avoir affecté ni l'humeur de Ramsès, ni le rythme des constructions qu'il entreprenait. Négligé par les scribes, l'événement n'en marqua pas moins profondément l'histoire des religions.

Chapitre 9

1. L'Exode donne de Moïse l'image d'un homme âgé, qui aurait eu quarante à son départ pour Madian, puis quarante ans de plus avant l'appel du buisson ardent ; c'est-à-dire qu'il aurait eu quatre-vingts ans avant de s'engager dans l'aventure titanesque de l'Exode, avant de mourir à cent vingt ans. Ces chiffres tendent évidemment à offrir du héros l'image, alors enviable, d'un patriarche de grande sagesse, mais ils ne doivent pas être pris au pied de la lettre, car les biblistes savent que le chiffre quarante indique non pas ce que nous entendons de nos jours, mais une très longue période. L'Ancien Testament ne lésine d'ailleurs pas sur la longévité de ses héros. Mais il est hautement improbable que Moïse se soit lancé à quatre-vingts ans dans l'aventure de l'Exode, qui requérait des forces physiques autant que psychologiques qui sont plutôt celles d'un homme trois à quatre fois plus jeune. L'endurance requise par la suite de l'Exode suggère d'ailleurs un homme qui serait plus proche de la trentaine qu'octogénaire.

2. Les bateaux de l'époque n'avaient évidemment pas de gouvernail et s'orientaient à l'aide d'une grande rame fixée à l'arrière.

TABLE DES MATIERES

Deuxième partie : La colère

Troisième partie : Une voix dans le désert

Impression réalisée sur CAMERON
par BRODARD ET TAUPIN
La Flèche
en septembre 1998

Imprimé en France
Dépôt légal : septembre 1998
N° d'édition : 98185 – N° d'impression : 1044V-5